KATARINA FISCHER

IM ZWEIFEL SÜDWÄRTS

Roman

WILHELM HEYNE VERLAG
MÜNCHEN

MIX
Papier aus verantwortungsvollen Quellen
FSC® C014496
FSC www.fsc.org

Verlagsgruppe Random House FSC-DEU-0100
Das für dieses Buch verwendete
FSC®-zertifizierte Papier *Holmen Book Cream*
liefert Holmen Paper, Hallstavik, Schweden.

Originalausgabe 03/2013

Printed in Germany 2013
Redaktion: Susann Rehlein
Umschlaggestaltung: Eisele Grafik-Design, München,
unter Verwendung von Abbildungen
© iStockphoto / serggn und © iStockphoto / jut 13
Satz: C. Schaber Datentechnik, Wels
Druck und Bindung: GGP Media GmbH, Pößneck

ISBN: 978-3-453-40983-5

www.heyne.de

Für Maike

Rise and shine, sister

We are young, we run green, keep our teeth nice and clean,
see our friends, see the sights, feel alright.
We wake up, we go out, smoke a fag, put it out,
see our friends, see the sights, feel alright.

SUPERGRASS

1
Der Teil mit der Torte

LUCYS MIXTAPE
Dean Martin – That's Amore

Meine Mutter war eine schöne Braut, wenn auch nicht im herkömmlichen Sinn. Sie trug kein bodenlanges weißes Kleid mit einer Schleppe, die hinter sich eine kleine Schneise der Sauberkeit auf dem staubigen Boden hinterließ (und somit ohnehin nichts weiter war als ein Symbol für die künftigen häuslichen Pflichten). Sie trug keinen Schleier, kein Diadem, keinen Blumenkranz, ihre Wangen glühten nicht vor Aufregung. Stattdessen kräuselten sich, wenn die Sonne, die an diesem Tag im August zur Feier des Tages endlich einmal schien, ihr Gesicht streifte, die Falten um ihre Augen. Ihre Hände, auf denen sie schon zwei kleine Altersflecken mit Make-up hatte kaschieren müssen, fummelten an der breiten Krempe ihres Huts, bis er mehr Schatten warf. Sie hatte ihn passend zu ihrem schlichten blassgrünen Hochzeitskostüm gekauft. Meine Mutter war am Tag ihrer zweiten Hochzeit neunundfünfzig Jahre alt.

»Warum heiratest du nicht in Weiß?«, fragte ich sie vor der Trauung.

»In Weiß? Jetzt wirst du aber albern.« Sie schnalzte ungehalten mit der Zunge. »In meinem Alter …«

»Musst du ja nicht. Grün ist auch schön. Grün ist die Hoffnung …«

Sie unterbrach mich, indem sie eine wegwerfende Bewegung mit der Hand machte. »Kind, darum geht es nicht. Wenn dir nur noch die Hoffnung bleibt, dann ist alles zu spät, merk dir das. Man sollte immer so hohe Erwartungen wie möglich haben.«

Ich nickte und dachte: *Sie muss es ja wissen.* Lebenserfahrung hatte sie schließlich genug. Ehe-Erfahrung auch. Vor fünfunddreißig Jahren hatte sie meinen Vater geheiratet, vor einundzwanzig Jahren war die Scheidung eingereicht worden. Eigentlich hatte sie nicht vorgehabt, »diesen Zirkus« noch einmal mitzumachen. Aber wenn man irgendwann zufällig doch noch einmal den Richtigen trifft, wäre es dann nicht dumm, sich zu verweigern?

Ich hatte mit den Schultern gezuckt, als sie mich das fragte, obwohl ich eine Antwort parat hatte. *Weil man nie wissen kann, deswegen.* Aber welchen Sinn hätte dieser Satz zwei Wochen vor der Hochzeit gemacht, wenn die Torte bereits bestellt, der Hotelgarten für die Feier gemietet und die Verwandtschaft aus Amerika so gut wie auf dem Weg zum Flughafen war? Abgesehen davon hatte ich wirklich keine Bedenken, was ihren Zukünftigen betraf. Selbst wenn ich tief in mich hineinhorchte und versuchte, welche zu generieren: Joe war und blieb ein feiner Kerl. Charmant, freundlich, Amerikaner, Archäologe. Ein Robert Redford zum Anfassen, der meine Mutter auf Händen trug. Alles an ihm war ganz wunderbar. Und wenn er sich nicht wie in einem dieser schlechten Thriller, die in den Neunzigern immer auf RTL liefen, innerhalb des ersten Ehejahres als sadistischer Psychopath entpuppte, konnte man wahrscheinlich davon ausgehen, dass meine Mutter das große Los gezogen hatte. Besser spät als nie. Hurra.

Und dieses Hurra war keineswegs ironisch gemeint. Im Gegenteil, es kam von ganzem Herzen. Ich freute mich wirklich für sie. Obwohl es für mich als einunddreißigjährige Frau schon eine seltsame Situation war, Gast auf der Hochzeit meiner eigenen Mutter zu sein, der ZWEITEN, und selbst noch nicht *einen einzigen* klitzekleinen Antrag erhalten zu haben. Nicht einmal mit vier auf dem Spielplatz. In einem Alter, in dem so etwas ja gern mal passiert, weil Vierjährige weder Skrupel kennen, noch das Wort Konsequenzen fehlerfrei aussprechen können. Eigentlich die besten Voraussetzungen. Aber ich hatte trotzdem kein Glück gehabt. Was für mich irgendwie typisch war.

»You're a bit late, huh? Two – nil.« Barry, Joes schwitzender, halbglatziger Cousin – die linke Hand zur Faust geballt und an der rechten zwei Finger abgespreizt – zeigte den vorläufigen Endstand im nicht existenten Wettstreit zwischen meiner Mutter und mir um die meisten Eheschließungen an. Barry trug einen blauen Anzug, und wenn er lachte, wabbelte sein Körper darunter. Er wabbelte auch, wenn Barry sich über seine glänzende Stirn wischte. Oder ausatmete. Er wabbelte eigentlich immer. Ähnlichkeiten mit dem Bräutigam waren keine vorhanden. Weder Äußerlich, noch verfügte Barry über den Charme des Mannes an Mutters Seite.

Trotzdem versuchte ich, freundlich zu bleiben. Die neue Verwandtschaft – da musste man nachsichtig sein, sich erst einmal in Ruhe beschnuppern. Wobei ich, was Barry betraf, beschlossen hatte, den Schnupperteil lieber zu überspringen. Aber ein aufgesetztes Lachen, das war drin. »Barry, you are … you are really … truly … ähm … funny.« Zumindest wenn man nicht allzu hohe Ansprüche hatte. Ich räusperte mich.

»That's cousin Barry for you, little lady.«

»Lovely. Thanks.«

»And I'm telling you: You better get in there fast.« Ein hilfsbereites Zwinkern. »Nobody likes leftovers. Am I right, pumpkin?« Er kniff seine Frau, die neben ihm stand und tatsächlich ein bisschen so aussah wie ein Kürbis (die Proportionen, die Hautfarbe), in ihren Hüftspeck.

Sie kicherte, leerte ihr Sektglas und nickte eifrig. Alles gleichzeitig. »Absolutely!«

Dabei wirkte sie auf mich keineswegs wie eine Frau, die sich ohne guten Grund eine schöne Portion Reste entgehen lassen würde. Eher im Gegenteil.

Ich lachte gezwungen und versuchte dann, ganz unverfänglich das Thema zu wechseln. »So … did you enjoy the ceremony … äh …« Sie war mir zu Beginn des Empfangs vorgestellt worden, aber jetzt kam ich einfach nicht auf ihren Namen. Pat? Hieß sie Pat? »Pat?«

»Shelly«, korrigierte sie mich pikiert.

»Oh … sorry. I have no idea how I could forget that …«

Es war mir wirklich unangenehm, aber all diese Menschen, die ich noch nie vorher gesehen hatte und vor denen ich als Brauttochter eine gute Figur machen musste, überforderten mich. Smalltalk war einfach nicht meine Stärke und mein Namensgedächtnis eine einzige Katastrophe. Ich war ja schon froh, dass ich meinen eigenen nicht ständig vergaß.

»I'm really sorry, Shelly«, entschuldigte ich mich noch einmal und schaute betreten zur Seite, nur um dort, kaum eine Armlänge von mir entfernt, Richard zu entdecken, der sich mit suchendem Blick durch die Menge der Hochzeitsgäste schob. *Meine Rettung.* Hektisch griff ich nach dem Ärmel seines geliehenen Jacketts und zog daran, als hinge mein Leben davon ab. Er blieb stehen, betrachtete irritiert die Finger, die sich an seinem Arm festkrallten, erkannte, dass es sich dabei um meine handelte, und war darüber offensichtlich äußerst erfreut.

»Daphne! Da bist du ja!«

»Ja! Da bin ich ja! Und du bist auch da! Noch besser … Kennst du schon Barry und Shelly?« Ich sah ihn eindringlich an und hoffte, dass er verstand, was ich damit ausdrücken wollte. Nämlich dass es in Wahrheit kein Vergnügen war, Barry und Shelly zu kennen. Dass ich sie selbst am liebsten nicht hätte kennenlernen müssen. Und für den Fall, dass diese versteckte Botschaft bei Richard nicht eindeutig genug angekommen war, verdeutlichte ich meine verzweifelte Lage, indem ich kaum hörbar »Bring mich hier bitte weg!« irgendwo in der Nähe seines rechten Ohres zischelte. Das war ausreichend.

»Das muss ich auch«, flüsterte er zurück, und legte mir beruhigend eine Hand auf die Taille, »ich hab dich schon überall gesucht. Du wirst hinter den Kulissen gebraucht.«

»Verstehe.« Ich zwinkerte ihm verschwörerisch zu.

Richard flüsterte nicht mehr. »Nein, wirklich. Es gibt da einen kleinen Notfall …«

»Notfall?«

»Oder eher eine Situation …«

Jetzt war ich alarmiert. »Was denn bitte für eine Situation?«

Barry und Shelly hatten bis zu diesem Punkt brav darauf gewartet, Richard vorgestellt zu werden. Jetzt allerdings hielt es Barry einfach nicht mehr aus und ließ seine Hand äußerst dynamisch auf Richard zuschnellen, der nicht anders konnte, als zuzugreifen. »Barry Thomson. Great to meet you. And this is my wife, Shelly.« Sie schüttelte kokett kichernd die frei gewordene Hand, während ihr Mann ihr stolz die Schulter tätschelte und Richard mit hochgezogenen Augenbrauen betrachtete. »And you are …?«

»Richard.« Er lächelte höflich und erklärte, mein Freund zu sein – »I'm Daphne's boyfriend« –, woraufhin Barry sich umgehend bei mir für den Reste-Spruch entschuldigte, der mich mit großer Sicherheit härter getroffen hätte, wäre ich wirklich Single gewesen, aber die Diskussion ersparte ich mir lieber. Stattdessen trat ich nervös von einem Fuß auf den anderen, weil ich mir Sorgen wegen dieser ominösen Situation machte.

Richard äußerte sein Bedauern darüber, mich kurz entführen zu müssen. Brauttochterpflichten. Also nicht er, sondern ich, haha. Er bekam noch einen Klaps auf die Schulter und den Segen von Barry mit auf den Weg, dann zog er mich endlich hinter sich her durch das Gewühl des Sektempfangs, weit weg von Cousin Barry und seiner Kürbisfrau. Mein Held. In mehrfacher Hinsicht.

Wäre Richard nicht vor drei Jahren in mein Leben gestolpert und hätte er mich nicht nach einem Jahr voller Hin und Her schließlich doch davon überzeugt, dass wir ein gutes Paar abgaben, hätte mich allein die Tatsache, dass ich die Tochter der Braut war, davor bewahrt, das Hochzeitsdinner am Singletisch einnehmen zu müssen. Dort hätte ich dann neben dem spätpubertierendem Sohn der besten Freundin meiner Mutter gesessen, gegenüber von Lionel,

Joes Neffen, der gerade mitten im Informatikstudium steckte und dessen Haut und Haare so blass waren, als wäre er kein Mensch, sondern eines von diesen Insekten, die in absoluter Dunkelheit leben. Und auch die anderen einsamen Herzen boten einen eher traurigen Anblick. Es war fast so, als wäre der Singletisch einzig und allein eingerichtet worden, um den glücklichen Paaren unter den Gästen den deprimierenden Anblick der Übriggebliebenen zu ersparen, damit sie bloß nichts an die düsteren Zeiten erinnerte, die sie selbst hatten überstehen müssen, bevor die Liebe in ihr Leben trat.

Wie sich diese düsteren Zeiten angefühlt hatten, wusste ich nur zu gut. Ich hatte den größten Teil meines Lebens als Single verbracht und hatte diesen Zustand immer unbedingt schnellstmöglich beenden wollen. So unbedingt, dass ich zwangsläufig wieder und wieder an »die Falschen« geraten war. Nie für lang, was aber nicht daran lag, dass ich irgendwann meinen Fehler selbst bemerkt hätte, sondern daran, dass die meisten von ihnen schon nach wenigen Monaten mit mir Schluss machten. Oder nach wenigen Wochen. Oder auch mal Tagen. Das hätte mir zu denken geben können. Wenn ich nicht immer zu beschäftigt damit gewesen wäre, mich wegen jedem dieser unpassenden Exfreunde dem schlimmsten Liebeskummer meines Lebens hinzugeben. Die traurige Bilanz: Die Summe der Monate und Jahre, in denen ich heulend auf dem Sofa lag, während mein Herz in Fetzen hing, übersteigt die Summe der Dauer all meiner »Beziehungen« bei Weitem. Ich habe das mal nachgerechnet. Eine Analyse des griechischen Staatshaushalts hätte nicht deprimierender ausfallen können. *Aber,* tröstete ich mich, *hinterher ist man immer schlauer. Derartig bescheuert werde ich mich in Zukunft nicht mehr verhalten.*

Und das hatte ich auch nicht.

Seit drei Jahren existierten in meinem Leben weder unpassende Männer noch Quartalsliebeskummer, nach dem man die Uhr stellen konnte. Ich würde an dieser Stelle gern behaupten, das läge daran, dass ich wirklich schlauer geworden war und meine Lektion endlich gelernt hatte. Die Wahrheit aber war, dass ich das alles Richard zu verdanken hatte. Seinetwegen befand ich mich jetzt in diesem Zustand, von dem ich geglaubt hatte, dass ich ihn niemals erreichen würde. Und ich spreche nicht davon, schwerelos durchs All zu schweben. Ich meine: ich befand mich zum ersten Mal in meinem Leben in einer Langzeitbeziehung.

Ich weiß nicht genau, was ich mir darunter all die Jahre vorgestellt hatte, aber jetzt, da ich diese ominöse Stufe in einer Beziehung erreicht hatte, in der man nicht mehr besonders viel Mühe auf die Auswahl der Unterwäsche verwendete und vor dem Schlafengehen öfter ein Buch las, als sich durch die Laken zu wühlen, war ich etwas ernüchtert. Gleichzeitig war ich mir aber auch darüber im Klaren, dass ich selbst diejenige war, die lieber ein Buch las. Und dass das mit der Unterwäsche allein meine Sache war, weil Richard, solange ich ihn kannte, immer nur diese bequemen Boxershorts trug und ich es äußerst befremdlich gefunden hätte, ihn plötzlich im Herrentanga zu sehen. Genauer gesagt wäre das nicht nur befremdlich. Es wäre verstörend.

Und letztendlich ging es ja auch nicht um das, was man drunter trug, sondern um das, was die Beziehung ausmachte (und wenn das Unterhosen waren, dann herzliches Beileid). In Richards und meinem Fall war das vor allem die Tatsache, dass wir immer eine schöne Zeit miteinander hatten. Egal, ob wir bei seiner Tante Doris in der Kneipe für den weiteren Abend vorglühten, einen romantischen Herbstspaziergang im Jenischpark machten oder bei IKEA seit zwei Stunden in der Kassenschlange warteten: Wir hatten immer Spaß. Richard wusste genau, wie er meinen Nacken kraulen musste, damit ich vor Gänsehaut zerfloss. Und ich wusste, wie ich ihn zum Lachen bringen konnte, selbst wenn er den schlimmsten Tag seines Lebens hinter sich hatte, nämlich indem ich ihm »I Wanna Riot« von Rancid vorsang und dazu tanzte – wer es nie probiert hat, weiß nicht, was das bedeutet.

Es herrschte Friede, Freude, Eierkuchen. Aber dann waren wir vor anderthalb Jahren zusammengezogen. Und alles wurde anders.

Denn ungefähr zur gleichen Zeit beförderten sie Richard innerhalb der kleinen Plattenfirma, für die er arbeitete. Dafür bekam er zwanzig Euro mehr Gehalt im Monat und war doppelt so viel unterwegs wie vorher. Wir sahen uns immer seltener, und das, obwohl wir uns jetzt eine Wohnung teilten, und wenn wir uns zufällig mal in der Küche oder im Schlafzimmer trafen, war Richard müde, sehr, sehr müde. Ich versuchte noch ein paarmal den alten Trick, aber nein, Rancid hatte ihren Zauber verloren. Und weil Richard neuerdings selbst für Nackenkraulen zu müde war, konnte mich umgekehrt auch kein Nackenkraulen mit der Tatsache versöhnen, dass sich mit der Langzeitbeziehung noch etwas anderes Neues in mein Leben geschlichen hatte, mit dem ich absolut nicht gerechnet hatte: Alltagsfrust.

Richard hatte zwar keine Zeit, sich um den Abwasch zu kümmern, aber genug Zeit, dreckige Teller und Tassen zu produzieren, die *ich* dann abwaschen durfte. Ich kümmerte mich um seine Wäsche, erledigte die Einkäufe und war von dieser Hausfrauenzwangsverpflichtung derartig genervt, dass ich irgendwann absichtlich vergaß, den Joghurt zu kaufen, den er so gern aß. Falls er meine kleine Revolte bemerkt hatte, war er zu gestresst, um sie anzusprechen. Ich bekam keine Reaktion, nicht einmal eine klitzekleine, und schlief vor dem Fernseher ein, während ich mal wieder freitagabends darauf wartete, dass er von der Arbeit nach Hause kam und wir ausgehen und unsere Freunde treffen konnten.

Wie eine komische Hautveränderung betrachtete ich die Situation erst mit Sorge, dann ängstlich, und schließlich kotzte mich das alles bloß noch an. Allein abwaschen statt gemeinsam kochen, Serienmarathon mit mir selbst, statt romantischer Kinobesuche zu zweit, und vor dem Einschlafen las ich jetzt Bücher, statt mich an meinen Freund zu schmiegen. Und mit den Renovierungsarbeiten in unserem gemeinsamen Zuhause ging es auch nicht voran. Jetzt hatte ich also meinen Traummann, der witzig war, lieb, schlau und obendrein auch noch schön (Bingo!) – und dann war er nie da. Und wenn er da war, schlief er.

Mein Ärger darüber verwandelte unsere Beziehung in ein Minenfeld. Richards schlechtes Gewissen tat sein Übriges. Wir befanden uns plötzlich in einer Schieflage, mit der jeder auf seine Weise umging. Richard versuchte, das Problem zu ignorieren. Ich ging bei jeder noch so kleinen Gelegenheit in die Luft. So war es jetzt. Und das war schlimm.

Oft genug stellte ich mir die Frage, wie lange ich das alles noch mitmachen wollte. Die Antwort war: Eigentlich hab ich jetzt schon keine Lust mehr. Dabei wünschte ich mir nichts mehr, als dass auf irgendeine wunderbare Art alles wieder in Ordnung kam, so wurde wie früher. Denn bei all den Nerven, die mich diese Beziehung in letzter Zeit kostete, war ich mir einer Sache zu hundert Prozent sicher: Ich liebte Richard. Und ich wollte mit ihm zusammen sein.

Darauf kam es doch schließlich an. Das war das, was zählte, was mir Kraft und Hoffnung gab. Und wenn ich mich an dieser Hoffnung festhielt, würde alles wieder gut werden. Vielleicht. Mit Glück. Besser schnell auf Holz geklopft.

»Daphne? Was machst du da?«

Ich hielt in der Bewegung inne – meine Faust schwebte wenige Zentimeter über der Tischplatte, neben der ich stand – und sah meinen Freund ertappt an. »Ich klopfe auf Holz?«

»Warum?«

Schulterzucken. »Kann ja nicht schaden?«

Richard schüttelte den Kopf, griff nach meinem Handgelenk und zog mich durch die Schwingtür, die in den Servicebereich führte. Hochzeits-Backstage sozusagen. Hier hatten nur Eingeweihte Zutritt: Brauttöchter, ihre Freunde und Kellner in weißen Hemden, die Tabletts mit Sektflöten balancierten. Soweit ich die Situation überblicken konnte, lief alles nach Plan. Hinten in der Küche klapperte Geschirr, Fett zischte, und etwas abseits stand sie und wartete auf ihren großen Auftritt: die vierstöckige Hochzeitstorte, verziert mit kleinen Zuckerröschen, Sahneschnörkeln und den Abdrücken kleiner Hände in der Marzipandecke auf dem unteren Ring dieses Traums in Pistazie.

»O Gott! Bitte sag, dass das keine …« Handabdrücke? Die hatte meine Mutter nicht bestellt, ganz sicher nicht. Sie schätzte keine Handabdrücke auf ihrer Hochzeitstorte. Wenn ich aber geglaubt hatte, dass es sich dabei schon um das größte Problem handelte, wurde ich umgehend eines Besseren belehrt. Denn viel schwerer wog die Tatsache, dass auf der Rückseite desselben Tortenstockwerks ein tennisballgroßes Stück herausgebrochen war. Hier war etwas Unvorhergesehenes passiert. Etwas, das die Laune der Braut nicht nur trüben, sondern ruinieren würde. Zischend zog ich die Luft durch die Zähne. »Scheiße …«

»Es tut mir wirklich leid, Schätzelein. Aber ich möchte betonen: Es ist nur eine Torte.« Ich bemerkte Betty erst jetzt, weil sie versteckt in der Nische neben der Tür gehockt hatte, zwischen ihren Knien ihr zweijähriger Sohn Max, der sich wand und wehrte, während sie ihm die klebrigen Hände mit einem Taschentuch sauber machte. Sie trug ein buntes, bodenlanges Sommerkleid und hatte ihre Dreads zu einem kunstvollen Gebilde auf dem Kopf aufgetürmt und mit Blumen geschmückt. Max hatte sie zur Feier des Tages ein hellblaues Hemd angezogen, das jetzt deutliche Flecken von grünem Marzipan und Cremefüllung aufwies.

»*Nur* eine Torte?« Ich spürte die Panik in mir hochsteigen. »Erzähl das mal meiner Mutter!« Sie hatte Wochen damit zugebracht, sich für ein Dekor zu entscheiden, für die Farbe des Marzipans (wie der Hut passend zu ihrem Kleid), die Größe der Zuckerblümchen, die Anzahl der Stockwerke (vier!), und wie genau das kleine Brautpaar auf der Spitze der Torte aussehen sollte. Wie viele Gedanken in dieses Backwerk investiert worden waren, davon konnte sich ein Außenstehender keine Vorstellung machen. Und ganz sicher wusste ein umtriebiger Zweijähriger nichts davon.

»Und jetzt?«, fragte Richard. Ein Mann eben. Lösungsorientiert.

Betty erhob sich und gesellte sich zu uns an den Tatort. »Wenn man sie richtig dreht, fällt es vielleicht niemandem auf.«

Ich sah sie fassungslos an. »Du glaubst nicht wirklich, dass das klappt, oder? Nicht wirklich.«

»Das wissen wir erst, wenn wir es probieren.«

»Wir werden es aber nicht probieren. Nicht bevor ich mich nicht ins Ausland abgesetzt und mir eine neue Identität zugelegt habe.«

»Serviette drüberlegen?« Bereit zum Einsatz, wedelte Richard mit einem hellgrünen Stück Zellulose.

Ich schüttelte den Kopf. »Das wird aus so vielen verschiedenen Gründen nicht funktionieren, dass es sich gar nicht lohnt, sie aufzuzählen.«

»Und wenn ich die Serviette erst in Form schneide?«

Ich verstand einfach nicht, wie Richard jetzt Witze machen konnte. Eine zermatschte Hochzeitstorte. Das war Super-GAU Nummer 3. Gleich nach »Vor dem Altar stehen gelassen« und »Brautkleid zu klein / kaputt / mit Rotwein bekleckert«. All das war nicht passiert. Es war bis hierher einfach alles zu gut gelaufen. Ich hätte dem Frieden nicht trauen dürfen. »Wir müssen den Schaden kaschieren.«

»Sag ich doch.« Die Serviette wurde mir erneut vor die Nase gehalten. Max kicherte vergnügt.

»Nein, nicht so!« Langsam kam ich wirklich ins Schwitzen. Die Braut würde ausrasten.

»Wie wäre es denn«, Betty tippte sich nachdenklich mit dem Zeigefinger an die Unterlippe, »wenn wir die Torte verschwinden lassen?«

»Brillante Idee«, antwortete ich trocken. »Das wird meiner Mutter sicher nicht auffallen.«

»Na, ich mein doch nicht das ganze Ding, Schätzelein. Nur den unteren Teil. Den mit der Lücke ...«

Ich war skeptisch. »Sie hat eine vierstöckige Torte bestellt, das weiß sie ganz genau. Sie wird es merken. Besonders heute, da sind ihre Sinne extrem geschärft. Ihr könnt das nicht wissen, ihr musstet sie nicht die letzten sechs Wochen ertragen. Aber ich weiß es. Sie ist eine Hochzeitsmaschine, ein Monster …« Ich merkte, dass ich Gefahr lief zu hyperventilieren. Ich versuchte, mich zu beruhigen, die amüsierten Gesichter meiner sogenannten Freunde zu ignorieren, mich aufs Wesentliche zu konzentrieren. »Wenn das untere Stockwerk fehlt, rastet sie aus, dann kann ich für nichts mehr garantieren.«

»Einen Versuch ist es auf jeden Fall wert.« Betty zuckte mit den Schultern. »Du hast ja auch keine bessere Idee.«

Ich fand, dass das Wort »Versuch« zu harmlos klang. Wenn dieser Plan misslang, würde es keine weiteren Versuche geben. Dann würde sich die pistaziengrüne Braut in den unglaublichen Hulk verwandeln und uns allen die Köpfe abreißen. Uns drei Erwachsenen zumindest, das Kind würde sie vermutlich verschonen. Allerdings war es leider so, ich hatte tatsächlich keine bessere Idee, wie dieses Problem zu lösen war. Außer der Beschaffung einer neuen Torte vielleicht, aber die würden wir so schnell nicht auftreiben können. Erschöpft strich ich mir eine Haarsträhne aus der Stirn und gab mich geschlagen. »Okay. Dann machen wir es so.«

»Und wohin damit?« Richard hatte bereits das Jackett ausgezogen und war dabei, die Ärmel seines Hemds hochzukrempeln. Ein Mann eben. Bereit zu tun, was getan werden musste.

»Ich bin mit Mos Auto da«, erklärte Betty. »Wir können die Torte erst mal im Kofferraum lagern.«

»Und dann?« Die Frage bezog sich sowohl auf die Torte als auch auf den Moment, in dem meiner Mutter auffallen würde, dass ein Stockwerk fehlte. Vielleicht sollte ich stümperhaft einen orientalischen Fächertanz aufführen, um sie abzulenken. Wie in einem alten Agentenfilm.

»Und dann?« Mit einem leisen Ächzen hob Betty Max vom Boden hoch und setzte ihn sich auf die Hüfte. »Essen wir das Biest auf. Oder verteilen es an bedürftige Menschen. Da draußen gibt es so viele Leute, die nichts zu essen haben, und wir stehen hier mit einer vierstöckigen Marzipantorte. Das ist doch der Gipfel der Dekadenz. Voll peinlich.«

Sie schaffte es wirklich, dass ich mich schämte, sie hatte dieses Talent.

»Und wie machen wir's nun?«, fragte Richard.

Irgendwie. Mit Biegen und Brechen.

Joe hielt eine wirklich charmante Rede und währenddessen ununterbrochen die Hand meiner Mutter, was ich übertrieben und reizend zugleich fand. Das Essen war köstlich, ein Drei-Gänge-Menü, eigentlich vier Gänge, wobei der vierte und letzte das Dessert sein würde, die Torte. Ängstlich behielt ich die Schwingtür zum Küchenbereich im Auge, durch die das gute Stück zum großen Finale hereingebracht werden würde. Alle Gäste hatten Wunderkerzen neben ihren Tellern, die sie entzünden sollten, wenn das Meisterwerk aus Zucker und Sahne in den Festsaal geschoben wurde. Ich stellte mir das entgeisterte Gesicht meiner Mutter im flackernden Schein der kleinen Feuerwerke vor. Es würde schrecklich werden.

Hektisch schob ich mir noch ein Stück von dem butterzarten Rinderfilet in den Mund, meine Henkersmahlzeit.

Sie würde mich enterben. Schlimmer: Sie würde mich an den Singletisch verbannen.

»Musst du mal, oder was?«, fragte Betty von der Seite. Sie durfte, wie Richard auch, mit mir am Familientisch sitzen. Sie auch einzuladen, war ein netter Zug von meiner Mutter gewesen.

»Nein, wieso?«, flüsterte ich. Keine Ahnung, warum ich flüsterte. Weil wir Komplizen waren. Deswegen wahrscheinlich.

»Weil du auf deinem Stuhl herumrutschst, als ob du es nicht mehr lange halten kannst.«

»Ich bin nervös.«

»Wegen der Torte?«

»Natürlich wegen der Torte«, antwortete ich leicht gereizt. Was sollte denn bitte sonst das Problem sein? Dass die Prinzessbohnen nicht alle auf gleiche Länge geschnitten waren? Wobei … Wie ging es meiner Mutter wohl damit?

»Entspann dich, Schätzelein. Alles unter Kontrolle.« Betty nickte an mir vorbei zu Richard hin, der links von mir und über Eck neben meiner Mutter saß. »Dein Freund regelt das schon.«

Ich warf ihm einen verstohlenen Blick zu und registrierte, dass er das Weißweinglas der Braut großzügig befüllte. »Ihr macht sie betrunken? Habt ihr sie noch alle?!« Dieses Mal flüsterte ich aus gutem Grund.

»Wir machen sie nicht betrunken, wir helfen ihr nur dabei, ein bisschen Spaß an der Sache zu haben. Du hast doch selbst gesagt, ihre Sinne sind extrem geschärft … Wie soll sie denn so die Party genießen?« Ich wollte etwas erwidern, aber Betty fuhr mir über den offenen Mund. »Das ist schließlich ihre zweite Hochzeit. Da kann sie die Dinge ruhig mal ein bisschen lockerer angehen. Außerdem ist der Wein im Preis für das alles hier inbegriffen, wusstest du das?«

»Ja«, antwortete ich tonlos. »Ich hab das alles hier organisiert, wie du weißt.«

Sie genehmigte sich einen großzügigen Schluck aus ihrem Glas – »Einfach fantastisch!« – und ich mir dann auch. Bei dieser Veranstaltung handelte es sich schließlich um eine Hochzeit und keine Verkehrskontrolle.

Betty schluckte und unterdrückte ein Rülpsen. »Ich hatte übrigens gerade einen großartigen Einfall.«

»Noch einen?«

»Freut mich, dass du inzwischen, was das Tortenstück betrifft, mit mir auf einer Linie bist.«

»Das war kein Stück, das war ein Stockwerk. Und das war sarkastisch gemeint.«

»Sarkasmus ist schlecht für den Täng, Schätzelein.« Sie wischte ganz nebenbei ihrem Sohn die Bratensoße aus dem Gesicht und fuhr unbeirrt fort. »So eine Torte ist der ideale Proviant für unsere Reise. Sobald ich zu Hause bin, zerteil ich das Ding und frier die Portionen ein. Dann sind wir komplett unabhängig von diesen überteuerten Autobahnraststätten.«

»Wir werden so fett sein, dass uns unsere Bikinis nicht mehr passen.«

»Herrlich, nicht? Wie wir dann fett und nackt in der Sonne brutzeln werden. Wie zwei Bratwürste.«

Es gab unterschiedliche Gründe dafür, warum weder Betty noch ich in den letzten zwei Jahren in den Urlaub gefahren waren. In Bettys Fall lag es an ihrem Kind. In meinem war zu einem kleinen Teil mein Job schuld, zum größten Teil aber war der Grund, dass es für meinen Freund offensichtlich unmöglich war, sich für eine oder zwei Wochen aus den Fängen seiner Arbeit zu befreien und mit mir zu verreisen. Da ich das aber unbedingt wollte, mit Richard gemeinsam Urlaub machen, blieb ich, genau wie Betty, in Hamburg, wo die letzten beiden und auch der laufende Sommer allerhöchstens die Bezeichnung »schlechter Witz« verdient hatten, und wir beide aufgrund des ständigen Vitamin-D-Mangels ernsthaft befürchten mussten, entweder eine schlimme Knochenkrankheit oder eine handfeste Depression zu entwickeln. Sonne, Strand und der Soundtrack von Wellenrauschen waren das, was unsere verregneten Ichs brauchten. Also beschlossen wir das Naheliegende: Wir würden Urlaub machen. Gemeinsam. Seltsam, dass keine von uns schon früher auf die Idee gekommen war. Immerhin waren wir jetzt schon seit zwölf Jahren Freundinnen und hatten ansonsten so ziemlich alles miteinander erlebt. Von alkoholgeschwängerten Kieznächten an den Kickertischen oder Tresen dieser Stadt, an denen Betty bediente und ich konsumierte, über Höhen und Tiefen in unser beider Liebesleben bis hin zur Geburt von Max vor zwei Jahren – Betty und ich kannten einander in so gut wie jeder Lebenslage. Aber gemeinsam das Land verlassen hatten wir noch nie.

Aber lieber spät als nie, lautet das Motto, und jetzt waren wir beide voller Vorfreude und davon überzeugt, dass dieser gemeinsame Urlaub die beste Idee aller Zeiten war. Nach Monaten pausenlosen Schuftens als Geschäftsführerin in Schimanskis Antiquitätenladen hatte ich mir endlich ein paar Wochen freischaufeln können und mich, auch wenn es mir schwerfiel, von dem Gedanken eines romantischen Pärchenurlaubs mit meinem Freund verabschiedet. Betty war ohnehin zum Zwecke der Vater-Sohn-Beziehungs-Vertiefung verpflichtet, Max mit seinem Vater Mo und den Großeltern für einen Monat in die Sommerfrische an die Nordsee zu entlassen. Sie fürchtete den Trennungsschmerz und war froh, die Wochen nicht zu Hause verbringen zu müssen, wo sie zweifellos die meiste Zeit in Max' Zimmer gesessen und heulend mit seiner Duplo-Eisenbahn gespielt hätte. Noch vor drei Jahren war eine sturmfreie Bude für sie kein Grund zum Weinen gewesen, aber die Zeiten änderten sich. Wir wurden älter. Manche von uns wurden Mütter, manche fetter ... Irgendwie war es für mich dieses Mal nicht so einfach wie sonst gewesen, einen schönen, schmeichelhaften Bikini für diese Reise zu finden. Und jetzt, da ich endlich einen gefunden und gekauft hatte, hatte ich nicht vor, nur um Beweismittel verschwinden zu lassen, so viel Torte in mich hineinzustopfen, bis mir diese mühsam ausgewählten Quadratzentimeter Stoff nicht mehr passten.

Der Urlaub selbst stand unter der Überschrift: Der Weg ist das Ziel. Wir wollten ganz entspannt reisen, uns nicht nach Flugplänen richten und Hotels suchen müssen. Wir waren im Alltag schon genug im Stress. Dem wollten wir entfliehen. Und wenn es eine Person gab, die wusste, wie man komplett stressfrei durchs Leben kam, dann war es Sky, seines Zeichens Freigeist, Erbe eines Schwammimperiums, Freund und ehemaliger Mitbewohner von Richard, jetzt unser Vermieter und stolzer Besitzer eines postgelb leuchtenden VW-Busses, mit dem er die Welt bereiste. Um Erleuchtung zu finden. Und um mehrere Wochen am Stück mit Gleichgesinnten an einem schönen Strand abzuhängen, zu kiffen und zu philosophieren. War das dann schon die

Erleuchtung? Nicht einmal Sky wusste es so genau. Sicher aber war, dass Stress in keiner Weise Teil seines Lebensstils war. Und da er ein guter Freund war und ohnehin der Meinung, dass Betty und ich uns mal ein bisschen lockermachen sollten, sagte er sofort Ja, als ich ihn bat, uns seinen Bus für ein paar Wochen zu leihen.

»Wir wollen auch gar nicht so weit weg. Und nur drei Wochen.«

»Daphne, fahrt so weit ihr wollt und bleibt so lang wie nötig. Hauptsache, du kommst ohne diesen verbissenen Gesichtsausdruck zurück.«

»Verbissener Gesichtsausdruck?«

»Sag bloß, das ist dir noch nicht aufgefallen. Die ganze Verbitterung einer geschiedenen Vierzigjährigen, wie eine Leuchtreklame. Bäm!«

Dabei war ich gar nicht vierzig. Oder geschieden. Wie gesagt, ich hatte es bisher ja nicht einmal geschafft zu heiraten. Möglichst unauffällig, aber doch leicht panisch, hatte ich mein Gesicht befühlt und versucht, mich in der Scheibe des Küchenfensters zu spiegeln. »Das kann nicht sein. Ich bin Anfang dreißig!«

»Nur eine Zahl.« Sky legte mir tröstend einen Arm um die Schulter. »Manche von uns holt das Alter weit vor ihrer Zeit ein. Wenn man nicht geschmeidig bleibt, kann das schnell passieren.«

»Das ist das Niederschmetterndste, was ich seit Langem gehört habe.«

Er nickte mitleidig und schlürfte an seinem Yogi Tee. »Hast du eigentlich so eine Beißschiene?«

»Eine was?«

»Ich wette, du knirschst nachts mit den Zähnen …«

Klar hatte ich in letzter Zeit vermehrt im Schlaf mit den Zähnen geknirscht, schließlich schlug ich mich mehr schlecht als recht mit der Heiligen Dreifaltigkeit der Extrembelastungen herum: Führungsposition, Alltagsfrust, Hochzeit. Und auch wenn es nicht meine eigene Hochzeit war … Ich steckte so tief in der Organisation drin, dass es mir irgendwann so vorkam, als wäre sie es. Das ging sogar so weit, dass ich in der Nacht vor dem großen Tag nicht einschlafen konnte, weil ich mir plötzlich nicht mehr sicher war, ob Joe mein Kleid gefallen würde. Und weil ich mich fragte, was ich tun sollte, falls der Ring nicht passte, die amerikanische Verwandtschaft sich nicht wohlfühlte, oder falls der Bräutigam nicht »Ja« sagte. Sondern »Nein«. In meinem Kopf herrschte ein einziges großes Chaos aus Katastrophen-Szenarien. Und ich fragte mich, ob meine in Hochzeitsdingen viel erfahrenere Mutter sich auch so verrückt machte.

»Hübsches Kleid«, rief Richard mir hinterher, als ich in der knielangen hellblauen Kreation irgendeines Italieners am Morgen der Trauung an der Küche vorbeistürmte, die Haare noch nass und sieben Minuten hinterm Zeitplan. Das war vor zehn Stunden gewesen. Mir kam es vor, als wären inzwischen zwei Tage vergangen.

Er hatte es aufmunternd gemeint, das wusste ich, aber dafür hatte ich keinen Sinn. »Keine Zeit!«, motzte ich ihn über die Schulter an, und wich nur knapp den Farbeimern aus, die entlang der Wand gestapelt standen und darauf warteten, wieder in den Gestaltungsprozess unserer Wohnung eingebunden zu werden. Seit vier Monaten wohlgemerkt. Und knapp, das war Anlass genug, um meine ganze extreme Anspannung zu einem Strahl extrem schlechter Energie zu bündeln und diesen in Richtung meines Freundes zu entladen: »Warum stehen die Scheißfarbeimer immer noch in dem Scheißflur? Wenn ich jetzt auch nur den kleinsten beschissenen Farbfleck auf meinem Kleid hab, dann weiß ich nicht, was ich tu, Richard, dann raste ich aus. Das war arschteuer!«

Wie gesagt, in letzter Zeit ging ich bei jeder Kleinigkeit in die Luft.

Richard, dessen wahrscheinlich beste Eigenschaft es war, sich von meinen Wutausbrüchen nicht aus der Ruhe bringen zu lassen, erschien in der Küchentür, die Krawatte noch immer nicht gebunden, das Haar nach wie vor zerzaust, und sagte mit seiner sanften Daphne-Flüsterer-Stimme: »Ich mach's gleich morgen, Baby, okay? Du siehst toll aus.«

Leider war Richards so ziemlich schlechteste Eigenschaft, dass er sich von meinen Wutausbrüchen nicht aus der Ruhe bringen ließ. Wenn ich wirklich wütend war, machte mich das noch wütender. Und an diesem Morgen vor der Hochzeit meiner Mutter wusste ich einfach nicht mehr, wohin. Also trat ich gegen einen Farbeimer.

»Ist das eigentlich Farbe auf deinem Kleid?«, fragte Betty und zeigte auf das Grüppchen kleiner grauer Kleckse in der Nähe des Saums. Die Farbe gehörte eigentlich an die Küchenwand.

Richard warf mir einen Blick zu.

»Ja. Ist es.« Ich wischte ein paar Krümel von dem leeren Tischtuch vor mir. Gleich war das Dessert dran. »Ist hochgespritzt.«

»Hochgespritzt?« Betty zog die Augenbrauen hoch. »Aber wie …«

»Frag nicht.«

Sie kam ohnehin nicht mehr dazu, weil Joe sich in just diesem Moment von seinem Platz erhob und für Ruhe unter den fast hundert Gästen sorgte, indem er sich räusperte und mit seiner Kuchengabel gegen ein Glas schlug. Die Geräuschkulisse aus Gesprächen und Besteckklappern ebbte ab, der Bräutigam legte seine Utensilien beiseite und eine stolze Hand auf die Schulter seiner kichernden Braut. Der Wein schien zu wirken.

»Liebe Gäste«, verkündete Joe, »Ladies and Gentlemen! Und nun das große Finale, der Höhepunkt dieses unvergesslichen Dinners.« Sein amerikanischer Akzent ließ die kleine Ansprache klingen wie die Eröffnung eines Boxkampfes. Er machte eine ausladende Bewegung zur Servicetür, was den Eindruck noch verstärkte. Es fehlten lediglich die Nummerngirls. Oder zumindest der Gong zur ersten Runde. »We proudly present: the cake!«

Die Schwingtür öffnete sich, und unter Ahs und Ohs von allen Seiten schoben zwei Kellner die Torte in den Saal. Wunderkerzen wurden planmäßig entzündet, und ein kleiner Applaus brandete auf, als Joe meine Mutter galant zum Aufstehen aufforderte und sie zu dem Meisterwerk aus Marzipan und Buttercreme führte. Es war filmreif. Perfekt. So perfekt, dass ich mir wünschte, auch irgendwann einen Amerikaner zu heiraten mit angeborenem Sinn für Inszenierung. Ich klatschte mir die Hände wund und schob den Gedanken beiseite, ich hatte ja Richard. Der war auch nicht schlecht. Auch wenn er unpassenderweise just in diesem Moment lieber sein Weinglas in einem Zug leerte und sich großzügig nachschenkte, anstatt wie alle anderen hingerissen und gerührt zu sein. Er bemerkte meinen Blick und zwinkerte mir zu, als wäre nichts. Nein, Richard war kein

Amerikaner. Und wenn er einer gewesen wäre, dann eine deutlich andere Kategorie als Robert-Redford-Joe. Ich seufzte leise.

Max wand sich auf Bettys Schoß, streckte einen kleinen, feuchten Zeigefinger Richtung Torte aus und schrie wiederholt »Da! Dadadadada!«. Ich hatte schon Angst, dass er uns damit alle verraten würde, aber meine Mutter und Joe schnitten glücklich und gemeinsam die trotz allem enorme Torte an, und wenn ihnen eine Unregelmäßigkeit aufgefallen war, so ließen sie sich ihre Irritation zumindest nicht anmerken. Ein Kellner kam ihnen zu Hilfe, schnitt und verteilte Tortenstücke auf Teller, die sich die Gäste bei dem Brautpaar abholten und bei dieser Gelegenheit mal wieder Komplimente und Glückwünsche loswurden. Als hätte es davon an diesem Tag nicht bereits genug für ein Leben gegeben.

Ich drückte mich so lange wie möglich davor, mir mein Stück vom Kuchen abzuholen. Wenn man es genau nahm, hatte ich ja bereits mehr bekommen, als mir zustand. Aber meine Mutter entdeckte mich im Gewimmel, rief meinen Namen und winkte mich zu sich. Und gegen den Willen der Braut kann und darf sich niemand wehren.

»Daphne!« Sie nahm mich in die Arme und drückte mir einen Kuss mit Weißwein-Aroma auf die Wange. »Mein Kind!«

»Ja, das bin ich. Dein Kind.« Ich lachte nervös und versuchte, in ihrem oder Joes Gesicht zu lesen, ob sie bezüglich der Torte etwas bemerkt hatten. Aber Joe war gerade damit beschäftigt, einer sehr blonden Frau mit sehr glattem Gesicht zuzuhören, die mit affektierter, sich überschlagender Stimme aufzählte, was an diesem Tag alles »amazing« gewesen war. Und meine Mutter hatte offensichtlich Schwierigkeiten damit, geradeaus zu gucken. Nichtsdestotrotz erkannte sie Richard, der sich zu mir gesellt hatte.

»Richard!« Sie umarmte und küsste auch ihn. »Mein Schwiegersohn!«

Richard lachte.

Ich nicht. Ich war stocksteif. »Na, nicht ganz, erst müsste man ja heir...«

Meine Mutter legte jedem von uns eine Hand auf die Wange und drückte unsere Köpfe aneinander. Sie hatte den melancholischen Tonfall einer Angetrunkenen. »Lasst mich nicht zu lange warten, hört ihr? Ich kann es kaum erwarten, meine Daphne als Braut zu sehen.«

»Exactly!«, schaltete sich Joe ein, der die Blondine inzwischen losgeworden war. »When are you going to propose, buddy?«

Ich zwang mich mit Mühe zu einem Lächeln. Irgendwie kam es mir nicht richtig vor, übers Heiraten zu reden, wenn die Dinge zwischen mir und Richard gerade alles andere als rund liefen. Wovon weder meine Mutter noch Joe wussten, aber trotzdem ... Und dann zog mich Richard plötzlich an sich, drückte mir demonstrativ einen Kuss auf den Mund und machte meine entrückt dreinblickende Mutter sehr glücklich, als er Joe einen Klaps auf die bald schwiegerväterliche Schulter gab und sagte: »Soon. Soon enough.«

2
Der Teil, in dem aus zwei drei werden

BETTYS MIXTAPE
The Specials – You're Wondering Now

Ich lag im Bett und brütete. Es war fast fünf Uhr morgens. Mein Kopf dröhnte vom Alkohol und der lauten Musik, von meinen Pflichten als Hochzeitsplanerin und wahrscheinlich auch, weil der Stress nachließ, nachdem alles, was schiefgegangen war, von meiner Mutter entweder nicht bemerkt oder ignoriert worden war. Wie ihr allerdings hatte entgehen können, dass ein ganzes Stockwerk Torte gefehlt hatte, wollte mir einfach nicht in den Kopf. Ein ganzes Stockwerk!

Ich brachte die Plastikbeißschiene mithilfe meiner Zunge in Position, konzentrierte mich auf die Leiter und die halb abgerissene Tapete in der Ecke neben dem Fenster und versuchte, jegliche Gedanken an Torte fürs Erste weit von mir zu schieben. Weit, weit weg.

»Sie haben nichts gemerkt. Gar nichts.« Richard ließ sich mit Schwung neben mir ins Bett fallen. Sein Atem roch trotz Zähneputzen nach Alkohol. »Eine ganze Etage fehlt, und keiner sagt etwas. Besser hätte es nicht laufen …«

»Können wir über was anderes reden?«, fuhr ich ihm über den Mund. Das war hart und tat mir im selben Moment leid. »Oder vielleicht gar nicht reden?«, fügte ich etwas sanfter hinzu. »Ich bin müde. Ich hab Kopfschmerzen.«

Richard schaltete das Licht aus und atmete im Halbdunkel hörbar aus. »Du hast oft Kopfschmerzen in letzter Zeit. Geh doch mal zum Arzt.«

Vielleicht war es nur eine Feststellung. Ziemlich sicher war es das. Aber in meinen Ohren, in meinem übellaunigen Kopf, klang es wie ein Vorwurf. Mal ganz abgesehen davon, dass ich es hasste, wenn jemand dachte, mir sagen zu müssen, was ich zu tun hatte, vor allem wenn dieser Jemand Richard war: Wann hatte er denn mal etwas getan, worum ich ihn gebeten hatte. Gebeten. Mit »bitte« und allem. Nicht der unverschämte Imperativ, den er benutzte.

Ich nahm das Stück Plastik wieder aus meinem Mund, damit ich besser reden konnte. »Die Leiter steht da auch schon seit Wochen.«

»Ja«, antwortete er knapp. Das Thema kannte er. Darauf hatte er so wenig Lust wie ich.

»Wann machen wir das fertig?«

»Wenn ich dazu komme.«

»Und wann wird das sein?«

Ich hörte und merkte, wie er sich umdrehte. Von mir weg.

»Morgen?«

»Morgen.« Ich lachte bitter. »Du stehst doch nie im Leben vor drei auf. Und dann hast du einen Kater.«

»Du doch auch, Daphne.«

»Aber ich versetze dich nicht ständig wegen irgendwelcher ›spontanen‹ Termine, weil ich eigentlich gar keinen Bock darauf habe, die Wohnung fertig zu machen.« Ich hielt den Atem an und wartete, wie er auf diese Unterstellung reagieren würde.

Er nahm sich seine Zeit, und als er antwortete, tat er das in einem erstaunlich ruhigen, aber auch merklich genervten

Tonfall. »Ich bin unseretwegen aus New York zurückgekommen und hab dich gebeten, bei mir einzuziehen. Natürlich hab ich darauf Bock, die Wohnung mit dir zu renovieren. Aber mein Job ist eben sehr … arbeitsintensiv.« Ich prustete. Er seufzte. »Dafür sehen wir uns jetzt öfter als damals, als ich noch in Amerika gelebt habe.«

»Kaum«, giftete ich, den Blick an die Zimmerdecke geheftet. »*Und* ich lebe auf einer Baustelle. Vielen Dank auch.«

Richard seufzte. »Wenn es dich so nervt, dann renovier doch allein.«

»Nein!« Wutschnaubend setzte ich mich im Bett auf. »Das ist *unsere* Wohnung, und die renovieren wir *zusammen*. Ich meine, wenn du nicht einmal dafür Zeit findest …« Achtung, der finale Schlag: »… dann ist ja wohl klar, was dir unsere Beziehung bedeutet. Gar nichts nämlich.«

Das hatte ich so eigentlich nicht sagen wollen. Das hatte ich nicht einmal so gemeint. Ich hatte den Satz im Kopf gebildet und mir selbst befohlen: Was auch immer du jetzt sagst, das sagst du nicht. Aber der Imperativ, wie gesagt, funktionierte bei mir einfach nicht. Leider. Denn jetzt lagen wir hier und stritten uns wegen Kleinigkeiten. Um fünf Uhr früh. Im grauen Morgenlicht. Streiten war das Erste, was wir am neuen Tag taten, die letzte Handlung vor dem Einschlafen. Grundloses Aufeinandereinhacken. Und ich hatte angefangen. Die Entschuldigung lag mir auf der Zunge. Aber mein Kopf tat so weh.

»Ich hab Kopfschmerzen«, sagte ich und sank zurück ins Bett. Der Tonfall stimmte. Aber die Worte waren die falschen. ›Es tut mir leid‹, hatte ich eigentlich sagen wollen.

»Ich weiß.«

Wir lagen schweigend nebeneinander, während es im Zimmer heller wurde. Ich machte im Kopf mehrere Anläufe, mich zu entschuldigen, aber immer, wenn ich die erlösenden Worte endlich aussprechen wollte, war etwas im Weg, ich wartete zu lang und sagte schließlich nichts. Ich war kurz davor »I Wanna Riot« zu singen, aber auch das ließ ich bleiben. Und je länger wir schwiegen, desto schwerer wurde es, auch nur einen Ton rauszubringen. Irgendwann begann Richard gleichmäßig und tief zu atmen. Jetzt oder nie.

»Richard?«

»Hm?«

»Ich wollte nur sagen, dass es mir …«

Das Handy begann neben meinem Kopf zu vibrieren und in einer Lautstärke zu klingeln, die mich erst einmal in eine Schockstarre verfallen ließ, bevor ich panisch den Annahmeknopf drückte. Richard drehte sich neben mir mit einem mürrischen Stöhnen zur Seite.

»Ja?«, flüsterte ich ins Telefon. Obwohl Flüstern natürlich überflüssig war, alle Anwesenden waren schließlich wach.

»Daphne?« Hannes' Stimme am anderen Ende der Leitung klang weinerlich. »Entschuldige, dass ich jetzt noch anrufe. Oder schon. Noch oder schon. Also, jedenfalls ist jetzt keine gute Zeit, das weiß ich auch.«

»Ist was passiert?«

»Ja.« Im Hintergrund hörte ich das lallende Gegröle von Betrunkenen. Dasselbe Gegröle drang von der Straße herauf in unser Schlafzimmer. »Ich steh vor deinem Haus.«

»Das ist mir auch gerade aufgefallen.«

»Ich weiß nicht, wo ich hinsoll. Kann ich bei euch auf dem Sofa schlafen?«

Ich dachte an den Tapeziertisch und die eingetrockneten Kleisterpinsel und -eimer im Wohnzimmer. Aber das würde einen Mann in Not nicht stören. Ich fragte Richard, ob es okay wäre, wenn Hannes bei uns übernachtete. Die Antwort, ein verschlafenes »Hm«, hätte alles heißen können, aber ich interpretierte es als »Ja«.

»Klar. Komm hoch.« Ich stieg aus dem Bett, und mir wurde kurz schwarz vor Augen. »Warte, ich mach dir auf, dann musst du nicht klingeln.« Das hätte meinem Kopf den Rest gegeben.

Die Vögel zwitscherten im Hinterhof vor dem Küchenfenster, der Wasserkocher brodelte und schaltete sich mit einem Klicken von selbst ab. Ich machte Tee für Hannes und mich. Er hätte lieber Kaffee gehabt, aber ich besaß keine Kaffeemaschine, und Richard hatte zwar versprochen, eine von diesen kleinen Espressokannen mitzubringen, war aber, wie es mit so vielen anderen Dingen (den Staubsaugerbeuteln, der Lampe im Flur …) der Fall war, noch nicht dazu gekommen. Ich stellte meinem Überraschungsgast einen dampfenden Becher vor die Nase, und er begann freudlos, den Teebeutel ein- und auszutunken.

»Danke.«

»Bitte.« Ich setzte mich auf die Küchenbank beim Fenster und zog meine Füße unter den Po. Obwohl Sommer war, fror ich ein wenig. Typisch Altbau, da war es meistens fußkalt. Sagte meine Mutter: fußkalt. Wer dachte sich nur solche Wörter aus?

Hannes schniefte und wischte sich über die Nase.

»Also: Was ist los?« Es war ja nicht so, als wäre Hannes obdachlos. Er hatte eine Wohnung, in der er mit seiner

Freundin Lucy lebte, die auch meine Freundin war, seit wir Kolleginnen bei Markwardt & Söhne, der dümmsten Werbeagentur der Welt, gewesen waren. Manchmal war sie mit ihrer Naivität, ihrer Anhänglichkeit und ihrer überbordenden Begeisterung für alles Niedliche und Rosafarbene schwer zu ertragen. In der letzten Zeit hatte ich mich prophylaktisch von ihr ferngehalten, weil ein weiterer dieser Prinzessin-Lillifee-Filme in den Kinos angelaufen war und sie mich damals überredet hatte, mit ihr (und der fünfjährigen Tochter einer Bekannten) den ersten Teil anzusehen. Es waren die schlimmsten anderthalb Stunden gewesen, die ich je in einem Kinosaal zugebracht hatte. Ich fühlte mich, als würden kleine pinkfarbene Glitzertierchen mein Gehirn auffressen. Unser Alibikind war übrigens derselben Meinung. Lucy aber war hingerissen. So war sie eben.

Und das Wunderbare war: Hannes liebte sie trotzdem. Vielleicht konnte er sie und ihren Spleen von uns allen einfach am besten verstehen. Schließlich war er ja derjenige mit dieser Ork-Sammlung, für die er des Öfteren schon belächelt worden war. Hannes und Lucy waren vereint in Liebe und Seltsamkeit, zwei ganz spezielle Menschen – der lange Dünne und die kleine Dicke –, wie füreinander gemacht.

»Lucy hat mich rausgeschmissen.«

Oder auch nicht.

»Oh!« Ich saß da mit offenem Mund, zu viele Fragen in meinem müden Kopf, um auch nur ein Wort herauszubringen. Hätte Hannes nicht einfach seinen Schlüssel verlieren können? »Oh«, wiederholte ich.

»Ja«, sagte er.

Und das war alles, was er sagte. Die Details musste ich dann wohl durch kluges Nachfragen herausfinden. Ich seufzte und dachte, wie viel leichter und befriedigender es wäre, eine Frau zu sein, wenn man im Kommunikationssektor wenigstens ab und zu mal etwas Unterstützung von männlicher Seite bekommen könnte. »Okay, *sie* hat *dich* rausgeschmissen. Dann ist sie sauer auf dich, weil du irgendetwas Schlimmes gemacht hast?«

»Sonst würde ich ja wohl kaum seit Stunden durch St. Pauli laufen und nicht wissen, wo ich schlafen soll«, antwortete er schroff, merkte, dass ich das nicht verdient hatte, und rieb sich die müden Augen. »Es tut mir echt leid, dich so zu überfallen. Aber ich konnte sonst nirgendwohin.«

Ich legte meine Hand in einer, wie ich fand, beruhigenden Geste auf seine. »Das ist total in Ordnung. Dafür sind Freunde ja da.«

Er nickte müde. »Weißt du, was mich an dieser Sache fast am allermeisten nervt?«

»Dass du deine Orks zurücklassen musstest?«

Hannes redete einfach weiter, als hätte er meinen schlechten Witz nicht gehört. »Wenn *sie* irgendeinen Scheiß gebaut hätte und wir uns *ihretwegen* getrennt hätten, hätte trotzdem *ich* gehen müssen.« Er schüttelte ernüchtert den Kopf. »Es ist nie die Frau, die nachts über den Kiez irrt und nicht weiß, wohin.« Ich schob die Unterlippe vor und kommentierte das nicht weiter. »Dabei geht es mir doch auch total beschissen. Ist ja nicht so, als hätte ich gerade die Zeit meines Lebens.«

»Klar.« Ich wagte einen erneuten Versuch, der Sache auf den Grund zu gehen. »Aber was genau ist denn passiert?«

Hannes zog den Teebeutel aus der Tasse, hielt Ausschau nach einem Ort, an den er ihn tun konnte, fand nichts in der Nähe und ließ ihn frustriert wieder in die Tasse plumpsen. Dann vergrub er seinen Kopf in den Händen. »Ich hab es nicht mehr ausgehalten.«

»Was hast du nicht mehr ausgehalten?«

»Sie!« Er sah mich so aufgebracht an, dass ich unwillkürlich ein bisschen vor ihm zurückwich. Zu meiner Erleichterung entspannte sich sein Gesicht aber einen Moment später und zeigte wieder denselben jammervollen Ausdruck, mit dem es schon ausgestattet gewesen war, als Hannes durch meine Wohnungstür gekommen war. Die pure Tristesse.

Ich ließ ein paar Sekunden vergehen, um sicher zu sein, dass sich Hannes' Gemütslage stabilisiert hatte. »Hä?«

Er seufzte. »Versteh mich nicht falsch: Ich liebe sie. Sehr. Wirklich.« Er sah aus, als würde er gleich weinen. »Aber es gibt ein paar Dinge in unserer Beziehung, die mich wahnsinnig machen. Ständig will sie wissen, was ich mache, wo ich bin und mit wem. Sie nennt mich Bärchen. Vor Zeugen!« Das stimmte, aber daran hatten wir uns inzwischen eigentlich alle gewöhnt. Ich lachte nur noch ungefähr jedes dritte Mal, wenn ich es hörte. »In der Wohnung gibt es keine Wand mehr, an der nicht ihre Malen-nach-Zahlen-Bilder hängen«, fuhr Hannes fort, nur um gleich wieder eine dramatische Pause einzulegen, die die Schwere des nächsten Vergehens unterstreichen sollte. »Sie kommt ins Badezimmer, wenn ich auf dem Klo sitze!«

»Okay, ich kann mir vorstellen, dass …«

»Und ständig, mehrmals täglich, redet sie vom Heiraten. Vom Heiraten und Kinderkriegen. Und je länger das so geht, desto dringender will ich weg. Ich kann das nicht … für den Rest meines Lebens. Sie ist wunderbar, sie ist süß und gut und treu. Aber sie ist schlimmer als meine Mutter!«

Er schüttelte den Kopf, als wollte er den Wahnsinn loswerden. »Der einzige Unterschied zwischen Lucy und meiner Mutter ist, dass meine Mutter mich nicht heiraten will.«

Ich sah ihn irritiert an. Er hob abwehrend die Hände. »Nein, also, nicht, dass ich mir wünschen würde, dass meine Mutter mich heiraten will, ich meine, das wäre überaus seltsam. Und falsch. Und … Ach, du weißt doch, was ich meine …«

»Ich denke schon«, sagte ich. Aber bis jetzt hatte Hannes keinen Grund genannt, weshalb Lucy ihn verlassen haben könnte. Eher hatte ich den Eindruck, dass Hannes ernsthaft mit dem Gedanken gespielt hatte, die Beziehung zu beenden, doch sie war ihm zuvorgekommen. Warum? Ich nahm einen Schluck Tee. »Vielleicht renkt sich ja alles wieder ein? Morgen sieht die Welt sicher ganz anders aus.« Jetzt klang ich wie meine eigene Mutter. Wir Frauen wurden alle irgendwann Mütter. Selbst wenn wir keine Kinder bekamen. »Du kannst ja noch einmal mit ihr reden. Ich bin mir sicher, sie will sich von dir eigentlich genauso wenig trennen wie du dich von ihr.«

Hannes schüttelte langsam den Kopf. »Sie will nicht mit mir reden.«

Ich lachte. »Quatsch. Lucy will immer reden.«

»Nein. Nicht mehr. Nicht mit mir. Es gibt da noch was anderes.« Jetzt endlich nahm Hannes den Teebeutel und trug ihn zum Mülleimer. Wahrscheinlich weil er das, was er zu sagen hatte, sowieso lieber mit dem Rücken zu mir sagte. »Ich hab ihr gesagt, dass ich das nicht mehr mitmache, diese Zwangsjackennummer, wenn unsere Beziehung ansonsten gar keine ist. Wir haben ja nicht einmal Sex. Als ich das gesagt habe, ist sie wütend geworden. Ich glaube, sie war noch nie so wütend …«

Ich winkte beschwichtigend ab. »Das war bestimmt nur eine Überreaktion. Niemand hört gern von seinem Partner, dass man zu selten …«

»Nicht selten, Daphne. Nie.« Hannes drehte sich zu mir um und sah mich ernst an. »Lucy und ich haben noch nie miteinander geschlafen. Ich warte jetzt fast schon drei Jahre. Das macht man aus Liebe, oder? Aber irgendwann … Du musst das verstehen … Ich hab genug. Sie will, dass wir erst heiraten. Ich kann sie doch nicht *deswegen* heiraten! Ich *will* gar nicht heiraten. Und sie sagt, ich meine es nicht ernst mit ihr. Dass ich sie die ganze Zeit nur belogen habe. Und dass ich nicht wiederkommen soll. Nach all der Zeit, die ich immer für sie da war – kannst du dir das vorstellen? Wie sich das anfühlt? Wie es mir damit geht?« Hannes setzte sich wieder an den Tisch und vergrub seinen Kopf in seinen Händen. »Wie kann sie so etwas sagen? Ich liebe sie doch.«

»Tja.« Ich schluckte und wusste nicht, was ich sagen sollte, probierte es aber trotzdem. »Das ist ja …« Ein dicker Hund? Ein starkes Stück? Unfassbare Enthüllungen. Um sechs Uhr früh.

Wahrscheinlich war es keine gute Idee, nach vierundzwanzig Stunden ohne Schlaf und mit Restalkohol im Blut auf eine Leiter zu steigen und die Küche zu streichen, aber nachdem ich Hannes mit Schlafsack und Kissen bestückt und ins Wohnzimmer verfrachtet hatte, war an Schlaf nicht mehr zu denken gewesen. War es für mich ohnehin nie, wenn die Sonne schon schien und die Vöglein sangen, und jetzt war ich außerdem auch noch aufgewühlt von dem, was Hannes mir erzählt hatte. Also beschloss ich, zwei Fliegen mit einer Klappe zu schlagen und mich sowohl auf bewährte Art und Weise ein bisschen abzureagieren als auch ganz nebenbei die Renovierungsmaßnahmen in der Wohnung voranzutreiben. Für die große Wand in der Küche hatte ich die graue Farbe, die ich auch schon auf meinem Hochzeitskleid zur Schau getragen hatte, besorgt. Ich wollte damit eine quadratische Fläche malen, die die Längsseite des Esstischs umrahmen sollte, und als Richard um halb zwölf in die Küche kam, hatte ich den Bereich bereits unter Vermeidung jeglicher rechter Winkel abgeklebt und vorgestrichen. Wie gesagt: So etwas tat man besser nicht in meinem Zustand.

Er blieb im Türrahmen stehen und kratzte sich am Kopf. »Hast du gar nicht geschlafen?«

»Ich konnte nicht.«

»Ist Hannes da?«

»Im Wohnzimmer.« Ich kletterte von der Leiter und betrachtete die Wand mit ein bisschen Abstand. »Irgendwie schief.«

»Ich kann das später ausbessern.« Richard schlurfte zum Kühlschrank, nahm den Orangensaft heraus und trank direkt aus der Flasche.

Ich hätte es gut gefunden, wenn er ein Glas genommen hätte, aber ich hatte keine Lust auf Diskussionen. Alles, was ich wollte, war Harmonie. Harmonie und eine Schmerztablette. Ich stellte mich neben ihn und wartete, bis er seinen Arm um meine Taille legte, wie er das immer machte. Andocken. Dann lehnte ich meinen Kopf an seine Schulter. »Es tut mir leid, dass ich heute Morgen so blöd war. Ich weiß auch nicht, was los ist. Irgendwie …« Irgendwie konnte ich dieses »Irgendwie« auch nicht näher erklären. Denn eigentlich war alles gut. Ich hatte einen guten Job, tolle Freunde und mit dem besten aller Männer, die mir in den letzten Jahren unter die Augen gekommen waren, eine Beziehung, die das Potenzial hatte, etwas Großes zu werden, zu sein und zu bleiben – wenn wir hier und dort ein bisschen daran arbeiteten. Wenn Richard ab und zu auch mal vor zehn Uhr abends nach Hause kam. Und damit anfing, Gläser zu benutzen. Wenn er mir endlich wieder zuhörte, wenn ich mit ihm sprach und sich so wichtige Dinge merkte, wie dass wir am Sonntag bei meiner Mutter zum Essen eingeladen waren. Und dann auch mitkam. Und ich nicht allein gehen musste, weil er verpflichtet war, mit irgendwelchen Möchtegern-Rockstars Bier zu trinken. Wenn sein »tut mir leid« in diesen Fällen etwas ehrlicher und etwas weniger erleichtert klang. Wenn endlich diese verdammte Tapete an der Wohnzimmerwand klebte und diese Lampe im Flur hing, damit ich nachts auf dem Weg zum Klo nicht ständig Gefahr lief, mir beim Fallen über die Farbeimer das Genick zu brechen. Wenn er endlich zwei Wochen seiner Zeit dafür opferte, in denen wir nebeneinander an irgendeinem Strand dieser Welt in der Sonne herumlagen … Ich hätte die Reihe endlos fortführen können. Womit klar war: Hier ging es um unerfüllte Wünsche. Meine Wünsche. Die gute Nachricht war: Wurden diese Wünsche irgendwann endlich erfüllt, konnte ich einen Haken dahinter machen, und alles war gut. Die schlechte: Ich fühlte mich ein bisschen wie das Kind auf dem Spielplatz, das immer Bestimmer sein will und heulend zu Mutti rennt, wenn es seinen Willen nicht bekommt. Das Problem: Niemand mag dieses Kind, nicht einmal Mutti.

Mein Freund stellte die Flasche auf dem Kühlschrank ab und strich mir über den Kopf. »Es ist gut, dass du nächste Woche in den Urlaub fährst.«

»Weil du dann deine Ruhe vor mir hast?«

»Nein. Weil ich glaube, dass du ein bisschen Entspannung bitter nötig hast.« Ein liebevoller Blick und ein Kuss auf die Stirn. »Schade, dass ich nicht freinehmen kann, sonst würde ich mitkommen.«

»Ja, schade«, sagte ich so neutral wie möglich, um zu vermeiden, dass es wegen dieses explosiven Themas wieder zu einem Streit kam, »aber so ist es jetzt nun einmal.«

»Ich kann ja in der Zeit die Wohnung weiter renovieren«, bot Richard an.

»Ha!«

»Du glaubst mir nicht?« Er verschränkte in gespielter Empörung die Arme vor der Brust. »Meine Liebe: ein Mann, ein Wort. Das ist der Ehrenkodex, nach dem ich lebe.«

»Soso.« Ich klappte die Leiter zusammen und legte den Deckel auf den Farbeimer. »Tja, also wenn das so ist, dann lasse ich mich überraschen. Und falls du Hilfe brauchst, frag Hannes. Der schuldet uns was.«

»Weil?«

»Weil ich ihm erlaubt habe, bis auf Weiteres bei uns zu wohnen. Lucy hat ihn rausgeworfen, und jetzt hat er kein Zuhause mehr.«

»Sie hat ihn rausgeworfen?« Richard sah ehrlich betroffen aus. »Armer Kerl. Das ist der Haken am Zusammenziehen. Definitiv.«

»Na wunderbar.« Das war genau das, was ich nicht hören wollte.

»Daphne. Der *einzige* Haken. Abgesehen davon hat das alles hier nur Vorteile. Zum Beispiel könntest du dich jetzt hinlegen und ein bisschen schlafen. Und später weck ich dich mit einem köstlichen Abendessen. Wir haben …« Er öffnete die Kühlschranktür noch einmal und schloss sie wieder mit einem schiefen Grinsen. »… nichts im Haus.«

»*Du* wolltest einkaufen.«

»Ich hol uns was vom Chinesen.«

»Nicht nötig.« Ich warf einen Blick auf die Uhr. »Ich bin eh mit Betty in der Kleinen Pause verabredet. Und vorher muss ich noch telefonieren. Und duschen.«

»Na gut.«

Ich nickte, wischte meine Hände an den Hosenbeinen ab und war schon halb aus der Küche raus.

»Daphne?«, rief Richard mir hinterher.

»Ja?« Ich blieb im Türrahmen stehen.

»Ich liebe dich.« Er zuckte mit der Schulter. »Nur so.«

Und das war schön, das konnte man nicht anders beschreiben. »Okay«, sagte ich und musste lächeln. »Ich dich auch.«

»Schätzelein, du siehst echt beschissen aus.«

»Danke. Und du bist fett.« Ich setzte mich Betty gegenüber an unseren Stammtisch in der Kleinen Pause.

Sie hatte Max' Karre neben sich und einen Teller mit Currywurst und Pommes vor sich stehen. »Bin ich nicht.«

»Nein. Nicht immer.« Eigentlich nie. Betty war alles andere als fett, allerhöchstens nach eigener Aussage, wenn sie einen schlechten Tag hatte.

Im Fernseher in der Ecke lief die Live-Übertragung eines Bundesligaspiels. Der Laden war voll mit Fußballfans, und dass wir überhaupt einen Tisch für uns hatten, grenzte an ein Wunder. Aber Max hatte sich schon in der Vergangenheit als sehr hilfreich erwiesen, wenn es darum ging, nicht stehen oder lange warten zu müssen. Auf Kinder nahmen die meisten Menschen Rücksicht.

»Hast du schon bestellt?«

»Beim Reinkommen. Ich sterbe vor Hunger.« Ich seufzte und streckte mich einmal lang auf der klebrigen Tischplatte aus. »Und ich bin hundemüde.«

»Schlecht geschlafen?«

»Gar nicht geschlafen.« Erschöpft stützte ich meinen Kopf auf der Handfläche ab, anders ging es nicht. Betty sah mich fragend an und stopfte Max gleichzeitig ein Stück Wurst in den Mund. »Streit mit Richard. Um fünf Uhr …«, schob ich zur Erklärung hinterher.

»Wenn du jetzt gesagt hättest, dass du Gewissensbisse wegen der Tortenangelegenheit hast …« Ich stöhnte genervt auf und hob abwehrend die Hände. Bloß nicht wieder dieses Tortenthema. »Ja, was soll ich denn bitte dazu sagen?«, redete Betty weiter. »Alles Quatsch, mein Schatz. Das könnt ihr eigentlich gleich bleibenlassen, diese Streitereien. Ihr wohnt jetzt zusammen, dann heiratet ihr, dann kriegt ihr Kinder. Oder, nein, von mir aus auch ohne heiraten, ich bin da nicht so konservativ eingestellt, wie du weißt. Von mir aus könnt ihr auch gleich Kinder machen, das fänd ich eigentlich ganz gut. Jedenfalls, da es das ja jetzt nun mal ist, müsst ihr euch gar nicht streiten. Das ist die reine Zeitverschwendung.«

»Da es das jetzt nun mal ist?«

»Ja, das ist es jetzt nun mal. Ist doch so.«

»Klingt deprimierend.«

»Du liebst Richard, er liebt dich, ihr bleibt für immer zusammen, was ist denn bitte daran deprimierend?«

»Wir streiten uns ein bisschen zu oft für meinen Geschmack, und um ehrlich zu sein, weiß ich nicht, ob ich Bock darauf hab, das ›für immer‹ mitzumachen …«

»Ihr seid jetzt eben seit zwei Jahren ein Paar, da gibt's langsam Risse im Zuckerguss.«

»Betty, bitte, keine Tortenvergleiche.«

»'tschuldigung. Also, was ich sagen will ist: Das ist eben irgendwann nicht mehr so wie mit sechzehn. Verknallt sein und so, das ist baybeierleicht. Aber irgendwann geht es in Sachen Liebe eben ans Eingemachte. Und dann kommen so Fragen auf den Tisch wie ›Verbringen wir unser Leben miteinander bis wir in der Erde verrotten, oder was?‹ oder ›Kriegen wir jetzt Kinder oder gleich oder nie und wie viele überhaupt?‹. Mehr Druck, weniger Illusionen. Und Schwuppdiwupp ist der Glitzerlack ab. Dann läuft es auch mal scheiße, aber das ist eben Liebe für Erwachsene. Rohe Liebe, die harte Tour. Du kannst das nicht wissen, weil du ja immer nur an so Kurzgeschichten dran gewesen bist. Du warst ja immer nur verknallt, allerhöchstens. Und kaum gab es die ersten Kratzer auf der glänzenden Oberfläche, war es auch schon wieder vorbei. Aber lass dir das von jemandem sagen, der seit neun Jahren mit ein und demselben Mann …«

»Du und Mo habt auch immer nur Kurzgeschichten miteinander«, korrigierte ich sie. »Der einzige Unterschied zwischen dir und mir ist, dass du dich immer wieder von demselben Typen verarschen lässt.«

Betty lächelte nachsichtig. »Schlaf du dich erst mal ordentlich aus.«

Ein Tor fiel, und der Laden brach in ohrenbetäubendes Gejohle aus. Max machte mit und hielt sich gleichzeitig die Ohren zu. Seine Mutter tätschelte ihm stolz den Kopf. »Wenn der Winter kommt, kauf ich ihm seinen ersten Pauli-Schal.«

»Richtig so.«

»Einmal Currywurst, Pommes, Mayo!«, rief die Frau am Tresen, und ich kämpfte mich durch die Menschenmasse zu meiner Bestellung durch und dann mit dem vollen Teller und äußerster Vorsicht wieder an meinen Platz zurück.

»Ich hab vorhin mit Sky telefoniert. Er stellt den Bus am Freitagabend hier an der Ecke ab, bringt mir den Schlüssel, dann holen wir ihn Samstagvormittag, laden ein, und am Nachmittag heißt es dann: Bon voyage!«

Ich nickte und kaute und sagte mit vollem Mund: »Sehr gut.«

»Die Torte ist im Gefrierfach. In meinem. Und in Mos. Und in meinem Kühlschrank. Und in Mos Kühlschrank. Das Ding war riesig.«

»Ich weiß.«

»Dass das niemandem aufgefallen ist …«

»Betty, bitte, lass uns nicht mehr darüber reden, ich fühl mich eh schon mies genug.«

»Aber essen musst du sie. Oder wir verschenken sie unterwegs. Das fänd ich auch ganz gut. Der Kuchenexpress. Oder: das Tortentaxi. Falls wir einen Anhalter mitnehmen, oder so.«

Ich ließ von den widerspenstigen, harten Pommes ab, die sich nicht mit der Gabel aufpieksen lassen wollten, und sah Betty skeptisch an. »Anhalter?«

»Klaro.«

»Nee, Betty.«

»Wie, nee?«

»Ich möchte keine Anhalter mitnehmen. Die sind mir unheimlich.«

Betty drückte Max drei Pommes in die Hand und machte dann ein sehr, sehr ernstes Gesicht. »Schätzelein. Ich möchte dir eine Frage stellen: Wenn *du* mutterseelenallein an irgendeiner Raststätte in Belgien stehen würdest, wie würdest du dich dann fühlen, wenn ein großer, gemütlicher VW-Bus voll mit Torte vorbeikäme, in dem mehr als genug Platz für dich wäre, der dich aber nicht mitnimmt, weil die herzlose Beifahrerin sagt, du wärst unheimlich? Und dabei hast du selber Angst, weil du ja schließlich in Belgien bist …«

»Wahrscheinlich würde ich das ungerecht finden, ja, fies und gemein. Vielleicht hätte ich aber auch Verständnis für die vorsichtige, sehr vernünftige Beifahrerin und würde mich einfach über mich selber ärgern, weil ich mir kein Bahn- oder Flugticket gekauft habe.«

»Anhalter können sich keine Bahn- oder Flugtickets leisten. Das ist ja der Punkt.«

Ich seufzte genervt. »Wir können jedem Anhalter, den wir sehen, gern ein riesiges Stück Torte schenken, Betty. Aber wir nehmen niemanden mit. Das ist zu gefährlich. Außerdem haben wir ja überhaupt keinen Platz.«

Sie runzelte die Stirn. »Hä? Keinen Platz? Wir sind zwei Leute in einem VW-Bus …«

»Drei.«

»Nee. Zwei. Du. Und ich.«

»Und Lucy.«

Der Schiedsrichter hatte anscheinend eine falsche Entscheidung getroffen, denn die anwesenden Gäste stöhnten und fluchten durcheinander, einer schlug mit der Faust auf den Tisch. Betty dachte angestrengt nach. »Ich erinnere mich gar nicht daran, dass wir Lucy auch mitnehmen wollten …«

»Das ist neu. Veränderte Umstände. Ich weiß es selbst erst seit etwa einer Stunde.«

Es war nicht ganz klar, ob Bettys Nicken nun bedeutete, dass sie verstand oder dass sie einverstanden war. Vielleicht hatte sie auch bloß eine Verspannung im Nacken. »Welche veränderten Umstände sind das denn?«

»Das will dir Lucy vielleicht lieber selbst erklären.« Ich machte eine Kopfbewegung zum Fenster, an dem diese gerade vorbeiging, in einer pinkfarbenen Latzhose und weißen Turnschuhen. Ihr blonder Pferdeschwanz wippte fröhlich auf und ab, ein harter Kontrast zu ihrem traurigen Gesicht und den verheulten Augen. »Was auch immer du tust«, wies ich Betty an, »sag ihr nicht, dass sie beschissen aussieht.«

Sie hob abwehrend die Hände. »Aber so etwas würde ich doch niemals tun!«

Lucy erschien in der Eingangstür und schaute sich suchend um. Sie sah verloren aus, klein und in sich zusammen gesunken, die Arme vor dem Körper verschränkt wie ein Schutzschild. Als sich genau in diesem Moment eine Torchance bot und der Laden von Anfeuerungsrufen erfüllt wurde, zuckte sie zusammen wie ein scheues, dickliches Reh. Betty und ich riefen ihren Namen, sie entdeckte uns, und ein wenig Erleichterung machte sich auf ihrem vom Weinen angeschwollenen Gesicht breit.

»Es ist nur eine wilde Vermutung. Vollkommen aus der Luft gegriffen. Und bitte sag mir jetzt, dass ich falschliege …« Betty hatte sich verschwörerisch zu mir herübergebeugt und flüsterte mir ins Ohr: »Hat Hannes mit Lucy Schluss gemacht?«

Ich nickte und winkte weiter zu Lucy hinüber, die sich mühsam zu unserem Tisch durchkämpfte. »Fast richtig. Es ist andersrum. Lucy hat sich von Hannes getrennt.«

»Na.« Betty lehnte sich auf ihrem Stuhl zurück und verschränkte die Arme vor ihrer Brust. »Das sind ja beste Voraussetzungen für einen fröhlichen Urlaub mit Freunden. Wird sicher ein Riesenspaß.«

3
Der Teil mit dem Waxing

DAPHNES MIXTAPE
Clor – Love + Pain

Es war alles ein bisschen anders gelaufen als gedacht.

Ursprünglich hatte ich für den Vorabend unserer Abfahrt ein Essen für alle Freunde in unserer Küche geplant. Mit Sekt und Räucherlachs. Für Betty, Mo, Sky, Lucy, Hannes, Richard und mich selbst. Das klappte aber nicht.

Unter anderem weil Mo bereits mit Max im Gepäck und den Großeltern im Schlepptau im Zwei-Auto-Konvoi auf dem Weg zur Ostsee war. Betty fühlte sich deswegen um einen letzten Abend mit ihrem Kind betrogen und hatte schlechte Laune.

Lucy torpedierte meinen Plan, ganz nebenbei eine Aussprache zwischen ihr und ihrem Exfreund zu ermöglichen, indem sie sich weigerte, unsere Wohnung oder auch nur die Straße, in der wir lebten, zu betreten, solange sich dort Hannes, der freundliche, aus gegebenem Anlass jedoch äußerst deprimierte Hausgeist, aufhielt. Und auch wenn dieser angeboten hatte, die Räumlichkeiten für die Dauer des Essens zu verlassen, so war das natürlich keine Lösung, die ich akzeptieren konnte. Sollte das jetzt ewig so weitergehen? Es war unmöglich für mich, mich für oder gegen einen der beiden zu entscheiden. Schlimm genug, wenn man nach einer Trennung ausdiskutieren musste, wer die gemeinsame Wohnung behalten durfte. Oder wer denn nun die Beasty-Boys-LP mit in den gemeinsamen Haushalt gebracht hatte. Richtig haarig wurde es dann spätestens bei der Frage, wie man mit dem gemeinsamen Freundeskreis verfahren sollte. Ich fühlte mich ein bisschen wie damals, mit zehn, als Scheidungskind. Dabei bestand das ganze Dilemma erst seit einer knappen Woche.

Und als wäre es nicht schon traurig genug, auf Hannes und Lucy verzichten zu müssen, ließ mich auch noch Sky hängen, der zwar vorgab, untröstlich zu sein, weil er den geselligen (na ja) Abend verpassen würde, an diesem Umstand jedoch beim besten Willen nichts ändern konnte, da er sich quasi bereits auf dem Weg zu einem kleinen Goa-Festival befand. Er musste bloß noch schnell seine neue Freundin abholen, bevor er die Stadt verließ. Sie hieß Tabea und war Apothekerin von Beruf, was Sky als glückliche Fügung betrachtete.

Und apropos glückliche Fügung: Wahrscheinlich war es das Beste für alle, dass dieses Essen nicht stattfand. Denn selbst wenn alle Gäste erschienen und nett zueinander gewesen wären: dafür, dass am Tisch trotzdem keine gute Stimmung herrschte, hätten Richard und ich garantiert gesorgt. Darin waren wir gut, vor allem jetzt, da sich die Fronten zwischen uns zunehmend verhärtet hatten. Weil die Küchenwand nach einer Woche noch immer fleckig und die Milch alle war, ich mir im dunklen Flur etwa ein Dutzend neue blaue Flecken geholt hatte, und weil ich mich über all diese Dinge nicht direkt bei Richard beschweren konnte, weil er so gut wie nie da war und wir uns allerhöchstens mal zufällig über den Weg liefen. Und dann war da noch die Sache mit dem Waxing …

Im Grunde war Leila Schuld. Leila, meine einzige Angestellte in Schimanski's Antiquitätenladen. Am Montag hatte sie mich gefragt, ob ich schon einen Termin gemacht hätte.

»Was für einen Termin?«, hatte ich gefragt.

»Na, fürs Waxing.« Und weil ich sie nur verständnislos anstarrte, eine alte Schneekugel in der einen Hand und ein Staubtuch in der anderen, erklärte sie genauer, was sie meinte, und zwar ganz langsam. »Haar-ent-fernung? Du fährst doch an den Strand, oder?«

Ich nickte. »Ja.«

»Und du trägst einen Bikini?«

Ich nickte wieder.

Sie zog ihre Augenbrauen hoch, aufmunternd, als würde das dem Groschen beim Fallen helfen.

Und das tat er auch. »Aaaach soooo!« Ich rieb mit dem Tuch an einer imaginären Verschmutzung auf der gläsernen Kuppel der Schneekugel herum. »Nein, ich hab keinen Termin gemacht.«

»Na, dann wird es aber Zeit.«

Damit mochte sie recht haben. Ich wusste es nicht. Denn: »Ich hab so was noch nie gemacht.«

Leila sah ehrlich schockiert aus. Sie hatte dieses Gesicht, das viel besser als Worte ausdrücken konnte, was sie meinte. Wenn sie nicht gerade Kaugummi kaute. Sie hätte Schauspielerin werden sollen, nicht Teilzeitkraft in einem Antiquitätenladen. »Du hast noch *nie* die … die … äh …« Sie ließ ihre Hände, während sie nach dem richtigen Ausdruck suchte, v-förmig an der Innenseite ihrer Schenkel hinuntergleiten. Professionelle Scharadistin wäre eine weitere Karriereoption für sie gewesen. Aber dafür war es ja nie zu spät.

»Bikinizone?«, kam ich ihr zu Hilfe.

Sie sah erleichtert aus. »Ja, genau. Ich wollte jetzt nicht Muschi sagen.« Erschrocken schlug sie sich mit der Hand vor den Mund. »Jetzt hab ich's doch gesagt.«

»Macht nichts. Ich bin alt genug.« Allerdings war ich mir nicht sicher, ob ich als Führungskraft mit meiner neunzehnjährigen Angestellten über solche Dinge reden sollte. Wahrscheinlich nicht. »Kannst du übrigens mal im Lager nachsehen, ob wir noch Luftpolsterfolie haben?«, versuchte ich, von dem Thema abzulenken. »Vielleicht müssen wir welche nachbestellen, ich weiß grad gar nicht ...«

»Meine Tante kann das machen.«

»Luftpolsterfolie nachbestellen?«

»Deine Bikinizone enthaaren.« Ich verdrehte die Augen hilfesuchend gen Ladendecke, während Leila sich über den massiven Schreibtisch aus dem neunzehnten Jahrhundert lehnte, den wir als Kassentresen benutzen, und nach dem Geschäftstelefon griff. »Meine Tante Filiz hat einen Schönheitssalon, die machen das wirklich gut da. Ich ruf sie mal schnell an und sag ihr, dass ich einen Notfall für sie habe.«

Bisher hatte ich meine Bikinizone nicht als Notfall betrachtet, aber bitte, Leila war ohnehin nicht aufzuhalten.

Also lag ich zwei Tage später nach Ladenschluss für meinen Geschmack viel zu nackt und mit angewinkelten Beinen auf Tante Filiz' Behandlungsliege und fragte mich wieder und wieder, warum ich nicht einfach abgelehnt oder den Termin hatte ausfallen lassen.

Und auch Filiz stellte Fragen. Sie erkundigte sich nach meinem Urlaubsziel, meiner Reisebegleitung und der Farbe meines Bikinis. Wahrscheinlich um herauszufinden, ob sich das Rot meiner wunden Haut später damit beißen würde.

In der Luft lag der angenehme, süße Geruch von warmem Wachs.

»Und wie macht sich Leila so? Arbeitet sie gut?«, fragte Tante Filiz beiläufig, als würden wir uns schon ewig kennen und hätten uns gerade zufällig an der Käsetheke getroffen. Nichts in ihrer Stimme ließ darauf schließen, dass sie gerade mit einer völlig Fremden plauderte, während sie heißes, klebriges Wachs auf der Innenseite ihrer Schenkel verteilte.

In Anbetracht dieser Tatsache gingen mir ganz andere Dinge durch den Kopf als die Arbeitsleistungen meiner Aushilfe. Zum Beispiel, wie sehr es wehtun würde, wenn Filiz diesen Wachsstreifen später wieder abzog. Ich fragte vorsichtshalber nach. »Tut das sehr weh?«

»Das Abziehen?«

Ich nickte.

Filiz wiegte den Kopf. »Das ist ganz unterschiedlich. Bei manchen mehr, bei anderen weniger.« Ich betete, dass ich zu den anderen gehörte. »Im Endeffekt reiße ich dir an einer sehr empfindlichen Stelle deine Haare mit der Wurzel aus. Wenn du das nicht merken würdest, wäre das ein Grund zur Sorge. Aber wie heißt es?« Sie lächelte mich sanft an, aufmunternd, aber auch irgendwie mitleidig. »Wer schön sein will, muss leiden. Bereit?«

Ich nickte wieder. »Nein.«

»Wieso gehst du denn so komisch?«, fragte Richard.

Es war halb eins. Das sagte jedenfalls die antike Uhr an der schiefen, fleckigen grauen Küchenwand. Eigentlich lag ich schon im Bett und war nur noch einmal aufgestanden, um mir ein Glas Wasser zu holen. Weil ich nicht schlafen konnte, weil der Schmerz prickelte. Ich trug Richards weite

Pyjamahose. Die schubberte nicht so. Und ja, ich watschelte. Dafür gab es keinen geringeren Grund als den, dass ich mir einbildete, es würde zwischen meinen Beinen brennen. Ein echtes Feuer. Wie zur Waldbrandsaison in Kalifornien. Wie hätte ich ahnen sollen, dass meine Haut derart empfindlich reagieren würde? Wie gesagt, ich hatte so etwas ja noch nie vorher gemacht.

»Ich war beim Waxen.«

Richard war gerade erst von der Arbeit gekommen. Er hatte sich weder Schuhe noch Jacke ausgezogen und war stattdessen direkt in die Küche an den Kühlschrank gegangen, um, mal wieder, Orangensaft direkt aus der Flasche zu trinken. Ich sagte mir, dass es kleinlich war, sich darüber zu ärgern. Und ärgerte mich trotzdem, dafür aber still und heimlich, während ich demonstrativ ein Glas für mein Wasser aus dem Schrank holte.

Er trank geräuschvoll mehrere Schlucke, setzte ab und atmete schwer aus. »Du warst wo?«

»Beim Waxen.« Und weil er mich nur verständnislos ansah, während er den Verschluss auf die Saftflasche schraubte, schob ich zur Erklärung hinterher: »Haarentfernung. In der Bikinizone.«

»Ich weiß, was Waxing ist, Daphne.«

»Echt?« Das überraschte mich ein bisschen.

Leicht empört verschränkte Richard die Arme vor seiner Brust. »Was denkst du denn? Ich leb doch nicht hinterm Mond. Ich kapier nur nicht, wieso du das gemacht hast.«

»Na, ist doch klar.«

»Du bist unter die Masochisten gegangen?«

»Nein, Richard«, erklärte ich, langsam und logisch, so wie Männer das angeblich mögen: »Ich fahre am Samstag in den Urlaub. Und ich finde es unästhetisch, wenn links und rechts und oben und überhaupt ein Busch aus meinem Bikinihöschen wächst.«

»Aha.« Die Flasche wurde an ihren Platz zurückgestellt, und irgendwie wurde es kälter in der Küche, was vielleicht am offenen Kühlschrank lag. Oder daran, dass sich etwas anderes abgekühlt hatte. Mein Freund.

»Aha, was?«

»Na ja, interessant, dass du das im Urlaub unästhetisch findest. Und sonst nicht.«

Ich stand an der Spüle und fühlte mich ziemlich dumm mit diesen viel zu großen Hosen und dem pavianarschroten Schritt darunter. »Was soll das denn jetzt?«

»Ich mein ja nur. Für mich hast du das noch nie gemacht. Aber Hauptsache die Kerle am Strand haben was zu gucken, oder wie?«

»Bist du etwa eifersüchtig?« Ich versuchte zu lachen, weil ich hoffte, er würde dann mitlachen und merken, wie albern das alles war. »Das hat doch nichts mit anderen Kerlen zu tun …«

»Aber mit uns hat es vielleicht etwas zu tun.« Richard lachte leider nicht. Er sah sogar ziemlich ernst aus. »Ich kann mich nicht daran erinnern, wann du dir das letzte Mal für *mich* Mühe gegeben hast.«

Und so wurde aus dem schwelenden, diffusen Gefühl des »Etwas stimmt hier nicht«, in dessen Zeichen die letzten Tage und Wochen gestanden hatten, etwas Handfestes. Jetzt war es also so weit: Ein Streit entzündet sich an meinem feuerroten Intimbereich. Das ultimative Waxing-Gate. Die Haarwurzel allen Übels. Wie überaus albern, dass ich hier breitbeinig stand und mit dem Mann, mit dem ich für immer zusammenbleiben und Kinder zeugen sollte, über Haarentfernung debattierte. Und wie albern, dass ich dem keinen Riegel vorschob, sondern, im Gegenteil, voll darauf einstieg.

»Gut, dass du es ansprichst, Richard. Das Sich-Mühe-Geben. Ich kann nämlich auch nicht sehen, dass du dich besonders ins Zeug legst«, motzte ich ihn an und nickte in Richtung der hässlichen Küchenwand.

Die Antwort darauf war ein genervtes Schnalzen mit der Zunge. »Es ist nur eine beschissene Wand!«

»Genau. Beschissen. Aber nicht nur eine, Richard. Die ganze Wohnung ist voll mit beschissenen Wänden.« Mit einem Knall stellte ich mein Glas auf dem Küchentisch ab und hoffte, dass Hannes davon nicht wach geworden war. »Und was ist mit mir? Ich fahr am Samstag für drei Wochen in den Urlaub. Und du kannst nicht mal *einen* Abend freinehmen und früher nach Hause kommen, damit wir vorher noch ein bisschen Zeit zu zweit verbringen? Nachdem du ja schon nicht mitkommst, weil es ja anscheinend unmöglich ist, dich für ein paar Tage von deinem blöden Job zu lösen.«

»Ich kann's nicht mehr hören, Daphne. Ich hab dir schon tausendmal erklärt, dass es einfach nicht geht. Ich find's ja selber scheiße.«

»Es geht schon. Du willst nur nicht.«

»Das ist doch Quatsch.«

»Aha, das ist also Quatsch. Aber dass du mir vorwirfst, ich würde mir die Haare wegen irgendwelcher Spacken am Strand rausreißen lassen, das ist kein Quatsch, oder was?«

Richard atmete hörbar aus und lehnte sich an den Kühlschrank. »Was das eine jetzt mit dem anderen zu tun haben soll, kapier ich nicht, tut mir leid.«

»Das hängt alles zusammen, Richard, alles. Denn wenn du wirklich so einen Scheiß denkst, komm doch einfach mit! Dann kannst du aufpassen, dass ich dich nicht mit dem erstbesten Typ in Badehose betrüge. Denn davon gehst du doch aus, oder nicht? Aber nein!« Ich warf dramatisch die Arme in die Luft. »Dein Job ist wichtiger. Ist doch kein Wunder, dass ich mir nie diese Mühe für dich mache. Du würdest es eh nicht sehen. Du bist ja nie da! Und wenn du doch da bist, schläfst du oder stehst vor dem Kühlschrank und trinkst aus der Flasche Orangensaft, statt zu dem beschissenen Schrank da drüben zu gehen und dir ein beschissenes Glas rauszunehmen. Obwohl mich das nervt. Aber selbst darauf Rücksicht zu nehmen ist von dir anscheinend schon zu viel verlangt.«

Richard erwiderte daraufhin nichts.

Und ich sagte auch nichts mehr. Ich schnaufte noch einmal, dann waren mir die Worte ausgegangen.

Und so standen wir einander gegenüber. Keine Ahnung, wie es ihm ging. Vielleicht so wie mir. Vielleicht hätte er mich am liebsten in den Arm genommen, so wie ich ihn, und das alles vergessen. Vielleicht wollte er mich, so wie ich ihn, gleichzeitig am liebsten zum Teufel jagen. Und vielleicht stand er deswegen, so wie ich auch, einfach da. Wartete ab, was ich tun würde. Tat, was ich tat. Nichts. War mir böse, dass ich nicht Tor eins wählte, die Versöhnung. So verlockend einfach das gewesen wäre – etwas war im Weg und machte es schrecklich schwer. Eine Mauer aus Stolz. Oder Dummheit.

Die Küchenuhr tickte so laut, dass es mir auf die Nerven ging, und die Kälte des verdammten Altbauküchenfußbodens kroch mir die Beine hoch. Fußkälte. Das waren also die Dinge, mit denen man sich nach zwei Jahren Beziehung auseinandersetzen musste. Im Ernst?

Richard sprach zuerst. »Ich schlaf heute auf dem Sofa.«

»Geht nicht«, antwortete ich, »da schläft schon Hannes.«

»Tja«, sagte Richard.

Insgesamt hatte ich mir das alles also viel harmonischer vorgestellt. Lachen, Liebe und Lachs sozusagen. Damit Betty und ich mit einem guten Gefühl und einer schönen Erinnerung an zu Hause in den Urlaub aufbrechen konnten. Jetzt saßen wir zu zweit in der Küche, während Hannes und Richard im Wohnzimmer auf ihren Gitarren herumspielten und sich auf drei Wochen Männerwirtschaft einstimmten. Vereint in ihrer Enttäuschung über die Frauen.

»Und das ganze Theater wegen ein paar Haaren.« Betty schüttelte den Kopf. »Tat es denn nun weh?«

»Sagen wir mal so: Ich brauch das nicht jeden Tag.«

»Bescheuert von Richard, sich darüber so aufzuregen. Er hätte ja auch schön noch ein paar Tage davon profitieren können, Sex mit seiner geilen, haarlosen Alten.«

»So weit hat er nicht gedacht.«

»Du ja offenbar auch nicht.« Sie zündete sich eine selbst gedrehte Zigarette an und blies den Rauch langsam aus. »Ich kapier das einfach nicht. Wieso sollte man sich streiten, wenn man auch einfach Sex haben kann?«

Ich zuckte mit den Schultern. »Ich kann keinen Sex haben, wenn ich sauer bin.«

»Und ich hab keinen Sex. Punkt.« Sie kniff die Augen gegen den Rauch zusammen. »Ich glaube, Mo hat 'ne Neue. Der versucht es nicht einmal mehr bei mir. Aber«, sie warf mir einen verschwörerischen Blick über den Tisch hinweg zu, »dafür fahren wir ja in den Urlaub. Unter anderem.«

»Also ich nicht!«

»Nee, du nicht, Schätzelein. Du willst lieber drei Wochen lang darüber nachdenken, was es noch alles für Sachen gibt, die dich an Richard stören. Aber ich, ich habe vor, mich vollkommen und komplett zu amüsieren. Mit allem, was dazugehört. Sonne, Strand, Völlerei, Sex. Das ganze Programm.« Mit einem verschmitzten Grinsen auf den Lippen nahm sie einen weiteren Zug von ihrer Zigarette.

Ich musste lachen. »Von mir aus. Nur zu.« Irgendwo in meinem Bauch kribbelte es. Vorfreude. Die Aussicht auf drei Wochen ohne den ganzen Ärger. Und wenn ich zurück war, würde sich bestimmt alles klären, ein bisschen Abstand hatte schon oft wahre Wunder bewirkt, war es nicht so? Absence makes the heart grow fonder.

»Hast du schon gepackt?«, fragte ich Betty und war nicht überrascht von ihrer Antwort.

»Mach ich morgen früh.« Nebenan entfesselten Hannes und Richard ihren inneren Kurt Cobain und gaben eine krude Wohnzimmerversion von »About A Girl« zum Besten. »Erinner mich daran, dass ich meine Gitarre mitnehme.«

»Wann? Jetzt?«

»Und vielleicht morgen noch einmal, wenn wir auf der Autobahn sind«, Betty lehnte sich auf der Küchenbank zurück. »Dann scheiß ich drauf und fahr einfach weiter.«

»Apropos weiterfahren ...« Ich beugte mich über den Tisch und klaute Bettys Zigarette, um auch einen Zug zu nehmen. »Wohin fahren wir eigentlich?« Es mag erstaunlich klingen, aber die Frage unseres Reiseziels hatten wir bisher nicht geklärt. Wir hatten den Bus, wir waren frei. So sah Betty das und hatte sich bisher auf kein Ziel festlegen wollen. Da sie unsere einzige Fahrerin war, lag diese Entscheidung ohnehin im wahrsten Sinne des Wortes in ihrer Hand. Und das war im Grunde auch in Ordnung. Aber: »Die grobe Richtung wüsste ich schon gern, Betty. Ich hab's nicht so mit der großen Ungewissheit.«

»Woher soll ich denn jetzt bitte wissen, wo wir …«, begann sie, hielt aber an sich, als sie mein Gesicht sah. »Du bist echt ein Kontrollfreak, Schätzelein, weißt du das?«

»Abenteuer waren noch nie mein Ding.«

»Ja, und dagegen solltest du dringend etwas tun. Wenn man immer alles durchplant, bringt man sich ja um den ganzen Spaß.«

»Betty …!«

»Ist doch so.« Sie nahm mir die Zigarette wieder ab und seufzte entnervt. »Da hab ich mir ja genau die richtige Reisepartnerin ausgesucht. Großartig. Aber okay, gut, von mir aus. Wir fahren …«

Ich lächelte sie erwartungsvoll an. »Ja?«

»Richtung …«

»Jetzt sag!«

Mit einem Grinsen drückte sie die Zigarette im Aschenbecher aus. »Im Zweifel immer südwärts.«

Meine Großmutter hatte mir zwei wichtige Beziehungstipps mit auf den Weg gegeben. Nummer eins: Man soll niemals im Streit ins Bett gehen. Zu ihrer Zeit war diese ganze Versöhnungssex-Angelegenheit anscheinend noch nicht so weit verbreitet gewesen. Oder sie existierte nur als stiller Zusatz: Man soll nie im Streit ins Bett gehen, es sei denn, man hat vor, ihn mit hemmungslosem Versöhnungssex vergessen zu machen. Betty hätte das unterschrieben, ich war wie gesagt nicht der Typ dafür. Für mich kam erst die Versöhnung, dann der Sex. Und wenn es keine Versöhnung gab, dann gab es auch keinen Sex. Schlimmer noch: Dann kam es zu dem, wovor Oma Mathilde eigentlich hatte warnen wollen: dem Einschlafen im Zorn.

Ihre zweite Warnung: Eine Beziehung ist wie eine Vase. Wird sie nicht pfleglich behandelt, dann bekommt sie Risse. Man kann sie natürlich kleben, aber das sieht dann meistens scheiße aus. Oma Mathilde hätte nie das Wort »scheiße« benutzt, aber sinngemäß war es so: Wenn man zu oft kitten muss, kann man das Ding irgendwann auch einfach wegschmeißen.

Als Betty sich verabschiedet und Hannes sein Nachtlager im Wohnzimmer aufgeschlagen hatte, lagen Richard und ich nebeneinander in unserem Bett, zum letzten Mal für die Dauer von drei Wochen, und mir kam Oma Mathilde in den Sinn, die immerhin von ihrem siebzehnten Lebensjahr bis zu ihrem Tod mit achtundachtzig Jahren eine stabile Ehe mit Opa Gerald geführt hatte. Zumindest bis er neun Jahre vor ihr gestorben war. Irgendetwas musste also an ihren Tipps dran gewesen sein. Doch trotzdem, obwohl ich das alles wusste, lag ich hier schweigend neben meinem Freund, den ich liebte, und tat genau das, was falsch war – nämlich weiterschweigen. *Spring über deinen Schatten,* dachte ich, *wer weiß, wie oft Mathilde das in ihrem Leben tun musste.* Unzählige Male sicher. Beziehungen waren eben kein Softeis.

Während ich einerseits noch mit mir selbst kämpfte und andererseits zu ergründen versuchte, wie um alles in der Welt ich bloß auf diese Softeisanalogie gekommen war, räusperte sich Richard neben mir:

»Tante Doris sagt, man soll nicht im Streit ins Bett gehen.«

»Die auch?«, fragte ich matt, und dachte: *Großartig. Jetzt hat schon wieder Richard den Punkt auf der Vernunftskala eingeheimst. Und dabei war dieser schon so gut wie meiner gewesen. Aber knapp vorbei …*

»Wer denn noch?«

»Hm?«, machte ich abwesend.

»Wer sagt das noch?«

»Ach so. Meine Oma.«

»Tja.« Richard zupfte seine Decke gerade. »Und jetzt?«

Ich zuckte mit den Schultern. »Weiß nicht. Lernen wir von den Alten und Weisen?«

Und wenn ich sagte wir, dann meinte ich das eigentlich auch so. Dass wir uns *gemeinsam* miteinander versöhnen sollten, sodass keiner klein beigeben musste, etwas, das weder Richard noch ich gern taten. Allerdings stand ich mit meinem Bemühen um Diplomatie allein da, denn Richard machte keine Anstalten, auf mein verstecktes Angebot einzugehen. Er lag einfach nur da, die Hände hinterm Kopf verschränkt, und sah mich erwartungsvoll an.

Ich hielt seinem Blick eine Weile stand, bevor ich leicht genervt fragte: »Was?«

»Ich denke, wir versöhnen uns.«

»Ja. Eben. *Wir.* Warum muss *ich* denn jetzt den Anfang machen?«

»Ist doch egal, wer den Anfang macht.« Richard setzte sich lachend auf. Für ihn hatte die ganze Sache längst an Brisanz verloren und war nichts weiter als ein Spiel. Eigentlich mochte ich an ihm, dass er die Dinge nicht so ernst nahm. Eigentlich. Ausgenommen Momente wie dieser, in dem für mich die Spielphase noch nicht erreicht war.

»Ich will aber nicht diejenige sein, die klein beigibt«, murmelte ich in mein Kissen.

Richards Belustigung war offensichtlich. »Aber hier geht es doch nicht um Gewinnen oder Verlieren, Daphne. Das ist doch kein Boxkampf …«

Ja, da hatte er recht. Ich holte tief Luft und bemühte mich, liebevoll, sanft und versöhnlich zu klingen: »Wollen wir uns nicht vertragen? Ich würde es hassen, morgen im Streit wegzufahren.«

»Ich auch«, sagte er, strich mir über die Wange und legte sich wieder hin.

»Gut«, sagte ich. Und wartete darauf, dass noch etwas von ihm kam. Ein kleines Lob vielleicht, ein Kompliment, eine Freundlichkeit irgendeiner Art. Aber nichts dergleichen war von der anderen Seite des Betts zu hören. Irritiert knautschte ich das Kissen unter meinem Kopf zu einer bequemen Rolle zusammen und platzierte die Knirschschiene in meinem Mund. Und bemerkte in dem Moment, als ich meine Augen schloss, Richards Hand, die sich ihren Weg meine Taille hinab suchte und mich näher an sich zog. Dann ein Kuss in den Nacken und sein warmer Atem in meinem Ohr. Und schließlich ein Wort, das eigentlich keine Frage war:

»Versöhnungssex?«

4
Der Teil mit der Sexfalle

LUCYS MIXTAPE
Kylie Minogue & Robbie Williams – Kids

»So weit, so gut. Und worüber regst du dich jetzt eigentlich auf?«

Ich hätte wissen müssen, dass Betty das nicht verstehen würde. Für Betty gab es nichts Besseres als Körperlichkeiten. Betty war die Frau mit der Theorie, dass es keinen Krieg in der Welt geben würde, wenn jeder Mensch jeden Tag eine zehnminütige Kopfmassage bekäme. Und, ja, das könnte man durchaus einmal testweise ausprobieren, schaden würde es wohl kaum. Aber darum ging es jetzt nicht.

»Darum geht es jetzt nicht!«

»Hä?«

»Faden verloren, sorry.« Ich starrte auf den Boden, sah die Gehwegplatten und die Ritzen dazwischen unter meinen Füßen vorbeifliegen und riss mich zusammen. »Also noch mal: Seit Monaten kriegen Richard und ich uns wegen allem möglichen Kleinscheiß in die Haare. Urlaub, Renovierung, Flurlampen, Intimwaxing … Irgendwas ist immer. Egal, wie viel Mühe wir uns geben, es kommt einfach keine Ruhe rein. Und dann schluck ich gestern all meinen Stolz runter – und das war ein fetter Brocken, das kannst du mir glauben …«

»Absolut. Ich hab ja nicht erst seit gestern mit dir zu tun, Schätzelein.«

»... und anstatt etwas aus dieser harmonischen Situation zu machen, mal in Ruhe reden, den ganzen Scheiß ein für alle Mal aus der Welt schaffen, ein bisschen liebevoller miteinander umgehen, macht er den ganzen Moment kaputt.«

Betty kaute auf ihrer Unterlippe. »Tja, also ich hätte jetzt irgendwie gedacht, Sex wäre schon so was wie liebevoller Umgang, aber na ja, man lernt eben nie aus.«

»Ich hab auch nicht prinzipiell ein Problem damit ...«, nicht so wie Lucy, zum Glück, »aber gestern Abend hätte ich mir was anderes gewünscht, verstehst du?«

»Nö.«

»Dass wir die Chance nutzen, uns richtig auszusprechen. Und stattdessen erpresst er mich.«

»Er erpresst dich?«

»Ja. Er wusste ganz genau, dass ich nicht wollen würde, dass diese Versöhnungsaktion und das Stolz-Runterschlucken umsonst waren. Er wusste, dass ich nicht Nein sagen *konnte*. Er hat mich in einen Hinterhalt gelockt, in eine ganz miese Sexfalle. Wie sollen wir denn so bitte jemals ...«

»Sexfalle?!« Betty lachte so sehr, dass sie stehenbleiben und sich den Bauch halten musste. »Das ist das Witzigste, was du je gesagt hast, seit ich dich kenne.«

»Okay, ich hab das falsche Wort benutzt. Aber rein vom Ding her ...«

»Sexfalle!« Betty hielt sich an einen Laternenpfahl fest und machte ein gespielt verängstigtes Gesicht. »O nein! Die schreckliche Sexfalle.«

»Betty. Es reicht.«

Nach Luft ringend nickte sie und wischte sich eine Träne aus dem Augenwinkel. »Okay …« Dann wurde sie von einer weiteren Lachwelle geschüttelt. »Ich wünschte, so etwas würde *mir* mal passieren.«

Ich warf ihr einen bösen Blick zu. Betty rang mit sich. Sie presste die Lippen aufeinander, ihr Gesicht war verzerrt in dem Bemühen, nicht wieder loszuprusten. Gut, dass Lucy mit auf die Reise kommen würde. Das hatte dann hoffentlich einen ausgleichenden Effekt. *Oder endet in einem Desaster,* schoss es mir durch den Kopf, wie meistens, wenn zwei Extreme aufeinander trafen. Betty, das Sexmonster, und die keusche Lucy drei Wochen lang auf engstem Raum. Eigentlich war die Katastrophe vorprogrammiert

»Okay, vergiss es einfach«, sagte ich, und blieb an einer kleinen Kreuzung stehen. »Müssen wir hier rechts? Oder wie?«

»Auf jeden Fall müssen wir unsere Entscheidung mit höchster Sorgfalt treffen. Ein falscher Schritt, und wir tappen geradewegs in eine Sexfa-ha-ha …« All ihre Anstrengungen hatten nichts gebracht, und Betty ließ es einfach laufen, das Lachen.

Langsam war es mir wirklich peinlich, dieses Thema überhaupt angesprochen zu haben. Aber wenn man seiner besten Freundin nicht von so etwas erzählen konnte, wem denn dann? »Ich rede erst wieder mit dir, wenn du dich beruhigt hast. Ich mein's Ernst, Bettina.«

»Nenn mich nicht so, du verklemmtes Stück.«

Der Spielplatz an der Kreuzung beschallte die Umgebung mit Kindergeschrei, wie sich das für einen sonnigen Samstagvormittag gehörte. In der letzten Zeit hatte ohnehin verdächtig oft die Sonne geschienen. Je näher unsere

Abreise rückte, desto mehr Sonnenschein. Konnte das ein Zufall sein?

Laut Skys Beschreibung musste sein Bus hier irgendwo stehen. Ich reckte den Hals und suchte die Reihe parkender Autos rechts von uns ab. Bingo. »Gelber Bus. Auf zehn Uhr.«

Ich zog Betty, die noch immer um Contenance rang und deswegen nicht allein gehen konnte, am Ärmel ihres Kapuzenpullis hinter mir her. Sie verhielt sich ruhig, bis ich den Schlüssel ins Schloss der leicht verbeulten Schiebetür steckte und sie laut »Halt!« rief.

Erschrocken fuhr ich zusammen. »Was?!«

»Ich will nur, dass du vorsichtig bist, Schätzelein. Es könnte sich um eine Sexfalle handeln …« Wieder brach sie in Gelächter aus.

»Das ist nicht witzig«, maulte ich, konnte mich aber nur schwer gegen das Grinsen wehren, das sich seinen Weg auf mein Gesicht bahnte. Weil ich Betty das aber nicht sehen lassen wollte, drehte ich ihr den Rücken zu und zog an der Schiebetür des Busses, hinter der sich unser Zuhause für die kommenden drei Wochen verbarg.

Ein muffiger Geruch von Patschuli-Räucherstäbchen und gerauchten Joints wehte uns entgegen, ein alter, dreckiger Flickenteppich lag auf dem grauen, mit Wasserflecken übersäten Holzfußboden, und das Laken auf der großen Matratze im hinteren Teil der Kabine hatte auch schon bessere Zeiten gesehen.

»Nette Vorhänge«, kommentierte Betty die gebatikten Tücher, die Sky vor die Fenster getackert hatte.

Warum bloß hatte ich mir den Bus vor unserer Abreise nicht einfach einmal angesehen? Einmal, das hätte ja gereicht. Einmal und nie wieder. »Das ist nicht Skys Ernst …«

Ich öffnete das kleine Schränkchen unter dem verdreckten Kochfeld hinter dem Beifahrersitz und machte einen Schritt zurück, als mir zwei Plastikbecher entgegenfielen, aus denen vor längerer Zeit Kaffee getrunken worden war. »Er hat gesagt, er hat extra für uns aufgeräumt.«

»Ist doch ganz nett hier.« Betty war auf die Matratze gestiegen und hatte begonnen, die Regale darüber zu untersuchen. »Guck mal, er hat uns sogar was zum Lesen dagelassen.« Nachdem sie den Staub vom Umschlag gewischt hatte, hielt sie mir das Buch unter die Nase, und ich griff danach.

»›Die Kunst des Liebens‹?« Der Einband war schwarz und aus Gründen, die ich mir lieber nicht vorstellen wollte, extrem klebrig. Ich überflog schnell den Klappentext. Es ging um Philosophie. So viel verstand ich.

»Wenn du mich fragst: genau das Richtige für dich«, hörte ich Betty sagen. »Da kannst du sicher noch was lernen. Vielleicht hast du ja Glück, und es steht sogar was über Sexfallen drin.« Sie übersah geflissentlich mein Augenrollen, als ich ihr das Buch zurückgab, nahm es und warf es achtlos zurück in das Regal.

»Und jetzt?«, fragte ich. »Durchwischen, Bett beziehen, einladen, abhauen?«

»Das ist der Plan.« Betty krabbelte aus dem Bus und schloss die Schiebetür mit einem Rumms, als wir beide wieder auf der Straße standen. »Und auf Pläne stehst du doch.«

Da ich Oma Mathildes Meinung zum Schlafengehen im Streit nur zu gut kannte, war es nicht schwer für mich, mir vorzustellen, was sie von einem Versuch gehalten hätte, die Sache mit der Sexfalle vor meiner Abfahrt noch einmal mit Richard zu besprechen. Gar nichts nämlich. Lass einen Mann nie mit Sorgen und Nöten zurück, kümmere dich selbst darum, sonst beschwörst du nur Unheil herauf. Das hätte sie gesagt. Und als Reaktion auf eine andere Ansicht meinerseits hätte sie mit strengem Blick einen Drops gelutscht und mir einen Vortrag darüber gehalten, warum es kein Wunder war, dass mich noch kein Mann hatte ehelichen wollen, wenn ich immerzu ihre guten Ratschläge ignorierte. Was ich oft tat, zugegeben. Aber nur, weil der größte Teil der guten Ratschläge von Oma Mathilde in den letzten fünfzig Jahren nach und nach seine Gültigkeit verloren hatte.

Hier und heute und was die Sexfalle betraf, war ich mit der alten Dame allerdings voll auf einer Linie. Ich würde das Thema unangetastet lassen und keinesfalls den nächsten großen Streit provozieren, den ich dann ungeklärt in meine dreiwöchigen Ferien mitnehmen müsste. Und Richard in seine Daphne-freie Zeit. Es blieb mir ja immer noch die Hoffnung, dass mein Ärger von ganz allein verfliegen würde, sobald wir die Elbbrücken passierten und ich damit beginnen konnte, meinen Freund zu vermissen.

»Die Nacht war schön«, flüsterte Richard in mein Ohr, sein Gesicht in meinem Nacken und die Arme um meine Taille gelegt.

Zur Antwort seufzte ich. Das konnte er auf seine Weise interpretieren, und ich konnte mir meinen Teil denken. »Pass ein bisschen auf Hannes auf, okay? Er wirkt so niedergeschlagen.«

Und er gab sich keine Mühe, das zu verbergen. Mit hängenden Schultern und schlurfenden Schritten half er Betty beim Einladen der Einkäufe. Er hatte sich wohl erhofft, Lucy wenigstens kurz zu sehen, vielleicht die Chance auf ein Gespräch zu bekommen. Aber er war enttäuscht worden. Lucy hatte darauf bestanden, aus ihrer Wohnung abgeholt zu werden. Dort saß sie nun vermutlich schon seit dem frühen Morgen auf gepackten Koffern und kaute nervös auf den Fingernägeln, weil wir viel zu spät dran waren. Dem Zeitplan nach hätten wir uns bereits irgendwo hinter Hannover auf der Autobahn befinden sollen. Aber laut Betty durfte man die Worte Zeitplan und Urlaub nicht in einem Satz verwenden.

»Und wer passt auf mich auf?«, fragte Richard und drückte mich an sich.

»Hannes«, antwortete ich. »Und falls du mich vermisst, kannst du ja anrufen.«

»Du kannst mich auch anrufen.«

»Klar, aber ich würde mich auch freuen, wenn du *mich* anrufst.«

»Ich würde mich auch freuen.«

Aaaahhhh! »Okay.« Mein Kopf pochte. »Ich ruf dich an. Zufrieden?«

»Nein.« Er drückte mir einen Kuss auf den Mund und ließ mich los. »Du wirst mir fehlen.«

Ich verkniff mir den Hinweis, dass ich ihm nicht hätte fehlen müssen, hätten wir diesen Urlaub gemeinsam … aber egal. Ich war die ewigen Wiederholungen leid. »Sind ja nur drei Wochen.«

»Schätzelein, beweg deinen Arsch!« Das heisere Quaken der Hupe ertönte dreimal, als Betty den Motor anließ und sich, eine Zigarette zwischen den Lippen, aus dem Fahrerfenster lehnte. »Der Tortenexpress ist ready to go.«

»Ich muss.« Ich legte den Kopf schief und ließ mich ein letztes Mal von meinem Freund küssen.

»Ruf mich an!«

»Ja-ha.« Ich umarmte Hannes im Vorbeilaufen, rannte auf die andere Seite zur Beifahrertür und zog mich auf den Sitz. »Warum ist das so, Betty?«

»Was genau?«

»Man kann reden, wie man will, und es bringt alles nichts. Aber schlaf mit einem Mann, und er ist anhänglich wie ein kleiner Hund.«

»Das Wunder des Sex, Schätzelein. Körperliche Nähe ist die stärkste Kraft, die auf diesem Planeten existiert. Und ich sag dir eins: Wenn jeder Mensch jeden Tag eine zehnminütige Kopfmassage bekommen würde …«

»Ich weiß«, unterbrach ich sie. Der Sitz vibrierte unter mir, und der Motor knatterte, als ich mir den Gurt anlegte. Draußen standen Hannes und Richard und sahen irgendwie verloren aus.

Betty zündete ihre Zigarette an, zog einmal dran und blies den Rauch aus. »Ansonsten, würde ich sagen, ist es das männliche Umkehrdreieck.«

»Nie gehört.«

»Wenn ein Mann mit dem Kopf denken soll, denkt er mit dem Schwanz. Wenn er auf sein Herz hören soll, kommt er einem mit Vernunft. Und wenn man einfach nur Sex will, fängt er von Liebe an. Das ist ein Fehler in der Kopf-Herz-Schwanz-Synchronisierung.«

Ich nickte anerkennend. »Absolut auf den Punkt.«

»Selbstverständlich.« Sie drückte erneut auf die Hupe, legte den Gang ein und lehnte sich aus dem Fenster. »Seid schön brav!«

Richard grinste. »Ihr aber auch!«

»Nix da.«

Ich winkte über Bettys Schulter hinweg den beiden Männern auf dem Bürgersteig zu – der eine war meiner, groß und schön, der andere ein Häuflein Elend –, bekam ein Winken und ein »Viel Spaß!« zur Antwort, und alle gemeinsam riefen wir noch einmal »Tschüss!«, denn in Hamburg sagt man das so. Der Bus setzte sich in Bewegung, und dann waren wir endlich unterwegs. Endlich auf dem Weg. Nach Barmbek.

»Ich dachte schon, ihr kommt nicht mehr.« Lucys Stimme schwankte irgendwo zwischen Vorwurf und Erleichterung, als sie sich von der kleinen Stufe vor dem verklinkerten Mietshaus erhob, einem Sechzigerjahre-Kasten mit quadratischen Fenstern, in dem sie, und eigentlich auch Hannes, wohnte.

Bettys Tonfall war ausschließlich vorwurfsvoll, als sie sah, was mit Lucy auf uns gewartet hatte. »Drei Koffer, Lucinda?!« In der Tat, drei Koffer. In unterschiedlichen Größen zwar, aber trotzdem komplett den Rahmen sprengend. Und pink. Natürlich.

Lucy warf einen nachdenklichen Blick darauf, als hätte sie sie noch nie vorher gesehen. »Ist das denn zu viel?«

»Ja!«

Ich hob den größten Koffer an und fragte mich, wie Lucy es wohl geschafft hatte, ihn aus dem dritten Stock herunterzutragen. »Was hast du denn da drin?«

»Nichts.« Das stimmte natürlich nicht. »Na, wir fahren doch drei Wochen weg. Da braucht man so viel.«

»So viel was? Ambosse?« Ich musste lachen.

»Also Ambosse nehm ich nicht mit.« Mit vor der Brust verschränkten Armen schüttelte Betty vehement den Kopf.

»Da kriegen wir an der Grenze nur Probleme, und das wird eh schwierig mit meinen Haaren und dem Gras.«

Lucy runzelte die Stirn. »Gras? Hä? Wozu hast du denn Gras dabei?«

»Zur Entspannung, Lucinda.«

»Versteh ich nicht.«

»Okay, ist ja auch egal«, unterbrach ich die beiden. Je weniger Lucy verstand, desto weniger wusste sie, und je weniger sie wusste, desto besser für uns, wenn wir wirklich in eine Kontrolle gerieten. Obwohl ich nicht damit rechnete. »Wir bleiben in der EU, Betty, oder? Bleiben wir doch?« Genau genommen wusste ich ja gar nicht, ob dem so war.

Betty vermied eine direkte Antwort. »Dreads sind überall verdächtig.«

»Dann setz dir eine Mütze auf. Und Lucy: Es tut mir leid, aber du musst auf jeden Fall etwas von dem Kram hierlassen. Wenn wir alle drei Koffer in den Bus laden, ist da drin kein Platz mehr für uns.«

»Aber ich kann das doch jetzt nicht alles wieder auspacken«, maulte sie. »Und wieder einpacken. Da vergess ich dann doch die Hälfte.«

Betty legte ihr aufmunternd den Arm um die Schulter. »Keine Sorge, Lucinda. Wir helfen dir.« Mein Handy klingelte, und ich rannte zum Bus. »Okay, gut, dann helf ich dir eben allein.«

»Sorry!«, rief ich den beiden über die Schulter hinweg zu, als sie ächzend und stöhnend die beiden größeren Koffer zurück ins Haus trugen. Parallel dazu klappte ich das Telefon auf. »Ja?«

»Kind!«

»Mutter!«

»Bist du schon unterwegs?«

»Quasi.«

»Bitte tu mir einen Gefallen und pass gut auf dich auf.«

»Okay.«

»Nur abgekochtes Wasser trinken, nimm nichts von Fremden an, lass Betty nicht betrunken Auto fahren, wenn etwas ist, rufst du mich sofort an … Und nicht am Strand übernachten, hörst du?«

Ich hätte darauf so einiges erwidern können, zum Beispiel, dass ich einunddreißig Jahre alt war und inzwischen sehr gut auf mich selbst aufpassen konnte, aber das hätte weder die Sorgen meiner Mutter zerstreut noch mir Zeit gespart. Mütter diskutierten solche Dinge nicht. Sie ordneten an. Also sagte ich: »Ja, Mutter.«

»Gut. Und ruf mich an.« Genau dafür fuhr man also in den Urlaub. Um in ständiger telefonischer Verbindung mit seinem Freund und der besorgten Mutter zu stehen. »Und Daphne?«

»Ja?«

Betty kam aus Lucys Treppenhaus und verdrehte die Augen, als sie mich sah. Ich formte mit den Lippen eine lautlose Entschuldigung.

»Da gibt es etwas, was mich ein wenig wundert.«

Ich war abgelenkt von Betty, die unter größter Anstrengung Lucys dritten Koffer vom Boden aufhob und ins Haus trug. »Ach ja?«, fragte ich abwesend und strich mir eine Haarsträhne aus der Stirn. Es war wirklich warm. Ausgerechnet jetzt. Wir verließen die Stadt, und der Sommer kam.

»Die Torte.«

Ich verschluckte mich und musste husten. »Torte?«

»Wir hatten eine vierstöckige Torte für das Bankett bestellt, Daphne. Jetzt sehe ich mir die Fotos von der Hochzeit an, und ich weiß nicht, wie das passieren konnte … Es ist mir an dem Abend selbst gar nicht aufgefallen, aber, Daphne … glaub es oder nicht: Da fehlte ein Stockwerk.«

Die nostalgische Vorliebe meiner Mutter, von Bildern Abzüge zu bestellen und ihr absolutes Unverständnis für Digitalfotografie hatten mir also, ohne dass es mir klar gewesen war, eine Galgenfrist beschert, die jetzt wohl abgelaufen war. »Das kann doch gar nicht sein …«

»Aber es ist so. Du weißt nichts darüber? Hast du dich vielleicht bei der Bestellung vertan?«

Fahrig fummelte ich an einem Gurt meines Rucksacks herum. Einrollen. Aufrollen. »Ich?! Nein?«, quetschte ich heraus.

»Gut. Dann ruf ich gleich bei dem Konditor an und beschwere mich. So dreist bin ich noch nie über den Tisch gezogen worden. Auf meiner eigenen Hochzeit auch noch, das muss man sich mal vorstellen!«

»Ach …« Ich überlegte fieberhaft, ich wollte etwas Beschwichtigendes sagen. »Aber es sind doch alle satt geworden. Oder?«

»Darum geht es nicht.«

Nein. Darum ging es nicht.

Sommer hin oder her. Es hatte noch nie einen besseren Grund gegeben, für ein paar Wochen die Stadt zu verlassen.

Als Betty und Lucy fünfzehn Minuten später mit einem Koffer und einer Reisetasche wieder aus dem Haus kamen, saß ich hinten im Bus und kaute auf meiner Unterlippe. Ich fühlte mich, als hätte ich ein abscheuliches Verbrechen begangen. Das perfekte Verbrechen zwar, für das ich nie geschnappt werden würde. Aber ich wusste, dass mein schlechtes Gewissen mich mein Leben lang verfolgen würde. Und der Umstand, dass wir die Leiche quasi mit in den Urlaub nahmen, war mir alles andere als angenehm.

»Was ist denn passiert, Schätzelein?« Betty wuchtete Lucys Koffer an mir vorbei in den Bus. Seine Besitzerin blieb auf dem Gehweg stehen und richtete einen schmollenden Blick auf ihre rosa lackierten Zehennägel.

Mit einem Seufzen erhob ich mich von meinem Platz und winkte ab. »Nichts Ernstes«, sagte ich. »Aber wir müssen diese Torte so schnell wie möglich verschwinden lassen. Ich empfinde ihre Anwesenheit als echte Belastung.«

Betty nickte verständnisvoll. »Geht mir genauso. Stell dir vor: Sie wollte partout ihr Glätteisen und den Föhn mitnehmen. Mit Aufsätzen!«

»Ich kann das alles hören!«, maulte Lucy aus einem Meter Entfernung.

»Betty, Lucy ist nicht die Torte, die ich gemeint habe.«

»Ich aber schon, Schätzelein, ich aber schon.« Während ich auf den Beifahrersitz kletterte, machte Betty eine einladende Bewegung in Richtung Schiebetür. »Hüpf rein, Lucinda. Das Meer wartet.«

»Na, toll.« Ich hatte Lucy selten so aufmüpfig erlebt. Aber frisch Getrennten musste man ja bekanntlich so einiges nachsehen. »Meer ohne Glätteisen. Sobald meine Haare auch nur ein bisschen feucht werden, krieg ich so eine dämliche Naturkrause. Das sieht voll bescheuert aus. Richtig hässlich.«

»Dann mach's wie ich!« Betty zeigte stolz auf ihre Dreads.

»Igitt!« Angewidert verzog Lucy das Gesicht. »Die sind dreckig und müffeln.«

Jetzt war es Betty, die beleidigt die Unterlippe vorschob. »Na, wenn das so ist, muss ich wenigstens nicht in der Mitte schlafen.«

»Ich aber auch nicht!«, rief Lucy von hinten.

Das bedeutete dann also … Ich fuhr herum. »Moment mal!«

Mit einem lauten Knall flog die Schiebetür zu, und kurz darauf kletterte Betty neben mir auf den Fahrersitz. »Tut mir leid, Schätzelein. Wie sagten noch gleich die alten Griechen? Die Würfel sind gefallen.«

»Das waren die Römer.«

Sie ignorierte meinen Einwand und zog eine Musikkassette aus der Hosentasche, die sie mit sanfter Gewalt ins Kassettenfach der Vorderkonsole drückte.

Ein CD-Deck oder einen Anschluss für MP3-Player suchte man in Skys Bus vergeblich. Radio oder Tapes, eine andere Möglichkeit Musik zu hören gab es nicht. Betty und ich hatten die Gelegenheit genutzt, um ganz nostalgisch, wie früher, unseren Urlaubssoundtrack auf zwei 90er zu bannen. Zum Glück hatte ich mein altes Tapedeck immer aufbewahrt. Es war zwar etwas verstaubt, funktionierte aber noch einwandfrei, und so verbrachte ich einige einsame Abende – denn Richard war ja nie da –, umgeben von Bergen von CDs auf dem Boden vor dem Gerät in unserem unfertigen Wohnzimmer, rauchte Zigaretten und schwelgte in musikalischen Erinnerungen. Allein dafür musste ich mich irgendwann bei Sky bedanken.

»Moment!« Ich nahm meinen Rucksack auf die Knie und wühlte darin herum. »Ich hab doch auch ein Mixtape gemacht.«

Betty warf mir einen seltsamen Blick zu. »Ich weiß. Ich auch.«

»Ich dachte das wäre …« Ich zeigte verwirrt auf die Buskonsole.

»*Das* ist das Mixtape von Lucinda. Das hören wir zuerst. Schadenersatz, weil sie umpacken musste.«

»Oh, nein, bitte nicht …«

In den Boxen rauschte und knackte es. Dann ein paar Takte Musik. Dann Howard Carpendales unverkennbarer Akzent. »Du sagtest *ti amo*, das heißt isch lieb disch so.« Betty und ich warfen uns einen Blick zu, dann startete sie den Motor.

»Woo-hoo. Süden, wir kommen«, rief sie, aber es klang nicht begeistert.

Und hinten im Bus jaulte Lucy: »Was ist geblieben von deinem mich lieben. Von hundertmal *ti amo*. Sagtest du das nur so. Weil es dazu gehört. Worte sind billig, sind manchmal so billig …«

In meiner Vorstellung hatte es zu unserer Fahrt über die Elbbrücken andere Begleitmusik gegeben. Ein letzter Blick auf das schöne Hamburg, die aufsteigende Sehnsucht und die kribbelnde Urlaubsfreude im Bauch. Dazu vielleicht der Klassiker: Bob Marley. Oder was Freshes von De La Soul. Alles eigentlich. Aber *Belinda Carlisle?*

Betty fand's gar nicht sooo schlecht, bat aber darum, geweckt zu werden, falls sie vor Langeweile ins Koma fiel. Diese Aussage beunruhigte mich ein wenig. Was mich außerdem beunruhigte, durfte ich nicht ansprechen, weil die Worte Zeitplan und Urlaub ja schließlich unvereinbar waren. Aber es ging, nun ja, um unseren Zeitplan. In meiner perfekten Vorstellung vom perfekten Beginn dieser perfekten Reise hatten wir die Elbe um die Mittagszeit im gleißenden Sonnenlicht überquert. In der Realität passierten wir diese Stelle erst fünf Stunden später, und es bot sich uns zwar der schöne Anblick orangefarbener Vorabendwolken, sehr viel Strecke würden wir aber heute nicht mehr machen. Wir hatten ja nur eine Fahrerin. Betty. Ich hatte keinen Führerschein, und Lucy hatte Angst, den Bus zu fahren. Die nicht zu ignorierende Wahrheit war, dass wir unseren ersten Urlaubstag komplett vertrödelt hatten. Das frustrierte mich. Weil ich deswegen aber nichts sagen durfte, stöhnte ich lediglich leise genervt.

»Schätzelein, wenn du Hunger hast, iss ein Stück Torte. Der Kühler quillt über mit dem Scheiß.«

»Ich will keine Torte essen, Betty.« Es war schlimm genug, dass ich mich des Verbrechens schuldig gemacht hatte. Jetzt auch noch die Beweismittel wegzufuttern, dafür war ich nicht abgebrüht genug.

»Torte?!«, fragte Lucy, die zwar auch nicht abgebrüht, aber ahnungslos war. Eine unwissende Mittäterin.

Ich drehte mich auf meinem Sitz zu ihr nach hinten um und zeigte auf die kleine Luke in der Bank neben dem Küchenschrankherd. »Im Kühler.« Sie beugte sich nach vorn und wollte die Klappe öffnen, doch im letzten Moment legte ich meine Hand darauf: »... wenn wir die Kassette wechseln dürfen.«

»Ich könnte auch einfach heimlich essen.«

»Aber das würdest du nicht tun.«

Sie sah mich abschätzend an, aber ich hielt ihrem Blick stand, bis sie zuerst woanders hinguckte. »Na gut.«

Ich nahm die Hand weg und drehte mich wieder nach vorn. »Betty?«

»Schon passiert!«

Es rauschte in den Boxen, und eine Sekunde später erfüllte schneller Ska den gelben Bus. Wir fuhren mit Tempo achtzig der Nacht entgegen. Es fühlte sich berauschend an.

5
Der Teil mit dem Gartenzwerg

BETTYS MIXTAPE
Sublime – Santeria

An der Raststätte roch es nach Benzin und Bockwürsten, und das ewige Brausen der A1 war so penetrant, dass ich mich fragte, ob es jemals verschwand, und wenn ja, ob ich es dann vermissen würde. Lucy verdrückte bei geöffneter Schiebetür bereits das fünfte Stück Torte in dreieinhalb Stunden, Betty betankte den Bus, und ich konnte mich des Gedankens nicht erwehren, dass wir mit dem Flugzeug inzwischen überall auf der Welt hätten sein können, am Strand von Honolulu, im ewigen Eis von Spitzbergen, am Kap der Guten Hoffnung. Überall. Mit dem Bus hatten wir es gerade mal bis an den Rand von Münster geschafft. Und wirklich: Hier gab es nichts zu sehen. Es musste einfach gesagt werden. Jetzt sofort.

»Wir hängen total hinterm Zeitplan.«

»Ah ba, ba!« Betty legte mir eine Hand auf den Mund, während sie mit der anderen weitertankte. »Daphne hat das böse Wort gesagt.«

Ich schob ihre Hand weg. »Ich dachte, ich darf nur die Wörter Urlaub *und* Zeitplan nicht in einem Satz verwenden.«

»Da wir uns aber im Urlaub befinden, Schätzelein, ist ja immer und überall Urlaub, und das schlimme Z-Wort ist komplett gestrichen. Ist doch klar.«

»Gut. Merk ich mir.«

»Schön.« Betty rüttelte ein bisschen am Zapfhahn und zog ihn aus der Tanköffnung.

»Nichtsdestotrotz ...« Ich nahm ihren mahnenden Blick wahr, fuhr aber unbeirrt fort. »Es ist jetzt halb neun. Vielleicht sollten wir uns langsam mal überlegen, wo wir die Nacht verbringen wollen.«

»Na, ich fahr so lang, bis ich nicht mehr kann, dann halten wir an einer Raststätte, und dann wird geschlafen.«

Ich sah mich auf dem düsteren, asphaltierten Parkplatz vor der Tankstelle um, an der wir uns jetzt befanden, und hatte plötzlich schlimme Bilder im Kopf, von betrunkenen LKW-Fahrern und irren Triebtätern. »Gibt es keine Alternative?«

Betty zuckte mit den Schultern.

Im Bus rumorte es, und Lucy schaute zu uns heraus, die Finger klebrig von der süßen Tortenfüllung und am Mundwinkel ein kleines, pistaziengrünes Stückchen Marzipan. »Remscheid.« Betty und ich sahen sie verständnislos an. »Remscheid«, wiederholte sie. »Da wo ich herkomme. Das ist nicht weit von hier, hundert Kilometer oder so. Ich kann Mami anrufen und ihr sagen, dass sie den Hund wegsperren soll. Soll ich?«

»Den Hund?«

»Das wird super, ihr könnt in meinem Zimmer auf der Luftmatratze schlafen, dann machen wir eine richtige Pyjama-Party. Wir können auch Wahrheit oder Pflicht spielen, wenn ihr wollt. Oder Scharade.«

»Mal sehen ...«, sagte ich gedehnt.

»Also, von mir aus fahren wir nach Remscheid. Kann man ja mal machen.« Betty drehte den Tankdeckel zu. »Ich war da noch nie.«

»Es ist gaaaaaanz toll!«

Bestimmt. Hoffentlich.

Lucys Elternhaus war von oben bis unten mit schwarzgrauen Schindeln bedeckt, ebenso die dazugehörige Garage. Es lag am Hang, sodass der Teil des Hauses, den man zunächst für einen Keller hielt, auf der Gartenseite das Erdgeschoss mit einer raumhohen Panoramascheibe zur Terrasse hin bildete. Aber das konnten wir bei unserer Ankunft natürlich noch nicht erkennen.

Es goss in Strömen, und nachdem Betty den Bus in der Auffahrt geparkt hatte, beeilten wir uns, so schnell wie möglich durch das kleine grüne Gartentor mit dem »Hier wache ich«-Schild und dem gepflegten Vorgarten zur Haustür zu gelangen. Dabei trat ich einen Gartenzwerg um, der mit lautem Scheppern gegen die Treppe zum Eingang rollte und zerbrach. Ich sammelte erschrocken die Bruchstücke auf, alle, die ich finden konnte, und wischte mir den Regen aus den Augen. Auf einer Skala von eins bis zehn, wobei eins super und zehn frustrierend war, verdiente dieser erste Urlaubstag eine zwölf.

»Purzelchen!«

»Papi!«

Ein ziemlich großer, ziemlich dicker Mann mit einem beeindruckenden Schnurrbart war im kleinkarierten Hemd in der offenen Tür erschienen und breitete seine Arme aus. Lucy warf sich mit voller Wucht an seine Brust und ließ sich drücken, bis aus dem Drücken ein Quetschen geworden war. Ihr Vater machte Geräusche wie ein Gewichtheber in Aktion. Aus dem Haus rief eine aufgeregte Stimme: »Ist sie da? Ist sie da?«, und wenige Augenblicke später erschien eine kleine, erstaunlich sportliche Frau mit blonder Dauerwelle im Hauseingang. Sie trug einen pinkfarbenen Jogginganzug.

»Mausezähnchen!«

»Mami!«

Lucys Vater reichte seine Tochter weiter an seine Frau, stemmte die Hände in die Seiten und sah vom Eingang zu uns herab. »Und ihr seid dann also Purzelchens Freunde.«

Betty und ich standen noch immer wie zwei begossene Pudel in seinem Vorgarten, und es regnete weiter heftig, also trieb man das Ganze wohl besser etwas voran. Ich machte einen Schritt auf ihn zu und reichte ihm treppauf die nasse Hand. »Ich bin Daphne. Guten Abend, Herr Kottkewicz. Danke, dass wir so spontan vorbeikommen durften.«

Er brach mir gefühlte zwei bis drei Finger zur Begrüßung. »Freut mich, freut mich. Aber nicht so förmlich, okay? Ich bin der Mike.«

»Gut. Mike. Ähm.« Ich hielt ihm die andere Hand hin, die mit den Scherben. »Ich hab aus Versehen Ihren Gartenzwerg kaputt gemacht, befürchte ich.«

Herr Kottkewicz zog die Augenbrauen hoch und bemühte sich sichtlich um Lockerheit. »Aber das ist ja kein Weltuntergang. Daphne«, sagte er tonlos. Es gab keinen Zweifel: Er war der Zwergsammler in dieser Familie. Und am liebsten hätte er mir die verbliebenen Finger auch noch gebrochen. Absichtlich. So viel zum Thema guter erster Eindruck.

»Hallo!« Mutter Kottkewicz war mit der Begrüßung ihres einzigen Kindes fertig und streckte mir eine gut manikürte Hand hin. »Ich bin die Monika.« Ihr Blick fiel auf die Scherben in meiner Hand. Sie zog erschrocken die Luft ein. »Ach, du Schreck! Was ist denn das für eine Bescherung?!«

Vater Kottkewicz nickte zähneknirschend in meine Richtung. Er kämpfte weiterhin stark um Beherrschung. »Daphne hat den Gießkannenzwerg kaputt gemacht.«

»Aus Versehen!«

»Na«, Monikas Stimmung war merklich abgekühlt. »Da wollen wir mal keine große Sache draus machen.«

»Ist ja auch ein Zwerg«, versuchte ich, die Situation mit einem Witz aufzulockern. »Große Sache? Zwerg?« Das kam nicht so gut an. Also lachte ich allein. Kläglich.

Mikes Blick fiel auf Betty und blieb eine Weile an ihren Dreads hängen. »Und Sie sind?«

»Betty. Hi!« Sie streckte ihre Hand aus, und Mike und Monika schüttelten sie. Aber eher zaghaft und ein bisschen angewidert. Und nur kurz.

Als wir endlich ins Haus gelassen wurden, stürmte Lucy voran. »Kommt! Ich zeig euch mein Zimmer!« In der Luft lag der Geruch von vielen vergangenen und dem aktuellen Abendessen, aus dem Wohnzimmer drang das gemütliche Gemurmel des Fernsehers. Die Tochter des Hauses polterte die Treppe hinauf.

Wir folgten ihr, nachdem wir unter Monikas strenger Beobachtung unsere Schuhe auf einer Plastikunterlage abgestellt hatten, und hörten die beiden Eltern noch murmelnd miteinander reden, als wir die knarrenden Stufen hinaufstiegen. Das Wort Drogen fiel.

»Es liegt an meinen Haaren«, flüsterte Betty.

»Natürlich liegt es an deinen Haaren.« Und nicht am Gießkannen-Gartenzwerg. Nein, Nein. »Warum hast du deine Mütze nicht auf?«

»Schätzelein, das geht jetzt echt zu weit. Ich setz mir doch nicht mitten im Sommer eine Mütze auf, nur weil die Kottkewiczs nichts mit alternativen Frisuren anfangen können. Hast du Monis Dauerwelle gesehen? Die macht mir mindestens genauso viel Angst wie denen meine Dreads. Aber ich kann mich zusammenreißen, das ist der Unterschied.«

Ich nickte zustimmend, nahm die letzte Stufe und betrat den Raum links vom Treppenabsatz. Lucys Zimmer. An der Wand hing ein Poster von Leonardo DiCaprio.

Monika Kottkewicz hatte ein spätes, schweres Abendbrot für uns zubereitet, das eine Viertelstunde später in der rustikalen Küche bereitstand. Im Wohnzimmer lief nach wie vor der Fernseher, irgendein Tierfilm, getrocknete Blumensträuße raschelten über unseren Köpfen, und aus geschätzten achthundert Bilderrahmen jeder Form und Farbe sahen uns die Freunde, Bekannten, Verwandten und Ahnen der Kottkewiczs dabei zu, wie wir uns über die überbordenden Teller voller Frikadellen, Kartoffelsalat und Brötchen hermachten. Außerdem gab es noch eine Wurstplatte, die zweifelsohne das komplette Aufschnittsortiment des Kottkewiczen Stammschlachters im Angebot hatte. Betty war anzusehen, dass sie im Begriff war, Lucys Mutter all ihre Vorurteile zu vergeben. Fleisch war der Schlüssel zu ihrem Herzen. Sie ließ einen kleinen Schrei der Begeisterung hören, als sie das Angebot sah, füllte ihren Teller bis zum Rand und aß mit großem Appetit und dem ihr ganz eigenen Mangel an Tischmanieren. Dass neben ihrem Teller auch Besteck bereitlag, ignorierte sie weitgehend. Unsere Gastgeber nahmen das mit einem dezenten Naserümpfen zur Kenntnis, verkniffen sich jedoch jeden Kommentar und konzentrierten sich stattdessen auf ihre heimgekehrte Tochter. Das Purzelchen. Das Mausezähnchen.

»Erzähl doch mal! Wie läuft es in der Firma?«, fragte Vater Kottkewicz, während er seine Brötchenhälfte konzentriert mit vier Scheiben Salami belegte.

»Hm.« Lucy kaute und schluckte und nickte. »Ganz gut.«

»Arbeitest du auch nicht zu viel?«

»Nein, Mami. Alles ist super.«

Wäre Monika Kottkewicz nicht die Frau und Mutter, die sie war, hätte sie diese Antwort gehört wie gegeben und zufrieden einfach noch ein paar Krümel von dem Tischtuch mit dem Obst-Muster gepflückt. Doch Monika Kottkewicz war Monika Kottkewicz, die Frau, deren feine Antennen sich sofort meldeten, wenn mit ihrer Tochter etwas nicht stimmte. Selbst dann noch, wenn man sie in einen unterirdischen Salzstock sperrte. Und wenn diese Antennen sich meldeten, dann galt es herauszufinden, was passiert war. Bevor dieses Ziel erreicht war, durfte Monika Kottkewicz nicht ruhen. Eher fror die Hölle zu. Es war also egal, ob Lucy sagte, dass alles super war. Ihre Mutter hatte bereits das Signal empfangen und wusste, dass dem nicht so war. »Ist sonst alles in Ordnung, Mausezähnchen?«

»Ja, Mami.«

»Ganz sicher?«

»Ja!« Lucy säbelte fahrig mit ihrem Messer an der Frikadelle auf ihrem Teller herum und schnitt ein viel zu großes Stück ab, das sie sich aber wohl oder übel in den Mund stopfen musste, wenn sie das Zittern ihrer Unterlippe rechtzeitig überspielen wollte.

»Purzelchen, nicht so hastig.«

»Mike, jetzt lass sie doch mal!« Monika Kottkewicz wollte nicht, dass hier vom Thema abgelenkt wurde. Sie hatte die Fährte aufgenommen wie ein Bluthund, und sie war siegessicher. »Und dein Hannes?«, fragte sie scheinheilig. »Wie geht es ihm?«

Damit war klar, dass Lucy ihre Eltern, aus welchen Gründen auch immer, noch nicht darüber informiert hatte, dass Hannes nicht mehr *ihr* Hannes war. Das wunderte mich. Eigentlich hätte ich erwartet, dass sie sofort, nachdem die Sache beendet gewesen war, zum Telefon gegriffen, ihre Mutter angerufen und sich in dem Mitleid gesuhlt hatte, das aus der Hörmuschel tropfte wie flüssiger Honig. Auf der anderen Seite war das vielleicht genau das Letzte, was man tat, wenn man überfürsorgliche Eltern wie Mike und Moni hatte. Das konnte ich nicht einschätzen, ich hatte mit überfürsorglichen Eltern keine Erfahrung. Wenn *ich* mal in Not war und mich dazu durchrang, meine Mutter anzurufen, empfahl die mir, Tee zu trinken, und ging dann zum Pilates.

Nicht so Monika Kottkewicz »Hm? Lucy? Mausezähnchen? Was ist denn los?«

Ihre Tochter steckte sich mit einer schnellen, in den langen Jahren einer schweren, traurigen Pubertät perfektionierten Bewegung eine komplette Frikadelle in den Mund, atmete stoßartig aus, soweit das noch möglich war, lehnte sich auf der Eckküchenbank zurück und stützte den Kopf an die getäfelte Wand. Tränen rannen ihr das Gesicht hinunter.

»Du meine Güte, was ist denn passiert?«

Schluchzer schüttelten Lucys Körper, während sie kaute und kaute und weinte. Ich warf Betty einen betretenen Blick zu, sie aber zuckte bloß mit den Schultern und schmierte sich ein Leberwurstbrot. Der Abend war eh gelaufen, da konnte man genauso gut weiteressen.

Ich vermied es, Lucy anzusehen. Ich fühlte mich fehl am Platz. In jedem anderen Moment hätte ich sie mit allen Tricks, die mir zur Verfügung standen, zu trösten versucht. Aber ich wusste, hier und jetzt würden mich Mike und Moni nicht in die Nähe ihres Nachwuchses lassen. Sie würden sie verteidigen wie zwei Stockenten ihre Küken. Und außerdem hasste Vater Kottkewicz mich sowieso, nach allem, was ich seinem Gießkannenzwerg angetan hatte, das merkte ich daran, wie er mich zwischendurch immer ansah.

»Ist Hannes krank?«, fragte Monika Kottkewicz. Dabei hatte sie die Situation längst erfasst.

»Wir sind nicht mehr zusammen!«, platzte es aus Lucy heraus, im wahrsten Sinne des Wortes. Ich hätte schwören können, dass das kleine Frikadellenstückchen waren, die da auf meinem Handrücken gelandet waren.

Vater Kottkewicz schlug mit der Faust auf den Tisch. »Dieser miese …« Er wies mit erregt ausgestrecktem Arm auf ein grün gerahmtes Foto neben dem Kühlschrank. »Und von dem haben wir ein Bild an der Freunde-Wand hängen!« Es war wohl bei einem Familienfest der Kottkewiczs entstanden. Lucy und Hannes saßen an einem Tisch, vor ihnen bunte Plastikbecher und Pappteller mit Würstchen drauf, von hinten umarmte sie Mike Kottkewicz, einen Arm um Hannes und einen um seine Tochter gelegt. Hannes lächelte starr. In seinen Augen war der blanke Horror zu erkennen.

Monika zog Lucy an sich heran und wiegte das weinende Kind in ihren Armen hin und her. »Alles wird gut …«

»Es tut so we-eh-eh …«

Herr Kottkewicz erhob sich vom Küchentisch. »Jetzt kommt erst mal das Foto von diesem Scheißtyp von unserer schönen Wand.«

»Nein, Papi!« Lucy befreite sich aus dem Klammergriff ihrer Mutter.

Monika schnalzte mit der Zunge. »Ach, mein armes Mausezähnchen …«

»Vielen Dank für das Abendessen. Sehr lecker.« Betty stand ebenfalls von ihrem Platz auf und wischte sich mit dem Handrücken über den Mund. »Ich bin dann mal draußen im Bus und telefonier mit meinem Sohn.«

Kein Kottkewicz reagierte, sie hatten größere Sorgen als das Mädchen mit der verdächtigen Frisur. Das war gut, denn es bedeutete, dass auch ich unbemerkt vom Tisch aufstehen und mir ein ruhiges Fleckchen suchen konnte, um von dort aus Richard anzurufen. Eigentlich hatte ich das gar nicht vorgehabt, nicht sofort am ersten Abend. Aber so, wie die Dinge standen, mit Moni und Mike und den Frikadellenstückchen auf meiner Haut, war der Gedanke an ein Gespräch mit meinem Freund wie Balsam auf meiner aufgewühlten Seele. Ich hätte sofort einen weiteren Streit mit Richard über den Zustand unserer Wohnung gegen dieses gartenzwergumstellte Vorstadtdrama eingetauscht. Doch für den heutigen Abend würde es wohl bei Remscheid bleiben, bei Remscheid und einem Telefongespräch. Und da Betty sich bereits den Bus als Rückzugsort gesichert hatte, blieb mir nur der Platz auf Lucys Bett, unter dem schmachtenden Blick eines sehr jungen Leonardo. Ich war nie Fan gewesen, sonst hätte ich jetzt sagen können: Es war wie früher.

»Ja?«

»Ich bin's.«

»Na?«

»Ja … äh … na?« Es raschelte und rumpelte da, wo Richard war. Ich versuchte anhand der Geräusche zu erraten, an welchem Platz in unserer Wohnung er sich befand. Ich tippte auf die Küche. »Machst du dir was zu essen?«

»Ja.«

Was den Informations- und Spaßgehalt dieser Unterhaltung betraf, fühlte ich mich in den Erdkundeunterricht der achten Klasse zurückversetzt. »Was gibt es denn?«

»Brot.«

Ich stöhnte frustriert. »Mann, Richard!«

»Was denn?«

»Erst soll ich dich unbedingt anrufen, und jetzt mach ich das, und du bist so.«

»Wie? So?«

»Wortkarg.«

»Find ich nicht.«

»Ich aber schon.«

»Also, Daphne, es tut mir ja leid, dass du mehr erwartet hast, aber ich hab Hunger und bin müde. Ich ess jetzt schnell noch was, und dann geh ich pennen.«

»Gut. Dann sag das doch.« Ich klang gereizt. War ich auch. Wo blieb der Balsam auf meiner Seele? »Du freust dich echt gar nicht, dass ich anrufe, oder?«

»Doch. Klar.« Offensichtlich ungefähr so sehr wie über Herpes.

»Dann ruf ich dich eben nicht mehr an.«

»Ich hab doch gesagt, dass ich mich freue.«

»Aber du hast es nicht so gemeint.«

»Ach ja, nee, richtig. Hatte ich ganz vergessen, dass du ja immer besser als ich weißt, was ich meine.«

»Das hab ich gar nicht gesagt.« Interessant, welche zerstörerischen Kräfte dieses Telefonat innerhalb einer Minute entwickelt hatte. Interessant und schrecklich zugleich. Ich warf Leonardo einen verzweifelten Blick zu. Ein Zeitsprung zurück wäre jetzt gut. Eine zweite Chance. Aber er konnte mir nicht helfen. Er war nur ein Poster. »Ich weiß überhaupt nicht, was du meinst. Das ist ja das Problem.«

»Eben. Deswegen geht es mir auch so auf die Nerven, wenn du so tust, als wüsstest du es.«

Er schwieg.

Ich schwieg.

Im Erdgeschoss heulte Lucy.

Die dumpfe Stimme im Fernsehen erklärte: »Stockenten sind Nestflüchter. Jedoch beschützen die Alttiere ihre Jungen während der Aufzucht mit allen Mitteln.«

Mein Freund schwieg noch immer.

»Alter! Richard!«, entfuhr es mir.

Richard seufzte. »Wir können ja morgen noch mal telefonieren.«

»Ja. Da hab ich richtig Bock drauf. Noch so ein Gespräch.«

»Dann lass es eben, Daphne.« Und erstaunlich sanft und ruhig fügte er hinzu: »Schlaf gut. Ich liebe dich.«

Ich war sauer, und wenn ich sauer war, konnte ich nicht »Ich liebe dich« sagen. Also legte ich wortlos auf und war so erschöpft, dass ich es am liebsten Lucy gleichgetan hätte. Geheult hätte. Wie ein kleines Kind.

»Für Beziehungen, die eh im Arsch sind, sollte Telefonverbot herrschen.« Ich zog missmutig an der Zigarette, die Betty für mich gedreht hatte, und lehnte mich auf dem Beifahrersitz des VW-Busses zurück. Draußen, vor der Windschutzscheibe, lag das nächtliche Remscheid hinter einem Vorhang aus Regen.

»Welche Beziehung ist denn im Arsch?«

»Meine und Richards.«

Betty zog die Augenbrauen hoch und legte ihre Füße links und rechts neben dem Lenkrad auf das Armaturenbrett, sodass sie aussah wie ein Frosch. Oder ich beim Waxing. »Aber Schätzelein, eure Beziehung ist doch nicht im Arsch. Die ist ganz normal.«

»Von wegen. Ich kann mich nicht an den letzten Tag erinnern, an dem wir uns nicht in die Haare bekommen haben oder mindestens einer den anderen scheiße fand.«

Wenn ich erwartet hatte, dass Betty deswegen besorgt reagieren würde, wurde ich enttäuscht. Sie blieb ganz gelassen. »Nützt ja nix.«

»Wie, nützt ja nix? Ich weiß ja nicht, wie das bei dir so ist, aber *ich* habe eigentlich immer gedacht, dass Streit eine Beziehung kaputt macht.« Und Oma Mathilde im Übrigen auch, aber weil die Betty kein Begriff war, hielt ich sie aus der Diskussion raus.

»Überrascht mich nicht, dass du das denkst, du kennst dich mit Beziehungen ja auch nicht aus.«

»Was soll das denn heißen?!«

»Schätzelein, in Sechs-Monats-Beziehungen lernt man so etwas nicht, das hab ich dir schon mal gesagt. Du weißt solche Sachen einfach nicht.«

»Natürlich weiß ich *solche Sachen!*«, erwiderte ich empört.

»Nee, eben nicht. Bei dir ging's doch bisher immer nur um Schmetterlinge. Und wenn die weg sind, ist für dich gleich die Beziehung vorbei.«

Ich drückte schmollend meine Zigarette im Autoaschenbecher aus. »Kann ich doch nichts dafür, dass die immer alle mit mir Schluss machen.«

»Vielleicht doch.«

Ich schnappte gekränkt nach Luft.

»Ist ja auch egal. Es geht ja jetzt um Richard und dich. Schluss mit Schmetterlingsgarten, Schätzelein, ihr seid jetzt im Dschungel. Ihr seid wie zwei Raubkatzen, die sich nur zum Paaren treffen.«

Nicht einmal das, ergänzte ich in Gedanken. Denn wenn ich nicht gerade zufällig in Richards Sexfalle tappte (und dazu war es bisher nur dieses eine Mal gekommen, denn das war eine brandneue Strategie), war in Sachen Paaren bei uns nicht viel los. Entweder hatte ich Lust, aber Richard war schon eingeschlafen oder noch beim Soundcheck. Oder Richard hatte Lust, aber ich nicht, weil ich mich den ganzen Tag über den Zustand unserer Wohnung hatte ärgern müssen und darüber jegliches Interesse an Sex irgendwie verpufft war. Dann las ich ein Buch, und Richard war genervt. Oder bei Soundcheck.

»Ganz schön haarige Sache«, fuhr Betty fort. »Ich meine, mit allen anderen streitet man sich ja auch und denkt nicht ständig darüber nach, ob man die jetzt nun nie wiedersehen will oder nicht. Aber in Beziehungen ist immer alles schwarz oder weiß. Entweder big love und bis zum Tod glücklich oder Trennung und nie wieder sehen und für immer hassen. Total bescheuert, wenn du mich fragst.«

»Es gibt Pärchen, die sich nie streiten.«

»Also, mir sind die unheimlich. Da muss doch mindestens einem von den beiden die Persönlichkeit wegamplutiert worden sein …«

»Amputiert. Ohne l.«

»Schätzelein, ich bin weder Deutschlehrerin noch Arzt. Aber eins weiß ich: Mo und ich sind seit neun Jahren beste Freunde und haben ein Kind, und manchmal haben wir Sex, und manchmal streiten wir uns, aber das läuft, und ich mach mir keine Sorgen.«

Ich runzelte die Stirn. »Du hast doch noch gestern gesagt, du glaubst, dass er eine Neue hat.«

»Ja. Das hab ich gesagt.« Betty drückte ihre Zigarette im Aschenbecher aus und schaute eine Weile durch die Frontscheibe des Busses auf den dunklen Ziergarten, in dem die überlebenden Gartenzwerge friedlich schliefen. »Stimmt. Aber irgendwie ändert das nichts. Das zwischen mir und Mo ist eben so. Dann hat er eine Neue, na und? Dann fahr ich eben in den Urlaub und mach ein paar heiße Boys klar. Das ändert nichts daran, wie wichtig wir uns sind.«

»Bist du gar nicht eifersüchtig?«

»Doch. Aber damit muss ich wohl klarkommen. Ich kann ja nicht ändern, dass ich ihn liebe.«

»Hm.«

Es war immer schwierig, mit Betty über Beziehungen zu reden. Wir hatten einfach komplett unterschiedliche Ansichten, was dieses Thema betraf. Ich war eher der konservative Typ. Ein Mann, eine Frau, dann mischt man Liebe mit rein, und wenn sich beide einig werden, gehören sie zusammen. Alles oder nichts. Ein Korsett, das manchmal zwickte und zu eng war, aber auch eine gewisse Sicherheit bedeutete, in der man sich wohlfühlen und fallenlassen konnte. Im besten Fall. Mir fehlte leider zu oft das nötige Vertrauen.

Für Betty ging es um den Menschen, in dessen Nähe man sein wollte. Man fand ihn, und dann nahm man die

Wellen, wie sie kamen – Berge und Täler, egal wie hoch oder tief. Das war der Mensch, zu dem man gehörte. Auch wenn er Sachen tat, die verletzend waren, selbst wenn man kaum etwas von dem, was man gab, zurückbekam … Es nützte ja nichts, solange man liebte, ging man da durch.

Das war eine edle und herausfordernde Idee, und im Gegensatz dazu fühlte sich meine Auffassung von einer Beziehung schäbig und besitzergreifend an. Vielleicht lebte Betty die wahre Liebe. Vielleicht war das aber auch großer Schwachsinn, und sie ließ sich von vorne bis hinten verarschen.

Doch ich war heute nicht mehr in der Verfassung für tiefschürfende Analysen … »Wie geht es Max?«

»Er hat schon geschlafen. Er war müde vom Buddeln und der Seeluft und so.« Sie zuckte mit den Schultern. »Es geht ihm gut. Morgen ruf ich früher an, dann kann Mo ihm den Hörer ans Ohr halten.«

Ich nickte. Ich merkte, dass sie traurig war. »Kommst du mit rein?«

»Ich schlaf im Bus. Ich glaube, Moni findet das auch besser. Immer wenn ich an ihr vorbeigehe, schnüffelt sie so.«

»Wir können dir ja ein Duftbäumchen umhängen.«

»Sehr witzig, Schätzelein. Du bist auch nur auf Bewährung, vergiss das nicht. Du hast den Gartenzwerg umgebracht.«

»Es war ein Unfall«, sagte ich, gab Betty einen Kuss auf die Wange und kletterte aus dem Bus.

Lucy schlief schon und schnarchte leise, wegen der vom Weinen geschwollenen Schleimhäute. Ich zog mich aus, wühlte mich in den Synthetik-Schlafsack auf der Luftmatratze vor

Lucys Bett und fühlte, wie mir sofort alle Haare elektrisiert zu Berge standen. Ich drehte mich um, die Luftmatratze quietschte. Außerdem merkte ich, wie ich langsam immer weiter dem Rand entgegenrutschte, weil das glatte Material des Schlafsacks keinen Halt auf der Plastikoberfläche fand. Ich versuchte, genau in der Mitte der Matratze so ruhig wie möglich auf dem Rücken zu liegen, heftete meinen Blick an die Leuchtsterne an der Zimmerdecke und dachte, dass ich mir solche auch immer gewünscht hatte. Als ich acht war. Ich dachte an Richard, ob ich mich bei ihm entschuldigen sollte oder er sich bei mir. An den morgigen Tag. Daran, ob mit Lucy überhaupt etwas anzufangen sein würde, oder ob wir sie lieber hier zurücklassen sollten, drei Wochen Liebeskummerkur mit Fleischanwendungen bei Mutti. Und während ich all das dachte, fühlte ich den harten Boden unter meiner rechten Schulter. Zu weit gerutscht. Ich seufzte und rollte mich auf den Bauch. Die Matratze quietschte wieder.

Am Kopfende der Matratze stand Lucys Nachttisch, ein kleines Schränkchen mit eingebautem Bücherregal. Ich sah mir den Inhalt an und fand ein Poesiealbum im Neunzigerjahre-Design. Ich hatte ungefähr das Gleiche gehabt. Amüsante Erinnerungen an eine Zeit, in der die Eltern für Essen und Unterkunft sorgten und Schuldiscos das Aufregendste waren – eng tanzen mit den Jungs, bis man um neun abgeholt wurde. Kleine Freuden, die sich groß anfühlten. Ich nahm das Buch aus dem Regal und blätterte darin. Die Seiten waren leer. Ich begann von vorn und schlug Seite um Seite auf. Nichts, nichts, nichts. Dann, etwa auf Seite zwanzig, fand ich einen Eintrag. Es war eine lieblose, gemeine Zeichnung. Ein mit schwarzem Filzstift hingekritzeltes Schwein. Darunter stand in krakeliger Schrift: »Das ist Lucy.«

Ich starrte das Bild eine Weile an und lauschte dem Atem meiner schlafenden Freundin. Dann klappte ich das Buch zu, stellte es wieder ins Regal und brachte meine Knirschschiene in Position. Ich versuchte zu schlafen. Aber das ging nicht.

6
Der Teil mit den Anhaltern

DAPHNES MIXTAPE
International Pony – Leaving Home

Nach einem Tag Urlaub fühlte ich mich am nächsten Morgen erholungsbedürftiger als jemals zuvor. Mein Rücken und mein Nacken waren verspannt, meine Augen brannten, und vor lauter Schlafmangel war ich so überreizt, dass ich bei jedem Geräusch hochschreckte. Lucy war nicht besser dran. Wenn man einen kompletten Abend durchheulte, hinterließ das Spuren, mit denen man sich in unserem Alter gern mal den ganzen Folgetag herumschlagen durfte. »Tränen verderben den Teint und führen zu nichts«, hatte meine Oma Mathilde immer gesagt. Ja. Andererseits hatte man selten eine Wahl. Denn wenn sie kamen, dann meistens aus gutem Grund.

Mutter Kottkewicz ließ beim gemeinsamen Frühstück Brötchen, Fleisch und hart gekochte Eier links liegen. Sie blieb stattdessen beim schwarzen Kaffee und versuchte, ihre Tochter davon zu überzeugen, dass es viel besser für sie wäre, die nächsten Tage in Remscheid zu bleiben. Aber Lucy wollte davon nichts hören. Lucy wollte weg.

Das musste Moni akzeptieren, wenn auch widerwillig. Sehr widerwillig. Bis zum Schluss war ich mir nicht sicher, ob sie sich nicht vielleicht doch noch an ihre Tochter ketten oder den Familien-Schäferhund auf uns hetzen würde, der nach einer ganzen Nacht und einem Morgen im Keller bestimmt wütend genug war, um Betty und mir erheblichen Schaden zuzufügen. Zum Glück geschah nichts dergleichen.

Um zehn standen Betty und ich zur Abfahrt bereit vor dem Haus der Kottkewiczs und scharrten mit den Füßen, während Lucy von ihren Eltern gedrückt, geküsst und mit tütenweise Lebensmitteln versorgt wurde. Für uns hatten sie nur ein lauwarmes Nicken übrig und ein »Gute Reise dann«, dessen Klang noch einmal deutlich machte, dass sie es nicht guthießen, dass ihre Tochter sich nun in unserer Obhut befand. Das konnte ja niemals gut gehen. Die Gartenzwergmörderin und das Mädchen mit den schlimmen Haaren.

Ich bemühte mich um einen versöhnlichen Abschied, gab erst Moni und dann Mike die Hand und sagte: »Danke für das leckere Essen und dass wir hier übernachten durften. Und wegen des Gartenzwergs …«

»Schon vergessen«, unterbrach mich Herr Kottkewicz zähneknirschend. Aber das war eine Lüge. Nichts war vergessen.

Betty und ich setzten uns nach vorn in den Bus, und Lucy krabbelte hinten rein. Der Motor wurde angelassen, es wurde kollektiv gewunken, dann fuhren wir schweigend und ohne Musik durch das vormittägliche graue Remscheid zur Autobahn.

Erst als der Bus sich auf der rechten Spur eingereiht und seine Spitzengeschwindigkeit von achtzig Stundenkilometer erreicht hatte, drückte Betty den Play-Knopf am Tapedeck.

Mein Tape war an der Reihe. Bässe und Beats aus Maschinen und der wabernde Gesang von International Pony passten wunderbar zu der regnerischen Stimmung vor der Windschutzscheibe und dem monotonen Rauschen der Autobahn.

»Puh«, machte Betty und begann, sich eine Zigarette zu drehen.

»Allerdings«, pflichtete ich ihr bei.

Hinter uns lehnte Lucy am Fenster und starrte hinaus.

»Schätzelein, so kann das nicht weitergehen. Wir sind im Urlaub. Urlaub soll Spaß machen.«

»Lucy ist traurig, sie kann nichts dafür.«

»Das sag ich ja auch gar nicht. Aber ab jetzt wehren wir uns. Liebeskummer ist wie Remscheid, man kann ihn hinter sich lassen.«

»Darf ich noch Torte?«, fragte Lucy.

Ich drehte mich zu ihr um. »So viel du willst. Bedien dich.« Mir ging diese Seite in Lucys ansonsten leerem Poesiealbum nicht aus dem Kopf. Sie tat mir so leid. Hätten wir keine Torte an Bord gehabt, ich hätte ihr an Ort und Stelle eine gebacken, nur damit sie ein kleines bisschen glücklicher wurde. Mir kam in den Sinn, dass Moni vielleicht damals, als Lucy ein unglücklicher Teenager gewesen war, ähnlich gedacht hatte. Und es zwischen diesem Denken und Lucys kräftigem Körperbau einen Zusammenhang geben könnte.

»Wenn ich Torte höre, muss ich an Kaffee denken«, unterbrach Betty meine Überlegungen. »Ich brauch Kaffee.«

»Es gab doch eben beim Frühstück Kaffee ...«

»Ich rede nicht von dieser Brühe, Schätzelein. Ich brauch richtigen Kaffee. Ich brauch Espresso. Halt mal die Augen nach einer Raststätte auf, an der es Espresso gibt.«

Der Teil in mir, der gern verbotene Zeitpläne machte und auf die Uhr schaute, also der Teil, den ich mit aller Macht unterdrücken musste, um den Frieden in der Reisegruppe zu wahren, wand und wehrte sich. Der Teil in mir, der sich mehr als alles andere Harmonie und gute Laune wünschte, war stärker.

Ich hielt die Augen auf.

Etwa eine Stunde später stand der Bus auf einem Parkplatz in der Nähe von Aachen.

Nachdem ich siebzig Cent für die Toilette bezahlt hatte, spazierte ich mit einem nutzlosen Warengutschein über fünfzig Cent (und was kann man an einer Raststätte in Deutschland schon für fünfzig Cent kaufen? Nichts. Nicht einmal eine Toilettennutzung) zurück zu unserem mobilen Zuhause und entdeckte schon von Weitem neben Lucy und Betty zwei andere Gestalten, die vor der Schiebetür standen und rauchten. Zwei junge Männer. Ich kam näher und hörte, wie einer von ihnen in gebrochenem Deutsch die Hochzeitstorte meiner Mutter lobte. Das war gut, je eher wir sie los waren, desto besser. Wir hatten schließlich seit heute Morgen auch noch eine Tüte voller Wurstwaren an Bord, die gegessen werden wollten.

»Hallo«, sagte ich und winkte in die Runde.

Betty prostete mir mit ihrem Pappbecher voll Espresso zu. »Schätzelein, du wirst nicht glauben, was wir hier haben.«

»Was haben wir denn hier?« Soweit ich das beurteilen konnte, handelte es sich um zwei junge Männer, wohl kaum älter als zwanzig, der eine blond, der andere schwarzhaarig, der eine groß, der andere klein, beide dünn, beide in Shorts und T-Shirt, mit Rucksäcken vor sich auf dem Boden.

Große Rucksäcke mit zusammengerollten Schlafsäcken, die von den Außenschnallen gehalten wurden. Rucksäcke, wie sie eigentlich nur eine Gruppe Menschen mit sich herumtrug: Backpacker. Was eigentlich nur eine Antwort zuließ.

»Anhalter! Waschechte, polnische Anhalter!« Ihrem Grinsen war anzusehen, dass Betty genau ahnte, in welche Bredouille mich das bringen würde. Zwei blutjunge, harmlos aussehende Abenteurer mit großem Hunger und großen Rucksäcken. Wollte ich wirklich meinen Prinzipien treu bleiben und sie unter dem grauen Himmel vor Aachen zurücklassen? Das wäre dann ein bisschen so, als würde man einen Welpen aussetzen. Herzlos. Genau wie Betty es vorausgesagt hatte.

»Aaaa-ha!« Ich sah von einem zum anderen. »Und?«

Der große Blonde, der eben sein letztes Stück Torte heruntergeschluckt hatte, wischte eine Hand an der Seite seiner Hose ab und reichte sie mir. »Ich bin Karol.« Das »ch« klang ein bisschen wie ein Fauchen. »Und das ist Viktor, ein Freund.« Der kleine Schwarzhaarige aß weiter seine Torte und schaute nicht auf, bis Karol ihn in die Seite stupste. »Er kann kein Deutsch. Ich habe das nur gelernt. In der Schule.«

»Ziemlich gut, was? Deutsch ist so schwer zu lernen.« Lucy lächelte, und das freute mich.

»Die beiden wollen nach Frankreich«, erklärte Betty.

»Erst Frankreich. Dann mal sehen«, Viktor machte eine Handbewegung, die Ambivalenz ausdrücken sollte. »Oder auch nicht Frankreich. Kommt an.«

»Kommt *drauf* an«, verbesserte Lucy ihn liebenswürdig, und mich beschlich das Gefühl, dass ich hier mit meiner Meinung zum Thema Anhalter auf verlorenem Posten stand. Betty würde es vielleicht in erster Linie albern finden, wenn ich mich dagegen sträubte, die beiden mitzunehmen. Aber Lucy würde ich das Herz brechen. Der Vergleich mit dem Welpen war schon ganz passend. Es fehlte nur noch, dass Lucy Viktor und Karol das Fell kraulte und sie mit Tortenstückchen zu kleinen Tricks animierte. Sich tot stellen zum Beispiel. Auf den Hinterbeinen laufen konnten sie ja schon.

»Also nach Frankreich wollt ihr?«

»Wie sagen, kommt *drauf* an.« Viktor lächelte Lucy an.

Sie schüttelte nachsichtig den Kopf. »Fast richtig. Wie *gesagt*, sagt man.«

»Wie ich gesagen.«

Lucy lachte. Viktor sah sie irritiert an.

Ich warf Betty einen Blick zu. Sie machte wieder dieses Gesicht, eine Mischung aus Amüsement und Sadismus. »Tja, also wie der Zufall so will, fahren wir heute nach Frankreich.«

»Schön, dass du dich endlich für eine Route entscheiden konntest«, stichelte ich.

Betty sah mich an, als wüsste sie nicht, was ich meinte. »Wieso? Wir fahren immer südwärts, hatten wir gesagt.«

»Du.«

»Okay, dann ich. Aber wir fahren immer südwärts, und Frankreich liegt im Süden, also …«

»Genau, Betty. Wir, also du, ich und Lucy fahren immer südwärts. Von mir aus gern nach Frankreich. Aber alles Weitere müsste man vielleicht erst mal besprechen.«

»Hä? Und Viktor und Karol dürfen nicht mit uns südwärts fahren?«

»Lucy, von dir hätte ich am allerwenigsten gedacht, dass du damit einverstanden bist, dass wir irgendwelche Fremden auf Rastplätzen einsammeln und mitnehmen. Bin ich denn die Einzige, die darüber nachdenkt, was da alles passieren kann?«

»Aber das sind ja keine Fremden«, erklärte Lucy. »Das sind Viktor und Karol. Außerdem langweile ich mich allein da hinten im Bus.«

Karol hob die Hände. »Ich will keinen Streit machen.«

»Und wie ist es mit dir, Schätzelein?«, fragte Betty, den Zündschlüssel in der Hand. »Willst du Streit machen?«

Wollen schon. Aber ich durfte ja nicht.

Es ist nicht einfach, in Begleitung zu reisen. Das dachte ich, als unser Spaßexpress die Grenze nach Belgien passierte, Betty ihre Kassette umdrehte und hinten im Bus die polnisch-deutsch-polnische (Lucy hatte schließlich auch Wurzeln in Karols und Viktors Heimat. Kottkewicz. So heißt man nicht aus Versehen) Tortenparty in vollem Gang war. Ich lehnte meinen Kopf an die sanft vibrierende Scheibe der Beifahrertür und sah der Landschaft draußen beim Vorbeirauschen zu. Viel zu sehen gab es leider nicht. Die belgische Autobahn unterschied sich nicht im Geringsten von der deutschen. Asphaltfahrbahnen, Mittelstreifen, Bäume und Büsche und Felder hinter der Leitplanke. Das war's. Betty drehte eine Zigarette, hielt sie mir hin und gab mir auch gleich Feuer. Man hätte annehmen können, dass sie ein schlechtes Gewissen hatte, weil sie mich genötigt hatte, die beiden Anhalter mitzunehmen. Aber so, wie ich Betty kannte, wollte sie mir einfach eine Zigarette anbieten. Sie tat grundsätzlich alles ohne Hintergedanken. Und hatte nie ein schlechtes Gewissen.

Es ist nicht einfach, in Begleitung zu reisen, dachte ich, obwohl ich schon oft allein verreist war und durchaus die

Nachteile davon kannte. Ich seufzte. Manchmal war es langweilig, weil man einsam und ohne jemanden zum Reden stundenlang auf irgendwelche Anschlussflüge oder Züge warten musste. Wie oft hatte ich mir gewünscht, einen Sitznachbarn zu haben, neben dem ich gern saß, und nicht diese andere Person, die dort stattdessen saß, mir die Armlehne streitig machte und entweder stark schwitzte, zu viel Parfüm benutzte oder aus anderen Gründen auffällig roch, zu laut atmete, schmatzte oder schnarchte, sich an intimen Stellen kratzte, sich im Ohr puhlte oder, was fast genauso schlimm war, mir ein Ohr abkaute – einer dieser Umstände war eigentlich immer traurige Realität. Außerdem war es natürlich sehr viel praktischer, wenn man nicht sein komplettes Gepäck auf irgendeine öffentliche Toilette mitschleppen musste, weil niemand da war, der ein vertrauensvolles Auge darauf hatte.

Es hatte wirklich viele Nachteile, wenn man allein reiste. Der größte Vorteil aber war nicht von der Hand zu weisen: Man war unabhängig.

Dass Richard und ich noch nie einen gemeinsamen Urlaub mit allem Pipapo verbracht hatten, lag bekanntlich in erster Linie an den Terminschwierigkeiten, mit denen vor allem er zu kämpfen hatte. Doch eine andere große Hürde, an der wir immer wieder scheiterten, waren die Planungsdiskussionen. Wir wollten prinzipiell immer das Gegenteil von dem, was der andere wollte. Wenn ich vorschlug, eine Woche in New York zu verbringen und seine alten Freunde zu besuchen, stand ihm der Sinn nach einem abgeschiedenen Häuschen tief in den nordschwedischen Wäldern, dort, wo sich sonst nur Elche und Psychopathen mit Kettensägen aufhielten. Wenn ich ihm dann beim nächsten Anlauf entgegenkommen wollte und einen erholsamen Urlaub irgendwo am Meer vorschlug, wollte er ganz aktiv irgendwelche Berge besteigen. Da Richard eigentlich sehr genau wusste, dass ich in meinem Leben ganz sicher niemals einen Berg besteigen würde – allerhöchstens vielleicht, wenn das Tal, in dem ich mich aufhielt, überflutet wurde –, nahm ich diesen Vorschlag als schlechten Witz auf und warf ihm vor, diese ganze Urlaubssache einfach nicht ernst zu nehmen. Seine nächste Idee, für eine Woche nach Marokko zu fliegen, fand ich eigentlich gut, aber da ich sauer auf ihn war, sagte ich Nein. Manchmal kann man wirklich nur noch sich selbst die Schuld geben.

Wir verbrachten daraufhin also (weil wir mit allem zu lang gewartet hatten, der Entscheidung, der Buchung, dem Packen, allem) die eine wertvolle freie Woche, die Richard hatte herausschlagen können, in Hamburg. Mit dem guten Vorsatz (oder auch unbefriedigendem Plan B), unsere Heimatstadt zu erleben, wie Touristen es tun. Solche Vorschläge findet man manchmal in Frauenmagazinen unter »Tipps für ihre Beziehung«: *Erleben Sie Ihre Heimatstadt wie zwei Touristen. Seien Sie romantisch. Unternehmen Sie Tagesausflüge an Orte, an denen Sie noch nie waren. Gehen Sie essen in einem Restaurant, das Sie sich sonst nie leisten. Besuchen Sie ein Theater oder eine Musikveranstaltung.*

Warum nicht, dachte ich. *Wenn wir schon zu Hause bleiben müssen …*

Inzwischen weiß ich, dass dieser Kompromiss nicht funktioniert.

Am ersten Tag unseres Urlaubs zu Hause hatte Richard noch einen schnellen Termin mit einem neuen Künstler seiner Plattenfirma eingeschoben – »nur ein Stündchen,

Daphne« –, woraufhin ich mir überlegte, dass es ganz praktisch wäre, schnell diesen Zahnarztbesuch hinter mich zu bringen, für den ich sonst nie die Zeit fand.

Irgendwann gegen Mittag trafen Richard und ich uns in der Stadt. Meine linke Gesichtshälfte war betäubt. Richard fand, dass das witzig aussah. Ich nicht so. Er schlug vor, dass wir ins Miniaturwunderland fahren sollten. Dort war alles ganz klein. Ich fand den Vorschlag ziemlich bescheuert, konnte meine Meinung aber wegen der anhaltenden Betäubung schlecht artikulieren. Ich schmollte und dachte, das würde Richard zeigen, wie wenig begeistert ich von unserem Ausflugsziel war, aber er dachte, mein schiefes Grinsen hinge mit der Betäubung zusammen und ging darauf gar nicht ein. Und so verbrachten wir den Nachmittag damit, uns sehr viele, sehr kleine Dinge anzusehen. Richard fand die Ausstellung witzig, allerdings hatte er ja auch schon während seines Termins am Vormittag zwei große Bier getrunken. »Ach, Daphne, ich hab doch Urlaub!«

Im Anschluss an unseren Besuch im Miniaturwunderland wünschte ich mir einen Spaziergang im Grünen. Ich stellte mir das schön romantisch vor. Arm in Arm würden wir unter dem dichten, satten Laubdach der Sommerbäume des Jenischparks wandeln und endlich mal wieder Zeit für ein harmonisches, erfrischendes, liebevolles Gespräch haben, das unsere Zusammengehörigkeit bestärken würde. Früher hatten wir das oft gemacht. Gehen, reden, lachen. Aber irgendwie war das irgendwann zu kurz gekommen. An diesem Nachmittag war das leider nicht anders. Richard hatte keine Lust zu reden. Und wenn er doch etwas sagte, dann dass er Hunger hatte.

Ich war genervt. »Warum hast du nichts in diesem Miniaturwunderland gegessen?«

»Hast du gesehen, wie klein die Portionen da waren?!«, fragte er und lachte ausnahmsweise.

Zugegeben, das war schon irgendwie ganz lustig, aber ich lachte nicht, weil ich erst noch über meine Enttäuschung über den verkorksten Nachmittag hinwegkommen musste. Es war nicht fair. Wir hatten doch schließlich auch getan, was *er* sich gewünscht hatte. Nämlich uns ganz, ganz kleine Dinge anzuschauen. Und jetzt war ein kurzer Spaziergang zu viel verlangt?

Weil ich so frustriert war, dass ich diesen Teil unseres Urlaubstages gar nicht richtig genießen konnte, und weil Richard ja schließlich sehr großen und ich auch ein bisschen Hunger hatte, machten wir uns auf den Heimweg und kauften unterwegs zwei Portionen Currywurst mit Pommes und Mayo in der Kleinen Pause, die wir dann auf dem Sofa vor dem Fernseher aßen.

»Wollen wir noch ins Theater oder so?«, fragte ich Richard, als die Werbung anfing.

Er sah mich entgeistert an. »Ins Theater?!«

»Oder ins Konzert. Egal. Irgendwie so was.«

»Hm«, machte er und verlor sich in einem Werbespot für Waschmittel.

Zum Glück, dachte ich, *ich hab eh keine Lust, das Haus zu verlassen, um zwanghaft irgendeine Veranstaltung zu besuchen.*

Aber während ich das dachte, schoss mir noch etwas anderes durch den Kopf. Etwas, das Betty mir vor vielen, vielen Jahren gesagt hatte, als ich mich mal wieder darüber beschwert hatte, dass ich mein Leben als Single verbringen musste. Sie hatte mich angesehen, die Augen verdreht und gesagt: »Schätzelein, Beziehungen sind das Schlimmste. Langweiliger Scheiß. Wozu brauchst du einen Freund? Damit du mit ihm auf dem Sofa hockst und fernsiehst? Das ist nämlich alles, was man nach einer Weile noch miteinander macht. Rumsitzen und glotzen.«

Ich dachte damals, sie wollte mich nur trösten. Auf ihre eigene, unorthodoxe Art. Aber es war eine Warnung gewesen. Mit Hand und Fuß.

Richard und ich verbrachten wirklich viel unserer raren gemeinsamen Zeit vor dem Fernseher. Warum auch nicht? Ich arbeitete viel, er auch. Es war schön, sich berieseln zu lassen und gemeinsam nichts zu tun. Bis zu diesem Moment jedenfalls, als mir schlagartig bewusst wurde, dass wir uns verhielten wie ein altes Ehepaar. Das Schlimme daran: Wir waren weder verheiratet, noch waren wir alt.

Ich setzte mich auf die Sofakante und starrte schockiert Richard an.

»Was ist?« Er wischte sich über den Mund. »Soße?«

»Richard, wir sind langweilig.« Meine Stimme klang ernst wie die eines Politikers, der den Notstand ausruft.

Aber auf seinem Gesicht machte sich bloß ein Lächeln breit. Er ließ sich entspannt in die Sofakissen sinken und öffnete seine Arme für mich. »Ja, und ist es nicht herrlich? Man trifft nicht oft einen Menschen, mit dem sich Langweiligsein so gut anfühlt.«

Ich runzelte die Stirn. So gesehen …

Richards Arme streckten sich mir entgegen. »Komm schon, Daphne, lass uns langweilig sein. Sonst geht mein Puls noch hoch.«

Ich legte mich auf seine Brust und ließ mich drücken. Sein Herz schlug ruhig und gleichmäßig.

»Der kann mich mal. Das ist eine Art Abkürzung. Wenn man das ganz sagt, dann heißt es: *Der kann mich mal am Arsch lecken,* aber ich sag nicht so gern Arsch.«

»Oder lecken.«

»Mann! Betty!«

Betty lachte und richtete ihren Blick wieder auf die Straße, während Lucy mit ihrem Deutschunterricht fortfuhr.

»Sie erzählt dem blonden Polen gerade von Hannes«, erklärte Betty mir die Situation, als ich sie verwirrt ansah.

»Das erklärt einiges.« Ich streckte meine Arme und Beine von mir, bis es knackte, und warf einen Blick nach hinten. Viktor schlief mit offenem Mund, an die Buswand gelehnt, Lucy saß zwischen ihm und Karol, gestikulierte wild mit den Armen und strich sich die Haare aus der Stirn, während der blonde Pole aufmerksam nickte und einmal auch die Augenbrauen hob.

»Hat sie ihm gesagt, warum mit Hannes Schluss ist?«, fragte ich Betty.

»Bisher hat sie es damit begründet, dass er ein gemeiner Typ ist. Was nicht stimmen kann. Soweit ich weiß, ist Hannes ungefähr so gemein wie Biene Maja. Aber mehr Details hat Lucy bisher nicht verraten. Schade eigentlich. Ich bin äußerst neugierig, was diese Sache betrifft.« Sie sah mich von der Seite an. »Weißt du mehr, Schätzelein? Ich wette, ja.«

»Vielleicht. Aber ich rede nicht darüber.« Wenn Lucy selbst es nicht tat, würde *ich* diese Sex-Problematik ganz sicher nicht auf den Tisch bringen. Nicht vor Betty. Nicht seit sie mich über Stunden mit der Sexfalle aufgezogen hatte.

Aber es fiel mir schwer, nichts zu sagen, weil ich wirklich gern mit ihr darüber geredet hätte. Ich hasste Geheimnisse. Die wogen so viel. Und was Lucy betraf, schleppte ich jetzt sogar schon zwei mit mir herum. Den wahren Grund für ihre Trennung von Hannes und das, was ich beim Durchblättern ihres Poesiealbums über ihre traurige Jugend erfahren hatte. Und das Komplizierte daran war: Sie wusste in beiden Fällen nicht, dass ich es wusste, und ich wusste nicht, ob ich es wissen durfte und ob es ihr helfen würde zu wissen, dass ich es wusste, oder ob sie es lieber nicht wusste, weil das alles nur noch schlimmer machen würde. Nichtwissen wird echt unterschätzt.

»Nichtwissen ist der wahre Segen, Betty, glaub mir.«

»O Gott, *so* schlimm? Jetzt will ich es erst recht wissen.«

»Weißt du, was *ich* gern wüsste?«

»Raus damit, Schätzelein.«

»Was da geht. Zwischen Lucy und Karol, meine ich.«

Sie schüttelte den Kopf. »Keine Spur. Der will nur so lang wie möglich hier mitfahren und Torte essen. Ganz schön schlau, der Bursche.« Betty nickte anerkennend und wurde dann ein bisschen nachdenklich. »Ich hoffe, er bricht Lucinda nicht das Herz.«

Meine Hand fiel mit einem dumpfen Knall auf das Armaturenbrett. »Na also, da hast du's!«

Betty zuckte erschrocken zusammen. »Was hab ich?«

»Genau *deswegen* wollte ich keine Anhalter mitnehmen.« Ich schnalzte ungehalten mit der Zunge. »Die machen nur Ärger. Die nutzen uns aus und essen unsere Vorräte. Ich sag dir eins, wenn nachher die Blutwurst alle ist oder Lucy weint, eins von beiden, dann kann ich für nichts garantieren …« Aufgebracht kramte ich im Handschuhfach herum und brachte eine Kassette zum Vorschein. »Darf ich jetzt endlich auch mal wieder meine Musik hören, oder was?«

Betty lachte und drückte auf *Eject*.

»Dass man immer erst laut werden muss«, beschwerte ich mich noch. Dann lachte ich auch.

»Ich dachte, wir schaffen es heute bis hinter Paris. Mindestens.«

»Und ich dachte, wir wären im Urlaub und nicht auf der Flucht.«

»Betty, so was sagen sonst nur sechzigjährige Hausmeister …«

»Echt? Ich hab den Spruch letzte Woche im Supermarkt hinter der Fleischtheke hängen sehen. Also, auf so einem laminierten Zettel und natürlich nicht mit Urlaub sondern mit Arbeit, Schätzelein, nä? Ist klar.«

»Ja. Klar.«

»Apropos Fleischtheke … Boulogne-sur-Mer …« Betty tippte zielsicher auf die Karte, südlich von Calais, gegenüber von Großbritannien, kilometerweit weg von Paris. Es war halb vier. Wir hatten Aachen erst vor zweieinhalb Stunden verlassen und befanden uns jetzt in Belgien. Auf einem Rastplatz. Mal wieder.

»Boulogne-sur-Mer hat nichts mit Spaghetti Bolognese zu tun, Betty, ich sag's dir gleich. Sonst bist du hinterher enttäuscht.«

»Das werden wir noch sehen, Schätzelein. Vielleicht erzählst du mir das ja auch bloß, damit wir heute noch bis hinter Paris durchheizen und ich die beste Bollo meines Lebens verpasse.«

Ich seufzte. Was sollte ich dazu auch sagen?

»Boulogne-sur-Mer«, verkündete Betty. »Wenn man die Chance hat, sollte man hinfahren.«

Viktor grunzte hinten im Bus, als er sich in eine andere Schlafposition brachte. Er hatte jetzt mehr Platz, weil Lucy und Karol sich gemeinsam auf den Weg zu den belgischen Toiletten gemacht hatten. Ich war auch schon da gewesen. Sie waren in einem hervorragenden Zustand. Es gab sogar Duschen. Und die Benutzung war kostenlos. »Wir könnten auch einfach hierbleiben«, schlug ich Betty vor, »die Sanitäreinrichtungen sind auf jeden Fall tiptop.«

»Du bist so ein Spießer, manchmal weiß ich wirklich nicht, warum ich dich überhaupt liebe.«

Ich zuckte mit den Schultern und bemerkte, dass tief in meinem Rucksack mein Handy klingelte. Während ich ohne viel Hoffnung, es rechtzeitig zu finden, danach suchte, schwang Betty sich aus dem Bus.

»Heute Abend, Spaghetti Bollo mit Meerblick«, rief sie mir vom Parkplatz zu. »Ich hol mir 'ne Cola, willst du auch was?«

Ich fand das Telefon, schüttelte abwesend den Kopf und nahm das Gespräch an. »Hallo?«

»Daphne, wir haben ein Problem.«

»Richard?«

»Du bist erst einen Tag weg und erkennst meine Stimme schon nicht mehr?«

»Nein, ich hab nur nicht aufs Display geguckt, und jetzt war ich mir gerade nicht sicher, wegen der langen Leitung, ich bin in Belgien …«

»Schon okay. Das war nur ein Witz.«

»Ach so. Na gut.« Und eigentlich liebte ich ja gerade das an Richard: dass er in jeder Situation in der Lage war, einen Witz zu machen und mich zum Lachen zu bringen. In der letzten Zeit irritierten mich seine Witze allerdings häufiger, als dass sie meine Laune besserten. Lag das an ihm? An mir? Am Wetterumschwung?

Immerhin, sagte ich mir, *scheint er mir nicht übel zu nehmen, dass ich gestern Abend einfach aufgelegt habe. Sonst würde er keine Witze machen.*

»Und?«, fragte Richard.

»Hm?«

»Ist Belgien schön?«

»Weiß nicht. Ich hab bisher nur die Autobahn gesehen. Die ist …« Dazu gab es wirklich nichts zu sagen. »Was ist denn passiert?«

Richard holte tief Luft, und während er ausatmete sagte er: »Hannes.«

»Ja?«

»Der dreht durch.«

»Warum?«

»Ja, warum wohl? Weil seine Freundin letzte Woche mit ihm Schluss gemacht hat und jetzt mit dir und Betty in den Süden fährt und er sich Sorgen macht, dass sie von irgendeinem heißblütigen Südländer verführt wird, mit Liebemachen am Strand im Mondschein und allem inklusive.«

»*Davor* hat er Angst?« Das passte nicht zusammen. Lucy hatte mit Hannes Schluss gemacht, weil allein der Gedanke an wilden Sex die Panik in ihr aufsteigen ließ. Und das wusste er ganz genau.

»Wieso sollte er davor keine Angst haben?«

Ein Dilemma. Durfte ich Richard in die tiefsten, intimsten Ex-Beziehungsgeheimnisse meiner Freunde einweihen? Das zu entscheiden und gleichzeitig weiterzureden, als wäre nichts, stellte sich als ziemlich schwierig heraus. Es war ja nicht so, als hätte ich eine Ausbildung bei irgendeiner Spezialeinheit gemacht, die mich auf so einen Moment vorbereitet hätte. »Äh …« stammelte ich, und das war ein Anfang. Ein schlechter Anfang, aber immerhin war es einer.

»Geht es um die Sex-Sache?«

»Woher …?«

»Hannes hat es mir erzählt.«

Ich schnappte ehrlich empört nach Luft. »Wie kann er nur?!« Mit solchen Geschichten war man vorsichtig. Die verteilte man nicht in der Gegend wie Konfetti.

»Daphne, wir wohnen hier zusammen. Temporär zumindest. Und der Junge ist am Ende.«

»Warum geht ihr dann nicht einfach zu Doris und trinkt schweigend einen Schnaps? Ich dachte immer, das machen Männer so, wenn es blöd läuft.«

»Du bist echt ein herzloses Stück.«

»Wie bitte?«

»War nicht so gemeint.«

Es war schon faszinierend. Sobald eine Beziehung sich in einer gewissen Schieflage befand, war es unmöglich, feine Nuancen von Ironie in der Stimme des anderen zu erkennen. Ich blieb dabei: In solch tiefen Tälern der Liebe sollte man nicht zum Telefon greifen. Da konnte man genauso gut gleich Schluss machen. Und obwohl ich das wusste, konnte ich einen Kommentar dazu nicht verkneifen. »Dann sag es auch nicht so.«

Richard überging das. »Hör zu, kannst du Lucy vielleicht überreden, Hannes mal anzurufen? Damit er nicht mehr die Wände hochgeht?«

Ich lachte trocken. »Tut mir leid, aber ich glaube, das wird nichts. Er macht sich auf jeden Fall vollkommen umsonst Sorgen, das kannst du ihm sagen. Ich meine … Wir sind in Belgien …« Just in diesem Moment kam Lucy aus dem Toilettenhaus, strahlend, mit fröhlich hüpfendem blondem Pferdeschwanz, und warf dem großen blonden Polen neben sich einen Blick zu, der durchaus als verliebt klassifiziert werden konnte. Das alles wurde nicht besser dadurch, dass sich ein jugendlicher polnischer Arm lässig um ihre Schulter legte. Wenn Hannes das jetzt sehen könnte … »Und Belgien«, fuhr ich leicht abgelenkt fort, »ist nun nicht unbedingt für seine heißen Südländer bekannt.« Ich räusperte mich.

»Ich werde das so weitergeben.« Richard klang sehr seriös, als er das sagte. »Das ist auch für mich gut zu wissen.«

»Ach ja?«

»Klar. Ich vertraue dir zwar zu hundert Prozent …«

»Aber?«

Er lachte. »Ach, Baby … Eine Klassefrau wie du? Da ist immer ein bisschen Vorsicht angesagt.«

Ich wartete, ob er noch etwas sagen würde, aber dieses Mal hatte er wohl keinen Witz gemacht.

Wie von Betty vorausgesagt, aßen wir unter einem bewölkten Abendhimmel in einem kleinen italienischen Restaurant in der Nähe des Hafens von Boulogne-sur-Mer Spaghetti Bolognese. In der Luft hing der Geruch von Algen und Knoblauch, und ich bestellte Rotwein und aß mit einem gewissen Trotz das Baguette, das zu unseren Pastagerichten serviert wurde. Ich wollte ja nicht kleinlich sein, aber sicherlich hätte es auch Spaß gemacht, an unserem ersten Abend in Frankreich etwas Französisches zu essen. Weinbergschnecken. Oder Quiche. Spaghetti gab es doch schon jeden zweiten Tag zu Hause.

»Du hast echt immer was zu meckern, Schätzelein.«

»Was ist denn so falsch daran, landestypisch essen zu wollen? In Remscheid gab es ja schließlich auch Wurst.«

Lucy saß neben Karol und ließ ihn von ihrem Teller essen. Sie hatte ein weißes Kleid mit einem rosafarbenen floralen Muster angezogen und trug die Haare offen. Obwohl wir den ganzen Tag im Bus gesessen hatten, glühten ihre Wangen, als hätte sie sich stundenlang in der direkten Sonne aufgehalten. Ich war hin- und hergerissen zwischen einer gewissen Erleichterung, weil ich auf eine derart schnelle Erholung vom Festival der Tränen am Vorabend nicht zu hoffen gewagt hätte, und einer seltsamen Bitterkeit. Hannes war schließlich einer meiner besten Freunde, und irgendwie ging mir das hier, stellvertretend für ihn, alles ein bisschen zu schnell. Zumal immer noch nicht geklärt war, worum es sich bei diesem »das hier« überhaupt handelte. Es kam mir jedenfalls verdächtig vor. Und auch ein bisschen surreal.

»Ähm … Karol?«

Unser hochgewachsener Anhalter löste den Blick von Lucys Ausschnitt und sah mich fragend an. »Was ist denn, Daphne?« Das erste »S« klang weich und schlingerig, als wäre er betrunken, das zweite zischte in meinen Ohren.

»Ich … äh …« Ich wusste, dass ich mich mit dem, was ich als Nächstes sagen wollte, nicht unbedingt beliebt machen würde. Aber diese Reise hatte ich mit Betty und später auch Lucy gemeinsam unternehmen wollen. Ich hatte nicht direkt ein Problem mit Karol und Viktor, aber ihre Anwesenheit störte unseren Freundinnenurlaub, so empfand ich das jedenfalls. Und deswegen wollte ich lieber ohne sie weiterfahren. »Sollen wir euch vielleicht nach dem Essen noch bei einer Raststätte absetzen oder so, damit ihr quasi … äh … umsteigt?«

»Ich verstehe nicht … ›umsteigt‹?«

»Ja, Schätzelein, das versteh ich jetzt aber auch irgendwie nicht.«

»Willst du Karol und Viktor etwa aussetzen?« Lucy ließ entgeistert ihre Gabel sinken.

Wenigstens ließ Viktor mich in Ruhe, kaute stumm seine Pizza und starrte auf irgendeinen unsichtbaren Punkt über unseren Köpfen. In diesem Moment war er mir von all meinen Mitreisenden am sympathischsten.

»Na, ich weiß nicht, wie ihr euch das gedacht habt«, versuchte ich es mit logischer Argumentation, »aber der Bus ist mit drei Personen eigentlich voll. Was die Schlafplätze betrifft, meine ich.«

»Ach so!« Karol lächelte mich erleichtert an, den ganzen unverbrauchten Charme eines Anfang Zwanzigjährigen auf seinem faltenlosen, rosigen Gesicht. »Wir haben das Zelt.«

Das Zelt. Na, dann. Dann war ja jetzt alles klar.

Wir hatten den Bus schon vor dem Essen auf einem großen Parkplatz direkt an der Strandpromenade abgestellt, mit Blick aufs Meer und ein paar Holzbuden hinter adrett bepflanzten Blumenkübeln. Auf der großen, asphaltierten Fläche wuchsen ein paar penibel gestutzte Laubbäumchen, und es standen hier auch noch einige Autos, aber keine anderen Wohnwagen oder Busse. Wir waren ganz allein, nur der kalte Nachtwind von der Seeseite pfiff laut über die ungeschützte Fläche und rüttelte am Blech des VW-Busses.

Lucy verschwand irgendwann, um sich *das Zelt* anzusehen, und kam nicht wieder. Betty und ich richteten im Schein von Taschen- und Parkplatzlampen unser Bett her, und mich überkam eine gewisse Aufregung in Anbetracht meiner ersten Nacht in unserem rollenden Zuhause. Im Gegensatz zu mir war Betty nach ihrer Übernachtung in Remscheid bereits ein alter Hase, was die nötigen Abläufe und Handgriffe betraf. Sie bezog die Matratze und verteilte Schlafsäcke und Kissen, sodass wir es bequem hatten. Ich machte ein paar unbeholfene Ansätze, ihr zu helfen, fühlte mich aber die meiste Zeit fehl am Platz und beschränkte mich am Ende darauf, die Taschenlampe zu halten und über das nachzudenken, was Betty bei unserem gemeinsamen Abendessen zu mir gesagt hatte. Und je mehr ich darüber nachdachte, umso stiller und abwesender wurde ich. Etwas Ekliges, Kaltes machte sich in meinem Bauch breit und reckte und streckte sich, bis es in jeden Winkel reichte. Ich legte mich in das Bett und starrte an die Decke, bis Betty die Lampe ausgemacht und sich neben mich in die Kissen gewühlt hatte.

»Mecker ich wirklich so viel?«, fragte ich in die Dunkelheit.

Neben mir raschelte Bettys Schlafsack, dann war es einen Moment ruhig, bevor sie fragte: »Wie sag ich dir das, ohne dass du eingeschnappt bist?«

»Also, ja.« Ich war wirklich nicht eingeschnappt. Es klang nur so.

»Weißt du«, begann Betty, »es will mir nur einfach nicht in den Kopf, wieso du nicht glücklich sein kannst. Wir fahren zusammen mit dem Bus in den Süden, wie wir das wollten …«

»Ja.«

»… und in Hamburg wartet Richard. Der liebt dich.« Sie rutschte heran und drückte mich an sich, was sich schön und beengend gleichzeitig anfühlte. »Und ich liebe dich auch«, murmelte sie in mein Haar.

»Wirklich?«

»Klar. Immer. Egal wie mies du drauf bist.« Sie seufzte und ließ mich los. »Aber es tut mir so leid für dich, dass du das hier nicht genießen kannst. Ich meine, du hast doch verdammt noch mal alles, was du immer wolltest. Ist doch so.«

Ja. So war es. Ich hatte all das, was ich immer gewollt hatte. Doch jetzt, da ich es hatte, fehlte wieder etwas. Die Gewissheit, dass es auch das Richtige war.

7
Der Teil mit dem Seebarsch

BETTYS MIXTAPE
The Clash – Police & Thieves

Wenn man morgens als Allererstes Wellenrauschen wahrnimmt und den Geruch von Meer in der Nase hat, dann ist das Urlaub. Ich bemühte mich, dieses Gefühl so lange wie möglich festzuhalten, bevor ich schließlich bereit war, den Tag mit allen Sinnen zu begrüßen und die Augen aufzumachen. Was ich sah, erschütterte mein Traumbild etwas. Das Innere eines VW-Busses, hinter der Scheibe ein großer grauer Parkplatz, und als irgendwo in der näheren Umgebung ein Motor angelassen wurde, war die Brandung kaum noch zu hören. Also beschloss ich, noch ein fünfminütiges Nickerchen einzulegen, in dessen Anschluss ich neu und besser in den Tag starten würde.

Ich drehte mich auf die andere Seite, um meinen Plan sofort in die Tat umzusetzen, und stellte irritiert fest, dass ich allein war. Keine Betty in Sicht. Ein Blick auf den Boden hinter den Vordersitzen legte nahe, dass sie mich allein im Bus zurückgelassen hatte – ihre Turnschuhe waren weg. Ich setzte mich auf der Matratze auf und machte »Ts!«. Die erste gemeinsame Nacht unserer Reise, und sie verließ mich einfach so im Morgengrauen, während ich noch schlief – ohne ein Wort des Abschieds, ohne auch nur einen Zettel auf dem Kopfkissen zu hinterlassen. Ungefähr so musste sich der Morgen nach einem fiesen One-Night-Stand anfühlen.

Das Display meines Handys verriet mir, dass es Viertel nach neun war und niemand angerufen hatte. Draußen kreischte eine Möwe. Ich entschied mich, auf das Nickerchen zu verzichten und den dritten Reisetag ganz offiziell zu beginnen. Mit einem Frühstück. Das war immer ein guter erster Programmpunkt, ob man sich nun im Urlaub oder im schnöden Alltag befand. Nachdem ich meine Schuhe und einen Pulli angezogen hatte, holte ich ein großes Stück Torte aus dem Kühler, schnappte mir die klebrige Ausgabe von »Die Kunst des Liebens« und öffnete die Bustür in Erwartung einer wärmenden Umarmung der Morgensonne. Stattdessen schlug mir derselbe starke, kalte Wind entgegen, der schon am Vorabend vor dem Bus herumgelungert hatte. Reflexartig schlug ich die Tür wieder zu, suchte nach meiner Jacke, setzte mir Bettys Grenzkontrollmütze auf und wickelte mir, nachdem ich kurz überlegt hatte, eine unserer Wolldecken um den Bauch. Dann griff ich wieder nach Torte und Buch und startete einen neuen Versuch. Tür auf – Wind, Frösteln. Da machte man sich auf den Weg in den Süden, und wo landete man? An der Nordsee. Damit hatte ich nicht gerechnet.

Ich überquerte den Parkplatz und setzte mich auf die Stufen, die zum Strand hinunterführten. Die dichte graue Wolkendecke jagte in rasender Geschwindigkeit über den Himmel, Möwen segelten im Wind, und ich wickelte die Decke enger um mich und versuchte, nicht so sehr zu zittern, während ich mir mit kalten Fingern kleine Stückchen Torte in den Mund schob. Weit und breit war niemand zu sehen.

Nachdem ich mein zuckerhaltiges Frühstück eingenommen hatte, begann ich, in dem klebrigen Buch zu blättern, dessen Zustand dadurch nicht verbessert wurde, dass sich an meinen Fingern noch Reste von Marzipan befanden.

Ich vertiefte mich in den Inhalt und hatte wenige Minuten später gelernt, dass das Lieben eine Kunst war (meine Überraschung darüber hielt sich dank des Titels in Grenzen) und nicht etwa einem glücklichen Umstand zu verdanken war. Das zu lesen deprimierte mich, denn wenn mich *ein* Gedanke in all den Jahren liebesbedingter Fehlschläge immer wieder getröstet und aufgerichtet hatte, dann der, dass ich eben einfach vom Pech verfolgt war, wenn es um Männer ging. Dass ich nichts dafür konnte. Und jetzt kam dieser Althippie daher, dieser – ich klappte das Buch zu und sah nach, mit wem ich es eigentlich zu tun hatte – Erich Fromm, zeigte mit dem Finger auf mich und behauptete, dass *ich* versagt hatte und niemand sonst. Dass all diese Katastrophen nur passiert waren, weil ich anscheinend keine Ahnung von der Kunst des Liebens hatte. Ich machte zum zweiten Mal an diesem Morgen »Ts!« und schüttelte den Kopf. Wenn Erich Fromm auch nur eines der vergangenen Jahre mit mir getauscht hätte, wäre ihm ziemlich schnell klar geworden, dass so etwas wie Pech in der Liebe *doch* existierte, egal wie viel Mühe man sich mit dieser Kunstsache gab.

»Viele Menschen meinen, zu *lieben* sei ganz einfach, schwierig dagegen sei es, den richtigen Partner zu finden, den man selbst lieben könne, und von dem man geliebt werde.«

»Ja, aber so *ist* es doch!«, rief ich frustriert.

»Wie ist was?«

Ich zuckte zusammen und sah erschrocken von dem Buch auf. Lucy stand vor mir auf dem Sand. Sie trug Karols Pulli über ihrem Sommerkleid und hatte die Arme gegen den Wind um ihren Körper geschlungen.

Ich hielt »Die Kunst des Liebens« in die Höhe. »Das hier ist der größte Quatsch, den ich jemals gelesen habe.«

»Ich hab die ›Twilight‹-Bücher dabei, falls du dir die leihen willst.« Sie nahm die drei Stufen zum Ende der niedrigen Treppe und setzte sich neben mich. »Die sind prima. Ich les die jetzt zum vierten Mal. Du musst dann natürlich warten, bis ich mit dem ersten durch bin. Die muss man schon in der richtigen Reihenfolge lesen, sonst bringt das nichts.«

»Danke.« Ich versuchte, einen Fussel vom Bucheinband zu wischen. Aber er blieb kleben, wo er war. »Mach dir keinen Stress. Ich glaub, ich geb dem hier noch eine Chance.«

»Okay.«

Wir schauten eine Weile den Wellen und den Möwen zu. Außerdem kreuzten zwei Spaziergänger in Windjacken unser Blickfeld. »Nordsee«, sagte ich.

»Hm?«

»Nichts.« Ich breitete die Wolldecke aus und legte mir die eine und Lucy die andere Hälfte über die nackten Beine. »Hast du gut geschlafen?«

Sie schaute verlegen auf ihre Füße. »Ich hab eigentlich gar nicht geschlafen.«

Dieser Satz aus Bettys Mund, und es wäre klar gewesen, was sie meinte. Wenn allerdings Lucy so etwas sagte … »Und was hast du stattdessen gemacht?«

»Ach, geredet. Nichts sonst. Nur unterhalten.«

Ich lächelte gequält. »Nicht geküsst?«, fragte ich und wollte die Antwort eigentlich nicht hören. Was, wenn sie »doch«

sagte? Wie sollte ich das Hannes erklären? Oder es vor ihm geheim halten? Beides wäre gleich unmöglich.

Aber Lucys Gesicht hätte nicht schockierter aussehen können, wenn ich sie gefragt hätte, ob sie Lust hätte, nackt mit mir durch das historische Stadtzentrum von Boulogne-sur-Mer zu laufen. »Geküsst?«, fragte sie in dem angewiderten Tonfall einer Vierjährigen.

Ich zuckte mit den Schultern. »Ich hatte den Eindruck, du magst ihn ganz gern.«

»Man muss ja nicht immer gleich küssen. Ich *will* gar nicht küssen. Niemanden.« Sie klang äußerst aufgebracht.

Ich hätte also besser einfach die Klappe gehalten. Oder das Thema gewechselt. Aber nein, natürlich tat ich das nicht. »Auch Hannes nicht?«, fragte ich sie vorsichtig. Und das kam gar nicht gut an.

»Hannes ist ein Vollidiot.« Lucy spuckte die Worte förmlich in den Sand vor ihren Füßen, verschränkte die Arme vor der Brust und starrte erzürnt aufs Meer hinaus. »Du weißt ja nicht, was er gemacht hat! Weißt du, was er gemacht hat? Das ist so schlimm, das kann ich dir gar nicht erzählen. Das ist so schlimm, dass ich mich für ihn schäme. Und für mich selbst auch.«

Das war nun also der Punkt, an dem ich mich entscheiden musste. Traute ich mich, Lucy zu erzählen, was ich wusste, und ging das Risiko ein, dass sie vor Scham und Wut auf der Stelle explodierte (oder zumindest erbost davonstapfte und wir den Nachmittag damit verbringen durften, sie zu suchen)? Oder ließ ich den Moment verstreichen und eierte den ganzen Urlaub lang um das Thema herum? Ich entschied, dass letzteres Verhalten unehrlich und feige und in einer echten Freundschaft nicht akzeptabel wäre, holte noch einmal Luft, sammelte Mut und sagte: »Ich weiß, was er gemacht hat, Lucy.«

Sie fuhr herum. »Woher?!«

»Er hat es mir erzählt. Als du ihn rausgeworfen hast und er nicht wusste, wo er schlafen sollte, ist er zu uns gekommen, und wir haben uns unterhalten. Ich habe ihn quasi gezwungen, mir …«

»So ein Mistkerl!« Sie sprang von der Treppe auf. Die Decke fiel in den Sand. Lucy zitterte. Vor Wut oder vor Kälte, beides war möglich, aber Ihr Gesicht lief rot an, was meistens ein Indiz für Ersteres war.

Ich versuchte, sie zu beruhigen. »Ich versteh ja, dass du sauer bist. Aber Hannes geht es doch *auch* schlecht. Und er *musste* mit jemandem reden. Lucy, es tut ihm wirklich leid. Ich bin mir sicher, wenn du mit ihm sprechen würdest und ihm noch eine Chance geben könntest, dann …«

»Auf wessen Seite bist du eigentlich?«, kreischte sie. Der Wind wehte ihre Haare wirr durcheinander. Tränen schossen ihr in die Augen.

An dieser Stelle erhob ich mich ebenfalls von meinem Platz. Ich ließ mich ohnehin nicht gern anschreien. Aber wenn es unbedingt sein musste, dann wenigstens auf Augenhöhe. »Ich bin auf keiner Seite, Lucy. Ich find's bloß total schade, dass es so gekommen ist. Ihr passt doch eigentlich so gut zusammen …, und ich bin mir sicher, dass ihr das wieder hinbekommt. Ganz bestimmt.« Ich wollte sie umarmen, aber sie wich mir aus und machte ein paar Schritte rückwärts auf den Strand. Dort zog sie die Nase hoch und warf mir einen hasserfüllten Blick zu, bevor sie mir den Rücken zuwandte und davonstapfte, wie ich es vorausgesagt hatte.

»Lucy!«, rief ich ihr nach. »Bleib hier! Bitte!«

Aber sie drehte sich nicht einmal um, wie nicht anders zu erwarten. Sie hatte diese Art an sich, von Prinzessin auf Drama-Queen in fünf Sekunden. Maximal.

Ich seufzte und ließ die Schultern sinken, während ich ihr nachsah. Damit war dann also klar, wie wir unseren Nachmittag verbringen würden.

»Schon wach, Schätzelein?«

Ich drehte mich um und sah Betty in Jogginghose auf mich zukommen. »Ja, allerdings«, rief ich ihr zu. »Und vielen Dank, dass du mir Bescheid gesagt hast, als du abgehauen bist.« Ich stemmte meine Hände in die Hüften und bemühte mich um einen deutlich sarkastischen Tonfall, damit nicht alle Spuren davon vom Parkplatzwind verweht wurden.

»Ich wollte dich nicht aufwecken. Ist doch Urlaub.« Sie stellte sich neben mich und ließ ihren Blick über den Strand schweifen. »Ist das Lucy?«

»Jep.«

»Wohin geht sie denn?«

»Keine Ahnung. Sie ist sauer.«

Betty zuckte mit den Schultern. »Na ja, Urlaub eben, nech? Jeder so, wie er will.« Sie zog ein Päckchen Tabak aus der Plastiktüte, die raschelnd an ihrem Handgelenk baumelte, und fing an, eine Zigarette zu drehen.

»Warst du einkaufen?«

Sie nickte. »Unten am Hafen ist ein Markt.«

»Wir haben doch noch genug zu essen. Torte. Wurstwaren ...«

»Aber das hier haben wir nicht, Schätzelein.« Sie hielt mir die geöffnete Tüte unter die Nase.

Ich sah nichts, außer Weißbrot und einem großen Papierpäckchen. »Was ist das?«

»Fangfrischer Fisch. Eben noch da«, sie zeigte mit der freien Hand aufs Meer, »und später schon hier!« Ihr Zeigefinger piekte mir in den Bauch.

Ich sah sie zweifelnd an. »Fisch?«

»Was denn sonst? *Du* warst doch diejenige, die gestern den ganzen Abend herumgemault hat, dass sie etwas Landestypisches essen will. Also dachte ich mir, ich mach dir eine Freude und brat uns einen schönen Seebarsch. Fischbrunch.«

Es gab keinen Grund, überrascht zu sein. Betty machte eben immer Nägel mit Köpfen. »Du willst jetzt im Bus einen Seebarsch braten?«

»Nicht im Bus, Schätzelein. Ich bau uns eine Grillstelle. Ganz landestypisch. Ist ja schließlich Urlaub, nech?«

Der Zusammenhang war etwas übers Knie gebrochen, aber von mir aus …

Während ich am Strand nach Lucy Ausschau hielt, baute Betty im Windschatten des VW-Busses aus Steinen eine Feuerstelle, füllte sie mit Kohle, die wir in Deutschland im Supermarkt gekauft hatten, und machte ein Feuer. Es war bemerkenswert. Ich wusste nicht einmal, wie man einen handelsüblichen Gartengrill bediente, dabei machte doch laut dem »Dschungelbuch« genau das uns Menschen aus: Wir wussten, wie man ein kontrolliertes Feuer entfachte. Aber vielleicht war ich einfach mehr der technische Typ, der das Rad erfand oder so was.

Lucy blieb fürs Erste verschwunden, aber noch machte ich mir keine Sorgen um sie. Es war Mittagszeit in Boulogne-sur-Mer, was sollte da schon passieren? Jeder hatte das Recht, sich zurückzuziehen und mit sich selbst und seinen Gedanken allein zu sein, auch Lucy. Irgendwann würde sie zurückkommen.

Als Betty den Fisch im Grillgitter platziert und über das Feuer gelegt hatte, tauchten die beiden Polen auf. Sie trugen ihre schweren Rucksäcke mit Zelt und Schlafsack auf dem Rücken. Jeder von ihnen eine Cola-Flasche in der Hand kamen sie mit wehenden Haaren auf uns zugeschlurft, wie es Jungen in dem Alter eben taten.

»Oh, Feuer«, bemerkte Karol scharfsinnig. Viktor blieb schweigend, wie man das von ihm kannte, neben ihm stehen.

Betty richtete sich auf und schenkte den beiden ein Lächeln. »Fischbrunch. Habt ihr Hunger?«

Die Polen nickten.

»Und habt ihr zufällig Lucy gesehen?«, fragte ich in erster Linie Karol.

Er stellte seinen Rucksack ab und benutzte ihn als Sitzgelegenheit. »Kein Stück. Sie hat mein Pulli.«

»Stimmt.«

»Ich friere.«

»Dann setz dich ans Feuer.« Betty machte eine einladende Handbewegung, der die beiden wortlos folgten. Dann drehte sie das Grillgitter um, damit auch die andere Seite des Seebarschs angebraten werden konnte. Es roch köstlich. Mir lief das Wasser im Mund zusammen. Endlich einmal etwas anderes auf dem Teller als Torte.

»Arrêtez!«

Ich sah Karol, das Sprachgenie, fragend an, weil ich dachte, er wäre es gewesen, der plötzlich Französisch sprach. Aber er wirkte genauso verwirrt wie ich. Oder Betty, die sich suchend umschaute. Lediglich Viktor blieb unbeeindruckt wie immer.

»Immédiatement!«

Jemand hier sprach Französisch. Dieser Jemand kam vom Rand des Parkplatzes schnell und ohne Umwege auf uns zumarschiert, und als ich erkannte, um wen es sich handelte, rutschte mir das Herz ebenfalls sehr schnell und ohne Umwege in die Hose: ein Mann in Uniform. Ein französischer Polizist mit Schnauzbart. Aufrecht. Und ungehalten.

Ich öffnete den Mund, aber es kamen keine Worte. Drei Jahre Schulfranzösisch. Alles für die Katz. Komplett wertlos im Angesicht der französischen Staatsmacht. Das einzige Wort, das mir einfiel, war Baguette, und das war inzwischen eingedeutscht und galt nicht und würde uns außerdem nicht weiterhelfen, da war ich mir sicher.

»Il est interdit de faire du feu.« Der Polizist bedachte jeden Einzelnen von uns mit einem strengen Blick, bemerkte aber schnell, dass niemand so wirklich verstand, was er von uns wollte. Dumme Touristen. Auch das noch. Er machte eine ausdrückliche Handbewegung in die Richtung des halbgaren Seebarschs. »Éteindre-le! Maintenant!«

»Hat er was gegen den Fisch oder das Feuer?«, fragte Betty und kratzte sich bedächtig am Kopf.

»Im Zweifelsfall gegen beides.«

»Sag ihm, dass wir hier einen Fischbrunch veranstalten, das wird er verstehen. Franzosen sind doch so kulinarisch.«

»Nee, Betty, das lass ich lieber.«

»Warum? Weißt du nicht, was Fischbrunch auf Französisch heißt?«

Ich überlegte und antwortet gedehnt: »Doch.«
»Na, was denn?«
»Ähm …« Ich war mir nicht sicher. »Brunch de Poison?«
»Allemand?«, fragte der Polizist. Und das verstand ich. Mein passiver Wortschatz funktionierte also immerhin in Ansätzen. Ich nickte. »Si!«
»Das heißt ›oui‹«, verbesserte Karol mich.
Der Polizist zog einen Block und einen Stift aus seiner Hemdtasche. Dann zeigte er wieder auf die Feuerstelle und sagte: »Feu? Non!«, wedelte mit dem Zeigefinger und kritzelte etwas auf seinen Block. Er hielt seine Hände parallel mit den Handflächen nach unten und bewegte sie Richtung Boden. »Éteindre!«
Ich sah Betty an. »Ich glaube, er will, dass wir das Feuer löschen.«
»Schätzelein, das klingt einleuchtend.« Sie ließ den Polizisten keinen Moment aus den Augen. »Aber könnten wir uns nicht einfach dumm stellen, bis der Fisch durch ist? Das frage ich mich gerade.«
»Nein, Betty.« Ich schüttelte entschieden den Kopf. »Ich gehe nicht für einen Seebarsch in den Knast.«
»Fürs Fischgrillen kommt doch keiner in den Knast.«
»Aber wegen Widerstandes gegen die Staatsgewalt.«
»Ich lösch Feuer.« Karol stand mit einem Seufzer von seinem Rucksacksitzsack auf und schraubte die Cola-Flasche auf. Er war gerade dabei, sie Richtung Feuer zu neigen, als Bettys Hand vorschoss und mit festem Griff den Flaschenhals festhielt. »Untersteh dich!«
Karols Gesicht war leer vor Unverständnis. »Untersteh?«
»Putain …«, murmelte der Polizist und brabbelte schnell irgendetwas in meinen Ohren vollkommen Sinnloses in sein

Walkie-Talkie. Eine kratzige Stimme kam aus dem Gerät und brabbelte ebenso sinnloses Zeug zurück. Gleichzeitig riss der Mann in Uniform den obersten Zettel von seinem Block und hielt ihn mir hin. Ich nahm ihn, las und riss entsetzt die Augen auf.

»Achtzig Euro?!«

»Also, dafür will ich jetzt aber auch meinen Fisch essen«. Betty hielt noch immer das eine Ende der Cola-Flasche, Karol das andere.

Ich bedachte den Polizisten mit meinem hilflosesten Gesichtsausdruck. Offensichtlich war es kein Problem für ihn, meinem deutschen Charme zu widerstehen. Offensichtlich existierte für ihn so etwas wie deutscher Charme überhaupt nicht, denn seine Gesichtszüge blieben hart. »Äh … Monsieur?«, brachte ich über die Lippen.

Er presste seine aufeinander. »Sergent!«

»Pardon.«

Ein Moment der Stille. Bis auf das Brutzeln des Seebarsches und das Kreischen der Möwen. Ich suchte nach Worten. Ich fand keine.

»Schätzelein, sag jetzt nicht, das ist alles, was du kannst.«

»Du bist wirklich keine große Hilfe, Betty«, zischte ich und versuchte es mit einem möglichst niedlichen Lächeln erneut bei dem Franzosen. »Nous veut manger le poison. Le feu, c'est malade. Nous somme trés pardon.«

Der Polizist sah mich entgeistert an. Ich intensivierte mein Lächeln. Er sprach wieder in sein Walkie-Talkie.

»Betty, das bringt nichts.«

»Ich finde, das klang prima.«

Positive Bestärkung war an sich etwas Schönes, aber jetzt gerade half sie uns nicht weiter. So sanft und doch so hart wie möglich griff ich nach Bettys Arm und zog sie näher an mich heran. »Nein, das war nicht prima«, flüsterte ich. »Jetzt holt er seine Gendarmerie-Freunde, und wenn die hier sind, nehmen sie den Bus auseinander. Und wenn sie dann dein G-R-A-S finden, sind wir dran.«

»Gras?«, fragte Karol. »Was ist schlimm damit?«

»Ssshhh!«, fuhr ich ihn an.

Bettys Augen weiteten sich, als ihr die möglichen Konsequenzen der Fischbrunch-Affäre klar wurden. Sie bückte sich nach dem Grillgitter, hob es von der Feuerstelle, nahm Karol die Cola-Flasche aus der Hand und schüttete den Inhalt zischend über den glühenden Kohlen aus. »Der Fisch ist durch!«

»Ich will jetzt hier weg. Sofort!« Mit vor der Brust verschränkten Armen und gesenktem Blick kam Lucy aus dem Nichts auf den Bus zugestapft, rempelte unterwegs den französischen Polizisten an, riss die Schiebetür auf und ließ sich auf die Rückbank fallen. Als sich keiner von uns rührte, erhob sie sich schnaufend, streckte ihren Kopf aus der Tür und motzte: »Jetzt sofort!«

Der Polizist starrte sie mit offenem Mund an, fing sich aber schnell wieder und beschimpfte uns auf Französisch. Ich glaube nicht, dass er besonders nette Worte für uns fand. Er schien sich jedenfalls kein Stück zusammenzureißen, aber das musste er auch nicht. Er wusste schließlich, dass wir kein Wort verstanden.

»Ich will los!«, nörgelte Lucy.

Seufzend und in aller Seelenruhe griff Betty nach dem Besen, den Sky neben der Bustür deponiert hatte, damit man regelmäßig den Sand ausfegen konnte. »Hier. Halt mal«, sagte sie, reichte mir das Fischgitter und begann, die mit

Cola getränkten Überreste unserer Feuerstelle zu entfernen. »Ordnung muss sein.«

Unter anderen Umständen vielleicht. In diesem Moment wollte ich einfach nur so schnell wie möglich verschwinden. Da war ich mit Lucy ganz auf einer Linie. Wenn auch aus anderen Gründen.

Der Polizist pöbelte noch immer.

Karol und Viktor stiegen schweigend in den Bus. Ich bemühte mich, einen guten letzten Eindruck zu hinterlassen und packte noch einmal mein plumpes, deutsches Lächeln aus. »Merci beaucoup«, sagte ich, und machte einen Knicks, und der Polizist antwortete »Partirez d'ici!« Dann sagte er noch »Salopes«, und ich dachte *Salopp? Das Wort kenne ich,* aber ich war mir ziemlich sicher, dass die Bedeutung im Französischen nicht dieselbe war wie im Deutschen.

Dann hätte, was er sagte, wirklich keinen Sinn gemacht.

Ich setzte mich, den dampfenden Seebarsch in seinem Grillgitter noch immer in der Hand, auf den Beifahrersitz, wartete, bis Betty endlich ihre Aufräumaktion beendet hatte, und schickte ein Dankgebet gen Himmel, als sich der Bus schließlich in Bewegung setzte, bevor der Rest der Gendarmerie von Boulogne-sur-Mer anrücken konnte. Betty hupte noch einmal, und der Polizist fluchte. Und ich fluchte auch, weil ich mich an dem heißen Gitter verbrannt hatte.

»Scheiße.«

»So was kommt von so was, Schätzelein.«

»Was kommt wovon?«

»Regeln, Gesetze, Staatsgewalt. Eins kannst du mir glauben: Ich habe alle Brandschutzmaßnahmen befolgt. Das dort eben war das sicherste Feuer, das in diesem Bolognese-

Dorf je gebrannt hat. Aber interessiert das jemanden? Nein. Da kommt sofort der kleine Franzose im Anzug und später das Sondereinsatzkommando und warum? Wegen eines Fischs. Jetzt haben die einen riesigen Fleck auf dem Parkplatz, du hast dich verbrannt …«

»Und wir müssen achtzig Euro Strafe zahlen.«

»Außerdem wird der Seebarsch kalt.« Na ja, kalt … Ich sah zu, wie die Brandblase auf meinem Oberschenkel langsam größer wurde. »Und warum? Weil das in irgendeinem komplett lebensfremden Buch steht.«

»Du meinst das Gesetzbuch?«

Rechts von uns flogen Häuser vorbei, links lag groß und grau das Meer. Betty nahm rasant eine Kurve. Ich hatte Mühe, den Fisch so festzuhalten, dass er mir nicht auch noch das andere Bein ansengte. »Wenn es Max nicht gäbe, ich hätte es drauf ankommen lassen. Ich hätte genüsslich den Seebarsch gefuttert und auf die anderen Franzosen in ihren frisch gebügelten Uniformen gewartet. Und wenn sie dann gekommen wären …«

»Können wir vielleicht gleich mal anhalten und diesen Fisch essen?«, unterbrach ich sie. »Der wird langsam schwer.«

»Und er stinkt!«, rief Lucy von hinten.

»Lucinda, merk dir eins«, Betty drehte sich zu ihr um und ließ die Straße einfach mal außer Acht. Ich bekam Herzrasen. »Frischer Fisch stinkt nicht. Niemals. Und dieser Fisch ist so frisch, der hatte noch Seetang an der Flosse.«

»Herrlich, Betty, aber kannst du bitte auf die Straße gucken?«

»Klar kann ich das, Schätzelein.« Sie richtete ihren Blick wieder vorschriftsmäßig auf die Fahrbahn, nur um einen

Moment später scharf rechts ranzufahren und den Motor auszustellen. »Wir sind da.«

Ich sah aus dem Beifahrerfenster auf ein Feld, auf der anderen Seite erblickte ich eine niedrige Mauer, den Strand, das Meer, sonst nichts. »Und wo genau sind wir?«

»Am perfekten Ort, um einen Seebarsch zu essen, was denkst du denn? Nah genug am Meer, weit genug weg von der Polizei.« Betty stieg auf ihrer Seite des Busses aus, ging an der Windschutzscheibe vorbei, öffnete meine Tür und nahm mir das Gitter ab. »Oha. Heiß.«

»Was du nicht sagst«, antwortete ich matt, wedelte meinem Bein etwas kühle Seeluft zu, krabbelte von meinem Sitz und wurde sofort von einer steifen Brise begrüßt. »Nordsee«, murmelte ich.

Auch die anderen drei Passagiere stiegen aus dem Bus, überquerten die Straße und ließen sich neben Betty auf der Strandmauer nieder. Es war ein schöner Anblick. Vier Reisende, alle Zeit der Welt, eine unendliche Aussicht. Und wie um diesen Moment perfekt zu machen, drängelten sich sogar ein paar Sonnenstrahlen durch die Wolkendecke.

»Jetzt komm hierher und iss deinen Fisch, Daphne!«, riss mich Betty aus meinen Schwelgereien.

Wie vom Donner gerührt blieb ich mitten auf der Straße stehen. »Daphne?! Du nennst mich sonst nie Daphne.«

»Nur wenn es wichtig ist. Und das ist jetzt wichtig. Dieser Fisch ist für dich durch die Hölle gegangen, Schätzelein«, erklärte sie streng und brach das Weißbrot in der Mitte durch. »Also setz dich hin und iss ihn.«

Und ich setzte mich hin und aß, und was soll ich sagen? Der Seebarsch aus der Hölle schmeckte in der Tat himmlisch.

8
Der Teil mit dem bösen Wolf

DAPHNES MIXTAPE
Maximo Park – The Coast Is Always Changing

Betty kannte sich ein bisschen aus auf den Straßen Frankreichs. Sie wusste, dass sie schrecklich waren, lang und langweilig. Und dass man alle naselang anhalten und Geld dafür bezahlen musste, dass man auf den langen, langweiligen Straßen fahren durfte. Betty war der Meinung, je schneller wir Frankreich hinter uns ließen, desto glücklicher wären wir am Schluss. Außerdem war es wichtig, unter keinen Umständen in die Nähe von Paris zu kommen. »Unter. Keinen. Umständen«, betonte sie, während sie den Blick starr auf der Autobahn und ihren Fuß schwer auf dem Gaspedal ruhen ließ. »Wenn man erst mal in den Strudel reingeraten ist, dann gibt es keine Rettung mehr. Dann ist das unser Ende.«

»Was ist denn bloß so schlimm an Pa…«

»Ich will nicht darüber reden«, unterbrach sie mich unwirsch, kaute konzentriert auf ihrer Unterlippe, und damit war das Thema beendet.

Ich schob Lucys Kassette in das Kassettendeck. Sie war wieder dran. Außerdem wollte ich mich ein bisschen bei ihr beliebt machen, damit sie zumindest wieder mit mir redete. Irgendein zuckriger Sommerhit erfüllte den Bus, und ich drehte mich zu ihr um, um zu sehen, ob sie meine Geste der Entschuldigung zur Kenntnis nahm. Aber sie zeigte mir die kalte Schulter und fixierte ihren Blick auf die Landschaft, die vor dem Seitenfenster des Busses vorbeiflog. Nur kein Blickkontakt. Die Taktik kannte ich. Die benutzte ich selbst oft genug, wenn Richard und ich wieder einmal in einem unserer Beziehungsgrabenkämpfe steckten. Das war zermürbender als unter Beschuss zu stehen. Eine Taktik für Sadisten.

Überhaupt. Richard.

»Richard hat sich heute noch gar nicht gemeldet.«

»Das ist doch gut. Ist ja schließlich Urlaub.« Betty drehte sich im Fahren eine Zigarette. Mir kam die Idee, ihr ein T-Shirt mit dem Spruch drucken zu lassen. Der passte anscheinend immer.

»Ich mein ja nur. Als er gestern angerufen hat, war die große Hannes-Krise zu Hause ausgebrochen …«

»Sag den Namen nicht«, murmelte Betty.

»Ich werd hier eh ignoriert«, sagte ich und hoffte, dass Lucy es gehört hatte. Um es mir bequemer zu machen, legte ich meine Füße auf das Armaturenbrett und verschränkte die Arme über dem Bauch. »Ich hätte einfach gedacht, dass er sich heute noch einmal meldet, mit einem Update.«

»Wahrscheinlich ist alles wieder in Ordnung. Katastrophe abgewendet, ein paar Schnaps draufgeschüttet … Anstatt dir jetzt darüber den Kopf zu zerbrechen, könntest du dich lieber nützlich machen und mir das Feuerzeug geben.« Das tat ich. »Und jetzt schaust du in die Karte und sagst mir, wo wir als Nächstes hinfahren. Wir wollen ja schließlich etwas erleben.«

»Ach! Jetzt darf ich plötzlich die Route aussuchen?«

»Nicht die Route, nur das nächste Ziel. Und im Süden muss es sein, nä?«

»Wie wär's mit Paris?«

»Spacken.«

Hinter uns räusperte sich Karol, der Pole, der zwischen der schmollenden Lucy und dem schnarchenden Viktor auf der Rückbank saß. »Ich mach ein Vorschlag, ja? Darf ich?«

Ich drehte mich um, und so musste Lucy sich fast den Hals verrenken, damit sie mich bloß nicht anzusehen brauchte. Es war einfach nur albern. »Lucy, es tut mir doch leid.«

»Ts!«, machte sie und stützte ihr Kinn auf der Hand auf.

»Vorschlag?«, fragte Karol wieder, und ich zuckte mit den Schultern.

»Von mir aus.«

»Arcachon ist gut.« Der Bus war erfüllt von dem typischen Rauschen und Brummen eines alten, klapprigen Fahrzeugs in Bewegung, und irgendwo unter dem Geräuschteppich taten Take That ihr Bestes, um Gehör zu finden. Karol hingegen schien gesagt zu haben, was er zu sagen hatte. Weitere Ausführungen waren nicht geplant.

Also hakte ich nach. »Und was ist an Arcachon so gut?«

Er öffnete und schloss den Mund, augenscheinlich auf der Suche nach den richtigen Worten. »Dort ist Sand. Viel Sand auf einem Platz.« Er gestikulierte mit den Händen und malte Wellen oder Berge oder so was in die Luft. »Wydma.«

»Was-ma?«

»Ist doch egal, Schätzelein, jetzt guck in die Karte und sag mir, wie wir da hinkommen. Ich seh da vorn einen Laster, der nimmt uns bestimmt im Windschatten mit.« Betty wechselte die Spur, während ich die Straßenkarte aufschlug. »80! 85! 90!«, jubelte sie. »Arcachon, wir kommen!«

»Tja, wieder was gelernt.« Betty stemmte die Hände in die Hüften und studierte das große Informationsschild am Rand des Parkplatzes.

Ich stand neben ihr und tat dasselbe. »Wydma. Da hätte ich auch keine Ahnung gehabt, wie ich das übersetzen soll.«

»Mit Wanderdüne vielleicht?«

»Ach, Betty, was würde ich nur ohne dich machen?« Ich klopfte ihr ironisch auf die Schulter und beendete die Lektüre des deutschen Informationstexts: Dune du Pyla. Die größte Wanderdüne Europas, ein 108 Meter hoher Sandberg. Und auf der anderen Seite wartete der Atlantik auf uns. »Auf jeden Fall ein Erlebnis.«

»Und das Beste, Schätzelein: Wenn wir uns jetzt gleich auf den Weg machen, können wir uns sogar noch den Sonnenuntergang über dem Ozean ansehen.«

»Das sollten wir tun.«

»Is ja schließlich Urlaub, nech?«

»Allerdings.«

Wir gingen zurück zum Bus, packten Decken, Wasser und Torte in meinen Rucksack, zogen Jacken an und fragten die Polen, ob sie Lust hätten, uns zu begleiten. Wir fragten auch Lucy. Das heißt, Betty fragte sie. Mit mir redete sie nach wie vor kein Wort, und überhaupt wollte sie lieber weiter beleidigt sein, im Bus bleiben und alte SMS von Hannes aus ihrem Handy löschen. Und da ja schließlich Urlaub war und jeder so sollte, bedrängten wir sie nicht weiter. Das heißt, Betty bedrängte sie nicht weiter. Ich stand nur daneben und fragte mich, ob das jetzt die kommenden Tage und Wochen so weitergehen würde.

Wir stapften los in Richtung Sonnenuntergang. Und obwohl ich mir eigentlich nichts mehr wünschte als Harmonie im Camp, stellte ich überrascht fest, dass ich zum ersten Mal seit Langem zufrieden war. Als wir das Waldstück am Fuß der Düne durchquerten und ich den Tag Revue passieren ließ, kam ich zu dem Schluss, dass der Urlaub jetzt endlich angefangen hatte. Und er hatte gut angefangen. Selbst wenn sich zwei polnische Anhalter in die Reisegruppe eingeschlichen hatten und Lucy mich vorübergehend hasste. Wir waren unterwegs, wir erlebten etwas und das, was ich mir erhofft hatte, als ich in Hamburg in den Bus gestiegen war, war eingetreten: Mit jedem Kilometer, den ich zwischen mich und mein Zuhause brachte, wurden die Sorgen, die dort die Tage trüber gemacht hatten, kleiner. Die Farbeimer im Flur, die Leiter im Schlafzimmer. Arbeit, Fernsehen, Schlafen gehen – Alltag eben. Und dann immer der Druck, etwas Besonderes aus der seltenen freien Zeit zu machen, die man ab und zu hatte. Das alles kam mir, als meine Füße in den kühlen Sand sanken, nicht mehr wichtig vor. Und war fast vollständig aus meinem Kopf verschwunden, als meine Oberschenkel wenig später wie Feuer brannten, weil die Steigung der größten Wanderdüne Europas nicht von schlechten Eltern war.

»Man muss was tun für die Torte, Schätzelein!«, rief Betty, die mir ein paar Schritte voraus war. Aber selbst das mit der Torte war jetzt auch nicht mehr so wichtig.

Viele Leute gingen ja regelmäßig joggen, weil sie dabei den Kopf frei bekamen und gut nachdenken konnten. Ich joggte nie. Ich fand das unsinnig, laufen ohne Ziel. Ich machte auch keinen anderen Sport, und vielleicht war das der Fehler, weil sich ein Knäuel von Gedanken seit Längerem immer mehr in meinem Kopf verhedderte und ich nie die Gelegenheit hatte, es zu entwirren. Jetzt bestieg ich eine

Wanderdüne und erlebte plötzlich einen dieser Joggingmomente der Klarheit: Als ich an Richard dachte und mir bewusst wurde, dass ich froh war, ohne ihn hier zu sein, weil das bedeutete, dass ich mich nicht mit ihm streiten musste, nicht darüber nachdenken, ob die Kleinigkeiten, die in unserer Beziehung immer wieder zu Streitereien führten, eben nicht nur Kleinigkeiten waren, sondern Indizien dafür, dass wir eigentlich nicht zusammengehörten. Und das war doch eigentlich die große Frage. Die, die mir Angst machte.

Betty ging davon aus, dass Richard und ich heiraten und Kinder bekommen würden. Ich war mir nicht einmal sicher, ob wir zusammenbleiben sollten, oder ob ich mir nur etwas vormachte, wenn ich mir sagte, dass er der Mann für mich war und den ganzen Ärger wert. Natürlich hatten wir schöne Momente, aber die wurden weniger, natürlich war ich gern in seiner Nähe, aber Nähe hatte es in letzter Zeit kaum gegeben. Und auch jetzt war Richard nicht hier. Und das war kein Problem. Im Gegenteil: Es ging mir gut damit. Ich vermisste ihn nicht. Kein bisschen. Nicht ein Stück.

Betty war vor mir auf dem Dünenkamm angekommen und stand dort stolz wie der erste Mensch auf dem Mond. Es fehlte nur die Fahne, die sie in den Sand rammen konnte. Da es sich bei der Dune du Pyla aber um ein Naturschutzgebiet handelte, war ich mir nicht sicher, ob das überhaupt gestattet gewesen wäre. Und ohne Fahne ging es ja auch.

»Beweg deinen Arsch, Schätzelein. Die Sonne wartet nicht auf dich.«

»Ach«, keuchte ich zu ihr hinauf, »die kommt morgen wieder.«

»Aber dann sind wir schon wieder ganz woanders. Wir machen es wie die Wanderdüne.« Betty ließ sich in den Sand fallen, und ich setzte mich, als ich endlich oben angekommen war, keuchend neben sie. »Kann es eigentlich sein, dass die Düne mit uns wegwandert, während wir hier sitzen?«, fragte sie mich nach einer Weile.

»Ich glaube, die wandert so langsam, da müssen wir uns keine Sorgen machen.«

»Gut.« Betty zog den Rucksack zwischen ihre Beine und holte zwei Tortenstücke heraus. »Ich hab nämlich keine Taschenlampe dabei, das macht den Rückweg eh schon schwer genug. Und wenn wir dann auch noch kilometerweit abgewandert werden, kann ich für nichts garantieren.«

Ich lachte und beobachtete die Polen, die etwas weiter weg den Sand hinunter Richtung Atlantik rutschten. »Wie lang wollen wir die beiden eigentlich noch mitnehmen?«

Betty zuckte mit den Schultern. »Von mir aus können wir sie morgen irgendwo absetzen. Ich hatte ja gedacht, dass ich mit dem einen oder anderen vielleicht ein bisschen Spaß haben könnte, aber dann hat Lucinda sich den Guten einfach unter den Nagel gerissen.«

Ich schnappte in gespieltem Entsetzen nach Luft. »Aber Betty! Die sind doch viel zu jung!«

»Zu jung für was, Schätzelein?« Ich schüttelte amüsiert den Kopf, und Betty zog ihr Handy aus der Hosentasche. »Apropos, ich ruf mal meinen Sohn an und erzähl ihm, dass ich gerade in der größten Sandkiste Europas sitze. Der wird platzen vor Neid.«

Und während sie Mo anrief und sich an Max weiterreichen ließ, legte ich uns die Decke über die Schultern und sah der Sonne dabei zu, wie sie orange und rot und groß im Atlantik versank. Es war ein Moment für Romantiker: Händchenhalten, andächtige Stille und dann am Ende ein gehauchter Liebesschwur. Ich saß hier allein. Und genoss es trotzdem.

Erst dachte ich, in den Wäldern rund um die Dune du Pyla gäbe es Wölfe. Betty und ich befanden uns auf dem Weg zurück zum Bus, mit nichts als dem Mond als Lichtquelle, als das Heulen begann. Leidvoll und lang gezogen, und ich griff erschrocken nach der Hand meiner Freundin und hoffte, dass sie wusste, was zu tun war, wenn man einer riesigen, haarigen Bestie mit gefletschten Fangzähnen auf unbekanntem Terrain gegenüberstand. Sich flach auf den Boden legen? Auf einen Baum klettern? Rennen?

Ich bin noch nie auf einen Baum geklettert, dachte ich panisch und fasste Bettys Hand ein wenig fester, bis sie stehenblieb, um erst unsere verschlungenen Finger und dann mich irritiert anzusehen.

»Gibt es einen Grund dafür, dass du mir das Blut in meiner linken Hand abklemmst?«

»Wolf«, flüsterte ich, und das Heulen setzte erneut ein, wie in einem sehr schlechten Film über zwei junge Frauen, die sich in einem nächtlichen Wald verlaufen und von Wölfen überfallen werden. Ich hielt den Atem an. Betty horchte in die Nacht.

»Das ist kein Wolf, Schätzelein«, bestimmte sie schließlich und versuchte, meinen Griff abzuschütteln.

Aber ich war noch nicht bereit, wieder allein auf mich gestellt zu sein. »Was soll das denn bitte sonst sein?«, flüsterte ich panisch.

Sie zuckte mit den Schultern. »Weiß nicht. Irgendein Vogel?« Plötzlich weiteten sich ihre Augen vor Schreck. Sie zog scharf die Luft ein und griff auch noch nach meiner anderen Hand, die sie so fest drückte, dass ich zu verstehen begann, was sie mit dem Blutabklemmen gemeint hatte. »Oh, oder es ist ein Geist.« Mit ängstlichem Blick suchte sie die Wipfel der Bäume ab und begann zu zittern. »Ganz bestimmt, das ist es! Der Geist eines irren Massenmörders, der vor zwanzig Jahren hier in der Gegend Hunderte von Frauen umgebracht und zerstückelt hat.« Ich wimmerte. »Er hat sie in den Wald gelockt«, flüsterte sie hastig, »und dann hat er sie mit dem Heulen so lang durch die Nacht getrieben, bis er sie in einen Hinterhalt locken konnte. Jagen, Fangen, Ragout draus machen.«

»Betty, hör auf!«

»Nein, du musst die Wahrheit erfahren, Schätzelein. Falls er mich fängt und du ohne mich ums Überleben kämpfen musst.«

»Waaahhh!« Ich war kurz davor, vor Angst zu weinen.

»Am schlimmsten war die Methode, mit der er die Frauen gefangen hat«, fuhr sie fort. »Es war unglaublich grausam … Soll ich es dir erzählen? Ach, was heißt, soll … Ich muss es dir erzählen, du musst alles wissen. Jedes widerliche kleine Detail.«

»Ich will aber nicht«, quetschte ich aus meiner zugeschnürten Kehle.

»Zu spät. Es gibt kein Zurück mehr, und jetzt hör mir genau zu: Er hat Ihnen eine Falle gestellt. Aber es war keine gewöhnliche Falle, kein Fallstrick und kein Loch im Boden, sondern …« Betty machte einen kleinen Schritt auf mich zu, sodass ihre Nase fast meine berührte. Sie holte tief Luft und sagte mit Grabesstimme: »… eine Sexfalle.«

Im nächsten Moment waren die Nacht und der Wald an der Dune du Pyla erfüllt von Bettys schallendem Gelächter. Ich lachte nicht, mein Herz klopfte mir in den Ohren, zwei Tränen des Horrors rollten mir links und rechts die Wangen herunter, und ich war derartig empört darüber, dass Betty mir solche Angst gemacht hatte, dass ich mich nicht einmal mehr vor dem mutmaßlichen Wolfsgeheul fürchten konnte, das wieder in der Luft lag. »Du bist echt eine dumme Scheißkuh«, murmelte ich. »Ich hätte mir deinetwegen fast in die Hose gemacht.«

»Ach, Schätzelein«, sie legte mir einen versöhnlichen Arm um die Schulter, »sei doch froh. Ohne mich hättest du dir bei dem Versuch, auf der Flucht vor dem bösen Wolf auf einen dieser Bäume hier zu klettern, beide Arme und Beine gebrochen.«

»Soll mich das jetzt aufheitern oder was?«

»Klar. Oder hättest du gern gebrochene Arme und Beine?«

»Was ist das denn bitte für eine dumme Frage?«

»Eben.«

Die Quelle des »Wolfsgeheuls« war gleichzeitig das Ziel unserer Wanderung. Der gelbe VW-Bus auf dem Parkplatz. Das hätte Stoff für weitere schlimme Befürchtungen und Horrorgeschichten liefern können, aber damit war ich fertig und hatte außerdem die größte Wanderdüne Europas bestiegen (Jogging-Moment der Erleuchtung), also dachte ich zur Abwechslung mal klar und logisch und kam zu dem Schluss: »Lucy!«

Ich lief die letzten paar Meter bis zur Schiebetür, riss sie auf und entdeckte sofort das Häuflein Elend auf der hinteren Ecke der Matratze, die Knie an den wuchtigen Körper gezogen, der bei jedem Heulen und Seufzen bebte. Ihr Kopf war gesenkt, ihr Gesicht bläulich illuminiert von dem Handydisplay in ihrer Hand.

»Lucy«, sagte ich noch einmal mit einer möglichst sanften Stimme, krabbelte über unser Bett zu ihr in die Ecke und umarmte ihren Kopf, alle anderen Teile ihres Körpers waren einfach zu kompakt umeinander geschlungen, da war kein Rankommen. Ihre Haare, ihr Gesicht, sogar ihre Ohren – alles war klatschnass. In meinen Armen wurden unverständliche Schluchzer geschluchzt.

»Hm? Was?«, flüsterte ich.

Mehr unverständliche Schluchzer.

»Lucy, ich kann dich nicht verstehen. Hol mal ordentlich Luft, ja?«

Sie holte Luft. Dann schluchzte sie etwas Unverständliches.

»Lucinda! Mensch!« Betty kletterte lachend durch die offene Schiebetür in den Bus und zog sie mit einem Rumms zu. »Du hast unserer lieben Daphne einen Mörderschreck eingejagt. Die hat sich eingenässt vor Angst.«

Ich warf ihr einen genervten Blick zu. »Fast, Betty, ich hätte mich *fast* eingenässt.«

»Wie dem auch sei, mal was ganz anderes: Ihr müsst immer die Fenster und Türen schließen, sonst fressen uns die Mücken.«

»Also, ich finde, wir haben im Moment wirklich andere Sorgen.«

»Das sagst du jetzt. Aber warte mal, bis du heute Nacht kein Auge zumachen kannst, weil diese Mistviecher dir um den Kopf surren und dein Blut trinken wollen.« Noch ein Blick von mir, quasi als letzte Verwarnung. »Was ist denn hier überhaupt los?«

Lucy befreite ihren Kopf und sah an mir vorbei Betty an. Dann schluchzte sie etwas, das nicht zu verstehen war.

»Hä?«, machte Betty.

»Betty, willst du vielleicht mal nach den Polen sehen? Ich glaube, die haben wir irgendwo im Wald verloren.« Ich hob nachdrücklich die Augenbrauen.

Betty verstand zum Glück, nahm die Taschenlampe vom Regal, öffnete die Bustür und nickte mir zu. »Keine Sorge, Schätzelein, die Polen werden gefunden werden. Aber ich mach jetzt diese Tür hinter mir zu. Und wenn ich zurückkomme und sie steht grundlos offen, dann werde ich euch zwingen, jede einzelne Mücke, die sich hier eingeschlichen hat, von Hand zu fangen und …« Ich hätte meine Augenbrauen schon aus rein anatomischen Gründen nicht noch höher ziehen können. »Ja, okay, ich bin dann mal weg. Erstma!«

Sieben Blatt Küchenrolle und ein Stück Torte später war Lucy so weit wiederhergestellt, dass sie sich zumindest artikulieren konnte. Sie war noch immer ein kompaktes Häuflein Elend, sie hielt noch immer den Kopf gesenkt, aber immerhin war sie etwas getrocknet und leckte sich Marzipanreste aus dem Mundwinkel, es ging also bergauf. Ich griff nach ihrem pinkfarbenen Handy und ließ es zwischen Daumen und Zeigefinger kreisen, klappte es auf und zu und überlegte, wie ich am besten fragen sollte. »Hat er sich gemeldet?«, war schließlich der Satz, für den ich mich entschied, weil er einigermaßen neutral klang und nicht den Namen Hannes enthielt, den ich inzwischen als Trigger für ausschließlich negative Reaktionen – vom akuten Heulen bis hin zum Langzeitschmollen – identifiziert hatte.

Lucy begann trotzdem wieder zu weinen. Leise immerhin. Ich wollte mir gar nicht vorstellen, wie viele Leute außer mir auch gemeint hatten, einen Wolf zu hören. Im schlimmsten Fall war uns schon wieder die Polizei auf den Fersen. Oder ein Sonderkommando Hobbyjäger. Mit Schrotflinten und Fackeln.

»Hat er?«, fragte ich noch mal.

Sie schüttelte den Kopf. Nein also.

»Möchtest du, dass er sich bei dir meldet?«

Sie sagte nichts, zog nur die Nase hoch und starrte auf ihre Hände. Ich interpretierte das als »ja, aber ich würde es nie zugeben«. Ungelenk wischte sie sich mit dem Handrücken über Nase und Wangen. »Die SMS. Ich wollte sie eigentlich bloß löschen. Aber dann hab ich angefangen, sie zu lesen. Eine nach der anderen. Und dann konnte ich nicht mehr.«

Ich nickte, was Lucy natürlich nicht sehen konnte, weil ihr Kopf noch immer nach unten hing. Das konnte auf die Dauer nicht gut sein. »Sag mal, tut dir nicht der Nacken weh?«

»Doch.« Sie hob den Kopf, lehnte ihn gegen die Buswand und starrte an die Decke.

»Wenn es dich so traurig macht, dass ihr nicht mehr zusammen seid«, sagte ich nach einer Pause, »kann das nicht bedeuten, dass du eigentlich gar nicht mit ihm Schluss machen wolltest? Ich meine, vielleicht warst du einfach nur wütend. Jeder ist mal wütend auf die Person, die er liebt, und manchmal ist man so wütend, dass man denkt, dass man eigentlich Schluss machen will, aber eigentlich ist man eben nur … sehr …« Lucy sah mich so seltsam an, so ernst und stolz wie noch nie. Es war ein so fremder Blick, dass er mich komplett aus der Bahn warf. »… wütend?«

Draußen pfiff der Wind und wuschelte durch die Baumwipfel, ein Käuzchen rief, aber der Wolf war verschwunden.

»Hannes hat alles kaputt gemacht. Es gibt eine Sache, ein Problem. Das wusste er von Anfang an. Ich hab ihm alles erzählt, und es war nicht leicht. Ich hab ihm vertraut. Er hat gesagt, dass er mich versteht. Aber er hat nichts verstanden. Er hat alles kaputt gemacht.«

Ich hatte keine Ahnung, wovon sie redete und wusste nicht, was ich sagen oder fragen durfte, ohne dass die Situation wieder eskalierte. Ich hatte das Gefühl, dass ich Lucy nicht drängen durfte, weiterzureden. Schon gar nicht aus dem falschen Grund, aus Neugier. Denn das, worüber sie eben so kryptisch gesprochen hatte, musste etwas sein, das sie lieber für sich behielt, weil es zu schwer war, davon zu erzählen. Wenn sie irgendwann beschloss, die Geschichte mit mir zu teilen, musste ich sie als Freundin hören wollen, als jemand, der bereit war, ihr beim Tragen ihrer Last zu helfen. Ich wusste nicht, ob ich dazu in der Lage sein würde, wenn schon Hannes daran gescheitert war. Aber gemeinhin wuchs man ja mit seinen Aufgaben …

»Ich will jetzt nicht darüber reden«, flüsterte Lucy, als hätte sie meine Gedanken mit angehört. Vielleicht war das Glück. Oder unheimlich. Wie so vieles an diesem Abend.

Ich bemühte mich, einen Arm um sie zu legen und rutschte näher an sie heran. »Es tut mir leid, wenn du das Gefühl hattest, ich hätte dich verraten, weil ich mit Hannes über eure Trennung geredet habe.«

»Mir tut es leid, dass ich weggelaufen bin.«

»Schon okay. Manchmal muss man eben weglaufen.« Im Grunde tat ich selbst ja nichts anderes. Lucy zog die Nase hoch, ich kratzte mich am Bein. Ein Mückenstich. Der erste dieses Urlaubs. »Ich sitz im Moment wirklich zwischen den Stühlen, Lucy. Ich meine … Was soll ich tun? Du und Hannes, ihr seid beide so wichtige Freunde für mich. Ich kann mich unmöglich für einen von euch entscheiden. Und ich weiß zwar nicht genau, was er gemacht hat und warum es dich so verletzt hat, aber ich weiß, dass er dich liebt.«

Lucy machte »Pff!«, und mir wurde klar, dass das Thema für den Abend gestorben war. Vielleicht für immer. Sie streckte die Beine aus und zupfte ihr T-Shirt mit den kleinen Kätzchen darauf zurecht. Eine der Katzen trug eine Schleife auf dem Kopf.

»Geht's wieder?«, fragte ich, und sie nickte. »Gut, da bin ich froh.« So war zumindest für den Moment die Harmonie in der Reisegruppe wiederhergestellt, und ich konnte mich auf andere Dinge konzentrieren. Hunger. »Haben wir eigentlich noch Blutwurst an Bord?«

Lucy warf mir einen schuldbewussten Blick zu. »Ich hab die Wurst aufgegessen.«

»Die ganze Wurst?!«

»Wenn ich traurig bin, muss ich essen, das war schon immer so.« Sie sah an sich herunter und zog die Beine wieder an, wie um ihren Bauch zu verstecken. »Deswegen bin ich auch so fett.«

»Nein, komm, Lucy … hey, das ist doch nicht schlimm. Mit der Wurst. Und du bist nicht fett, okay? Und ich finde schon was anderes zu essen.« Ich öffnete den Deckel unserer Vorratsbox und wühlte ein bisschen in den leeren Wurstpapieren herum. »Blutwurst lockt eh nur die Mücken an, glaub ich. Vielleicht ein Stück Torte stattdessen?« Allein bei dem Gedanken an noch mehr Torte drehte sich mir der Magen um.

Insofern war es die helfende Hand des Schicksals, die in diesem Moment die Schiebetür rumpeln ließ und den Blick nach draußen freigab, auf Betty, Karol, Viktor und die Flasche Wodka, die sie mitgebracht hatten.

»Lucinda? Schätzelein? Ich bringe euch die Polen. Und polnischen Wodka. Karol?«

»Na zdrowie!«

»Das war Russisch«, stellte ich trocken fest.

»Nix da. Polnisch für Prost ist das. Karol wird das ja wohl wissen.« Betty scheuchte die Jungs zu uns in den Bus und schmiss schnell die Tür zu, bevor die Mücken eine weitere Angriffswelle starteten, um unser mobiles Zuhause zu entern. Dann schraubte sie die Flasche auf und hielt sie triumphierend in die Höhe. »Also dann. Nasströffchen! Auf den Urlaub!«

Zum Glück hatte Sky, aus mir völlig schleierhaften Gründen, Eierbecher an Bord.

9
Der Teil mit dem guten Grund

BETTYS MIXTAPE
Violent Femmes – Gone Daddy Gone

Als Richard mir vor anderthalb Jahren den Vorschlag machte, zusammenzuziehen, war mein erstes Gefühl die pure Panik. Ich dachte an Flucht, lachte aber nur hysterisch. Es ist schon seltsam, wie ich mich in stundenlangen Tagträumen über Heiratsanträge und gemeinsame Babys ergehen konnte, aber als es um diesen ersten Schritt ging, dass wir uns zusammen ein Zuhause aufbauten, war ich plötzlich starr vor Furcht. Vielleicht war es einfach sicherer, sich die anderen enormen Meilensteine in ihrer ganzen süßen Verklärtheit vorzustellen, wenn die erste Hürde dahin noch gar nicht überwunden war und sie somit vollkommen harmlos und perfekt in der weit entfernten Zukunft existieren konnten. Vielleicht hatte ich Angst, dass ich mich mit Richard nicht auf Wandfarben, Möbel und Bettwäsche würde einigen können. Vielleicht misstraute ich Männern prinzipiell. Und zwar aus gutem Grund. Schließlich hatten die sich bisher früher oder später immer schlecht benommen. Außerdem mochte ich meine Wohnung, die Sicherheit, dass wenigstens sie immer da sein würde, auch wenn die Männer kamen und gingen. Denn das war ein Versprechen, das selbst Richard mir nicht geben konnte: dass er immer da sein würde. Selbst wenn er es jemals gesagt hätte – »Baby, ich werde immer für dich da sein« –, war ich doch inzwischen alt und erfahren genug, kein Wort davon zu glauben. Natürlich, es wäre keine absichtliche Lüge gewesen. Gut möglich, dass er es selbst glaubte. Oder mir einfach nur einen Gefallen tun wollte, indem er solche Dinge sagte. Damit ich mich besser fühlte. Aber ich wusste: Wer einem Mann so einen Satz abnahm und ihn am Ende vielleicht auch noch darauf festnagelte, der gab auch einer Frau namens Madame Elvira, die in einem Holzwagen auf dem Jahrmarkt wohnte, die Hälfte seines Einkommens, damit sie so tat, als würde sie die Zukunft in einer ausrangierten IKEA-Lampe lesen. Wer so etwas tat, war ein Idiot. Und *ich* war kein Idiot. *Ich* war stocksteif vor Angst.

»Soll das ein Witz sein?!«, fragte ich ihn entsetzt.

»Ich dachte, du freust dich.« Richard war sichtlich enttäuscht über meine Reaktion. Er legte seine Gabel mit dem Currywurststückchen am Rand seines Tellers ab.

Er hatte mir den Zusammenzieh-Vorschlag in der Kleinen Pause gemacht, unserem Stammimbiss. Seinem Gesicht nach zu urteilen, war er fest davon ausgegangen, dass ich begeistert »Ja!« schreien und ihm vor Rührung lachend oder weinend um den Hals fallen würde, wie es die Frauen im Fernsehen immer taten, wenn ihre Männer ihnen mit einer romantischen Überraschung im Supermarkt (oder im Affenhaus, je nach Situation und Beziehung) ihre Liebe beweisen wollten. Ich hingegen kämpfte gegen eine aufsteigende Übelkeit an und stellte mir vor, wie mein Freund und ich unglücklich in unserer Wohnung saßen, uns nichts mehr zu sagen hatten und uns nach drei Wochen trennten. Wenn jetzt die Tränen kamen, dann nicht vor Rührung, so viel stand fest.

»Ich freu mich ja«, sagte ich tonlos und überhaupt nicht erfreut.

»Als du dich das letzte Mal gefreut hast, sah das irgendwie anders aus.«

»Jaaa …«, machte ich gedehnt, um Zeit zu gewinnen, und überlegte, wie ich am besten aus der Nummer rauskam, ohne meinen Freund vor den Kopf zu stoßen oder den größten Fehler meines Lebens zu begehen – was auch gut und gern dasselbe sein konnte.

Ich war verwirrt und nahm einen Schluck Capri-Sonne. »Das kommt mir jetzt irgendwie vor wie ein Heiratsantrag.« Der in meiner Vorstellung immer weitaus eindrucksvoller abgelaufen war. Und nie in der Kleinen Pause. »Das ist so groß. Alles.«

»Aber ich will dich nicht heiraten. Also …« Richard lachte unsicher. »… jedenfalls *noch* nicht.«

»Ob wir jetzt zusammenziehen und heiraten oder nur zusammenziehen, das läuft doch aufs Gleiche hinaus.«

»Erst willst du keine gemeinsame Wohnung, und jetzt soll ich dich gleich heiraten?«

»Nein, sollst du nicht. Und ich habe auch gar nicht gesagt, dass ich keine gemeinsame Wohnung will. Ich bin einfach nur nicht vor Begeisterung in die Luft gesprungen. Was ist so schlimm daran?« Der Versuch, dieser Situation zu entkommen, ging nur sehr schleppend voran. Es war zum Verzweifeln.

»Komm, Daphne, das merkt doch ein Idiot, dass du nicht willst. Sonst hättest du doch sofort ›Ja!‹ geschrien und wärst mir um den Hals gefallen und hättest gelacht oder geheult oder so.«

Wie ich es mir gedacht hatte. »Du guckst schon ziemlich viel Fernsehen, oder?«

»Wie kommst du denn jetzt darauf?«

Ich winkte ab. »Na, vielleicht muss man ja auch erst mal darüber nachdenken, wenn man mit so was nicht gerechnet hat und noch nie mit jemandem zusammengewohnt hat und wenn man findet, dass es ein großer Schritt ist.«

Richard grinste. »Ist leichter, über solche Sachen in der dritten Person zu reden, was?«

Ich grinste zurück. »Auf jeden Fall.« Draußen begann es, zu regnen. Die Frau hinter dem Tresen kam an unseren Tisch und zündete eine Kerze an. So was gab es nicht oft in der Kleinen Pause, einem Ort, an dem schmutzabweisende Resopaltische und schlichte Barhocker das richtige Ambiente für Bundesliga-Live-Übertragungen bildeten. Eigentlich waren Kerzen unnötiger Schnickschnack, den niemand brauchte, der bloß sein halbes Hähnchen zum Mitnehmen abholen wollte. Aber heute gab es Kerzen. Vielleicht war es ein Zeichen.

»Wow, Kerzenlicht«, bemerkte auch mein Freund.

»Und was ist, wenn wir uns nicht verstehen?«, fuhr ich fort und ignorierte die romantische Beleuchtung. »Wenn wir nicht zusammenleben können, weil du immer die ganze Milch wegtrinkst und ich meine Haare überall verliere und du mitten in der Nacht Spiegeleier braten willst oder nie die Sofakissen aufschüttelst und ich immer die Stecker von allen Geräten rausziehe, weil ich Strom sparen will …«

»Du ziehst die Stecker immer raus?«

»Ja.«

»Das klingt schrecklich anstrengend.«

»Siehst du.« Ich verschränkte die Arme und sah der Kerze beim Flackern zu. »Und dann trennen wir uns, und ich sitze auf der Straße.«

Richard schob seine Hand über den Tisch und wühlte so lange in dem Armknoten herum, bis er eine Hand zu fassen bekam und herauszog. »Also erst mal: Wir werden immer genug Milch haben, das verspreche ich dir. Zweitens: Das mit den Steckern bekommen wir irgendwie in den Griff. Und alles andere auch. Weil ich das will, und wenn du auch willst, sind das die besten Voraussetzungen. Und schließlich: Hör auf, immer davon auszugehen, dass wir uns trennen. Ich will das nicht, und du willst das nicht. Solange wir das beide wollen, bleiben wir zusammen. Und falls uns die Steckersache doch drankriegt, darfst du die Wohnung behalten. Versprochen. Deal?«

Im Grunde hatte er also gesagt, dass er für immer bei mir bleiben würde, ein Versprechen, das, wie gesagt, niemand machen konnte, und dem nur Idioten auf den Leim gingen. Ich war kein Idiot, wie gesagt. Aber ich mochte das Gefühl, dass Richard mich so unbedingt bei sich haben wollte. Also drückte ich seine Hand, nickte und sagte: »Deal!«

»Hast du ihr gerade 'nen Heiratsantrag gemacht?«, rief die Frau mit der Bratschürze hinter der Theke Richard zu.

»Nicht ganz«, antwortete er.

»Dann kann ich die Musik ja wieder ausmachen.« Sie schüttelte genervt den Kopf, und erst da fiel mir auf, dass im Hintergrund nicht wie sonst die typischen Geräusche eines Fußballspiels den Imbiss erfüllten, sondern Leo Sayers Stimme, die »When I Need You« sang. Die Imbissfrau drückte einen Knopf an der Musikanlage, und alles, was jetzt noch zu hören war, war das Brutzeln der Pommes in der Fritteuse. »Und das mit der Kerze hätte ich mir auch sparen können.« Sie klang fast ein bisschen verärgert, stemmte die

Fäuste in die Hüften und sah uns verbittert an. »Immer nur Fußball und Frikadellen. Nie mal 'n bisschen Romantik. Der Job hier ist wie mein Mann.«

»Vielleicht mach ich mit Richard Schluss.« Der Gedanke war mir plötzlich durch den Kopf geschossen, dann hatte ich ihn einfach ausgesprochen, und jetzt war ich fast ein wenig erschrocken über mich selbst. Und davon, wie fest meine Stimme geklungen hatte.

Links und rechts der Fahrbahn standen dicht an dicht Bäume und spendeten uns auf unserer Fahrt durch den südlichsten Zipfel Frankreichs Schatten. Hinten im Bus lagen Lucy und die Polen und schliefen. Wir hatten uns nicht die Mühe gemacht, das Matratzenlager wieder zu einer Sitzbank umzubauen, dazu waren wir alle zu verkatert gewesen. Mit Ausnahme von Lucy, die nicht trank und deswegen auch keinen Kater hatte, aber vom Weinen erschöpft war. Uns andere hatte es schwer erwischt. Ich trug heute, zum ersten Mal seit Reiseantritt, meine Sonnenbrille, und das nicht wegen des eher mittelmäßigen Sonnenscheins. Betty hatte die Musik leiser gestellt, um sich besser auf die Straße konzentrieren zu können.

»Was hast du gesagt?«, fragte sie und kniff die Augen zusammen. »Ich bin gerade Bus gefahren und konnte nicht zuhören.«

»Und wenn du mir jetzt zuhörst, kannst du dann noch Bus fahren?«

»Tja. Hinterher ist man immer schlauer, sag ich mal. Also raus damit, Schätzelein, was hast du gesagt?«

»Ich mach vielleicht mit Richard Schluss.« Es fiel mir auch dieses Mal nicht schwer, die Worte zu sagen.

Betty nickte. »Und aus welchem Grund? Also, jeder wie er will, Schätzelein, aber für mich klingt das nach einer echt bescheuerten Idee.«

»Na ja, ich hab nachgedacht. Darüber, wie das sonst so war mit mir und den …«

»Richard ist der Beste. Ich liebe Richard. Wenn es Mo nicht gäbe …« Sie warf mir einen Seitenblick zu. »Das wollte ich nur einwerfen, damit du es nicht vergisst. Bei jeder weiteren Entscheidung, die du diesbezüglich treffen willst, solltest du immer daran denken: Richard ist der Beste.«

»Danke Betty.«

»Keine Ursache.«

»Aber mal davon abgesehen, dass er der Beste ist, frage ich mich, ob er der Beste *für mich* ist.«

»Klar. Sonst wärt ihr ja nicht zusammen.« Sie blinkte, reihte sich auf der rechten Spur hinter einem LKW ein und sah sehr zufrieden mit dem Manöver aus. »Windschatten!«

Zur Abwechslung applaudierte ich ihr einmal nicht, sondern fuhr mit dem fort, was mir auf der Seele lag. Betty konnte das ab. »Nee, Betty, Paare sind immer nur so lang Paare, bis einer feststellt, dass er mit der falschen Person zusammen ist. Und bei mir lief dieses Paar-Ding bisher immer nach demselben Schema ab: Irgendwann stellt mein dann-noch-Freund fest, dass ich die falsche Frau für ihn bin, und bevor ich überhaupt kapiert habe, was los ist, ist er mein Exfreund. Mit mir wurde schon so oft Schluss gemacht, dass ich ganz vergessen habe, dass ich ja auch die Option habe, mich zu trennen.«

Auf Bettys Gesicht machte sich ein Ausdruck zwischen Skepsis und Kopfschmerz breit. »Und jetzt willst du mit Richard, der, wie wir wissen, der Beste ist, einfach mal so zum

Spaß Schluss machen, weil dir aufgefallen ist, dass du es *kannst?*« Sie blies lautstark Luft zwischen ihren Lippen heraus. »Unfassbar.«

»Richard ist wunderbar …«

»Der Beste!«

»Wir haben so viele Probleme, von denen du gar nichts weißt. So viele Kleinigkeiten, und die summieren sich dann zu einem großen Haufen Mist, der mich einfach daran zweifeln lässt, ob das so sein muss oder ob das nur mit Richard so ist. Ständig dieses Streiten, nie tut er, was er sagt, immer ist die Milch alle …«

»Ich lach gleich.«

»Er hat mir das anders versprochen.«

»Alle Männer versprechen Sachen und halten sie dann nicht, Schätzelein. Und die meisten sind dabei nicht halb so cool oder witzig oder schlau oder schön wie Richard. So wie ich das sehe, steckst du in irgend so einer Krise, die man mit Anfang dreißig kriegt. Hör einfach nicht hin.«

Ich weiß nicht, was mich in dem Moment überkam, ob es der Kater war oder das Chaos in mir drin, jedenfalls rollte eine Woge der Frustration durch meinen Körper und verschaffte sich Luft, indem ich mit dem Fuß gegen das Handschuhfach trat, dass es nur so schepperte. »Warum nimmst du mich nicht ernst, Betty? Warum? Du bist meine Freundin! Wenn ich sage, dass ich das Gefühl habe, dass Richard und ich nicht zusammenpassen, warum musst du das ins Lächerliche ziehen?! Ich bin weg von ihm, und es geht mir prächtig, welchen besseren Beweis gibt es denn bitte?«

»Das ist kein Beweis«, motzte Betty zurück, »das ist Urlaubsstimmung, verdammt! Davon rede ich doch die ganze Zeit!«

»Was ist denn da vorne los?« Lucy hatte ihren Kopf zwischen den beiden Rückenlehnen durchgesteckt und bot mit ihrem geschwollenen Gesicht, den zerzausten Haaren und leicht grünlichem Teint keinen besonders attraktiven Anblick.

»Daphne hat das Handschuhfach kaputt gemacht.«

Das stimmte. An der Stelle, an der ich gegen den Klappdeckel getreten hatte, klaffte ein langer, scharfkantiger Riss in dem schwarzen Plastik. Allerdings musste man den Schaden nicht ansehen, wenn man nicht wollte, weil durch meinen Tritt auch der Schließmechanismus kaputt gegangen war und die Klappe jetzt müde an ihren Scharnieren hing und hin und her schwang. Lucy machte ein erschrecktes Geräusch, ich lehnte meinen Kopf an das Beifahrerfenster. »Ach, Scheiße«, murmelte ich und setzte mich wieder gerade hin, weil mir mit dem Kopf am vibrierenden Fenster schlecht wurde.

»So, Schätzelein, und jetzt zu deiner Frage: Ich nehm dich immer ernst. Immer. Und ich nehm auch deine Zweifel, was Richard betrifft, ernst. Sobald du mir einen guten Grund lieferst. Milch und Zank, das sind keine Gründe, das ist Kinderkram. Und dass du im Urlaub gute Laune hast, zählt nicht, fahr mal mit Richard in den Urlaub, dann wirst du auch mehr Spaß haben als zu Hause.«

»Hätt ich ja gern gemacht. Mit ihm in den Urlaub fahren …«, murmelte ich.

Aber Betty hatte mich offensichtlich nicht verstanden. »Hä?«, fragte sie.

»Egal«, sagte ich.

»Okay. Dann erzähl mir etwas, das schlimm ist. Etwas, das mich davon überzeugt, dass es nicht bloß eine Schnapsidee von dir ist, dich von ihm zu trennen.«

Ich merkte, wie Lucy den Atem anhielt. Ich zögerte. Nicht weil ich keine Antwort hatte, sondern weil ich mich überwinden musste, es auszusprechen. Solange die Gedanken in meinem Kopf waren, waren sie nur Ideen. Wenn ich sie aussprach, wurden sie zu Fakten. Aber es nützte ja nichts, den Fakten weiter aus dem Weg zu gehen. »All diese Sachen«, begann ich, nachdem ich lange genug nach den richtigen Worten gesucht und sie ohnehin nicht gefunden hatte, »dieser Kinderkram, sollte mir das nicht egal sein, wenn ich wirklich mit Richard zusammen sein will? Wenn er wirklich der Richtige für mich wäre, müsste ich dann nicht unbedingt wollen, dass wir heiraten und Kinder haben, dass das alles für immer ist? Sollte ich mich nicht einfach darüber freuen, dass wir unser Leben teilen, anstatt ständig genervt zu sein, wenn wieder eine Kleinigkeit schiefläuft? Sollte Liebe sich nicht anders anfühlen?« Betty und Lucy blieben still, vor uns rumpelte der Lastwagen. Ich war ganz ruhig. »Ich wünschte so sehr, es wäre anders. Aber die Wahrheit ist: Im Moment weiß ich nicht, ob ich Richard überhaupt noch liebe.«

Lucy atmete schwer aus. Betty ließ die Worte ein bisschen auf sich wirken bevor sie in das Brummen des Busses hineinsprach: »Tja, Leude.«

Der Verkehr verlangsamte sich, wie das immer der Fall war, wenn man eine Mautstation anfuhr und sich in die Reihen wartender Autos einfädeln musste. Betty überblickte den Asphaltplatz und entschied sich für die Einfahrt rechts außen. Dort war die Bahn frei. Sie fuhr neben das Kassenhäuschen, zog ihr Portemonnaie aus der Tasche. »Mach jetzt bloß keinen Unsinn, Schätzelein, ja?« Sie schenkte mir einen langen, eindringlichen Blick. »Wir besprechen das später in Ruhe. Ich finde, wir sollten dringend diese Dreißigjährigen-Krisensache noch einmal genauer beleuchten …« Während ich daraufhin mit den Augen rollte, drehte sich Betty nach links zum Fahrerfenster, um zu zahlen. Aber da saß niemand im Maut-Häuschen.

»Äh …«, sie schnallte sich irritiert ab und hielt ihren Kopf aus dem Fenster.

»Wir können doch einfach eine andere Reihe nehmen«, schlug Lucy vor.

Ich versuchte, die lose Handschuhfachabdeckung mit dem Fuß wieder anzudrücken. Klappte nicht.

»Warum fahren wir nicht zu einem anderen Kassenhäuschen?« Lucy wieder.

Betty zog den Kopf ein und öffnete die Tür. »Weil das nicht nötig ist, Lucinda. Da vorn steht ein Automat.« Sie deutete durch die staubige Windschutzscheibe auf einen großen, weißen Kasten links vor unserem Bus. »Da werde ich Geld reinwerfen, und schon geht's weiter«, sagte sie, hüpfte aus dem Bus und marschierte auf den Automaten zu.

Ich trat noch einmal gegen das Handschuhfach, aber mit Gewalt würde sich dieses Problem wohl nicht lösen lassen. Dieses nicht und auch kein anderes. Ich beschloss, mir etwas die Beine zu vertreten, und öffnete meine Tür, um Betty zu folgen.

»Wo gehst du hin?«, fragte Lucy von der Rückbank. Neben ihr öffnete Karol verschlafen die Augen.

»Raus.«

»Ich auch«, sagte der Pole und stand auf. »Ich muss mich erleichtern.«

»Dann komm ich auch mit!« Hektisch fummelte Lucy ihre Füße in die pinkfarbenen Flip-Flops und trottete Karol hinterher, und ich musste an das denken, was Hannes mir erzählt hatte. Dass Lucy einfach ins Badezimmer kam, wenn er auf dem Klo saß. Und dann dachte ich, dass wohl doch etwas Wahres an der Theorie war, dass wir alle immer wieder dieselben Fehler in Beziehungen machten.

Betty ließ unterdessen ratlos ihren Zeigefinger vor den Tasten des Automaten schweben und wieder sinken. »Das ist alles Französisch.«

»Wer hätte das gedacht?« Ich überflog die Anleitung neben den Knöpfen und verstand kein Wort. Nicht einmal genug, um zu raten.

»Und?«

»Keine Ahnung. Andere Reihe?«

Betty presste stur die Lippen aufeinander. »Nö. Ich lass mich doch nicht von so einem dahergelaufenen Automaten kleinkriegen.« Dann las sie noch einmal konzentriert die Erklärung. Oder tat so, echtes Lesen hätte ja eine Kenntnis der Sprache vorausgesetzt. Frustriert stöhnte sie auf. »Wäre eine Zeichnung denn wirklich zu viel verlangt gewesen?«

»Lass dir Zeit. Karol muss sich eh gerade erleichtern.«

»Erleichtern?!«

Ich zuckte mit den Schultern. »Wie wär's mit dem hier?« Ohne lange nachzudenken, drückte ich den größten Knopf, den ich entdecken konnte. Den roten. Eine Sekunde später machte der Automat ein knacksendes Geräusch. Es rauschte im Lautsprecher.

»Oui?«

Betty sah mich erschrocken an.

»Sag was«, flüsterte ich.

»Äh, oui. Bonjour. Ehm … I'm on the right.«

»Oui?«

»I have a roof.« Vermutlich half es Betty beim Denken, zu gestikulieren, denn sehen konnte außer mir niemand, wie sie ihre Hände über dem Kopf zusammenhielt, um das Dach unseres Busses nachzubilden.

»Betty, jedes Auto hat ein Dach.«

»Push the button«, sagte die Stimme aus dem Automaten mit einem starken französischen Akzent.

Hilflos wanderte Bettys Blick über die Reihe von Knöpfen. »Which one?«

Ich drehte mich um, lehnte mich an den Automaten und ließ meinen Blick über die Wiese neben der Mautstation wandern. Er kam nicht weit.

Betty drückte einen Knopf. »This one?«

»Non«, sagte der Automat.

Ich stieß Betty mit dem Ellenbogen in die Seite. »Betty?«

»Nicht jetzt, Schätzelein.« Noch ein Knopf. »This one?«

»Non.«

»Betty!« Ich zupfte sie etwas ruppig am Arm und zeigte, nachdem ich nun endlich ihre Aufmerksamkeit hatte, auf den Grünstreifen neben den Büschen, in die sich zuvor mit großer Wahrscheinlichkeit Karol erleichtert hatte. Aber jetzt war er damit fertig und schwer damit beschäftigt, seine Lippen auf Lucys zu drücken und mit den Händen ihren Hintern zu umfassen.

»Der polnische Charme, ich sag dir das. Lecko mio grande!«

»Betty!«

»Was denn, Schätzelein? Tu nicht so, als hättest du nicht dasselbe gedacht.« Sie drückte beiläufig einen weiteren Knopf am Automaten. Der Münzschlitz klackte.

»Payez, s'il vous plaît.«

»Ha!« Betty öffnete zufrieden ihr Portemonnaie. »Wer sagt's denn?«

»Also *ich* sag dazu nichts«, murmelte ich, und beobachtete weiterhin mit offenem Mund die Liebesszene vor den Büschen. »Ich sag dazu lieber einfach nichts.«

Eine knappe Stunde später fuhren wir von der Autobahn ab und erreichten Biarritz. Wir hatten an diesem Tag nicht mehr als zweihundert Kilometer Strecke hinter uns gebracht, aber es war Betty nicht zuzumuten, noch länger zu fahren, sie war zu kaputt. Und auch wir anderen hatten keine Lust mehr, im Bus zu sitzen. Biarritz kam uns also sehr gelegen, ein bisschen Glamour konnte schließlich nicht schaden.

Optisch machte die Stadt eine Menge her. Prachtvolle Bauten schmiegten sich in die Bucht wie Perlen in das Dekolleté einer wohlhabenden Dame der besseren Gesellschaft. Die gewundenen, palmengesäumten Straßen, auf denen wir durch den Ort gelangten, boten eine atemberaubende Aussicht auf das tiefblaue Meer. Die Sonne hatte sich eine Lücke in der hellgrauen Wolkendecke erkämpft, und ihre Strahlen zauberten viele kleine Reflexionen auf das Wasser, die glitzerten wie Diamanten. Luxus in Reinform.

»Ganz nett«, kommentierte Betty den Anblick, der sich uns bot, als wir die Promenade entlangfuhren.

Ich fragte mich, wie es wohl war, hier ganz selbstverständlich Urlaub zu machen. In einem der teuren Hotels eine Suite zu buchen, mit Meerblick und Zimmerservice, die Tage mit Lunch, Brunch und Flanieren zu verbringen. Und abends dann in feinster Gesellschaft an einem Dinner teilzunehmen, zu dem man das neue Designerkleid trug, das man in einer der vielen Boutiquen gekauft hatte. Für den Preis von zwei Monatsmieten, die Richard und ich für die Wohnung in Hamburg bezahlten. »Stell dir vor, wir wären reich genug, hier zu leben.«

»Langweilig. Wenn ich reich genug wäre, hier zu leben, würde ich nicht hier leben. Ich würde nach Peru fliegen und ein Meerschweinchen-Menü essen, das würde ich machen«, erklärte Betty.

»Ein Meerschweinchen-Menü?«

»In Peru.«

»Warum?«

»Weil ich es kann, Schätzelein.«

Wir parkten den Bus auf einem Parkplatz unterhalb der Stadt, neben einer kleinen Mauer. Dahinter, ein paar Meter tiefer, war ein kleiner Strand angelegt, auf dem es sich ein paar wild entschlossene Urlauber auf ihren Badelaken bequem gemacht hatten und tapfer ignorierten, dass das Verhältnis von Sonne zu Wolken am Himmel von Biarritz zugunsten der Wolken ausfiel. Weiter draußen im Wasser paddelten ein paar Surfer den Wellen entgegen. Wir standen zu fünft vor dem Bus und ließen das alles auf uns wirken.

»Ganz nett«, sagte Betty wieder.

»Wir waren noch gar nicht schwimmen«, bemerkte Lucy.

Ich rückte meine nutzlose Sonnenbrille zurecht. »Stimmt.« Die Wellen rauschten, Stimmen drangen vom Strand zu uns herauf, und die ernsten Gedanken, die ich mir noch vor einer Stunde gemacht hatte, waren fast selbstverständlich in den Hintergrund getreten. Es war fast so, als ob Skys Bus – die letzte Verbindung zu Hamburg – der einzige Ort war, an dem mir diese Gedanken etwas anhaben konnten. Auge in Auge mit all den sonnigen Urlaubswonnen wurden sie kleiner und schwächer und stellten sich freiwillig leise in die Ecke, wo sie darauf warteten, dass ich ihnen wieder Raum gab.

»Also dann«, hörte ich Karol sagen, »wer zuerst in Wasser ist?«

»Der was?«, fragte ich.

Er war schon dabei, sich seine Schuhe auszuziehen. »Ist zuerst in Wasser?«

Die Aussicht auf das erste Bad im kühlen Meer machte uns alle, egal wie verkatert, verquollen oder übermüdet, sofort wach. Karol zog sich eilig sein T-Shirt über den Kopf und knöpfte seine Jeans auf.

Betty hatte auch schon angefangen, sich auszuziehen. Sie trug seit Remscheid prinzipiell Badesachen unter ihrer Kleidung, um jederzeit eine Runde in welchem Gewässer auch immer schwimmen zu können. Am Morgen in Arcachon hatte ich es ihr gleichgetan.

Viktor war bereits losgegangen, vollständig bekleidet, und irgendwie konnte ich mir sowieso nicht vorstellen, wie er in Badehose aussehen würde. So düster, wie er wirkte, war er das komplette Gegenteil eines Beachboys. Ich glaube, er ging nie schwimmen.

»Ich muss noch meinen Bikini anziehen!« Lucy kletterte schnell in den Bus und zog die Tür hinter sich zu.

Wir übrigen folgten Viktor.

Ich ließ meine Kleidung im Sand liegen und rannte Betty hinterher, die schon bis zu den Knien im Wasser stand. Kleine Muschelreste piekten mich in die Fußsohlen, der Wind war noch frischer, als ich befürchtet hatte, und ich spürte, wie die Härchen auf meinen Armen sich aufstellten, und ich fröstelte. Das Wasser war kalt und wild, es spülte den Sand unter meinen Füßen weg, und ich konnte gar nicht anders, als kopfüber hineinzufallen. Ein kleiner Schrei entfuhr mir, und für einen Moment bekam ich keine Luft, so sehr war mein Körper damit beschäftigt, sich gegen die plötzliche Kälte zu wappnen.

»Alles okay?«, fragte Karol, der plötzlich neben mir stand und mir eine Hand reichte, um mir beim Aufstehen zu helfen.

Ich nahm sie nicht, ich rappelte mich selbst auf. »Ja, alles okay«, antwortete ich reservierter als gewollt und bemerkte, dass ich ihn nicht mochte, obwohl er mir nichts getan hatte. Aber ich fühlte mich wie Hannes' Stellvertreter. Ich fühlte mich, als hätte Karol *mir* die Freundin ausgespannt. Ich fand ihn scheiße. »Betty?«, rief ich und sah mich um. Sie stand einige Meter entfernt bis zur Brust im Wasser und sprang mit jeder Welle, die auf sie zubrauste. »Betty!«

Sie drehte sich zu mir um, griff in derselben Bewegung ihre Dreads, wrang sie ein bisschen aus und rief: »Das ist Urlaub, Schätzelein!« Die nächste Welle war stärker als sie und riss sie um.

10
Der Teil, in dem Dinge ans Licht kommen

DAPHNES MIXTAPE
Belle & Sebastian – Ease Your Feet In The Sea

»Hey! Wo bist du?«

»Biarritz.« Die Sonne war untergegangen. Ich saß auf der Kaimauer und blickte auf das dunkle Meer und den leeren Strand. Auf dem Hügel hinter mir leuchteten die Lichter der Stadt. Meine Haare klebten vom Salzwasser, trotzdem fühlte ich mich auf eine besondere Art und Weise sauber. »Wir waren heute zum ersten Mal schwimmen.«

»Und? War's schön?«

»Es war kalt. Aber ja. Schön.« Ich hatte Richard gegenüber ein schlechtes Gewissen, deswegen hatte ich ihn angerufen. Er war in Hamburg und dachte, alles wäre wie immer. Und auch, wenn es das nicht war, nicht für mich, hatte ich das Gefühl, ihn in dem Glauben lassen zu müssen. Eine Blase der Normalität schaffen. Er konnte ja sowieso nichts machen. Nichts besser. Nichts anders. »Und bei euch so?«

»Alles wie immer.« Das war die Blase. »Wetter ist gut, Hannes hat sich ein bisschen gefangen.«

»Hat er?«

»Sollte er nicht?«

»Richard, kann ich dir etwas erzählen, ohne dass du es Hannes weitersagst?«

»Ich kann es mir schon denken …«

»Wir haben vor drei Tagen diese Anhalter mitgenommen. Ich war von Anfang an dagegen, aber du kennst ja Betty.«

»Und?«

»Na ja, zwischen Lucy und dem einen, Karol heißt der, hat es wohl irgendwie gefunkt. Ich finde das alles sehr seltsam, der ist gerade mal neunzehn oder so, aber Lucy ist anscheinend total verknallt in ihn. Vorhin haben sie sich sogar geküsst, und jetzt sitzen sie da, am Strand und halten Händchen, ich weiß auch nicht …«

Richard atmete am anderen Ende der Leitung schnaufend aus. »Das werde ich Hannes auf gar keinen Fall erzählen, der springt aus dem Fenster.«

»So schlimm?«

»Ja.«

»Ich dachte, er hätte sich wieder gefangen?«

»Daphne, in Hannes-Schritten bedeutet das, dass er zwischendurch auch mal die Wohnzimmervorhänge aufzieht und Tageslicht auf seine trauerumflorte Seele scheinen lässt.« Richard klang genervt, als würde er mir insgeheim vorwerfen, ihn mit unserem depressiven Freund zurückgelassen zu haben, während ich in den Urlaub fuhr. Aber das war ja keine Absicht gewesen. Sondern eine Aneinanderreihung von unglücklichen Umständen.

»Musst du mich deswegen so anmachen?«, fragte ich und merkte, dass ich selbst meinen Ton auch nicht gut unter Kontrolle hatte. »Es tut mir ja leid, dass ich das nicht wusste, aber woher sollte ich auch. Ich bin ja nicht da.«

Am anderen Ende der Leitung produzierte Richard ein zynisches Lachen. »Richtig. Gut für dich, was?«

»Mann, was soll denn das?« Ich wollte mich nicht schon wieder am Telefon mit ihm in die Haare kriegen. Das war nicht nur nervig, langsam wurde es auch peinlich. Der genervte Seufzer kam wie von selbst. »Ich hab keine Lust auf Streit.«

»Ich auch nicht. Aber ich bin ziemlich fertig, viel zu tun bei der Arbeit …«

Ja, ja, die Arbeit, dachte ich.

»… und irgendwie ist es im Moment nicht wirklich erheiternd, Hannes um sich zu haben.«

»Dann lass uns über etwas anderes reden, wenn das Hannes-Thema dich nervt. Ich muss auch nicht unbedingt über Hannes reden. Ich mach mir Sorgen um ihn, ja, aber ich telefonier ja nicht nur mit dir, um zu hören, wie es *ihm* geht.«

Hätten wir uns also etwas anderes zu erzählen gehabt, wäre dies der perfekte Zeitpunkt gewesen. Aber wir schwiegen beide.

Das Meer rauschte, die Leitung rauschte, in meinem Kopf rauschte es, während ich angestrengt nachdachte, mir aber einfach nichts einfiel, worüber ich mit Richard reden konnte. Oder wollte. Währenddessen kam aber auch von ihm nichts.

»Tja. Sieht so aus, als hätten wir uns nichts zu sagen«, stellte er irgendwann trocken fest. In meinen Ohren klang das bloß wie ein weiterer Vorwurf. Als hätte *ich* versagt und nicht *wir.*

Als Richard damals in New York lebte, hatte ich jeden Abend seinem Anruf entgegengefiebert. Manchmal telefonierten wir stundenlang. Ich wusste nicht mehr, womit wir all diese Stunden gefüllt hatten, mit welchen Themen, mit welchen Worten. Sonst hätte ich jetzt ein paar davon einfach wieder aufwärmen können. Wie einen Eintopf, der schmeckte ja auch immer besser, je öfter man das tat. Aber nichts, mein Kopf war leer. Streiten oder Schweigen, das waren jetzt, zwei Jahre später, die Optionen.

»Was siehst du gerade?«, fragte er, und er bemühte sich hörbar, versöhnlich zu klingen.

»Nicht viel«, antwortete ich, »es ist dunkel. Das Meer.«

»Na gut«, sagte Richard schließlich. »Na dann.«

»Tut mir leid.«

»Ist in Ordnung.«

Eben nicht. »Grüß Hannes von mir.«

»Okay.« Er wartete.

Ich wartete auch. Von ihm kam nichts mehr. »Ich liebe dich?« Ich ließ es wie eine Frage klingen, weil ich nicht lügen wollte.

»Ja«, sagte Richard müde.

Jeder Mensch hat etwas, das ihn aufheitert, wenn es ihm nicht gut geht, und das, wenn alles perfekt ist, das Leben noch schöner macht. Für Betty waren das dicke Nudeln mit Speck und Ei. Und genau die bereitete sie gerade auf dem kleinen Gasherd in unserem Bus zu. Es brutzelte und roch gut, selbst durch die geschlossene Schiebetür hindurch. Ich erhob mich von der Mauer, ging barfuß über den noch warmen Asphalt des Parkplatzes und zog am Türhebel.

»Oh, wie hübsch!« Ich war ehrlich begeistert, aber ich merkte, ich klang traurig.

Sie hatte den kleinen Klapptisch unter dem Fenster mit einem karierten Geschirrtuch, drei Tellern, Besteck und einer Kerze gedeckt, die in der Zugluft flackerte, und rührte mit einem Holzlöffel in der überladenen Pfanne. »Ist gleich fertig, du kannst Lucinda Bescheid sagen.« Eine Nudel fiel über den Rand, und sie nahm sie mit zwei Fingern, pustete drauf und steckte sie sich in den Mund.

»Die sitzt mit Karol am Strand.« Meine Finger suchten unbewusst den Mückenstich an meinem Bein und kratzten daran herum.

»Der kann ja mitessen, wir haben genug für alle.«

Ich warf das Handy auf die Sitzbank, »Ich frag mal«, und ging zum Strand. Auf halbem Weg kam mir Lucy entgegen. Allein. »Wo ist Karol?«

Sie zog sich ihre Strickjacke enger um den Körper. »Mit Viktor losgegangen.« Sie klang äußerst enttäuscht. »Er fühlt sich sonst vernachlässigt, sagt Karol.« Ihr war deutlich anzumerken, dass jetzt *sie* diejenige war, die sich vernachlässigt fühlte. Es war eben nicht leicht, seine Aufmerksamkeit gerecht aufzuteilen, besonders wenn man es mit einem so einnehmenden Menschen wie Lucy zu tun hatte. Sie war wie ein Kind. Sie hielt sich für das Zentrum der Welt und ging einfach davon aus, ihr stünde zu, dass jeder so viel Zeit mit ihr verbrachte, wie sie es wollte. Hannes hatte sich immer dementsprechend verhalten. Aber das erwähnte ich nicht. Stattdessen legte ich ihr einen Arm um die Schulter und schob sie zum Bus. »Betty hat Nudeln mit Speck gemacht, und wir möchten unbedingt mit dir zusammen essen. Weil wir uns nämlich auch ein bisschen vernachlässigt fühlen.«

Nachdem gefühlte vier Tonnen Abendessen ihren Weg in unsere Mägen gefunden hatten, war die Kerze zur Hälfte heruntergebrannt, und Betty legte sich zufrieden schnaufend auf den Boden des Busses und zündete sich eine Zigarette an. »Wenn es nur eine Sache auf der Welt gäbe, die ich essen dürfte, dann sollten es Nudeln mit Speck sein.«

»Was ist mit dem Meerschweinchen-Menü?«, fragte ich und machte es mir in der Ecke neben dem Fenster gemütlich, indem ich meinen Kapuzenpulli zu seiner Rolle eindrehte und mir in den Nacken legte.

»Dazu kann ich nichts sagen. Ich weiß ja noch gar nicht, wie die schmecken.«

»Du willst wirklich Meerschweinchen essen?« Lucy machte ein entsetztes Gesicht. »Kleine, süße Meerschweinchen?«

»Klaro.« Betty blies entspannt eine Rauchwolke aus.

»Kleine, süße, flauschige Meerschweinchen?«

»Ja, Lucinda.«

»O Gott! Wie grausam!«

»Das sagst du jetzt. Aber vielleicht ist es ja wichtig, dass ein Teil der Meerschweinchen gegessen wird. Für das Gleichgewicht, weißt du? Vielleicht würden sie sonst immer mehr und mehr werden und irgendwann die Weltherrschaft an sich reißen und die Menschen unterdrücken.« Betty zog an ihrer Zigarette und sah nachdenklich einem kleinen Rauchschwaden hinterher. »Wenn ich es mir genauer überlege, könnte das vielleicht die Rettung für unseren Planeten sein …«

»Was wollen wir denn mit diesem angebrochenen Abend anfangen?«, versuchte ich einen Themenwechsel – Weltrettung durch Meerschweinchen, das war mir zu komplex und mein Magen für eine Diskussion darüber zu voll. Aus demselben Grund hatte ich auch keine große Lust, den Bus an diesem Abend noch einmal zu verlassen. Am liebsten wollte ich zum Klang der Wellen einschlafen, und das schnell, und ich hoffte, die anderen wären mit mir einer Meinung. Der Tag saß mir in den Knochen.

Lucy lächelte schon wieder und betrachtete schüchtern ihre Hände in ihrem Schoß. »Ich hoffe, Karol kommt bald wieder.«

»Langweilig!«, verkündete Betty und rappelte sich auf. Ein bisschen Asche fiel von der Spitze ihrer Zigarette. »Ich bin dafür, dass wir dieser Männerproblematik auf den Grund gehen. Ich glaube, wir hätten alle mehr Spaß, wenn wir das aus der Welt schaffen.«

»Wenn wir was aus der Welt schaffen?«

»Eure Fixination auf die Kerle. Auf Richard. Und Hannes …«

»Ich bin nicht fixiert auf Hannes.« Lucy verzog ihren Mund zu einem Schmollen.

Betty machte: »Ha!«

»Abgesehen davon heißt es Fixierung.« Mein grammatikalisches Ablenkungsmanöver verpuffte in der frischen Abendluft der Biskaya.

»Ich weiß, Schätzelein. Fixination ist eine Wortmischung aus Fixierung und Faszination. Cool, oder?«

»Auf jeden Fall effizient.«

»Es ist doch nun mal so: Wir sind hier im Urlaub. Wir fahren in den Süden. Wir übernachten direkt am Meer. Wir sind frei. Wir sollten Spaß haben. Und was macht ihr? Ihr jammert. Die ganze Zeit. Wegen irgendwelcher Männer.«

»Also, ich jammer nicht!« Kaum war der Satz draußen, fiel Lucy offenbar die vergangene Nacht neben der Wanderdüne ein, und sie wurde still.

»Merkste selber, nä?«

»Ja.«

»Gut.« Betty drückte die Zigarette auf ihrem leeren Teller aus. »Ihr geht mir auf die Nerven. Ich versteh einfach nicht, wie man einem Mann so viel Platz in seinem Leben einräumen kann, dass er einem den Spaß auch dann noch verdirbt, wenn er zweitausend Kilometer weit weg ist.«

»Echt? Zweitausend Kilometer? So weit sind wir schon gefahren?«

»Fast, Lucy.«

»Wow.«

»Es kommt mir vor, als wäre das alles, worum es euch geht. In eurem ganzen Leben. Männer, Beziehungen … Seid ihr wirklich so leer?«

»Ich bin nicht leer. Ich hab eine Familienration Nudeln mit Speck in mir drin.« Ich rieb über meinen runden Bauch und wartete, dass Betty auf den Witz einstieg. Tat sie aber nicht, und ich dachte: *Gut, wenn sie reden will, dann reden wir eben.* Das war schließlich schon immer mein Spezialgebiet. »Dir geht es doch auch immer nur um Männer und Sex, Betty.«

»Das ist was anderes. Sex ist zu meinem Vergnügen da. Da geht es um mich.«

»Und dass meine Beziehung mit Richard gut läuft ist zu *meinem* Vergnügen da. Die ist mir mindestens so wichtig wie dir Sex. Und die hat mich schon beschäftigt, bevor ich losgefahren bin, das weißt du.«

»Aber deswegen macht man doch Urlaub. Um mal wegzukommen von all dem.«

»Davon kommt man nicht einfach so weg. Oder«, ich hob den Zeigefinger, »eben nur dann, wenn einem das alles nicht mehr wichtig ist. Aber dann ist die Sache eh klar. Dann ist da auch keine Liebe mehr und nichts …«

»Aha!«

Ich warf Betty einen irritierten Blick zu. »Was, aha?«

»Vorhin hast du noch gesagt, du glaubst, dass du Richard nicht mehr liebst, und jetzt gibst du zu, dass du dir nur deswegen so ’nen Kopf machst, *weil* du ihn noch liebst.«

»Das stimmt«, pflichtete Lucy ihr bei, froh fürs Erste aus der Schusslinie zu sein.

Ich konnte schlecht abstreiten, dass Betty einen Logikfehler in meiner Argumentation gefunden hatte. Das war offensichtlich. Und trotzdem meinte ich, was ich gesagt hatte, beides, auch wenn es widersprüchlich war. »Ich hab Angst, dass Richard nicht der richtige Mann für mich ist. Und ich suche nach Beweisen, dass er es doch ist. Und wenn ich sie nicht finde, werde ich nervös, aber wenn ich sie finde, dann werde ich auch nervös, weil ich nicht sicher bin, ob ich mir die ganze Sache nicht einfach nur schönrede, weil ich jetzt nun mal mit Richard zusammen bin und es ja auch okay ist. Die meiste Zeit zumindest. Und es kann ja sein, dass Richard der Beste ist, den ich haben kann. Aber vielleicht mach ich mich auch nur selber klein und stürze mich aus reiner Unsicherheit ins Verderben und muss den Rest meines Lebens mit einem Mann zusammen sein, der gar nicht zu mir passt. Wenn man zu verschieden ist, dann lebt man doch irgendwann nur noch nebeneinander her und langweilt sich, in gewisser Weise tun Richard und ich das ja jetzt schon, und irgendwann hasst man sich … Und ich dachte, dass allein die Tatsache, dass ich so was denke, der Beweis dafür ist, dass ich ihn nicht mehr liebe, denn sonst wäre ich mir doch eigentlich sicher. Oder nicht? Oder doch?« Ich warf einen verzweifelten Blick in die Runde.

Lucy starrte mich mit offenem Mund an.

Betty schüttelte fassungslos den Kopf. »Deinen Kopf haben zu müssen, das wäre die schlimmste Strafe für mich, die ich mir vorstellen kann. Das ist ja wie Achterbahnfahren.«

Ich nickte. »Ganz genau. Wie Achterbahnfahren.«

»Meine Güte, du solltest wirklich mehr kiffen.«

»Glaub mir, das nützt nichts.« Aber im Ansatz war die Idee ganz gut. Ich streckte mich nach Bettys Tabak aus und begann mit der Herstellung einer Zigarette.

Lucy räusperte sich. »Ja, aber wie stellst du dir denn den Richtigen vor?«

»Hm?« Ich war gerade dabei, konzentriert Tabak zu portionieren.

»Wenn du ihn dir aussuchen könntest oder bestellen oder so, meine ich. Wie würde dann dein Richtiger aussehen??«

»Hm …« Ich rollte die Blättchenseiten gegeneinander, bis der Tabak gleichmäßig verteilt war. Ich leckte den Klebestreifen an und legte ihn fest um die Zigarette. Ich strich das Endprodukt glatt, griff nach dem Feuerzeug, zündete die Zigarette an und nahm einen Zug. Und selbst nachdem all diese Zeit zum Nachdenken verstrichen war, lautete die Antwort: »Ich weiß es nicht.«

»Richtig so.« Betty nickte anerkennend. »Diese Traummannidee ist was für kleine Mädchen mit Romantikpostern an den Wänden.« Lucy schnappte empört nach Luft. Aber Betty war gnadenlos. »Im Ernst, Lucinda. Überleg doch mal. Hast du dir irgendwann im Leben schon mal etwas wirklich, wirklich richtig doll gewünscht?«

Lucy überlegte und sagte schließlich: »Klingt vielleicht doof, aber am meisten wollte ich wohl immer ein Pony. Als ich klein war, natürlich.«

»Siehst du. Und ich wollte immer riesige Brüste. Schau mich an!« Betty zeigte auf ihren Oberkörper. »Ich hab keine riesigen Brüste. Schau dich an!« Sie zeigte auf Lucy, »Du hast kein Pony.«

»Aber …«, begann Lucy.

»Kein Aber. Was lernen wir daraus? Ganz einfach: Pass auf, was du dir wünschst. Denn wenn du es dir erst mal gewünscht hast, wirst du es nie bekommen.« Eine Gesprächspause entstand, in der Betty uns herausfordernd ansah, ich nachdenklich an meiner Zigarette zog und Lucy anscheinend panisch darüber nachdachte, was sie sich in letzter Zeit alles gewünscht hatte und jetzt niemals bekommen würde. Das tat mir leid.

»Das ist Unsinn, Lucy. Mach dir keine Sorgen.« Und um zu beweisen, dass Betty mir keine Angst hatte machen können, ließ ich mich jetzt doch auf diese Wunschlistensache ein. »Also, es gibt ja schon so Eigenschaften, die ich mir bei einem Mann wünsche. Humor, zum Beispiel …«

»Richard«, sagte Betty.

»… und eine gewisse Lockerheit …«

»Richard«, sagte Betty.

»… dass er Spaß am Leben hat und keine Angst davor …«

»Ri…«

»Ja, ich weiß!« Das war ja das Debakel. »Und er liebt mich, das weiß ich auch, das ist eigentlich das Allergrößte. Und trotzdem schau ich ihn mir an und frage mich, ob er auch noch in fünf Jahren der Mann für mich ist. Oder in zehn. Oder wenn ich siebzig bin. Wenn er mir jetzt schon regelmäßig auf die Nerven geht …«

Betty stöhnte entnervt auf. »Ja, aber Schätzelein … Das weiß doch niemand, was die Zukunft bringt. Zum Glück. Du machst dir immer diesen Druck, ich kapier gar nicht, wieso. Erst muss unbedingt ein Kerl her, dann hast du einen, dann ist *der* Druck weg, und jetzt machst du dir neuen Druck, weil dieser Kerl nun aber auch bis an dein Lebensende halten muss.«

»Aber darum geht es doch.«

»Nö. Nur wenn man sich selbst schlechte Laune machen will.«

Ich fragte mich, ob in Bettys Welt die Dinge wirklich so einfach waren, oder ob sie nur den Konflikt scheute. »Es stimmt eben so vieles nicht. Er kümmert sich nicht um die Sachen, die mir wichtig sind. Er wird einfach nicht erwachsen.«

»Ist doch scheißegal.«

»Find ich nicht.«

»Okay, fein!« Betty war plötzlich wütend. »Dann such dir eben einen Besseren. Vorsichtshalber, weil ja Richard *eventuell* nicht der Richtige ist.« Sie stand auf, öffnete den Knoten aus Haaren auf ihrem Kopf, drehte ihn neu und pöbelte: »Weißt du, was? Du brauchst keinen Mann, du brauchst eine Wahrsagerin, die immer schön für dich in die Zukunft schaut und dich vor allen Gefahren warnt, damit dir ja nichts Schlimmes passiert. Das ist doch eigentlich das, was du willst. Du feige Kuh.«

Jetzt war ich also eine feige Kuh. Gut, von mir aus. Ich ließ meinen Zigarettenstummel neben Bettys auf dem Teller liegen und sagte nichts mehr. Betty war eben nicht ich. Und es war offensichtlich zu viel von ihr verlangt, sich in meine Lage zu versetzen. Ich beugte mich über den Tisch und stützte mein Kinn auf der Handfläche auf.

Lucy kaute an ihren Haaren.

In einer plötzlichen Bewegung stand Betty auf und öffnete die Schiebetür. »Ich geh los, mal schauen, was am Dienstagabend so in Biarritz los ist.« Sie stieg aus und blieb draußen stehen. »Kommt eine von euch mit?« Sie wusste selbst, dass diese Frage von uns allerhöchstens rhetorisch verstanden werden würde.

Ich schüttelte den Kopf.

Lucy ließ die angesabberten Haare aus ihrem Mund fallen und warf Betty einen schnellen schüchternen Blick zu. »Ich warte lieber, dass Karol wiederkommt.«

Betty zuckte mit den Schultern. »Kann ja jeder machen, was er will, nä? Ist ja schließlich Urlaub.« Der Satz, der aus ihrem Mund sonst immer so euphorisch klang, hatte eine kalte, zynische Färbung bekommen. Die Tür schloss sich mit dem üblichen Knall, vielleicht war er aber auch ein wenig heftiger als sonst.

Ich konnte nicht schlafen. Ich tat bloß so, weil mir nichts Besseres einfiel. Die Wellen rauschten immer gleich. Und auch meine Gedanken waren noch dieselben, allerhöchstens verstärkt durch Dunkelheit und Stille, wie das eben so ist. Irgendwann reichte es mir. Ich zog so leise wie möglich, um Lucy nicht zu wecken, meinen Pullover und die Turnschuhe an und kletterte aus dem Bus. Das Meeresrauschen wurde lauter, die Nachtluft war kühl. Ich schlang mir die Arme um den Körper und überquerte die Straße. Sobald ich auf der niedrigen Mauer oberhalb des Strandes saß, wusste ich nicht, was ich als Nächstes tun sollte. Mich hier hinzusetzen war ein kleines Ziel gewesen, das ich schnell erreicht hatte. Jetzt konnte ich nur warten, dass etwas passierte. Dass ich müde wurde. Oder Betty zurückkam. Oder plötzlich ein Eiscremewagen vorbeifuhr und ich mir zwei Kugeln mit Streuseln im Becher kaufen konnte. Wobei ich keine Ahnung hatte, wie man auf Französisch Eis bestellte. Ich müsste auf das zeigen, was ich wollte. Wenn ich überhaupt wusste, was das war.

»Ich kann nicht schlafen.« Wie ein Geist war Lucy in dem gelblichen Lichtschein einer Straßenlaterne neben mir erschienen. *Komisches Licht,* dachte ich, *es macht nichts heller und strengt bloß die Augen an.* Sie trug ihre Strickjacke, die Knöpfe hatten die Form von Röschen, und eine Decke unter dem Arm, die sie über unseren Beinen ausbreitete, nachdem sie sich neben mich gesetzt hatte. So wie ich es am Tag zuvor in Bologne-sur-Mer getan hatte. »Das mit Richard und dir tut mir leid. Ich wusste gar nicht, dass ihr euch nicht mehr so gut versteht«, sagte sie.

Ich winkte ab und kratzte unter der Decke an einem neuen Mückenstich, ziemlich direkt neben dem anderen. »Sieht ja ganz so aus, als sei *ich* das Problem.«

Lucy stützte sich mit den Armen auf der Mauer ab und sank in sich zusammen, sodass ihr Kopf zwischen ihren Schultern steckte und sie entfernt an eine Schildkröte erinnerte. So saßen wir dort, schwiegen und sahen den schwarzen Wellen zu – die Schildkröte und die feige Kuh. Welches Geräusch machten Schildkröten eigentlich? Sie fauchten, oder?

»Ich hatte ja schon mal Sex«, sagte Lucy, als nähme sie eine alte Unterhaltung wieder auf, die wir nie geführt hatten. Sie schien etwas erschrocken darüber zu sein, wie unerwartet laut ihre Stimme klang, denn sie sank noch ein bisschen mehr in sich zusammen.

»Ja?« Das war nicht unbedingt eine der Fragen gewesen, die mich in der letzten Zeit beschäftigt hatten. Ob Lucy schon einmal Sex gehabt hatte oder nicht. Das war ihre Sache, das ging mich nichts an.

»Nur falls du dich das gefragt hast.«

»Na ja …« Eben nicht.

»Wegen Hannes.«

»Ich weiß.«

»Also, nicht mit ihm.« Sie räusperte sich. »Aber das weißt du ja.«

Ich nickte.

Lucy ließ noch ein paar Augenblicke verstreichen, bevor sie weiterredete. »Das war damals, als ich auf die Realschule gegangen bin. Da war ich fünfzehn.« Sie stockte.

Ich wandte mich ihr zu, aber sie sah mich nicht an, als erzählte sie die Geschichte gar nicht mir, sondern dem menschenleeren Strand. »Du musst darüber nicht reden, wenn du nicht willst.«

»Doch. Will ich.« Ein schneller Seitenblick. »Wenn du es hören willst.«

»Klar.« Nicht aus Neugier. Sondern um für sie da zu sein. So machten Freunde das.

»Okay, also, er hieß Oliver und ging in meine Klasse. Ich war in ihn verliebt. Schon richtig lange, seit der ersten Klasse eigentlich. Er war wirklich süß, mit lauter Sommersprossen und so. Und seine eine Augenbraue war so geteilt«, sie zog ihren Zeigefinger einmal quer über ihre rechte Augenbraue, »da hatte er eine Narbe, ich weiß nicht, wovon. Er ist immer mit dem Fahrrad zur Schule gekommen, und am Nachmittag saßen er und seine Freunde beim Sportplatz auf den Bänken. Er hatte viele Freunde. Manchmal bin ich da auf dem Heimweg vorbeigegangen, nur damit ich heimlich rübergucken konnte, aber er hat mich nie bemerkt.«

»Hast du dich in den Büschen versteckt?«

»Nein! Ich bin vorbeigegangen, ganz normal. Manchmal haben seine Freunde gelacht, wenn ich gekommen bin. Aber Oliver hat immer woanders hingeguckt.«

Fünfzehn sein ist hart, dachte ich.

»Irgendwann hat ein Mädchen aus meiner Klasse, Laura hieß die, ihren Geburtstag gefeiert. Ihre Eltern hatten ein Restaurant mit einer Kegelbahn im Keller, und da sollte eine richtig große Party stattfinden, richtig groß, deswegen war sogar ich eingeladen, obwohl ich sonst nie irgendwo eingeladen worden bin. Aber da dann schon, weil alle kommen sollten. Sie hat sich vorne vor die Klasse gestellt und gesagt, dass sie am Samstag feiert und jeder kommen kann, der will. Erst wollte ich nicht, aber meine Mutter meinte, ich soll da hingehen, weil ich ja sonst nicht so viele Freunde habe.«

Schon dieser Teil der Geschichte sorgte dafür, dass ich einen fetten Kloß im Hals hatte. Ich musste an das Poesiealbum in Lucys Kinderzimmer denken und hatte so eine leise Ahnung, dass der Kloß noch größer werden würde. Am liebsten hätte ich sie umarmt. Und noch lieber hätte ich ihr fünfzehnjähriges Ich umarmt und ihm gesagt, dass das alles irgendwann vorbeiging. Dass irgendwann ein neues Leben anfangen würde, dass sie jede Menge Freunde finden würde, solche, die wirklich zu ihr passten und sie von Herzen mochten, so wie sie war. Aber wenn ich an mein eigenes Teenager-Ich dachte, wurde mir klar, was für eine sinnlose Idee das war. Selbst wenn es die Möglichkeit gäbe, ich hätte damals einer dahergelaufenen Dreißigjährigen kein Wort geglaubt. Was wussten die schon über den Schmerz der Pubertät? Nichts.

»Und dann?«, fragte ich.

»Bin ich auf die Party gegangen.« Lucy hielt inne und schluckte angestrengt. »Oliver war natürlich auch da und seine Freunde auch. Als ich reinkam, haben sie wieder gelacht, und sie haben Bier getrunken, obwohl Lauras Eltern das eigentlich nicht erlaubt hatten. Aber alle hatten Alkohol dabei, alle außer mir. Ein paar Mädchen aus meiner Klasse hatten mir auch etwas angeboten, aber ich wollte nicht. Ich saß die ganze Zeit an einem Tisch und hab Cola getrunken, bestimmt sechs Gläser.« Sie leckte sich die Lippen, als würden sie noch danach schmecken. »Irgendwann ist Oliver mit einer Flasche Bier zu mir gekommen und hat mich gefragt, ob ich gar nichts trinken will. ›Doch, Cola‹, hab ich gesagt, und er meinte, das wäre ›doch nichts Richtiges‹. Dann hat er mir ein Bier in die Hand gedrückt und mit mir angestoßen.

Ich hätte es nicht trinken müssen, das weiß ich. Aber ich hab mich so gefreut, dass er mit mir gesprochen hat *und* mir sogar ein Getränk gebracht hat, und dann hab ich es eben getrunken. Ich war so aufgeregt. Und es hat eklig geschmeckt. Aber er hat mir noch eins gebracht und noch eins, er hat immer mehr geholt und gesagt, dass das zu einer Party dazugehört. Ich hab auf ihn gehört, weil ich ihm gefallen wollte. Irgendwann war mir voll schlecht.«

»Kann ich mir vorstellen.«

»Ich hatte vorher ja noch nie Alkohol getrunken. Alles hat sich gedreht. Und die anderen haben plötzlich gelacht, und die Musik war so laut. Mir war ganz heiß, das weiß ich noch. Und dann irgendwann sind Oliver und ich aus dem Partyraum gegangen. Er musste mich stützen, daran erinnere ich mich noch. Wir sind die Treppen zum Restaurant hochgegangen, und er hat gesagt, ich soll mich zusammenreißen, damit Lauras Eltern nichts merken und dann die Party abbrechen, denn dann wäre alles meine Schuld. Das wollte ich natürlich nicht, also hab ich mich zusammengerissen.

Als wir draußen auf dem Parkplatz vom Restaurant standen, hab ich ihm gesagt, dass ich nicht mehr weiterlaufen kann, weil sich alles dreht. Da hat er mich in so einen Schuppen oder eine Garage neben dem Restaurant gebracht, es roch da drin ganz doll nach Farbe, das weiß ich noch, und überall auf dem Boden lagen Pappen, die waren dreckig, aber das war mir egal, weil ich mich hinlegen *musste*. Mir war sooo schwindelig. Ich hab die Augen zugemacht, und dann weiß ich nur noch, dass er angefangen hat, mir die Strumpfhose runterzuziehen, und dass ich mich geschämt hab, weil ich so fett war. Ich war immer so fett.« Lucys Stimme zitterte. Sie zog die Nase hoch und atmete tief aus. Einatmen, ausatmen, gegen die Tränen. Seltsam, dass sie sonst immer weinte, und es ihr egal zu sein schien, wer es sah oder hörte. Aber ausgerechnet jetzt kämpfte sie mit aller Macht dagegen an.

Ich rutschte näher an sie heran und legte einen Arm um ihre Hüfte.

»Das war mein erstes Mal«, sagt sie. »Auf dreckigen Pappen in einem Schuppen. Ich lag nur da und konnte mich nicht bewegen, weil mir so schlecht war. Und weißt du was: Ich war froh, dass es wenigstens mit dem Jungen passierte, in den ich verliebt war.« Ein bittersüßes Lächeln huschte über ihr Gesicht. »Ich hab mal in einer Zeitschrift gelesen, dass das wichtig ist. Aber irgendwie ist es wohl nicht das Wichtigste.«

Mein Mund war trocken. »Nein«, brachte ich heraus, »da gibt es noch andere Dinge, die wichtig sind …«

Lucy zuckte mit den Schultern und fuhr fort, als würde sie von einem langweiligen Tag im Büro berichten. »Jedenfalls, als ich aufgewacht bin, war es schon hell, und alle anderen waren weg, auch Oliver. Ich bin zu Fuß nach Hause gegangen, und da hat dann meine Mutter mit mir geschimpft, weil sie sich Sorgen um mich gemacht hat und ich nach Alkohol gerochen hab und mein neues Kleid ganz dreckig war. Ich hab ihr nicht gesagt, was passiert ist.«

»Mann, Lucy, der hat dich vergewaltigt!«

»Nenn das nicht so.« Ihr Blick war sowohl flehend als auch wütend.

»Wie soll ich das denn sonst ne…«, begann ich fassungslos. Weiterzusprechen machte allerdings wenig Sinn, denn Lucy hielt sich die Ohren zu, summte und hörte damit erst auf, als sich meine Lippen nicht mehr bewegten.

»Nenn das nicht so«, wiederholte sie ernst und schaute auf ihre Hände. »Das ist mir peinlich.«

»Peinlich?!« Ich war außer mir. Ich wäre am liebsten auf der Stelle nach Remscheid gefahren und hätte den Kerl zur Verantwortung gezogen. Mit Kratzen, Beißen, Spucken, an den Haaren ziehen und natürlich der Staatsgewalt im Schlepptau. Apropos: »Warst du nicht bei der Polizei?«

Sie schüttelte kaum merklich den Kopf. »Nein. Hätte ich wahrscheinlich machen sollen …« Sie zuckte mit den Schultern. »War mir zu peinlich. Das alles.«

Ich hielt mir die Hand vor den Mund, sonst hätte ich bloß Dinge gesagt, die Lucy noch mehr unter Druck setzten. Dass sie selbst so viele Jahre später noch dachte, es wäre ihre Schuld und müsste ihr peinlich sein, machte mich rasend.

»Am Montag«, fuhr Lucy mit ihrer Geschichte fort, sachlich, als würde sie über jemand anderen reden, »in der Schule, haben mich alle ausgelacht. Sie haben gesagt, dass ich auf der Party total betrunken gewesen bin und mich voll lächerlich gemacht habe. Das war mir unangenehm, aber ich hab nicht wirklich hingehört, weil ich Oliver gesucht hab. Er saß mit seinen Freunden vor der Schule. Ich hab mich neben ihn gestellt und ganz leise, sodass kein anderer es hören konnte, gesagt, dass ich mit niemandem über die Sache im Schuppen gesprochen habe, und ihn gefragt, ob *er* irgendjemandem davon erzählt hat. ›Welche Sache?‹, hat er gefragt, und ich hab ihm gesagt, was ich meinte. Das war echt schwer für mich.«

»Wie hat er reagiert?«

»Er hat bloß gelacht. Und alle haben zu uns hergesehen. Und dann hat er ganz laut gesagt, so laut, dass jeder es hören konnte: ›Bist du bescheuert? Dich fette Sau würde ich nicht mal ficken, wenn mich jemand dafür bezahlt.‹«

Ich wünschte, ich hätte Lucy damals schon gekannt. Ich wünschte, ich wäre damals ihre Freundin gewesen, jemand, mit dem sie hätte reden können. Aber Lucy hatte alles mit sich selbst ausmachen müssen. Sie hatte ihren Eltern nie davon erzählt. Weil sie sie nicht aufregen oder unglücklich machen wollte oder – und das war das Schlimmste – befürchtete, sie könnten wütend auf sie sein. Und mit wem hätte sie sonst reden sollen? Mit dem Leonardo-DiCaprio-Poster an ihrer Wand vielleicht? Manchmal tat sie das, aber wirklich helfen konnte ihr das eindimensionale, glänzende Papiergesicht natürlich nicht.

Weil Lucy eine Wiederholung dieser Ereignisse verständlicherweise für den Rest ihres Lebens und um jeden Preis verhindern wollte, beschloss sie, Alkohol in Zukunft strikt aus dem Weg zu gehen und Männern gegenüber äußerst vorsichtig zu sein. Freundlich sein konnte schließlich jeder,

Getränke spendieren und dann, eh man sich's versah, fand man sich unten ohne auf einem Haufen dreckiger Pappen wieder und wurde zum Gespött der Leute.

Ein Test musste her, mit dem sie unter all den Bösewichten den einen Prinzen finden konnte, der edel war und gut. Wie im Märchen, wo der Held etwas Bestimmtes tun oder sagen muss, um den bösen Zauber zu bannen. Lucy nahm sich ihre Eltern zum Vorbild, die seit zweiunddreißig Jahren verheiratet waren. Meistens glücklich und immer füreinander da. Heiraten, das war das Zauberwort.

Lucy versprach sich selbst, erst wieder mit einem Mann zu schlafen, wenn dieser sie zur Frau genommen hatte. Mit keinem sonst und nicht, bevor das passiert war. Denn wenn ein Mann eine Frau heiratete, war das der ultimative Beweis dafür, dass sie ihm vertrauen konnte.

Hannes wollte vom Heiraten nichts wissen, obwohl er Lucys Geschichte kannte. Aber Misstrauen war für ihn ein schlechter Grund, ihr einen Antrag zu machen, ein negativer Grund. Hannes verstand Lucys Sorgen, doch er wusste, dass er der Mann war, dem sie vertrauen konnte. Auch ohne Trauschein würde er sie nie verletzen. Umgekehrt verletzte es aber ihn, dass sie an seiner Liebe zu ihr zweifelte, obwohl er wieder und wieder beteuerte, für immer mit ihr zusammenbleiben zu wollen und so sicher fühlte, dass er es ernst meinte.

Es waren schöne Versprechen, die er ihr machte. Aber Versprechen waren aus Worten gemacht, und Worte reichten Lucy nicht. Sie wollte Beweise sehen.

11
Der Teil mit dem Sonnenstrand – endlich

DAPHNES MIXTAPE
The Cure – Mint Car

Ein stetiges Klopfen auf dem Busdach weckte mich. Regenprasseln. Ich warf einen Blick aus dem Fenster und sah einen trüben Tag, den feuchten Asphalt der Straße und eine triefend nasse Gestalt mit Dreads, die sich mit schnellen Schritten auf den Bus zubewegte und versuchte, den Pfützen auszuweichen. Hilfsbereit öffnete ich die Schiebetür und ließ Betty einsteigen. Sie hielt mir ein matschiges Baguette entgegen.

»Frühstück.«

»Müsste man vielleicht erst mal trocknen lassen …«

»Dann gibt es eben Eier mit Speck. Find ich sowieso besser.« Sie hielt ihren Kopf aus dem Bus und wrang sich die Haare aus.

Auf der Matratze bewegte sich Lucy und machte Aufwachgeräusche.

»Ich setz mal Tee auf.« Wir hatten einen schweren Kanister mit Wasser an Bord, aus dem ich den kleinen Topf aus unserem Küchenschrank befüllte. Gasflamme entzünden, Topf drauf, Becher mit Teebeuteln versehen, warten. Das Campingleben. Kein Wunder, dass man alles bewusster erlebte, es war ja auch alles viel komplizierter und brauchte mehr Zeit.

»Ich hätte ja eigentlich lieber einen Kaffee ...« Betty hatte sich aus ihren klitschnassen Klamotten geschält und stand zitternd, lediglich von ihrem Stringtanga und Gänsehaut bedeckt, vor mir.

»Ich auch«, kam es unter der Bettdecke hervor. »Kaffee!«

»Nix da.« Ich hielt Betty ihr Handtuch hin, das noch ganz sandig vom vergangenen Tag am Strand war. »Tee. Gut gegen Erkältung.«

»Ich bin nicht erkältet«, protestierte Betty.

»Noch nicht.« Kleine Blasen bildeten sich am Boden des Topfes. »Wo warst du eigentlich die ganze Nacht?«

»Unterwegs. Ich hab ein paar Jungs kennengelernt, die parken in einer anderen Bucht hier in der Nähe, und da konnte ich auch pennen. War irgendwie lustiger als hier.« Sand rieselte aus dem Handtuch, während sie sich abtrocknete. »Tut mir leid, aber so ist es nun mal, Schätzelein.«

Es war nicht ganz klar, ob sie sich dafür entschuldigte, dass sie sich einfach so von der Reisegruppe abgesetzt hatte, oder dafür, dass wir jetzt wieder fegen mussten. War auch egal – beides.

Lucy setzte sich auf. »Hast du Karol gesehen?«, fragte sie Betty.

Die knappe Antwort lautete: »Nö.«

Wir sahen Karol auch im Verlauf des restlichen Morgens nicht wieder. Oder Viktor, aber den übersah man ohnehin meist, und um ihn ging es Lucy auch gar nicht, was daran liegen mochte, dass es nicht *seine* Zunge gewesen war, die sich den vergangenen Nachmittag über in ihrem Mund befunden hatte. Wie ein Hund, der vor dem Supermarkt auf die Rückkehr seines Besitzers wartet, hockte Lucy vor dem

Busfenster und starrte die menschenleere Straße hinab. Betty und ich rauchten jede drei Zigaretten und tranken zwei Becher Tee in der Zeit, die wir den Polen gaben, sich wieder am Bus einzufinden. Aber sie kamen nicht. Lucy wirkte äußerst bedrückt. Der Wind pfiff, der Regen prasselte, und Bettys Dreads rochen streng.

»Deine Haare müffeln.«

»Trocknungsprozess. Da musst du leider durch.«

Ich überlegte, ob ich noch eine Zigarette rauchen sollte, entschied mich aber dagegen, weil ich schon von der letzten Kopfschmerzen bekommen hatte. Mit einem Seufzer der Ungeduld setzte ich dem Warten ein Ende. »Mir reicht's. Wir fahren.«

Lucy warf mir einen flehenden Blick zu: »Aber wir können Karol doch nicht einfach so hier zurücklassen!«

»Der kommt schon klar.« Betty stand auf und kletterte über die Vorratsbox auf den Fahrersitz. Im Hintergrund lief »No Rain« von Blind Melon. Schön wär's.

»Aber wenn er zurückkommt, und wir sind weg? Was denkt er denn dann?«

»Dass wir nicht länger warten wollten, vermutlich.« Ich erhob mich ebenfalls von der Matratze, blieb aber neben Lucy stehen und legte ihr eine Hand auf die Schulter. Einen Tag zuvor wäre ich von ihrem Verhalten noch genervt gewesen. Heute, nachdem ich ihre Geschichte gehört hatte, hatte ich so viel Mitleid mit ihr, dass ich ihr eigentlich *jeden* Gefallen getan hätte. Aber hier stehen bleiben, im Regen, in Biarritz, in unserem Urlaub, wegen eines äußerst suspekten polnischen Anhalters, das kam nicht infrage, das konnte ich auch Betty nicht antun. Zudem war ich verwirrt. Denn in all das, was Lucy mir erzählt hatte, passte ihre Karol-Fixination, wie Betty es genannt hätte, irgendwie nicht rein. Im Gegenteil. »Er ist doch nur ein Anhalter, Lucy, nur irgendein Kerl, den wir auf einem Rastplatz mitgenommen haben.«

»Er hat mich geküsst«, erwiderte sie trotzig.

»Manche Männer interpretieren in so einen Kuss einfach nicht so viel hinein.« Ich sah, wie ihre Augen glasig wurden. Dabei hatte ich noch versucht, meine Meinung möglichst diplomatisch zu umschreiben. Aber in diesen Dingen war ich leider nicht sonderlich geschickt.

Lucy drehte ihren Kopf weg und starrte aus dem Fenster. »Ich bin schon wieder auf so einen reingefallen, oder?«

»Ach, reingefallen würde ich das jetzt irgendwie nicht nennen …«

»Ich dachte, ich probier es einfach mal aus. Jetzt, wo Hannes …« Die Tränen. Da waren sie. Innerhalb kürzester Zeit war Lucys Gesicht rot und nass.

»Nicht schon wieder …«, murmelte Betty in der Fahrerkabine.

»*Ein* Kuss, hab ich gedacht, *ein* Kuss!«, rief Lucy schluchzend. »Er war so nett und so aufmerksam, und er mochte meine Haare!«

»Zu Recht, Lucy, zu Recht.« Ich tätschelte unbeholfen ihre Schulter. »Aber jetzt fahren wir weiter und suchen uns einen schönen Strand in der Sonne, hm? Und dann sieht die Welt schon wieder ganz anders aus.«

Aber sie schien mich gar nicht gehört zu haben. »Wie konnte ich nur so dumm sein?«, heulte sie. »Er hat mich die ganze Zeit angelogen. Er hat es mit mir gar nicht ernst gemeint. Er wollte mich gar nicht!«

»Ach, Lucy …«, begann ich, aber Betty hatte genug. Genug für den Rest des Urlaubs. Sie drehte sich auf dem Fahrersitz nach hinten und sah Lucy und mich so streng an, wie sie es nicht einmal mit Max getan hatte, als er die Hochzeitstorte meiner Mutter zerstört hatte. Und das empörte mich ein wenig, aber ich traute mich nicht, etwas zu sagen, so wie sie guckte.

»›Er wollte mich nicht‹«, äffte sie Lucys Jammern nach, und ich verfluchte die Tatsache, dass sie bei dem Gespräch letzte Nacht nicht dabei gewesen war. Dann hätte sie jetzt sicherlich etwas feinfühliger reagiert. Auf der anderen Seite war ich mir da bei Betty gar nicht so sicher. Sie war nicht der Typ, der irgendjemanden mit Samthandschuhen anfasste. Eher noch glaubte sie an die heilende Kraft der Normalität und der Konfrontation und wäre ganz bestimmt der Meinung gewesen, dass wir jetzt auch nicht damit anzufangen brauchten, Lucy mit Samthandschuhen anzufassen, da wir das bisher ja auch nicht getan hatten. All das war aber nur Spekulation. Hier und jetzt hatte Betty keine Ahnung und war ohnehin zu gereizt, um sich zusammenzureißen. »Was seid ihr eigentlich für Frauen?«, fuhr sie uns an. »Ihr wartet immer nur darauf, dass euch irgendwelche Spacken ›aussuchen‹, als wärt ihr zwei verbeulte Raviolidosen im Supermarktregal, die sowieso keine Chance darauf haben, gekauft zu werden. Ihr seid nicht verbeult, und es gibt keinen Grund zu warten. Kapiert endlich, dass ihr auch eine Wahl habt, ihr Memmen. Dann geht's euch besser. Verdammt noch mal!« Sie drehte sich wieder zum Lenkrad um. »Daphne? Beifahrersitz. Lucinda? Anschnallen.«

Lucy zog verschreckt die Nase hoch. »Hier hinten gibt's keinen Gurt …«

»Mir egal. Wir fahren jetzt. Ist ja schließlich Urlaub, oder?« Sie ließ den Motor an und drehte die Musik bis zum Anschlag auf.

Ich krabbelte, so schnell ich konnte, über die Vorratsbox nach vorn, während der Bus sich schon in Bewegung setzte. Betty meinte es ernst. Urlaub oder Tod. Jetzt!

Bis wir die Stadtgrenze von Biarritz erreicht hatten, sagte keine von uns ein Wort. Das lag daran, dass Bettys Mixtape noch immer in einer höllischen Lautstärke aus den Boxen drang, vermutlich das einzige Ventil, das sie auf die Schnelle für ihre Wut hatte finden können. Die Situation wirkte jedoch eher komisch bis absurd, weil es der Reggae-Musik, die den Bus erfüllte, irgendwie an der nötigen Aggression fehlte. Und das passte nicht dazu, wie Betty verkrampft das Lenkrad umfasste, verbissen auf die Straße starrte und das Gaspedal trat, als hätte sie ein persönliches Problem damit. Trotzdem beschloss ich, dass es schlauer war, jetzt nicht zu lachen. Oder auch nur zu sprechen. Weshalb ich selbst dann die Klappe hielt, als ich glaubte, Karol und Viktor winkend an einer Straßenecke erkannt zu haben. Lucy sagte ebenfalls nichts. Wahrscheinlich hatte sie sie nicht gesehen.

Wenig später ließen wir Biarritz hinter uns, und ein kleines Wunder geschah: Der graue Himmel riss auf, und die Sonne schien hell und warm auf uns herunter, als hätte sie seit Tagen nichts anderes gemacht, als würde sie unschuldig auf uns herunterblicken und sagen: »Ich versteh euer Problem gar nicht, ich war schon die ganze Zeit hier.« Auf einen Schlag konnte ich mich nicht mehr daran erinnern, wie schlechtes Wetter aussah oder sich anfühlte. Bettys Hände entspannten sich, das Weiß an ihren Knöcheln verschwand, und sie lehnte sich vor, um die Musik leiser zu stellen. Grund genug für mich, aus lauter Freude über den unverhofften Sonnenschein eine kleine Portion klimawissenschaftliches Halbwissen im Bus zu verbreiten: »Wahrscheinlich liegt Biarritz an einem Schlechtwetterpunkt. Dort ist der Himmel dann meistens grau, und es regnet viel, und fünf Kilometer weiter ist das dann auch schon wieder vorbei. Echt, so was gibt es!«

»Sagt wer?«, fragte Betty, noch immer latent übellaunig, aber mit einem versöhnlichen Tonfall in der Stimme.

»Ähm …«, machte ich, und aus Ermangelung einer vernünftigen Antwort fuhr ich meinen Arm aus und zeigte aufgeregt auf einen Punkt schräg rechts vor uns. »Wow! Eine Palme!«

»Ich werd verrückt«, war Bettys trockener Kommentar dazu. Dass sie versuchte, ein Lächeln zu unterdrücken, sah ich trotzdem.

In San Sebastian (das eigentlich eher westlich als südlich von Biarritz lag, aber das sahen wir nicht so eng) unterbrachen wir unsere Fahrt für ein Mittagessen und Kaffee – Betty: »Endlich!« –, mischten uns unter die schönen, braun gebrannten Menschen am Stadtstrand und hielten unsere Beine ins Wasser, bevor wir unter lautem Hupen die Stadt wieder verließen und uns auf die Suche nach dem sonnigen Strand machten, den ich Lucy versprochen hatte. Sie wirkte noch immer ein wenig melancholisch, aber bei Weitem nicht so betrübt wie bei unserer Abfahrt. Als irgendwann kurz vor Bilbao ihr Mixtape an der Reihe war, sang sie aus vollem Hals »Baila me« von den Gipsy Kings mit. Dass sie kein Wort Spanisch sprach und sich mit irgendeinem haarsträubendem Kauderwelsch aus Vokalen und Konsonanten behelfen musste, machte ihr nichts aus und führte bei Betty zu einem heftigen Lachanfall, der uns fast einen Abhang hinunter befördert hätte.

Irgendwann fuhr Betty einfach in nördlicher Richtung von der Autobahn ab. Laut Karte lag dort das Meer, und sie hatte ein gutes Gefühl bei dieser einen speziellen Ausfahrt. »Du nicht, Schätzelein?«, fragte sie mich, aber mir war alles recht.

Außerdem war ich gerade abgelenkt, weil ich damit beschäftigt war, mein Handy abzuschalten – die Leitung nach Hamburg und somit auch zu Richard zu kappen. Ich hatte einen wirklich schönen Tag mit meinen Freundinnen gehabt, vielleicht den ersten wirklich schönen Tag dieses Urlaubs, und ich hatte nicht vor, meine gute Stimmung durch ein weiteres, ernüchterndes Telefonat am Abend trüben zu lassen. Und dem aus dem Weg zu gehen war leicht. Ein Knopfdruck, mehr brauchte es nicht, und plötzlich fühlte es sich an, als hätte ich ein großes Problem gelöst. Ein trügerisches Gefühl, das wusste ich, aber ich fand, dass ich mir diese Auszeit verdient hatte. Betty war da sicher auch auf meiner Seite. Es war ja schließlich Urlaub.

Wir fanden unseren Strand im letzten Tageslicht. Er lag ziemlich genau mitten im Nirgendwo und war eher lang als breit. Bis zum Wasser musste man einige Hundert Meter über den sonnengewärmten Sand laufen, bis man eine kleine, von hohen Felsen umgebene Bucht erreichte. In der Luft lag das Rauschen des Meeres und das Zirpen der Grillen, die in den Dünen, Hügeln und Büschen saßen, und unsere Nasen umwehte der köstliche Geruch der gebratenen Würstchen, die sich einige Meter weiter ein paar Jungs zubereiteten, die auf Campingstühlen vor ihrem alten, rostigen Wohnwagen saßen, an dessen Seite mehrere Surfboards lehnten. Abgesehen von diesem und unserem eigenen Bus, befand sich auf dem winzigen Parkplatz nur noch ein weiteres Fahrzeug. Ein beigefarbener Van.

Seinen Besitzer lernten wir wenig später kennen. Inspiriert von dem Duft von gebratenem Fleisch war Betty gerade dabei, eine großzügige Ladung Speck in die Pfanne zu werfen, als er zu uns an den Bus kam und sich vorstellte. Als gute Nachbarn boten wir ihm selbstverständlich an, einen Teller Nudeln mit Speck mitzuessen, aber er lehnte ab. Er hatte erst eine Stunde zuvor allein eine ganze Packung Spaghetti mit Käse gegessen. Allerdings zeigte er großes Interesse an dem letzten Stück Torte, das ich eigentlich gerade hatte entsorgen wollen, aber er ließ mich nicht. Er bestand darauf, es zu essen, trotz meiner Warnung, dass der Kuchen nun schon seit einigen Tagen ungekühlt in unserer Vorratsbox lag und eventuell nicht mehr genießbar sein würde. Dass das Marzipan möglicherweise nicht mehr nur dank eines ordentlichen Schusses Lebensmittelfarbe grün aussah. Aber er sagte, er hätte schon seit Tagen unbändige Lust auf etwas Süßes, aber leider nichts an Bord. Und er behauptete, einen starken Magen zu haben. Also wollte ich seinem Glück nicht im Weg stehen, gab ihm die Torte und sah mit teils skeptischem, teils angewidertem Gesichtsausdruck dabei zu, wie er sich genüsslich seinen riskanten Nachtisch einverleibte.

Und so lernten wir Marco kennen. Abgesehen von seinem enormen Appetit fiel er außerdem noch durch sein Aussehen auf. Er war groß und breit, hatte lange schwarze Haare und einen Bierbauch unter seinem AC/DC-T-Shirt. Er kam aus Hessen, was man ihm zwar nicht ansah, aber deutlich hören konnte. Er war kein Surfer, offensichtlich, nicht auf der Suche nach den besten Spots und den höchsten Wellen. Er hatte kein Ziel. Er war allein. Er war Reisender. Wie Sky, der Besitzer unseres Busses, war auch Marco in seinem fahrbaren Zuhause viel glücklicher als in vier Wänden aus Stein. Er brauchte nur seine Gitarre, ein paar gute Tapes, und schon war er unterwegs.

»Warum hab ich meine Gitarre eigentlich nicht dabei, Schätzelein?«, fragte mich Betty, als das Gespräch auf das Thema kam.

»Du hast sie vergessen.«

»Solltest du mich nicht erinnern?«

»Ja. Hab ich vergessen.«

»Tja. Was will man machen?« Sie hob resignierend die Hände. »Ist ja schließlich Urlaub, nä?« Und dann baute sie einen Urlaubsjoint, den ersten der Reise.

Am folgenden Morgen standen wir früh auf, weil die Sonne den Bus bereits beachtlich aufgeheizt hatte und es nicht sehr angenehm war, dicht an dicht wie die Sardinen in der Blechbüchse auf der Matratze zu liegen und aneinanderzukleben. Den Rest gab uns dann das Geräusch, das Marco machte, als er sich in das Gebüsch neben seinem Van übergab.

»Das war dann wohl die Torte«, bemerkte ich schläfrig. »Armer Kerl.«

Betty setzte sich auf und begann sofort, sich ihr Bikinioberteil anzuschnallen. »Mach dir keine Vorwürfe, Schätzelein, du hast ihn ja schließlich über alle Risiken aufgeklärt.«

Lucy machte unter der Decke ein glucksendes Geräusch. Entweder lachte sie, oder sie war kurz davor, sich ebenfalls zu übergeben.

Als wir strandfertig aus unserem Bus stiegen, saß Marco auf einem Klappstuhl im Schatten des Vordachs seines Campers und sah in etwa so grün aus wie einst die Marzipandecke der Torte.

Betty winkte ihm zu. »Na, Marco? Alles klar?«

Er winkte zurück, oder er winkte ab, sagen konnte er jedenfalls nichts. Und nur einen Moment später sprang er von seinem Stuhl auf, ging vor dem Busch in die Knie und, nun ja …

»Tut uns leid!«, rief Lucy und flüsterte hinter vorgehaltener Hand: »Gut, dass wir ihm die Torte gegeben haben. Stellt euch vor, *wir* hätten die gegessen. Dann würden *wir* jetzt ins Gebüsch kotzen und nicht er.«

Betty legte ihr einen Arm um die Schulter. »Du bist ein guter Mensch, Lucinda. Wirklich.«

Die nächsten zwei Tage blieben wir weitestgehend unbehelligt von anderen Menschen. Auf dem kleinen Parkplatz mit den Holzmarkisen, die absolut lebensnotwendigen Schatten spendeten und unter denen auch unser Bus stand, war noch Platz für vier weitere Fahrzeuge. Eins davon war Marcos Camper, die drei anderen wechselten, gehörten aber immer Surfern, die, gut gebaut und braun gebrannt, ihre Bretter über den breiten Strand zum Wasser trugen und dort den Tag verbrachten. Betty war jeden Morgen pünktlich zur Stelle um diese Wanderung mit entrücktem Gesicht zu betrachten, als handelte es sich dabei um ein großes, seltenes Naturschauspiel. Sie versuchte sogar, sich einen Feldstecher von Marco zu leihen, aber der besaß so etwas leider nicht.

Abends wurde auf dem Parkplatz gegrillt und Bier getrunken, ansonsten war nicht viel los auf diesem abgeschiedenen Flecken Erde. Der Strand lag geografisch an der Nordküste Spaniens, inmitten von kargen Hügeln, vertrockneten, brach liegenden Feldern und wilden Wiesen. In der unmittelbaren Umgebung gab es nichts außer ein paar verfallenen Zweizimmerhäuschen, einer Kuhweide und einem

Bauernhof, auf dem ein Esel, ein Hahn und mehrere Hühner wohnten. Außerdem lebte dort ein wütender weißer Schäferhund, der uns immer ankläffte und mit seinem ganzen Gewicht an der Kette zog, wenn wir auf dem Weg ins nahe gelegene Dorf den sandigen Trampelpfad entlangspazierten, der an seinem Territorium vorbeiführte. Die einzigen Geräusche, die in der warmen, sauberen Spätsommerluft lagen, waren somit vereinzeltes Muhen, Gackern, Krähen und Bellen, das Rauschen der Wellen, das Zirpen der Grillen und manchmal ein einsames I-Ah. Hätte während unseres Aufenthalts die Apokalypse eingesetzt – wir wären dort, in unserem Niemandsland, mit großer Wahrscheinlichkeit glatt von ihr übersehen worden.

Es war perfekt.

Wir genossen unseren Urlaub, lagen in der Sonne, plantschten im Meer, spielten Beach Ball, aßen Nudeln und rauchten Joints. Betty und ich zumindest und, nachdem er sich von seiner Lebensmittelvergiftung erholt hatte, auch Marco.

Lucy stand dem Kiffen erwartungsgemäß kritisch gegenüber, aber sie fand ihren ganz eigenen Weg, sich zu entspannen, indem sie eines Nachmittags ihr Malen-nach-Zahlen-Set aus dem Koffer zog und mit höchster Konzentration nach und nach das Bild eines Einhorns im Zauberwald produzierte. Das fertige Gemälde brachte sie mit viel Klebeband im Bus über der Matratze an und war sehr stolz auf ihr Werk, bis Marco bemerkte, dass der Konsum von Marihuana und das sehr psychedelisch anmutende Motiv sich eigentlich ganz gut ergänzten. Daraufhin war Lucy nicht mehr stolz, sondern schockiert. Und das zum zweiten Mal an diesem Tag, nachdem sie gerade erst den skandalösen Vorfall vom Morgen einigermaßen verdaut hatte.

Lucy und ich waren gleich nach dem Aufstehen ins Dorf gewandert, um Frühstück einzukaufen. Das Dorf bestand lediglich aus einer langen Straße, die in der Sonne flimmerte, die Häuser links und rechts davon waren neuerer Bauart, zwei- bis dreistöckig, weiß verputzt und eher uncharmant. Es war geisterhaft still. Der ganze Ort wirkte wie ausgestorben, die Fenster waren ausnahmslos hinter Jalousien versteckt, und bei unseren wenigen kurzen Besuchen war uns dort keine Menschenseele begegnet. Fast. Einmal sahen wir eine alte Frau, die im Schneckentempo Einkäufe nach Hause trug, und einmal eine junge Mutter und ihren kleinen Sohn auf einem Dreirad. Das war's. Hierher kam man, um seine Vorräte aufzustocken, andere Gründe gab es nicht.

Deswegen beeilten wir uns mit unseren Besorgungen. In der kleinen Bäckerei kauften wir weiche, weiße Brötchen und im Minimarkt nebenan noch schnell etwas Käse, Schinken, ein paar Eier und drei Plastikflaschen Wasser, dann waren wir auch schon auf dem Rückweg zu unserem einsamen Traumstrand.

Als wir an dem Bauernhof vorbeikamen, kläffte uns erwartungsgemäß der Schäferhund an, und Lucy, die ohnehin schon so weit wie möglich auf der anderen Seite des Weges ging, beschleunigte ihren Schritt und quietschte ängstlich. Ich ließ mich nicht aus der Ruhe bringen. Ich konnte mich nicht daran erinnern, wann ich das letzte Mal so entspannt gewesen war. Seit zwei Nächten schlief ich ohne Knirschschiene. Außerdem hatte ich keinen Handyempfang, wie ich am Tag nach unserer Ankunft festgestellt hatte, als ich mein Telefon wieder anstellen wollte. Kein Handyempfang, keine nervigen Telefonate.

»Na, vermisst da jemand seinen Freund?«, hatte Marco gefragt, der mich beobachtet hatte.

»Ein bisschen?«, hatte ich geantwortet, aber das war nicht die Wahrheit gewesen.

Lucy wartete unter einem der wenigen, niedrigen Bäume am Feldrand auf mich. »Ich hasse diesen Hund«, schimpfte sie mit zitternder Stimme.

»Du hättest auch schlechte Laune, wenn du jeden Tag in dieser Hitze angekettet im Staub liegen müsstest.«

»Wahrscheinlich. Aber wenn er nicht so bösartig wäre, müsste er wahrscheinlich gar nicht an der Kette sein. Dann würde ich ihn vielleicht sogar mitnehmen. Der ist so hübsch weiß und kuschelig.«

Ich musste lachen, weil das typisch Lucy war. Hauptsache flauschig und niedlich und sauber.

Sie atmete genervt aus. »Mann, Daphne, ich hab langsam das Gefühl, es ist total egal, was ich sage, du und Betty lacht mich immer …«

Wir waren nur noch wenige Hundert Meter von dem Parkplatz am Strand entfernt, als wir Betty schreien hörten. Schreien und jämmerlich stöhnen, es klang so alarmierend, dass wir uns einen erschrockenen Blick zuwarfen und den Rest des Weges rannten, wobei ich mir trotzdem Mühe gab, die Eier in meinem Rucksack nicht zu gefährden und Lucy echte Probleme damit hatte, die Wasserflaschen im Griff zu behalten.

Das Schreien wurde lauter, es kam aus Marcos Van und für einen Moment schossen mir schreckliche Gedanken durch den Kopf. Daran, was er mit Betty in seinem Van anstellte. Wie lange schon. Und ich ärgerte mich darüber, dass wir so leichtgläubig gewesen waren, die ganze Zeit geglaubt hatten, er wäre ein netter Kerl. Und dabei hatte er die ganze Zeit nur auf den richtigen Moment gewartet, um unsere Freundin in seine Gewalt zu bringen und … ja was? Ich wollte gar nicht daran denken. Hoffentlich waren wir nicht zu spät. Hoffentlich konnten wir ihr noch helfen.

»Betty!«, rief ich, als wir über den Parkplatz liefen, der Camper-Van noch außer Sichtweite, und dachte: *Scheiß auf die Eier.*

Ich ließ den Rucksack fallen, beschleunigte noch einmal und blieb abrupt vor der geöffneten Tür von Marcos Van stehen. Dort sah ich Betty, beziehungsweise Bettys nacktes Hinterteil, weil sie vornüber auf Marcos Bett lag und es ihm entgegenstreckte. Dabei schrie sie, während er eine ihrer Pobacken festhielt – und daran saugte.

»Äh …«, machte ich.

Neben mir ließ Lucy die Flaschen fallen und schlug sich die Hände vor die Augen. »Ich hab nichts gesehen«, stammelte sie, während sie sich abwandte und wegging. »Ich hab nichts gesehen. O Gott. O mein Gott. Ich hab nichts gesehen …«

Marco hob irritiert den roten Kopf, erblickte uns und richtete sich auf. Betty jammerte noch immer. Er winkte mir unbeholfen zu und spuckte aus dem Van in den Sand. »Ach, hi!«

»Hallo«, sagte ich matt.

»Scheiße, das brennt so!«, hörte ich Bettys Stimme aus dem inneren des Fahrzeugs. Dann ein Wimmern.

Marco zuckte mit den Schultern. »Wespenstich.«

»Wespenstich«, wiederholte ich langsam.

»O MEIN GOTT!«, rief Lucy aus unserem Bus.

»Man muss das Gift sofort raussaugen.«

»Verstehe.« Ich sammelte die Wasserflaschen auf, die auf dem Boden verstreut lagen. »Tja, dann mach ich mal Frühstück, was?«

Betty hatte sich inzwischen die Hose wieder angezogen und schaute neben Marco aus dem Van, während sie sich die Pobacke rieb. »Schätzelein!«, rief sie überrascht. »Du schon hier?«

»Ja. Allerdings.«

»Ich hab mich auf eine Wespe gesetzt.«

»Ich weiß.«

»Machst du Rührei?«

Ich schaute zu meinem Rucksack, der ein paar Meter entfernt auf dem Boden lag. Dann fing ich an, zu lachen, eine Weile noch im Stehen, dann musste ich mich irgendwann auf den Boden setzen und da weiterlachen, weil meine Knie nachgaben.

»Sonnenstich?«, fragte Betty.

Ich schüttelte den Kopf. »Rührei ist im Rucksack«, presste ich mühsam heraus.

Zum Frühstück gab es Käsebrötchen.

Am dritten Tag verzichtete Betty auf den Abendjoint und kramte stattdessen die Straßenkarte aus dem Handschuhfach. »Reiseplanung!«

»Ei, ihr fahrt schon?« Marco wirkte bedrückt. Vielleicht würden auch Lucy und ich ihm fehlen. Ganz sicher aber vermisste er Betty schon jetzt. Auch wenn das einem einsamen Wolf wie ihm gar nicht ähnlich sah, hatten die beiden in den letzten Tagen einen ganz besonderen Draht zueinander entwickelt. Eigentlich machten sie alles zusammen und waren sich so nah, dass ich teilweise eifersüchtig wurde. Sie lachten über dieselben Dinge, waren so gut wie immer einer Meinung, und außerdem hatte er an ihrem Hintern gesaugt – wobei das nicht zu den Situationen gehörte, in denen ich mit ihm hätte tauschen wollen. Aber er schien es gern getan zu haben, was mich unter anderem stark vermuten ließ, dass zumindest von Marcos Seite ein romantisches Interesse bestand. Ob Betty sich auch zu ihm hingezogen fühlte, konnte ich nicht einschätzen. Vielleicht eher nicht, dafür machte sie ein bisschen zu häufig Witze über Marcos Dialekt und seine alles andere als ideale Figur. Und jetzt zum Beispiel bügelte sie seine enttäuschte Frage harsch ab, beugte sich über die Karte und erklärte, dass wir ja schließlich keinen Bus hätten, damit er die ganze Zeit nur rumstünde.

Marco schluckte.

Ich hätte ihn am liebsten getröstet, stattdessen half ich Betty bei der Planung und zeigte auf die Route Richtung Süden, die mir am kürzesten vorkam.

Aber Betty war dagegen. »Wenn wir nicht in Skys Schrottkiste unterwegs wären, dann wäre das kein Problem. Aber leider *sind* wir in Skys Schrottkiste unterwegs, und für die ist die Strecke viel zu steil. Da kommen wir nicht rüber. Wir müssen zwar so oder so durch die Berge, wenn wir in den Süden wollen, aber je weniger Höhenmeter, desto besser. Solange wir diesen Bus fahren, ist Geschwindigkeit Nebensache. Da muss gelten: Der Weg ist das Ziel.«

»Wie wär's hiermit?« Lucy zeigte auf eine kleine, gewundene Straße mit relativ niedrigen Höhenangaben. »Das müsste doch gehen.«

»Muss«, sagte Betty. »Muss gehen. Probieren wir morgen aus.«

Marco sah aus, als würde er gleich weinen.

Ich konnte mich nicht erinnern, schon jemals eine so schöne Strecke gefahren zu sein. Und Lucy konnte sich nicht erinnern, schon jemals beim Autofahren so seekrank geworden zu sein. Betty quälte den Bus durch das kantabrische Gebirge, nahm im Minutentakt Links- und Rechtskurven und fluchte, weil uns bergab auf der Gegenfahrbahn in unregelmäßigen Abständen Kleinwagen und Motorräder in einem Höllentempo entgegenkamen. Dagegen setzten wir zwanzig Stundenkilometer. Mehr war bergauf aus Skys VW nicht herauszuholen. Umso besser konnte ich die Landschaft genießen, den Blick ins Tal, beeindruckende Felsformationen und kleine Ansammlungen von Häusern, für die die Bezeichnung Dorf bereits übertrieben gewesen wäre. Und es gab Bäume und Büsche, Vegetation – eine erfrischende Abwechslung zu den kargen Feldern am Meer. Ich kurbelte das Fenster runter und machte Fotos von Kühen, die auf Plateaus grasten, und von Fernmeldemasten auf Bergspitzen. Zumindest so lange, bis Betty mir befahl, den Arm einzuziehen, weil wir im Kampf gegen die Höhenmeter jedes bisschen Aerodynamik dringend brauchten.

»Ich glaube nicht, dass das einen Unterschied macht«, murmelte ich, kooperierte aber und beschränkte mich notgedrungen darauf, den Anblick zu genießen, der sich mir vor der Windschutzscheibe bot. »Atemberaubend, nicht?«

»Mh-hm.« Betty konnte der Schönheit der Landschaft jetzt leider keine Beachtung schenken. Sie arbeitete konzentriert. Kupplung, Gas, der Motor röhrte, irgendetwas knirschte unter uns, jedes Mal wenn sie den Gang wechselte.

»Ist es bald vorbei?«, jammerte Lucy, die sich hingelegt hatte, weil ihr übel war.

»Lucy, setz dich wieder hin. So wird es nur noch schlimmer.«

Ein Wimmern. »Ich kann nicht.«

»Na gut.« Wirklich schön hier. »Betty, weißt du was ich total gut fände?«

»Hm?«

»Wenn wir mal nicht auf einem Parkplatz übernachten würden, sondern irgendwo in der Natur. Inmitten von Feldern oder Wäldern oder direkt am Meer, ohne Asphalt unter den Rädern …« Die Gangschaltung knirschte wieder. Dann quietschte sie. Betty zog scharf Luft durch die Zähne. »Irgendwo, wo wir morgens aus dem Bus steigen, und da ist kein Mensch und kein anderes Auto und …«

»Anhalten!«, rief Lucy von hinten. Das »Sofort!« brachte sie nur noch teilweise heraus, bevor sie sich die Hand gegen den Mund pressen musste.

»O Gott, Betty, halt an!«, rief ich jetzt auch, nachdem ich mich umgedreht und Lucys bleiches Gesicht gesehen hatte.

Betty fuhr den Bus leise fluchend rechts ran, und noch während sie den Motor abstellte und die Handbremse anzog, riss Lucy die Schiebetür auf, fiel förmlich aus dem Bus in die Büsche, die entlang des Berghangs wuchsen und übergab sich lautstark an Ort und Stelle.

Ich seufzte. »Ich geh mal raus und halt ihr die Haare.«

»Mach das.« Betty, wischte sich den Schweiß von der Stirn und zog ihren Tabakbeutel aus der Tasche. »Und pass auf, dass du über ihr am Hang stehst. Glaub mir, ich weiß, wovon ich spreche.«

»Aber von so was hab ich echt überhaupt keine Ahnung«, kam Bettys Stimme unter dem Bus hervor. Ihre Beine schauten zwischen den Hinterrädern hervor, es sah fast so aus, als wäre sie überfahren worden. Dass dem nicht so war, war aber auch der einzige Lichtblick, über den wir uns im Moment freuen konnten.

Eine Mücke piekste mich in den Oberarm, und ich schlug auf die Stelle, verfehlte sie aber. Egal. Sollte sie mich doch stechen. Das machte auch keinen Unterschied mehr. »Und jetzt?«, fragte ich, denn dass der Bus hier stand und nicht weiterfuhr, war ein viel größeres Problem als die juckenden Quaddeln auf meiner Haut.

»Tja, Schätzelein …« Betty kam zwischen den Hinterrädern hervorgerutscht und setzte sich auf. »Du hast dir doch gewünscht, dass wir mal nicht auf einem Parkplatz übernachten. Gratulation: Jetzt übernachten wir auf einer Bergstraße.«

»O nein!« Lucy, die noch immer bleich und wackelig auf den Beinen war, ließ sich verzweifelt auf den Boden fallen und hintenüber kippen. »Das ist alles meine Schuld!«

»Quatsch.«

»Wenn ich nicht hätte kotzen müssen, dann würden wir jetzt nicht hier stehen.«

»Dann würden wir woanders stehen. Ein kaputter Bus ist ein kaputter Bus.« Lässig lehnte Betty sich gegen die Heckklappe und zündete sich eine Zigarette an. »Vielleicht sollten wir Sky anrufen und fragen, ob ihm das auch schon mal passiert ist und was er dann gemacht hat.«

Ich holte mein Handy aus der Tasche und suchte nach Skys Nummer. »Vielleicht kündige ich ihm bei der Gelegenheit auch gleich an, dass ich Tofu aus ihm machen werde, wenn sich herausstellt, dass er uns in einem kaputten Bus quer durch Europa hat fahren lassen.«

»Hackfleisch«, korrigierte Lucy mich mit schwacher Stimme. »Man macht Hackfleisch aus jemandem.«

»Nein, Tofu. Sky ist Vegetarier.« Ich fand die Nummer, drückte auf Wählen … und nichts passierte. Irritiert untersuchte ich das Display. »Kein Netz.«

»Wir werden sterben!«

»Richtig, Lucinda, wir werden sterben. Irgendwann. Wenn wir alt sind.«

Das nutzlose Handy wanderte zurück in meine Hosentasche. »Sterben mal beiseite: Was machen wir jetzt?«

»Abwarten.« Betty inhalierte einen Mundvoll Rauch und blies ihn langsam wieder aus. »Früher oder später kommt Hilfe. Das ist hier ja nicht der Nordpol. Uns sind genug andere Fahrzeuge auf dem Weg begegnet, da werden schon noch ein paar mehr kommen.« Sie stieg in den Bus, zog nach etwas Herumgesuche ein Warndreieck unter dem Fahrersitz hervor – »Ich hätte nicht gedacht, dass Sky so etwas überhaupt dabeihat« – und stellte es einige Meter bergab auf der Straße auf. Dann setzte sie sich an den Straßenrand in den Schatten, drückte ihre Zigarette aus, kreuzte die Hände hinter ihrem Kopf und schloss die Augen.

»Das war's?«, fragte ich.

»Das war's«, antwortete Betty.

»Ich wünschte, wir wären noch am Sonnenstrand«, heulte Lucy, stapfte an uns vorbei in den Bus und schmiss sich dort mit solcher Wucht auf die Matratze, dass das ganze Fahrzeug schaukelte wie ein Ruderboot auf der Nordsee.

12
Der Teil mit den Helden

BETTYS MIXTAPE
Madness – In The Middle Of The Night

Es vergingen drei Stunden und siebzehn Minuten. In dieser Zeit fuhren nicht weniger als vier Autos, ein Kleintransporter und zwei Motorräder an unserem Bus vorbei. Den ersten drei winkten wir noch wie Schiffbrüchige, aber alle fuhren vorbei. Bei den darauffolgenden Fahrzeugen blieben wir lieber am Straßenrand sitzen, weil wir die Vermutung hatten, dass wir die Einheimischen mit unserem Winken eher verscheuchten, als sie zum Anhalten zu bewegen. Aber auch das brachte keinen Erfolg.

Lucy bat in den drei Stunden und siebzehn Minuten ungefähr achtmal um eine Einschätzung, wie lange wir noch an dieser Bergstraße festsitzen würden. Betty und ich antworteten achtmal wahrheitsgemäß, wir wüssten es nicht.

Betty rauchte in drei Stunden und siebzehn Minuten fünfzehn Zigaretten, ich zwölf. Dann war mir übel. Irgendwann kam die Dämmerung und mit ihr Schwärme von Mücken, und wir beschlossen, dass es Zeit war, sich in den Bus zu setzen. Die Stimmung war auf dem Tiefpunkt.

»Und der Wodka ist auch alle.« Betty stöberte in unserer Vorratsbox nach Getränken oder Lebensmitteln, denn wenn man Langeweile hat, dann isst man, oder man trinkt. Oder man raucht, aber das konnten wir beide nicht mehr.

»Draußen ist es ganz dunkel«, bemerkte Lucy, und zog ihre Knie unters Kinn, wie sie es immer tat, wenn sie traurig war oder Angst hatte.

Betty warf einen Blick aus dem Fenster. »Das liegt daran, dass es Nacht ist.« Sie zählte etwas an ihren Fingern ab. »Freitagnacht, genaugenommen. Wir haben zwar keinen Alkohol mehr an Bord, aber wir könnten ein bisschen Musik anmachen. Für das Disco-Feeling.«

»Ich denke, der Bus ist kaputt«, sagte ich.

»Ja und?«

»Wie sollen wir denn bitte die Anlage zum Laufen bringen, wenn das Auto kaputt ist?«

Betty verdrehte die Augen. »Schätzelein, die Anlage läuft über Batterie.«

»Tut mir leid, dass ich keine Ahnung von Autos hab«, fuhr ich sie gereizt an, »aber du verstehst ja offensichtlich auch nicht sehr viel mehr davon, sonst würden wir hier nicht festhängen.«

Dieser Vorwurf brachte Betty für einen Moment aus dem Konzept. Sie sah mich empört mit offenem Mund an und brauchte etwas, um sich zu fangen. »Richtig, Schnuppi«, erwiderte sie schließlich, zuckersüß und giftig zugleich, »ich hab ganz vergessen, dass das ja alles meine Schuld ist. Nachdem ich euch aus Hamburg hierherchauffieren durfte, ruinier ich jetzt die ganze schöne Reise, weil ich nicht noch schnell vor der Abfahrt einen Kfz-Kurs belegt habe. Kannst du mir jemals verzeihen? Bitte sag ja.«

»Na, immerhin mit Sarkasmus kennst du dich aus.«

»Ich muss mal«, murmelte Lucy und schob sich an Betty und mir vorbei zur Schiebetür.

»Immer bergab pinkeln, Lucinda.«

»Okay.« Geduckt stieg sie aus dem Bus und machte die Tür hinter sich zu.

»Genau *das* ist das Problem mit dir, Betty«, motzte ich sie an. »Du weißt immer ganz genau, wie's zu laufen hat, und sagst allen, was sie deiner Meinung nach zu tun haben, aber dann, wenn es wirklich drauf ankommt, ziehst du dich aus der Affäre.«

Betty lachte freudlos. »*Ich* ziehe mich aus der Affäre? Wer lag denn bitte unter dem Bus und hat versucht, die Scheiße in Ordnung zu bringen, hm? Wer hat denn das Warndreieck aufgestellt? Du?«

»Oh, wow!« Ich riss in gespielter Bewunderung die Augen auf. »Kommt mal alle her, das müsst ihr hören! Bettina Jahn hat ein Warndreieck aufgestellt.«

»Ich hasse es, wenn du mich Bettina nennst.«

»Und *ich* hasse deine selbstgefällige Art, Bettina.«

»Daphne, ich mein's ernst …«

»Ich auch.«

»Wenn du mich noch einmal Bettina nennst …«

Und dann schrie Lucy. Wie am Spieß. Wir hörten es durch die Blechwände des Busses, doch der Schrei war so laut, es klang, als säße sie direkt neben uns. Dann war es plötzlich gespenstisch still. Betty und ich wechselten einen erschrockenen Blick, rissen die Schiebetür auf, riefen Lucys Namen und versuchten, in der Dunkelheit etwas zu erkennen. Doch da war nichts. Nur pechschwarze Nacht.

»Ich geh sie suchen.«

»Ich komm mit.«

Ich schüttelte den Kopf. »Nein. Du bleibst hier. Falls sie zurückkommt. Und außerdem … Stell dir vor, dir passiert etwas. Was ist dann mit Max?«

»Was soll mir denn passieren?«

»Dasselbe, was Lucy passiert ist?«

»Und was genau *ist* Lucy passiert? Das weißt du doch gar nicht.« Betty stemmte die Hände in die Seiten, während ich nach der Taschenlampe suchte. »Schätzelein, mal ehrlich, du bist ein Feigling, das wissen wir beide. Du kommst genau drei Meter weit, dann kannst du dich vor Angst nicht mehr bewegen. Oder du kletterst aus lauter Panik auf einen Baum. Oder du machst dir wieder in die Hose wie in Arcachon …«

»Fast«, korrigierte ich sie und drängelte mich an ihr vorbei zur Bustür. »Ich habe mir in Arcachon *fast* in die Hose gemacht.«

»Gut. Dann fängst du eben an zu heulen. Wie immer.«

»Ach ja?« Ich knipste die Taschenlampe an und stieg aus. »Dann schau jetzt mal zu, wie ich *nicht* anfange zu heulen.« Ich ging eine Proberunde um den Bus, ließ den Schein der Taschenlampe über die Straße und die Büsche an den Hängen links und rechts der Straße wandern und kam wieder vor der Schiebetür an. Stolz stemmte ich die Hände in die Seiten. »Und?«

»Wow«, sagte Betty trocken.

Ich hätte darauf am liebsten mit irgendeinem scharfsinnigen Spruch geantwortet, aber auf die Schnelle fiel mir nichts ein, und überhaupt war Lucy zu finden jetzt wichtiger als mein Stolz. Ich atmete noch einmal tief durch, um gegen das mulmige Gefühl in meinem Bauch anzukämpfen, und entschloss mich, bergauf in Fahrtrichtung des Busses zu gehen. Zaghaft rief ich Lucys Namen, dann wiederholte ich ihn etwas lauter, aber es machte keinen Unterschied. Die Nacht blieb bis auf das Rauschen des Windes in den Bäumen, das Zirpen von Grillen und das Rascheln von kleinen Tieren im Gebüsch still. Genau genommen waren das natürlich eine Menge Geräusche, aber das eine, auf das ich so dringend hoffte, kam nicht. Keine Antwort von Lucy. Ich ging einige Meter weiter. Noch immer nichts. Also wanderte ich zurück zum Bus und sah Betty, die an der offenen Schiebetür lehnte und rauchte, fragend an. »Und?«

»Du warst genau eine Minute unterwegs, was denkst du denn?«

»Sie ist nicht wieder aufgetaucht?«

Betty seufzte.

Das hieß dann wohl Nein. Ich zuckte mit den Schultern und ging hangabwärts weiter in die Richtung, aus der wir gekommen waren. Es kam mir vor, als wäre die Dunkelheit etwas, das man greifen konnte, das über mir lag, wie eine Decke. Das Licht der Taschenlampe machte alles nur noch unheimlicher, wenn es links und rechts und vor mir stellenweise den Asphalt der Straße sichtbar machte, einen Busch am Straßenrand oder einen Kilometerstein. Ich rief wieder Lucys Namen, und wenn sie sich nicht unterdessen in ein Käuzchen verwandelt hatte, dann war auch dieser Versuch nicht von Erfolg gekrönt. Keine Antwort. Keine Lucy. Ich drehte mich um und leuchtete zum Bus zurück. Solange ich ihn in Sichtweite hatte, konnte ich weitergehen, so lange war ich sicher. Redete ich mir ein. Und versuchte, nicht zu viel darüber nachzudenken, was unserer kleinen, dicken Freundin wohl zugestoßen war. Ob ein wildes Tier sie angefallen hatte, ein Wolf, ein Bär oder eine Bergziege. Oder ob ein geisteskranker Höhlenbewohner sie überfallen und verschleppt hatte. Vielleicht war sie in eine Schlucht gestürzt. Oder tatsächlich in ein Käuzchen verwandelt worden.

Ich drehte mich wieder um. Der Bus war in der Dunkelheit kaum noch zu erkennen. Mir wurde klar, dass es sehr gut möglich war, dass ich, ohne mir dessen bewusst zu sein, mitten in dem lehrbuchhaften Auftakt zu einem dieser astreinen Splatter-Horror-Filme steckte. Der Plot: Drei Mädchen bleiben irgendwo im Nirgendwo mit ihrem Auto beziehungsweise Bus liegen, eins nach dem anderen verschwindet, und schließlich sind alle wieder vereint. Im Folterkeller eines irren Einsiedlers, der sie über kurz oder lang aufessen wird, aber erst nachdem er unbeschreiblich schreckliche Dinge mit ihnen angestellt hat. Irgendetwas in der Art.

Ich begann zu zittern und blieb stehen. Jetzt war es so weit, Bettys Prophezeiung wurde Wirklichkeit. Ich war starr vor Angst und konnte mich nicht mehr bewegen. Wenn jetzt der irre Einsiedler kam, musste er sich nicht einmal die Mühe machen, mich zu überwältigen. Er konnte mich einfach von der Straße pflücken wie ein Gänseblümchen.

Panik machte sich in mir breit. Ich wusste, dass gleich etwas passieren würde. Tränen oder Pipi, das war nicht mehr zu vermeiden.

Und dann nahm ich eine Gestalt am linken Straßenrand wahr. Der kleine Hoffnungsschimmer, der kurz aufglimmte und mich glauben ließ, dass es sich dabei eventuell um die verschollene Lucy handeln könnte, erlosch sofort wieder. Es konnte nicht Lucy sein. Lucy war viel kleiner.

Hektisch knipste ich die Taschenlampe aus. Ein natürlicher Impuls wäre jetzt gewesen, zum Bus zurückzulaufen, aber das war unmöglich, weil meine Füße nach wie vor untrennbar mit dem Straßenbelag verbunden zu sein schienen. Mein Herz raste. Es klopfte in meinen Ohren. Der irre Einsiedler. Da war er also. Noch hatte er mich vielleicht nicht bemerkt, aber im Grunde war mein Schicksal besiegelt. Ich hatte genug Filme dieser Art gesehen, um zu wissen, dass das Böse immer siegte, dass es kein Entkommen gab. So würde ich also sterben. Das hätte ich auch nie gedacht.

»Lucy!«

Rief nicht ich. Sondern der irre Einsiedler. Ich schrak zusammen.

»Lucy, Mädsche! Jetzt komm halt raus!«

Woher kannte er ihren Namen? Und warum sprach er mit diesem Dialekt?

Ich nahm all meinen Mut zusammen. »Wer ist da?«, quetschte ich gerade so heraus. Gerade so. Und befahl meinen Beinen mit aller Macht, endlich wieder zu kooperieren. Wobei befehlen das falsche Wort war. Ich befahl nicht, ich flehte sie an, sich bereit zu machen für die Flucht. Es kam hier schließlich auf jede Sekunde an, verdammt noch mal.

Die Gestalt bewegte sich auf mich zu. »Daphne?«

Er wusste also auch, wer ich war. Jetzt bekam diese ganze Sache irgendwie einen übersinnlichen Touch.

Ich machte einen Schritt zurück – na also, ging doch –, knipste mit zitternden Händen die Taschenlampe an, kniff gleichzeitig die Augen zu und brüllte so laut ich konnte: »Keinen Schritt weiter, oder ich schieße!«

Ja. War mir auch klar, dass ich keine Waffe dabeihatte. Aber um meine Beine wieder zum Leben zu erwecken, hatte mein Gehirn wohl Einbußen hinnehmen müssen.

Die Antwort des irren Einsiedlers war ziemlich unerwartet. »Ich bin es doch nur«, sagte er.

Und ich hatte keine andere Wahl, als die Augen zu öffnen und ihn mir genauer anzusehen. Er hielt die Hände gegen den grellen Taschenlampenschein vor sein Gesicht, aber ich erkannte ihn trotzdem. »Marco?«

»Ei, wer denn sonst?«

»Ein irrer Einsiedler?«

»Was?!« Er bewegte seinen Kopf aus dem Lichtschein. »Jetzt nimm doch mal das Ding runter.«

»Oh. Sorry.« Ich ließ die Taschenlampe sinken und ging auf ihn zu, etwas befangen, weil ich nicht wusste, wie ich ihn begrüßen sollte. Ich hätte ihm um den Hals fallen können, aber ich kam einfach nicht so schnell über die Einsiedler-Sache hinweg. Bis vor einer Sekunde war ich fest davon ausgegangen, diese Gestalt würde mich verschleppen und umbringen. In Anbetracht dessen war mir jetzt selbst ein Händeschütteln zu viel. Also fragte ich bloß: »Hast du Lucy gesehen?«

Er antwortete »Ja« und schob sich die langen Haare links und rechts hinter die Ohren. »Ihr habt doch echt einen kompletten Rappel, oder? Alle beide.«

Es dauerte etwas, Lucy aus den Büschen zu locken, in die sie geflüchtet war, als sie beim Bergab-Pinkeln in der Dunkelheit dieses seltsame Wesen um den Bus hatte schleichen sehen.

»Ich dachte, du wärst ein Monster«, erklärte sie Marco, als sie schließlich zitternd und mit Zweigen im Haar auf der Straße stand.

»Na, danke auch.«

»Halb Mensch, halb Tier – also ein Mensch, aber stark behaart – ein Werwolf oder so was.«

»Lucy, ich glaube, du machst es nicht besser«, unterbrach ich sie.

»Im Ernst! Ich hatte solche Angst, wenn ich nicht gerade erst … Ich hätte mir in die Hose gemacht, kein Witz.«

Marco sah mal wieder ziemlich betrübt aus.

»Und anstatt Betty und mich zu warnen, rennst du einfach weg und überlässt uns unserem Schicksal?«

»Wieso? Ich hab doch geschrien.«

Das stimmte allerdings.

Und als Marco den Schrei gehört und Lucy erkannt hatte, war er ihr sofort hinterhergerannt. »Wer weiß, wie weit sie sonst gelaufen wäre. Und dann in der Dunkelheit … Im besten Fall hätte sie sich verirrt.«

Vielleicht auch nicht, dachte ich, *Lucy hat schließlich eine Menge Erfahrung mit dem Weglaufen.*

»Und im schlimmsten?«, fragte sie ängstlich.

»Hättest du in eine Schlucht stürzen können.«

»Oder wärst von einer Bergziege angefallen worden«, ergänzte ich.

»Bergziege«, flüsterte Lucy atemlos.

»Na ja, oder einem irren Einsiedler.« Marco grinste mich an.

Ich boxte ihn in die Seite. »Was machst du überhaupt hier?«, fragte ich ihn und malte mit dem Lichtschein der Taschenlampe Kringel auf die Straße.

»Es war langweilig ohne euch am Strand. Also bin ich weitergefahren.«

Wenn du »euch« sagst, meinst du eigentlich »Betty«. »Und du hast ganz zufällig dieselbe Route genommen wie wir.«

Er steckte die Hände in die Taschen seiner Shorts. »Warum denn nicht?«

»Die Strecke ist ein Umweg …«

»Die Strecke ist nicht so bergig wie die anderen, wie du weißt. Und mein Van ist auch nicht mehr der Jüngste. Außerdem«, er blieb stehen und schüttelte den Kopf, entrüstet darüber, dass er sich überhaupt vor mir rechtfertigen musste, »sei doch froh, dass ich denselben Weg genommen habe wie ihr. Wer weiß, wie lang ihr hier sonst noch stehen müsstet.«

Da hatte er recht. Als Marco also glücklicherweise *ganz zufällig* dieselbe Straße entlangfuhr wie wir, kam er irgendwann unweigerlich erst an dem Warndreieck und dann an unserem gelben VW-Bus vorbei, den er natürlich sofort erkannte. »Ich hab ein bisschen weiter oben am Berg geparkt. Ist nicht so schlau, direkt in der Kurve zu stehen.«

»Haben wir uns ja nicht ausgesucht«, verteidigte ich mich.

»Ich weiß. Kein Grund zur Aufregung.«

Marco parkte also seinen Campervan ganz vorschriftsmäßig an einer geraden Stelle der Straße, spazierte zu unserem Bus zurück und wollte gerade an die Schiebetür klopfen, als Lucy schrie. Dann rannte sie, dann rannte er. Den Rest der Geschichte kannten wir ja.

Betty erhob sich von ihrem Platz an der Bustür und kam uns entgegen. Sie rauchte eine Zigarette, deren Ende wie ein kleines Signallämpchen mal heller und mal weniger hell orange aufglimmte. »Marco, altes Haus!«, rief sie, und ich war verdutzt, weil sie Marco trotz der Dunkelheit sofort als Marco identifiziert hatte. Aber sie hockte ja auch nicht starr vor Schreck in irgendwelchen Büschen, wie Lucy es getan hatte, oder stand, wie ich noch vor wenigen Minuten, mutterseelenallein mitten in der Wildnis auf einer nächtlichen Straße … Okay, auch Betty stand auf einer nächtlichen Straße mitten in der Wildnis. Anderes Thema.

»Hast du die beiden wieder eingesammelt?«, fragte sie ihren hessischen Freund und begrüßte ihn mit einer Umarmung. »Vielen Dank, mein Lieber, ich hatte schon angefangen, mir Sorgen zu machen.«

»Glaub mir. Ich hab mir auch Sorgen gemacht. Spätestens als Daphne mich erschießen wollte.«

Obwohl es stockfinster war, wusste ich genau, wie Betty mich jetzt gerade ansah. Ich winkte ab. »Vergessen wir das. Bring lieber den Bus wieder zum Laufen.«

Aber Marco hatte nicht vor, den Bus ohne Licht und um diese Uhrzeit wieder zum Laufen zu bringen. Stattdessen verschwand er kurz, kam wenig später mit seinem Camper den Berg heruntergefahren und schleppte uns ab.

Auf diese Weise wurde mein Wunsch, in der Natur zu übernachten, doch noch wahr, denn ein paar Kurven weiter oben fanden wir eine Kuhweide, die für diesen Zweck perfekt war. Eine Kuhweide auf einem Berg, dem wir später den Namen Berg der Wunder verleihen würden. Wieso? Dafür gibt es eine gute Erklärung.

13
Der Teil, in dem ein Wunder geschieht

BETTYS MIXTAPE
Bob Marley – Jammin'

Die Ereignisse der Nacht hatten mich wohl mehr mitgenommen, als ich vermutet hätte. Die Ereignisse der letzten Nacht, oder die der letzten Tage, vielleicht war es auch mein komplettes Leben, das mich so mitnahm. Jedenfalls schlief ich tief und fest wie ein Baby. Oder ein Stein. Und wachte erst auf, als die Vormittagssonne schon seit Stunden ihren Betrieb aufgenommen und die Luft über der Hochebene zum Flimmern gebracht hatte. Ich war mal wieder allein im Bus. Es war so heiß, dass ich mich damit begnügte, ein dünnes T-Shirt-Kleid überzuwerfen und in meine Sandalen zu schlüpfen, bevor ich die Tür öffnete und zunächst einmal nichts sah, weil die Sonne mich derartig blendete.

»Guten Morgen, Schätzelein«, hörte ich Bettys Stimme. Ich schirmte meine Augen mit der Hand gegen die Sonne ab und erkannte, dass sie neben Marco auf einem Klappstuhl vor seinem Camper saß, einen Joint rauchte und Kaffee trank. Marco hatte sich die langen Haare zu einem Zopf geflochten und sah ein bisschen so aus wie ein Indianer. Gemeinsam mit dem seltsamen Ort, an dem wir uns befanden, und dem grellen Licht, das alles überstrahlte, wirkte der Anblick ziemlich surreal auf mich, wie ein Traumbild.

Ich hob eine Hand zum Gruß. »Howgh!«

Marco runzelte die Stirn. »Hä?«

»Nicht so wichtig.« Als ich die Strecke zwischen Bus und Camper zurückgelegt hatte, schwirrte mir der Kopf, offenbar war mein Kreislauf noch nicht ganz auf der Höhe, ich ließ mich auf der Wiese nieder und zupfte an den vertrockneten spärlichen Grashalmen neben meinen Füßen. Mein Blick wanderte über die Ebene, auf der wir uns befanden. Um uns herum gab es nichts, keine Häuser, keine Bäume oder nicht einmal Schatten. Bloß den Bus und den Van, die Wiese, auf der wir saßen, Felder und Weiden und viel, viel Himmel. Wir waren weit oben auf dem Berg, über allem. Ein gutes Gefühl – ein bisschen mehr Heidi vielleicht, als ich es in diesem Urlaub erwartet hatte, aber an diesem Urlaub war ja schließlich so einiges anders, als ich es erwartet hatte. Langsam gewöhnte ich mich irgendwie daran.

Betty pustete in ihren Becher und hielt mir den Joint hin, aber ich schüttelte den Kopf. Ich hatte ja noch nicht einmal gefrühstückt.

»Du kannst dich auf meinen Stuhl setzten.« Marco erhob sich und machte eine einladende Bewegung. »Ich kümmer mich um euren Bus.«

Ich sah dankbar zu ihm hoch. »Dich hat echt der Himmel geschickt, Marco. Wir haben zwar nicht viel … also eigentlich gar nichts, aber wenn du dafür irgendeine Form von Bezahlung willst …«

»Mach dich nicht lächerlich.« Er grinste, holte seinen Werkzeugkoffer aus dem Van, schlenderte zu unserem Bus hinüber … und zog sich unterwegs ganz beiläufig und zu meiner großen Überraschung sein T-Shirt aus.

Eigentlich war der Anblick nicht wirklich das, was man gewöhnlich als schön oder sexy bezeichnete. Marco hatte nun einmal einen sehr massigen Körper. Und viele Haare, die überall auf diesem Körper wuchsen. Trotzdem musste ich einfach hinsehen. »Warum macht er das?«, fragte ich Betty, ohne den Blick abzuwenden.

Sie schmunzelte und nahm einen Zug.

»Für dich, oder?« Ich hatte es ja gewusst! »Er hat diesen kleinen Striptease für dich eingelegt.«

Ausatmen, ein Schluck Kaffee. »Schätzelein, ich glaube, ihm ist einfach heiß.«

»Vielleicht. Vielleicht machen die das in Hessen aber auch einfach so, wenn sie zeigen wollen, dass sie Interesse haben. So nach dem Motto: Ich zeig dir meins, zeig mir deins. Das würde dir doch auch ganz gut passen, oder?« Ich tat, als betrachtete ich intensiv meine Fingernägel. Dabei war ich hoch konzentriert damit beschäftigt, jede Reaktion von Betty wahrzunehmen und sofort zu analysieren. »Schließlich hattest du dir ja vorgenommen, im Urlaub ein bisschen Spaß zu haben …« Ich drehte meinen Kopf zur Seite und sah direkt in Bettys amüsiertes Gesicht.

»Schätzelein, Marco ist nicht gerade das, woran ich dachte, als ich sagte, dass ich etwas Spaß haben will«, lachte sie.

»Ja, aber warum denn nicht? Der ist doch …« Unsere Blicke wanderten hinüber zu dem pummeligen Indianer mit dem T-Shirt-Teint, der sich den behaarten Bauch kratzte und über ein Kfz-technisches Problem nachzudenken schien. »Na ja, er ist sehr hilfsbereit. Und witzig.«

»Tja. Da hat sie recht.« Betty nickte zustimmend. »Nur leider ist das für die Art von Spaß, an die *ich* dachte, gar nicht mal so wichtig.«

»Du bist ganz schön oberflächlich, Betty.«

»Nur beim Sex.«

»Ja, aber man soll doch beim Sex lachen. Das hab ich mal gelesen. Das ist gut für die Beziehung und die emotionale Verbindung, und für die Orgasmusfähigkeit ist das sicherlich auch auf irgendeine Art gut …«

Betty schien nicht überzeugt. Zu Recht. Ich fand das Argument ja selbst lahm. Außerdem war mir sowieso klar, dass es nicht dabei helfen würde, Marco Betty schmackhaft zu machen – auch wenn sie Orgasmen natürlich super fand. Trotzdem suchte sie sich ihre Männer nun einmal immer selbst aus, vom Verkuppeln hielt sie nichts. Und ich hatte in all den Jahren, die wir uns kannten, auch nie einen Versuch gestartet, sie mit einem Mann zusammenzubringen, egal wie gut er und Betty in meinen Augen zusammenpassten.

Das hier, allerdings, war ein Sonderfall, das spürte ich einfach. Irgendwas war zwischen diesen beiden. Eine Verbindung, die ich so noch in keiner von Bettys vorherigen Beziehungen bemerkt hatte. Nicht einmal zwischen ihr und Mo herrschten eine solche Harmonie und dieses wortlose Verständnis. Und dabei kannten sich Marco und Betty erst seit wenigen Tagen. Es war offensichtlich: Der Indianer aus Hessen und das Mädchen mit der alternativen Frisur waren füreinander bestimmt. Marco jedenfalls schien nur darauf zu warten, dem Ganzen eine Chance zu geben. Jetzt brauchte nur noch Betty einen Schubs in die richtige Richtung, und die Dinge würden ihren Lauf nehmen.

»Du kannst es ja einfach mal ausprobieren«, schlug ich etwas plump vor.

Betty lächelte. »Eher geh ich ins Kloster.«

Ich seufzte. Das war kein ermutigender Zwischenstand. Aber wir hatten ja Zeit. Etwas zwickte mich ins Bein. Biss Nummer acht. »Wo ist eigentlich Lucy?«

»Spazieren gegangen.«

»Hoffentlich trifft sie nicht den Yeti und läuft wieder vor Schreck davon. Ich hab keine Lust, jeden Tag ein Suchkommando zu starten.«

Der Joint knisterte. Es klingelte. Ja, wirklich. Das Geräusch war so ungewohnt, dass ich es erst gar nicht bemerkte. Dann dauerte es noch einen Moment, bis ich wahrnahm, dass ich gemeint war. Als ich endlich von dem Klappstuhl aufsprang und über die Wiese lief, hatte Marco seinen nackten Oberkörper schon unter dem Bus hervorgeschoben und rief: »Ey! Hier klingelt 'n Handy!«

»Ich weiß!«, rief ich außer Atem im Vorbeirennen, riss die Beifahrertür auf und bekam das Telefon gerade noch rechtzeitig zu fassen.

»Hallo?«

Richard klang genervt. »Ich wollte gerade auflegen.«

»Ich musste erst noch zum Bus laufen.« Ich atmete schwer, um den Wahrheitsgehalt zu unterstreichen.

»Seit Tagen ist das Handy aus. Ich hab schon gedacht, dir ist was passiert.«

»Ich hatte keinen Empfang. Der Bus ist liegen geblieben.« An dieser Stelle hätte ich besorgtes Nachfragen erwartet. Aber dazu hatte Richard wohl schon zu viel Wut aufgestaut.

»Aha«, war das Einzige, was er sagte.

»Ist das alles?«

»Na ja, du hättest doch sicherlich irgendwo ein Münztelefon finden können, um dich zu melden. Wenn du gewollt hättest.«

Ich war kurz davor, zu sagen, dass ich eben nicht gewollt hatte, nur war ich inzwischen schlau genug zu wissen, dass genau *das* die Sätze waren, die man später bereute. Später, wenn es zu spät war. »Tut mir leid.« Wobei ich es allerdings auch nicht belassen wollte. »Du kannst aber nicht einfach davon ausgehen, dass ich mich jeden Tag bei dir melde, Richard. Ich bin im Urlaub.«

»Wir haben vor fünf Tagen das letzte Mal miteinander gesprochen.«

»Vier.«

»Oh, na dann ist es natürlich was anderes.«

Ich kratzte an der Stelle mit dem frischen Stich, die inzwischen angefangen hatte, zu jucken wie blöd. »Wie geht's dir so?«

»Mir?«

»Ja. Klar.« Als wäre das so eine abwegige Frage.

»Alles normal. Wie immer.«

»Und Hannes?«

»Unverändert. Er redet ausschließlich über Lucy. Wir waren gestern Abend aus. So ein Mädel hat ihn angebaggert. Er hat sie sogar auf ein Bier eingeladen, worüber ich wirklich erleichtert war. Ich dachte, jetzt geht es endlich bergauf. Tja.«

»Was, tja?«

»Sie hat sich eine halbe Stunde lang sein Gelaber über Lucy angehört, und als er angefangen hat zu heulen, ist sie gegangen.«

»Er hat geheult?«

»Jep.«

»Freitagnacht auf dem Kiez?«

»Wenn man genauer darüber nachdenkt, ist das eigentlich gar nicht so außergewöhnlich, oder?«

Das stimmte. Freitagabende auf dem Kiez boten oft genug Anlass, sich mal so richtig schön auszuweinen. Hannes tat mir trotzdem leid. »Der arme Hannes.« Plötzlich kam mir in den Sinn, dass wir während all unserer Telefonate bisher ausschließlich gestritten oder über Hannes gesprochen hatten. Oder wegen Hannes gestritten. Jedenfalls ging es immer nur um Hannes. Ich dachte an Ehepaare, die miteinander nur über ihre Kinder reden. Oder ihren Hund. Oder mit ihrem Hund, aber nicht miteinander. Hannes war unser Hund, im übertragenen Sinne. »Ist dir in den letzten Tagen nicht irgendetwas Aufregendes passiert?«, fragte ich Richard, und es war eigentlich mehr ein Flehen.

»Nein, Daphne, hier geht alles seinen gewohnten Gang.«

»Verstehe. Warum rufst du mich denn dann an?«

»Weil ich fand, dass es nach fünf Tagen mal wieder Zeit wäre.«

»Vier.«

»Und?«

Geht so, dachte ich. Das war das Ende.

»Das ist das Ende«, stöhnte ich, und ließ mich neben Betty auf den zweiten Klappstuhl fallen. Er quietschte erschrocken.

»War das Richard?«

»Warum habe ich hier oben eigentlich Empfang?«, ignorierte ich ihre Frage. Betty zeigte auf die Funkmasten, die auf den Bergspitzen um uns herum standen. »Na toll.«

»Was hat er denn gesagt?«

»Nichts. Und ich hab auch nichts gesagt. Das ist es ja. Es gibt nichts mehr zu sagen. Wir sind tot.« Das war vielleicht etwas zu dramatisch ausgedrückt, aber so fühlte es sich an.

»Mo und ich haben uns auch nicht viel zu sagen. Das meiste ist nach über zehn Jahren ja auch schon gesagt, daran liegt es wahrscheinlich. Wir schweigen ziemlich oft einfach nur. Aber das ist okay, denn dann haben wir Sex, das ist ja das Schöne. Weniger reden, mehr Zeit für Sex.«

Jetzt ging das wieder los, das war so typisch Betty. »Ich hab doch keine Beziehung bloß für Sex!«

»Aber natürlich hast du das. Reden kannst du doch auch mit mir.« Ich sah sie zweifelnd an. »Schätzelein, was soll das denn jetzt? Mit mir kannst du *immer* reden!«

»Ja«, antwortete ich düster. »Aber zu welchem Preis?«

Sie seufzte und tätschelte mir aufmunternd den Oberschenkel. »Keine Sorge. Ich weiß, wie ich dich aufheitern kann.«

»Na, da bin ich aber gespannt«, murmelte ich, während sie ihre Hände trichterförmig um den Mund legte, tief Luft holte und rief: »Ey, Marco! Schon mal was von der Sexfalle gehört?«

»Halt die Klappe!«, prustete ich und schlug ihr aufs Bein.

Marco schaute unter dem Bus hervor und wischte sich den Schweiß aus dem Gesicht. »Sexfalle? Nee, aber ich glaub ich hab das Problem gefunden!« Er sah nicht so aus, als hätte er gute Neuigkeiten.

Wir erhoben uns von unseren Plätzen und gingen auf den Bus zu. »Damit ist dann ja wohl alles klar«, flüsterte Betty mir unterwegs zu. »Selbst wenn ich es wollte: Wie soll ich denn bitte mit jemandem *Spaß* haben, der so eine Steilvorlage nicht nutzt? Hm? Eben. Geht nicht.«

Von mir aus, dachte ich. Ein Blick in Marcos Gesicht sagte mir, dass wir im Moment ganz andere Sorgen hatten.

Er hatte lediglich eine Vermutung, was mit dem Bus nicht stimmte, die er in ein paar Sätzen für uns zusammenfasste. Ich verstand nur Bahnhof. Betty nickte nachdenklich. Marco erklärte uns, wie er das vermutete Problem beheben wollte. Ich tat so, als würde ich zuhören. Betty nickte wieder. Das Einzige, was ich wirklich verstand, war, dass er, wenn überhaupt, den Bus nur provisorisch reparieren konnte und dass wir bei nächster Gelegenheit eine Werkstatt ansteuern mussten. Betty dankte ihm. Dann setzten sie und ich uns wieder in die Sonne und schauten Marco stumpf bei der Arbeit zu.

Die Sonne brannte erbarmungslos auf uns herunter. Sie stand direkt über uns, der Camper warf nur noch einen sehr schmalen Schatten, es war unmöglich, ihr zu entkommen. Erschöpft stützte ich meinen Kopf auf meiner Hand ab und pustete mir die Haare aus dem Gesicht. »Es ist so heiß …«

»Das kommt vor, wenn man in den Süden fährt, Schätzelein.« Betty zog lange Blättchen und Filterpappe aus ihrem Tabakbeutel – »ich bau noch mal einen, nützt ja nix« – und machte sich an die Arbeit.

Ich sah ihr zu und dachte über unsere Situation nach. Der Bus fuhr nicht mehr, und wenn Marco ihn nicht reparieren konnte, würde er uns irgendwohin abschleppen müssen, was in diesem Terrain mit den kurvigen Straßen und den Steilhängen ganz sicher keine entspannte Angelegenheit werden würde. Bis es aber überhaupt so weit war, bis

Marco einsehen musste, dass er keine Ahnung von VW-Bussen hatte und sich geschlagen gab, würde dieser Tag vorbei sein, so viel stand jetzt schon fest. Wir würden hier heute nicht mehr wegkommen. »Verdammt, jetzt hängen wir hier fest …«

»Wieso verdammt?«, fragte Betty, ohne von ihrer Bastelarbeit aufzusehen.

»Weil wir wohl oder übel hierbleiben müssen, es sei denn, wir laufen.«

»Aber das ist doch kein Problem. Dann hängen wir hier eben ein bisschen in der Sonne ab. Ist doch schließlich Urlaub.«

»Ja, aber so hab ich mir das irgendwie nicht vorgestellt.« Ich fächerte mir mit der Hand Luft zu, weil mich das auf die Dauer aber mehr anstrengte als erfrischte, ließ ich es schnell wieder sein. »Wir wollten an den Strand, und jetzt machen wir Urlaub auf einer Bergwiese …«

»Also, ich finde, das klingt alles sehr gut: Bergwiese, Strand, Autobahn, Hauptsache Urlaub.«

Offensichtlich redete ich mit der falschen Person über meine Unzufriedenheit. Aber es gab ja auch noch andere Themen wie zum Beispiel: »Und was ist jetzt mit Lucy?«

»Die ist spazieren. Sag ich doch.«

»Ja, aber so lange?«

»Wenn sie darauf Bock hat? Jetzt entspann dich doch mal. Die passt schon auf sich auf.«

»Ach ja?« Ich warf Betty einen zweifelnden Blick zu. »Und was war gestern …?«

»Sie hat sich im Gebüsch versteckt, und das war's. Alles richtig gemacht.« Betty legte den fertig gerollten Filter auf das Blättchen und streute Tabak daneben.

Anscheinend fand sie es überhaupt nicht seltsam, dass ausgerechnet Lucy, der Bewegung ein Graus war, sich jetzt schon seit mehreren Stunden auf einem ausgedehnten Spaziergang befinden sollte, noch dazu bei dieser Hitze. Ich konnte das einfach nicht glauben. Irgendetwas Schlimmes musste passiert sein. »Vielleicht ist sie von einer Kuh umgerannt worden.«

»Richtig. Wir sind ja in Spanien, da gehört so was zum guten Ton …«

»Nein, wirklich Betty. Kühe können gefährlich sein.«

»Noch gefährlicher als Sexfallen?«

Ich stand auf und entfernte mich ein paar Schritte vom Camper, um einen besseren Überblick über die Weidelandschaft zu bekommen, und erkannte plötzlich am Horizont einen Punkt, der näher zu kommen schien. »Ich glaub, ich seh sie!«

»Na also.« Betty leckte das Paper an. »Wir atmen tief und ohne Angst.«

»Warte mal …« Zu dem ersten Punkt gesellte sich ein zweiter. Keine Kuh. Eine Person. Ich starrte in die Ferne, bis ich mir ganz sicher war, dass das da hinten wirklich Lucy war. Neben ihr ging ein fremder Mann. »Sie ist nicht allein.«

Betty zündete in aller Seelenruhe den Joint an, nahm einen Zug und blinzelte in die Sonne. »Je mehr, desto lustiger.«

Nicht schon wieder. »Das wird doch wohl kein Anhalter sein.«

»Vielleicht ist es ja ein Torero …«

Ich kniff die Augen zusammen, um besser sehen zu können, und sagte gedehnt. »Nein.« Ziemlich sicher war das kein Torero. »Kein rotes Tuch in Sicht.«

»Das ist doch eh nur für die Show, oder?«

Lucy hatte mich inzwischen entdeckt und winkte. Ich winkte zurück und wartete, bis sie und ihr Begleiter unseren Lagerplatz erreicht hatten. Der junge Mann neben ihr war groß, schlank, braun gebrannt, trug Jeans und ein verwaschenes, rotes T-Shirt, in der Hand hielt er einen ausgebleichten Rucksack, der einmal blau gewesen sein musste und jetzt taubengrau aussah. Sein dichtes schwarzes Haar war ungekämmt und seine Augen dunkelbraun. Er sagte »Hola!«. Was das hieß, wusste selbst ich. Aber damit war mein Spanischwortschatz dann leider auch schon ausgereizt. Es war ein Trauerspiel.

»Hi«, antwortete ich, um ein bisschen Abwechslung in die Unterhaltung zu bringen.

Betty winkte dem Neuankömmling zu, den Joint zwischen Zeige- und Mittelfinger ihrer Winkehand, und nickte in seine Richtung, als sie Lucy fragte: »Wen hast du mitgebracht?«

»Tja, also das«, antwortete sie und verteilte ihr Lächeln gleichmäßig auf Betty, mich und unseren Besucher, »ist Jesus.«

»Klar. Wer sonst?«, bemerkte ich trocken.

Er grüßte noch einmal in die Runde, ließ seinen Rucksack fallen und setzte sich daneben ins Gras. Betty reichte ihm den Joint, er nahm ihn dankbar lächelnd entgegen und inhalierte den Rauch.

»Sieh mal einer an. Jesus kifft.«

»Ja, aber Daphne, das heißt nicht Jesus«, verbesserte mich Lucy. »Das heißt Chesuus, mit spanischem Akzent. Mit Ch statt J und langem U.«

»Danke, Lucy.«

»Ey, Marco!«, rief Betty den Beinen unter unserem Bus zu. »Jesus ist hier, sag Hallo!«

»Betty! Ch statt J«, korrigierte Lucy sie ungeduldig, »Ch statt J, das ist doch nicht so schwer …«

Ein ölverschmierter Oberkörper schob sich unter der Karosserie hervor, und kurz darauf kam Marco über die Wiese auf uns zugetrottet. Er reichte Jesus die Hand. »Hi. Marco.«

»Jesus.« Der junge Mann neigte seinen Kopf nach hinten, damit er Marco besser sehen konnte. »Cómo estás?«

»Bien.«

Ein Hoffnungsschimmer. »Marco, sprichst du Spanisch?«

»Ich? Nö.« Er ließ sich erschöpft ins Gras fallen und streckte eine Hand nach dem Joint aus. »Das mit dem Bus klappt alles nicht so, wie ich dachte«, erklärte er frustriert.

»Was heißt das?«

Marco nahm einen Zug und atmete den Rauch langsam aus, bevor er sagte: »Ich hab keine Ahnung, wie ich das Ding wieder zum Fahren bringen soll.«

Lucy sah mich mit ängstlichen Augen an. Ich hätte sie gern getröstet, aber ich wusste ja selbst nicht, wie wir aus dieser Patsche wieder herauskommen sollten, und war ähnlich verzweifelt wie sie. Es half alles nichts, wir brauchten ein Wunder. Es traf sich gut, dass ganz zufällig Jesus vorbeigekommen war.

Jetzt ragten also zwei Beinpaare unter dem Bus hervor, während Lucy daneben kniete und plapperte. Sie nannte das »Gesellschaft leisten«. Wahrscheinlich war es nur eine Frage der Zeit, bis Marco sie entnervt bitten würde, lieber Betty und mir in dem jetzt wieder breiteren Schatten vor dem Van Gesellschaft zu leisten, damit er sich wieder auf seine Arbeit konzentrieren konnte. Was Jesus betraf, so ging Lucys Sprachfluss bei ihm logischerweise zu einem Ohr rein und zum anderen sogleich wieder raus und hatte wahrscheinlich keine negativen Auswirkungen auf seine Effizienz. Manchmal war die Sprachbarriere ein wahrer Segen.

»Wie macht sie das bloß?«, fragte Betty.

»Pausenlos zu reden?«

»Nein. Diese Typen. Ausgerechnet Lucinda. Erst der Pole, jetzt der Spanier. Bestes Urlaubsspaßmaterial. Die fliegen ihr einfach so zu. Und ich?«

»Du hast Marco«, sagte ich. »Aber der genügt ja deinen hohen ästhetischen Ansprüchen nicht. Ich frage mich: War es denn überhaupt nicht schön, als er an deinem Po gesaugt hat?«

Betty ignorierte mich. »Wie *macht* sie das bloß?«

»Frag sie doch.«

Lucy war von ihrem Platz neben dem Bus aufgestanden und kam zu uns in den Schatten. Sie sah ein bisschen zerknirscht aus. »Marco sagt, ich störe ihn bei der Arbeit.«

Ich verkniff mir ein Schmunzeln. »Sag mal, Lucy … Wo hast du Jesus eigentlich gefunden?«

»Auf der Kuhweide, wieso?«

Selbstverständlich. Auf der Kuhweide. Wo man sich eben so kennenlernt. »Und was hat er da gemacht?«

Lucy schien meine Frage irgendwie unsinnig zu finden. »Er war einfach da?«

»Siehst du?!« Betty schlug mit der flachen Hand auf die Armlehne ihres Klappstuhls. »Er war einfach da. Das gibt's doch nicht!«

Vielleicht ja doch. Wer suchet, der findet. Aber wer nicht sucht, findet auch – nämlich das, was er nicht sucht. Was eigentlich viel besser ist.

Ich befühlte besorgt meine Stirn und beschloss, dass es zu heiß zum Philosophieren war. Erschöpft schloss ich meine Augen und schlief ein.

Am Horizont schob sich die Sonne als roter Ball aus unserem Sichtfeld, als Marco in den VW-Bus einstieg, den Schlüssel ins Zündschloss steckte und nach rechts drehte. Der Motor sprang problemlos an, und der gelbe Bus vibrierte und brummte im Abendlicht. Marco ließ einen Jubelschrei hören (eher Cowboy als Indianer), stellte den Motor wieder ab und hielt die Hand zum High Five mit Jesus aus dem Fenster.

»Gott sei Dank«, seufzte ich.

»Wohl eher Jesus sei Dank«, korrigierte mich Betty.

Lucy lief barfuß über die Wiese und umarmte unseren Retter.

Es war der Auftakt zu einem gemütlichen Abend in außerordentlich gelöster Stimmung auf unserem Berggipfel. Marco und Betty bastelten ein kleines Lagerfeuer zusammen, wobei sie natürlich sämtliche Brandschutzbestimmungen vorbildlich beachteten. Das wusste ich, weil sie uns andere immer wieder darauf hinwiesen. Es stellte sich außerdem heraus, dass Jesus nicht nur VW-Busse reparieren konnte, sondern auch in der Lage war, aus unserem spärlichen Vorrat ein köstliches Mahl zuzubereiten – Nudeln mit Zwiebeln und Thunfisch aus der Dose –, das wir unter einem unendlich weiten, sternenübersäten Himmel zu uns nahmen. Um den Abend perfekt zu machen, zauberte unser stiller Gast zwei Flaschen Rotwein aus seinem Rucksack, die wir untereinander weiterreichten (wobei Lucy wie gewohnt ablehnte), und unsere einzige Sorge war, dass der Wein nicht den Joint und umgekehrt der Joint nicht den Wein überrundete.

Marco holte seine Gitarre aus dem Van und spielte als Tribut an unseren unerwarteten Helden des Tages die Johnny-Cash-Version von »Personal Jesus«. *Your own personal Jesus, someone to hear your prayers, someone who cares.* Wir waren schwer beeindruckt von seiner Fingerfertigkeit an den Saiten (ich wies Betty darauf hin, aber sie winkte nur ab) und seiner überraschend guten Stimme. Den *»Reach out and touch faith«*-Teil sangen wir alle gemeinsam, das war gut für das Gruppengefühl, wobei *unser* ganz persönlicher Jesus sich aus allem raushielt, einfach nur dasaß und still lächelte. Der Schein des Feuers spielte auf seinem Gesicht, seine strubbeligen Haare wippten, während er im Takt nickte. Es war seltsam, er hatte uns gerettet, uns ein Abendessen gekocht und die letzten Stunden mit uns verbracht, aber er interagierte nicht mit uns. Er war einfach nur da. Und das, ohne dass es unangenehm war oder ich mich gezwungen fühlte, ihn einzubinden oder mit ihm zu reden. Was ohnehin nicht möglich gewesen wäre, mit »Hola« allein ließ sich schwer ein Gespräch führen. Umso schöner, dass es gar nicht nötig war.

Marco spielte noch andere Hits, »Nothing Else Matters« und »Knockin' On Heavens Door«, Jungskram eben. Aber das war okay, weil die Musikauswahl perfekt auf den Berg und zum Lagerfeuer passte. Er lieh Betty eine Mundharmonika, mit der sie allen möglichen Quatsch anstellte, aber kein Lied zustande bekam. Lucy sang in ihrem typischen, ausgedachten Kauderwelsch mit, ich klatschte den Takt, und wir konsumierten noch den einen oder anderen Joint, bis nach und nach erst Lucy, dann Marco und schließlich Betty eine gute Nacht wünschten und es sich in ihren Betten gemütlich machten.

Nur ich saß noch da, Jesus gegenüber, der zwar auch glasige Augen hatte, aber wohl eher vom Rauch, nicht weil er müde war. Er wirkte jedenfalls hellwach und sah aus, als wäre er gerade eben erst gekommen. »Gracias«, sagte ich. Das einzige weitere spanische Wort, das mir nach langem Überlegen noch eingefallen war.

Jesus nickte und lächelte.

»Where?«, fragte ich und legte meine Hände mit den Handflächen aufeinander und schmiegte meine Wange daran, um Schlaf darzustellen. Wo würde Jesus schlafen? Marco hätte bestimmt nichts dagegen, wenn er in seinem Camper übernachtete.

»Aquí«, sagte Jesus, und deutete auf seinen Platz neben dem schwächer werdenden Feuer.

»Aber es wird bestimmt … äh …«, ich legte meine Arme um den Körper und machte »Brr!«. Kalt, es würde kalt werden, spätestens wenn das Feuer ausging.

Aber Jesus lächelte mich nur an und sagte noch einmal »aquí«, und da gab ich es auf. Es brachte nichts zu diskutieren, wenn einem mehr als neunundneunzig Prozent der nötigen Vokabeln fehlten. Ich erhob mich und wünschte ihm auf Englisch eine gute Nacht, er antwortete mit »Buenas noches«, und als ich in den Bus stieg und mich noch einmal zu ihm umdrehte, saß er mit dem Rücken zu mir am Feuer. Vielleicht beobachtete er die Sterne. Ganz sicher lächelte er still in sich hinein, das spürte ich irgendwie. Und es freute mich. Ich warf einen Blick nach oben, und es präsentierte sich mir ein Nachthimmel, so dicht bedeckt mit Sternen, dass es aussah, als hätte er Masern aus Licht. Ich fand ihn wunderschön. Dann ging ich schlafen.

Ich hatte irgendwie damit gerechnet.

Als ich am nächsten Morgen meine Augen öffnete, früh, noch bevor die Sonne den Bus hatte aufheizen können, hörte ich erst eine Kuh muhen. Dann eine zweite. Und dann hörte ich Lucy, die ihren Kopf durch die Schiebetür steckte und atemlos verkündete: »Jesus ist weg!«

»Hast du unterm Bus nachgesehen?«, murmelte Betty im Halbschlaf.

Lucy schnaufte wütend – »sehr witzig!« – und ließ uns wieder allein, um über die Weide zu rennen und immer wieder »Jesus!« zu rufen. Die Antwort darauf war weiteres vereinzeltes Kuhmuhen. Ein Außenstehender hätte sie für verrückt erklärt.

»Tja, es ist schon ein bisschen merkwürdig«, meinte Marco dazu, nachdem wir unsere Sachen in den Bussen verstaut und die Hinterlassenschaften unseres Aufenthalts auf dem Berg weggeräumt hatten. »Mysteriös, könnte man auch sagen.« Er überblickte nachdenklich die Weiten der Kuhweide und rührte in seinem Morgenkaffee. Betty stand neben ihm und tat dasselbe. Die Fahrer brauchten Koffein. »Taucht hier auf, sagt kein' Ton, rettet uns den Arsch, verschwindet einfach wieder.«

»Ohne Tschüss zu sagen«, ergänzte Lucy empört. Ich sah ihr an, dass es sie beschäftigte, dass schon wieder eine ihrer Bekanntschaften sang- und klanglos abgehauen war. Das war nicht gut fürs Selbstwertgefühl, keine Frage. Aber in Jesus' Fall war das etwas anderes als vor ein paar Tagen mit Karol. Meine Meinung.

Betty nahm einen Schluck Kaffee und runzelte die Stirn. »Was meint ihr? War das nur Glück? Oder Zufall? Oder war Jesus jetzt wirklich Jesus oder was?«

»Der wusste eine Menge über VW-Busse, so viel steht mal fest.«

»Jesus. Sohn eines Kfz-Mechanikers.«

Wir standen einen Moment schweigend nebeneinander im Morgensonnenschein auf dem Berg der Wunder und dachten über den seltsamen vergangenen Tag nach. Dafür reiste man, um solche Dinge zu erleben. War es nicht so?

»Aber er hätte wirklich mal Auf Wiedersehen sagen können, oder?« Lucy schlug nach einem Insekt auf ihrem Arm und starrte in Richtung der Kühe. »Also echt mal. Ich wollte ihm zum Dank das Einhorn-Bild schenken.«

»Vielleicht hat er ja davon Wind bekommen und ist deswegen abgehauen ...« Marco grinste.

Lucy sah schwer getroffen aus. »Was weißt du schon? Ich bin mir sicher, Jesus hätte es sehr gern gemocht.«

Plötzlich fing Betty an zu lachen, so sehr, dass ihr Kaffee über den Rand schwappte und sie den Becher auf dem Boden abstellen musste, um sich nicht zu verbrühen. »Hahaha!«

»Betty?«, fragte ich besorgt und versuchte, Blickkontakt mit ihr aufzunehmen. »Ist es wegen des Einhorns?«

»Ihr seid blöd!« Lucy verschränkte beleidigt die Arme vor ihrer Brust.

Schnaufend schüttelte Betty den Kopf. »Nee, ich hab nur gedacht ...« Sie musste wieder lachen und sich außerdem an Marcos Camper abstützen. »Ich hab nur gedacht: Is ja klar, dass der Pole 'nen polnischen Abgang hinlegt. Aber der Spanier?«

»Ts!«, machte Lucy und stapfte, die Arme noch immer verknotet, zum Bus. Und das war auf jeden Fall besser, als wenn sie über die Felder weggelaufen wäre – bei Lucy hätte das inzwischen niemanden mehr überrascht –, denn wir waren schließlich abfahrbereit. Es war Zeit, den Berg der Wunder zu verlassen.

Und zum Abschied sagte ich noch einmal leise: »Gracias, Jesus.«

14
Der Teil mit dem großen Knall

DAPHNES MIXTAPE
Generationals – When They Fight They Fight

Richard und ich waren seit etwas mehr als einem halben Jahr ein Paar, als er seine Zelte in New York abbrach und nach Hause kam, und die Tage vor seiner Rückkehr waren die aufregendsten und schönsten meines Lebens. So definitiv kann und soll man das eigentlich nicht sagen, aber in dieser Zeit kam es mir zumindest so vor. Ich war schließlich verliebt.

Ich wachte damals jeden Morgen mit einem Gewusel von Schmetterlingen im Bauch auf, die einfach nicht wieder verschwinden wollten und mich den ganzen Tag lang begleiteten. Manche flatterten so weit oben, dass sie mich im Hals kitzelten und ich lachen musste, einfach so, für die Menschen um mich herum scheinbar grundlos. Aber ich hatte einen sehr guten Grund. Endlich kam der Mann, den ich liebte, zu mir zurück, und er würde bleiben, eine Lücke füllen, die ich immer schon in meinem Leben gespürt hatte: da wo das Herz war und diese Pärchensache, mit der andere Leute, die ich kannte, ihre Tage und Jahre verbrachten. Gemeinsam aufwachen, gemeinsam essen, gemeinsam Dinge erleben, gemeinsam einschlafen. Die Vorfreude darauf pflanzte mir ein schwachsinniges Grinsen ins Gesicht und Bilder in meinen

Kopf, von glücklichen Momenten, die auf mich warteten. Das waren sonnige, fröhliche Bilder. Nie kam in meinen Visionen so etwas wie Streit, Langeweile oder dieses genervte Gefühl vor, das sich breitmachte, wenn zwei Menschen unterschiedliche Dinge wollen und keinen Kompromiss finden.

Stattdessen hatte ich, auf rosafarbenen Wölkchen schwebend, einen Mandelkuchen gebacken, das extravaganteste Gebäck, zu dessen Herstellung ich in der Lage war, das außerdem gut zu Richards Augen passte, die ja auch mandelförmig sind. In der Vase auf dem Küchentisch hatte ich frische Blumen arrangiert (Freesien), und nach ungefähr anderthalb Stunden war es mir gelungen, mich endlich für ein Kleid zu entscheiden, das ich zur Feier des Tages tragen wollte – zumindest bis Richard es mir auszog. Mit meinen Haaren war ich in etwa genauso lange beschäftigt. Aber das war alles im Rahmen, fand ich, immerhin war ich so verliebt wie nie, da konnte man sich gar nicht genug ins Zeug legen. Ablenkung, oder man platzt. Und dann fliegen die ganzen schönen Schmetterlinge raus.

Am großen Tag klingelte Richard gegen halb vier an meiner Tür. Es war ein Samstag. Ich erlaubte mir einen kleinen, unterdrückten Schrei, einen Juchzer, wie Oma Mathilde es genannt hätte, die immer gern betont hatte, dass Vorfreude die schönste Freude sei. Eine weise Frau.

Ich rannte zur Wohnungstür, riss sie auf und sah in ein erschöpftes Gesicht. »Unten war offen«, war alles, was er sagte. *Macht nix,* dachte ich, nahm Anlauf und sprang dem Mann mit den Mandelaugen, die sich übergangsweise in müde Schweinsäuglein verwandelt hatten, in die Arme. Er drückte mich an sich. Alles okay also. Meine Lippen suchten seinen Mund, ich bekam einen kurzen, trockenen Kuss ohne Zunge verpasst, und dann schob Richard seine zwei Koffer und den Rucksack an mir vorbei in den Flur.

Ich fühlte mich etwas zweitrangig. Die Schmetterlinge machten eine Pause und warteten mit leicht vibrierenden Flügeln ab. Erst die Koffer, dann die Liebe. Kommt vor.

Richard ließ einen Seufzer hören, gab mir im Vorbeigehen einen weiteren Kuss ohne Zunge, aufs Haar nämlich, und ließ sich im Wohnzimmer aufs Sofa fallen. Ich blieb in der Tür stehen, unschlüssig und ein wenig beleidigt. Wo blieb die überschwängliche Wiedersehensfreude? Das Feuerwerk? Das Festival der Liebe? Und warum, zum Teufel, bekam ich kein Kompliment für mein wunderschönes Kleid?

Richard öffnete seine Arme für mich, und ich durfte mich neben ihn legen und mich an sein verschwitztes T-Shirt drücken lassen. Der Schweiß war nicht das Problem. Der Mangel an Worten war es. Da konnten die großen Denker noch so oft sagen, dass nicht Worte, sondern Taten zählten, *ich* war eine Frau der Worte. Ich liebte »ich liebe dich«, und ich konnte nicht genug bekommen von »ich hab dich so vermisst«. Aber jetzt war es still. So hatte ich mir das nicht gedacht.

»Es ist schön, dass du wieder da bist«, nuschelte ich irgendwo auf Richards Brusthöhe.

Und er sagte »Ja«.

Einfach nur »Ja«.

Ich befreite meinen Kopf und sah ihn streng an, was er nicht wissen konnte, denn er hatte die Augen geschlossen. »Ja?!«

Eines der Augen wurde einen Spalt weit geöffnet. »Ja.«

»Das ist alles?!«

»Was willst du denn hören?«

»Alles andere!«

»Okay. Nein.« Er schloss das Auge wieder und grinste dabei.

Ich schnaufte empört. Mir war es ernst, und er machte Witze.

»Tut mir leid, Daphne«, murmelte Richard schläfrig und wischte mir mit einer Hand über den Rücken. Statt Streicheln. War anscheinend auch zu viel verlangt. »Ich bin hundemüde. Ich hatte echt einen anstrengenden Flug, und gestern hab ich mit den Jungs vom Label noch bis ich weiß nicht wann Abschied gefeiert …«

Ich verkniff mir den schnippischen Kommentar, dass ich mich freute, dass er zumindest *dafür* genug Energie gehabt hatte. Nur weil ich es nicht sagte, bedeutete das aber nicht, dass ich es nicht trotzdem dachte. Es war schwer, darüber hinwegzusehen, auch wenn es Sinn machte, auch wenn es komplett in Ordnung war, weil er seine New Yorker Kollegen und Freunde lange nicht mehr sehen würde und mich ab jetzt ja jeden Tag. Wir hatten so viel Zeit, das hatte ich mir doch all die Tage zuvor ausgemalt: die schöne, lange Zeit, die wir haben würden. Dann war er jetzt eben müde, egal, ab morgen fing unser munteres gemeinsames Leben an … Aber was zählt schon die Vernunft, wenn man mit enttäuschten Erwartungen zu kämpfen hat? Nichts. Es war nicht fair, und es würde auch an diesem Tag nicht mehr fair werden. »Ich hab Mandelkuchen für dich gebacken«, war das Diplomatischste, was ich herausbrachte.

»Oh, Daphne, das ist wirklich lieb, aber ich hab doch eine Nussallergie«, sagte er und glitt in den Schlaf.

Es war gar nicht so einfach mit der gemeinsamen Zeit.

Hätte ich vorher gewusst, wie lang und heiß und eintönig die Strecke, die vor uns lag, werden würde, ich hätte mich dafür eingesetzt, lieber noch einen Tag auf dem Berg der Wunder zu verbringen. Nachdem wir Marcos Van folgend die Felsen und Kurven des Gebirges hinter uns gelassen hatten, ging es nur noch geradeaus, immer die Autobahn entlang, durch eine karge, staubige, schattenlose Landschaft. Skys VW-Bus hatte keine Klimaanlage, die Lüftung machte eine Menge Krach, lieferte aber keine frische Luft, und obwohl wir alle Fenster, die sich öffnen ließen, heruntergekurbelt und aufgeklappt hatten, war es in dem Bus trotzdem noch so heiß wie in einem Backofen. Und es wurde mit der Zeit eher schlimmer als besser.

Ich konnte meine Füße nicht mehr auf das schwarze Armaturenbrett legen, wie es sonst meine bevorzugte Sitzposition gewesen war, weil ich befürchtete, mir dadurch Brandblasen zuzuziehen. Das Wasser an Bord war kochend heiß – schade, dass wir es nicht zum Duschen brauchten, sondern es eigentlich trinken wollten. Der Bezug meines Autositzes erzeugte in Verbindung mit meinem Schweiß ein extrem unangenehmes Jucken auf meiner Haut. Und apropos Jucken: Ich hatte drei neue Mückenstiche gezählt – zusätzlich zu den anderen acht Quaddeln und Pusteln, die schon vor dem Berg der Wunder da gewesen waren. Komfortables Reisen war das irgendwie nicht.

Betty rauchte eine Zigarette, der Schweiß rann ihr den Nacken hinunter. »Lucinda?«

Ein schwaches »Hm?« war die Antwort aus dem hinteren Teil des Busses, der immerhin schattig war, im Gegensatz zur Fahrerkabine.

»Mich würde mal interessieren, wie es kommt, dass du so einen Schlag bei den Männern hast. Was ist deine Masche?«

»Masche?«

Ich lachte in mich hinein, soweit es mein erschöpfter Zustand zuließ, und streckte meinen rechten Arm aus dem Fenster, um ihn im Fahrtwind abkühlen zu lassen.

»Na, was sagst du denen?«, präzisierte Betty ihre Frage.

»Ich sag gar nichts. Ich hab auch keinen Schlag bei Männern. Ich will gar keinen Schlag bei Männern haben.«

Betty nickte nachdenklich. »Das könnte es sein …«

»Nein, Betty, ehrlich!« Irgendetwas rumpelte über den Boden, als Lucy sich von der Rückbank aufrappelte und sich hinter unsere Sitze auf die Vorratsbox setzte. »Ich will gar keine Männer kennenlernen.«

»Na, das soll einer verstehen …«

»Ich will nur *einen* Mann kennenlernen. *Den einen,* weißt du?«

Betty verdrehte die Augen.

»Irgendwann treffe ich den Mann, den ich heirate und mit dem ich zusammenbleibe, bis ich sterbe.«

Ich zog meinen Arm wieder ein. »Hast du ja vielleicht bereits.« Natürlich dachte ich dabei an Hannes.

Lucy auch. Deswegen auch ihr vehementes »Nein, hab ich nicht!«

Betty schüttelte fassungslos den Kopf. »Wie das schon klingt. Zusammenbleiben, bis man stirbt. Wie deprimierend das ist, da gleich mit dem Tod zu kommen. Da würde ich erst recht nicht *den einen* finden wollen, wenn dann quasi gleich alles zu Ende ist.«

»Aber bevor man stirbt, hat man ja ein schönes Leben zusammen. Und heiratet und bekommt Kinder und so.«

»Ein Kind hab ich auch«, sagte Betty und aschte aus dem Fenster. »Zählt das jetzt nichts, weil ich nicht verheiratet bin?«

»Das hab ich nicht gesagt. Das ist was anderes.«

»Wieso?«

»Weil ...« Dem konzentrierten Kauen auf ihrer Unterlippe nach, war Lucy auf der Suche nach einem schlauen Dreh, der sie aus dieser Argumentationssackgasse retten konnte. Erfolglos.

»Ich sag dir mal was, Lucinda«, sprach Betty weiter. »Wenn man sich selbst und sein Leben zu strengen Regeln unterwirft, dann verpasst man was. Wenn ich so wie du darauf gewartet hätte, dass mir der Mann, der bis zum Tod hält, über den Weg läuft und mich dann auch noch heiratet, dann hätte ich Max jetzt nicht. Dann wäre mein Leben sicherlich auch spitzenmäßig, aber nicht ganz so spitzenmäßig wie jetzt. Selbst wenn ich es mir aussuchen dürfte: Ich würde trotzdem nichts anders machen, niemals. Ich liebe meinen Sohn.« Sie hielt den Blick fest auf die Straße gerichtet, während Lucy weiterhin auf ihrer Lippe kaute. Jetzt wahrscheinlich, weil sie so die Information, die sie eben bekommen hatte, besser verarbeiten konnte.

Ich drehte mich zu ihr nach hinten. »Das heißt natürlich nicht, dass du irgendetwas tun sollst, was du nicht tun willst.« Es war mir wichtig, das in Hinblick auf Lucys Vergangenheit klarzustellen.

Betty nickte zustimmend. »Klar, man soll nie etwas machen, was man nicht machen will. Regel Nummer zwei.«

»Und Regel Nummer eins?«, fragte ich.

»Man soll immer machen, was man machen will.«

»Ist das nicht dasselbe?«

Von links sah mich Betty an, als hätte ich gerade etwas sehr Dummes gesagt. »Nein?!«

»Also, ich will ein Eis«, erklärte Lucy.

»Bravo, Lucinda! Du lernst schnell.« Betty griff nach ihrem Handy, wählte und wartete, bis am anderen Ende geantwortet wurde. »Marco? Hier der gelbe Bus. Halt mal bei der nächsten Raststätte. Wir wollen ein Eis.« Sie war kurz still, während Marco redete, und sagte dann: »Klar darfst du auch ein Eis essen. Wenn du das willst. Ist ja schließlich Urlaub. Und jetzt fahr rechts raus, ich hab eben ein Schild gesehen.«

An der Raststätte wurde nicht nur Eis verkauft, es gab außerdem auch einen klimatisierten Gastraum, in dem man seine Speisen an Stehtischen zu sich nehmen konnte. Im ersten Moment war das sehr erfrischend, im zweiten verkündete Lucy, dass sie zum Bus zurückgehen wollte, um Pullis und Strickjacken zu holen. Extreme waren nie gut, »wir wollen uns ja keine Erkältung holen«. Nein, das wollten wir nicht. Außer Marco vielleicht, der darauf beharrte, keine Kälte zu spüren. Ein echter Kerl eben, männlich bis an die Grenzen der Vernunft. Betty warf ihm einen abschätzenden Blick zu, und ich war mir ziemlich sicher zu wissen, was in ihrem Kopf vor sich ging. Sie verglich Marco mit Mo, der ohne Frage durchtrainierter war und schlichtweg der attraktivere Mann. Andererseits war Marco lustig und offen, und ich hatte ihn gleich gemocht. Im Gegensatz zu Mo, den ich noch immer nicht so richtig ausstehen konnte. Er war ein eitler Fatzke. Auch wenn er offensichtlich süße Kinder machen konnte. Oder vielleicht auch gerade, weil …

Apropos, das musste sich auch Marco gedacht haben: »Hast du eigentlich ein Foto von Max dabei?«, fragte er Betty.

»Warum?« Sie sah ihn mit großen Augen an. Irgendwie ging ihr der typische Herzeigedrang, mit dem junge Eltern sonst ausgestattet waren, komplett ab.

»Weil ich gern wüsste, wie er aussieht.«

»Willst du ihn entführen, oder was?«

Marco sah ungefähr genauso verwirrt aus wie Betty selbst. Er lachte unsicher. »Ähm … Nein?«

Es war an der Zeit, hilfreich zu intervenieren. »Betty, ich glaube, Marco ist einfach nur ein bisschen neugierig.«

»Na, dann sag das doch!« Betty griff nach ihrem Geldbeutel, den sie auf dem Stehtisch abgelegt hatte, und wühlte zwischen Kleingeld und Mauttickets herum. Schließlich zog sie ein dreimal gefaltetes Foto aus dem Täschchen und legte es vor Marco hin. »Bitte schön.«

Er nahm es, glättete die Falten und drehte sich zum Fenster, damit mehr Licht auf das Bild fiel. »Der ist ja wirklich süß.« Ich kannte das Foto und wusste, was er sah: den kleinen Max mit Mütze, der sich vergnügt lachend eine alte Stoffpuppe an den Bauch drückte, auf dem Schoß seines Vaters. »Das ist Mo?«, fragte Marco und tippte an betreffender Stelle auf das Bild, und es beeindruckte mich ein wenig, wie völlig frei von jedem Unterton er das sagte, obwohl er offensichtlich stark an Betty interessiert war und ihm der Anblick seines direkten Konkurrenten eigentlich das Herz brechen oder ihn zumindest ein wenig eifersüchtig machen musste. Männer waren so viel besser darin als Frauen, sich nichts anmerken zu lassen.

Betty neigte sich zur Seite, um das Foto besser betrachten zu können, obwohl sie es natürlich in- und auswendig kannte. »Ja. Ist er«, sagte sie.

»Nett«, sagte Marco.

»Ja, ist er«, sagte Betty wieder.

Nicht so nett wie Marco, dachte ich. In einer perfekten Welt würde Betty das vielleicht auch merken.

»Hier sind eure Pullis, ich muss mal schnell«, rief Lucy im Vorbeigehen, beschmiss unseren Tisch mit Textilien und machte sich auf die Suche nach den Toiletten.

Betty steckte das Foto wieder ein und fixierte eine Weile gedankenversunken die Tischplatte, die mit Zuckerkristallen, Brotkrümeln und Kaffeeflecken übersät war. Irgendwann konnte ich nicht umhin, sie zu fragen, ob alles in Ordnung sei, und sie sah mich an, als wäre sie gerade aus einem Traum aufgewacht. »Ich geh mal raus und ruf Max an.«

»Tu das.«

»Ja, mach ich«. Sie zog sich ihren Pulli über. »Ich bin draußen.«

»Da brauchst du den Pulli nicht.«

Aber das hörte sie schon nicht mehr.

»Tja«, sagte ich. Marco zuckte mit den Schultern.

Die Raststätte war gut besucht, in erster Linie von spanischen Familien, die wohl auch genug davon gehabt hatten, in der Mittagshitze im Auto zu sitzen. Der Geräuschpegel war relativ hoch, Kinder schrien durcheinander, Erwachsene unterhielten sich in schnellem Spanisch, und dann gab es da noch diesen Hubschrauber beziehungsweise die Miniaturversion eines Hubschraubers, der genau neben unserem Tisch stand, äußerst anstrengende Geräusche machte und dazu noch hektisch blinkte. So sollte er die Aufmerksamkeit kleiner Kinder auf sich ziehen, die dann wiederum ihre Eltern nötigen sollten, fünfzig Cent in den Schlitz zu werfen, damit der Hubschrauber mit dem Nachwuchs an Bord ein wenig hin und her wackelte und dabei noch mehr anstrengende Geräusche machte. Das war der Plan. Und er funktionierte.

So wenig, wie man als Erwachsener diese Geräte leiden oder ihre Faszination begreifen konnte, so sehr liebten Kinder sie. Zum Beispiel der etwa vierjährige Junge, der in diesem Moment aufgeregt auf den Hubschrauber zugelaufen kam und etwas auf Spanisch brabbelte, das ich natürlich nicht Wort für Wort verstand, aber der Sinn war mir schnell klar. Sein Vater sollte gefälligst das Portemonnaie herausholen und ihm eine Minute Gewackel spendieren. Das tat dieser dann auch, ein schlauer Schachzug, denn genauso wie Miniaturhubschrauber konnten auch Kinder anstrengende Geräusche machen. Insbesondere dann, wenn sie nicht mit dem Miniaturhubschrauber spielen durften. Der Junge stieg ein, die Münze klapperte, und die Fahrt ging unter Piepsen und Getöse los.

Ich schenkte Marco einen leidenden Blick.

»Na, was ist los? Willst du auch mal?«

»Ha, selbst wenn ich es schaffen sollte, mich in das Ding reinzuquetschen, bräuchtet ihr bestimmt einen Bolzenschneider, um mich wieder zu befreien.«

»Oder wir lassen dich einfach hier und holen dich auf dem Rückweg wieder ab.«

»Oh. Danke auch.«

Sein Kopf nickte in Richtung Hubschrauber, neben dem sich gerade die Mutter des Nachwuchspiloten zu ihrem Mann gesellte. Einer anscheinend international gültigen Pärchenchoreografie folgend, legte er einen Arm um ihre Hüfte, und sie legte ihren Kopf an seine Schulter. »Magst du Kinder?«

»Ich?!« Was für eine Frage. Niemand, der keine Lust auf einen verlängerten Urlaub im sozialen Abseits hatte, gab offen zu, Kinder nicht zu mögen. Die Wahrheit war allerdings, dass ich keinen besonders guten Draht zu ihnen hatte, noch nie gehabt hatte. Auch nicht zu Max, was durch die Hochzeitstortengeschichte auch nicht wirklich besser geworden war. Schon klar, Kinder waren Kinder. Ich konnte nur leider mit diesem Kindsein überhaupt nichts anfangen. Deswegen machten Kinder einen großen Bogen um mich und umgekehrt. Das war der unausgesprochene Deal. Aber ich wollte das nicht laut sagen und wie ein Arschloch dastehen. Logischerweise. Also antwortete ich mit einem vielsagenden »ich *mag* sie schon«.

»Aber es ist noch nicht Zeit für eigene«, ergänzte Marco lächelnd.

Ich winkte ab. »Dafür müsste ich erst mal den geeigneten Mann finden.«

Stirnrunzeln. »Ich denke, du hast einen Freund.«

Oh. »Ja, hab ich.« Ich hatte es nur für einen Moment vergessen ... aber wie zur Hölle hatte ich *das* bitte vergessen können? Ich erklärte mir meine seltsame Antwort auf Marcos Frage damit, dass sie in meinem Leben so viele Jahre lang die Standardreaktion auf Themen dieser Art gewesen war, eben weil ich keinen Freund *hatte*, dass dieser Automatismus mir dermaßen ins Blut übergegangen war, dass ... aber mal im Ernst: Egal wie ich es drehte und wendete, es blieb erbärmlich. Ich hatte meinen Freund vergessen, mit dem ich sogar schon über Kinder gesprochen hatte, gemeinsame Kinder natürlich, erst kürzlich, vor der Hochzeit meiner Mutter. Wir konnten uns auf keine Namen einigen, aber wir wollten. Miteinander. Wirklich. Na ja, damals jedenfalls, vor zwei Wochen. Bevor ich ihn vergessen hatte. Verdammt. »Ich hab einen Freund. Aber das heißt ja nicht, dass ...«

»Blödes Thema?«

Wenn Marco so weitermachte, würde er mich zum Heulen bringen. Aber nicht mit mir, ich würde ihm eine Dosis seiner eigenen Medizin verabreichen. »Du magst Betty sehr, oder?«

Er zuckte nicht einmal mit der Wimper. »Ja. Ich mag Betty sehr.«

Und weiter? Mir fiel nichts ein. »Ich … äh … auch.«

Marco nickte freundlich. »Prima!«

So viel zur Medizin.

Schnelle Schritte hallten durch den Gastraum, begleitet von hektischen Atemzügen, die zu einer jungen Frau in einem pinkfarbenen Kaftan gehörten, deren Wangen stark gerötet waren. Es sah aus, als nähme sie gerade an einem Dauerlauf teil, dem Kaftan-Run vielleicht. Es war Lucy. Sie wedelte mit einer Handtasche in der Luft, die dunkelblau war, also nicht ihr gehören konnte, denn alles, was sie besaß, war pink. Um das Wedeln zu unterstreichen, rief sie aufgeregt: »Los Taschos! Los Taschos!« und zog damit die Aufmerksamkeit aller Anwesenden auf sich, die sich wohl fragten, wovon die verrückte Frau da redete. Ich tat ja nichts anderes. Als Lucy an unserem Tisch ankam, bremste sie ihren Lauf, kam aber nicht zu Marco und mir, sondern ging stattdessen auf die Mutter des Hubschrauberkindes zu. »Los Taschos«, sagte sie noch einmal völlig außer Atem und hielt der Frau, die zunächst verständlicherweise einen Sicherheitsschritt von ihr weg machte, die Handtasche entgegen. Nach einem Moment der Verwirrung erkannte sie ihr Eigentum, nahm es an sich und nickte strahlend. »Por suerte! Esto es mi bolso, gracias a Dios! Gracias, señorita.«

»Keine Ursachos«, keuchte Lucy, stellte sich zu uns an den Tisch. »Hat ihre Tasche auf dem Klo vergessen«, sagte sie und deutete zur Erklärung mit dem Daumen auf die Frau hinter sich, die ihr Glück gar nicht fassen konnte. »Neben dem Waschbecken. Ist mir auch schon mal passiert.« Sie wischte sich schwer atmend über die Stirn und leckte sich die Lippen. »So. Und jetzt möchte ich wirklich unbedingt endlich ein Eis.«

Zwischen unserem Abschied vom Berg der Wunder und den Lichtern des abendlichen Lissabon lagen unendliche zehn Stunden Fahrtzeit. Neunzig Stundenkilometer Höchstgeschwindigkeit, das war nach wie vor alles, was Skys Bus zu bieten hatte. Und das auch nur bergab. Und im mageren Windschatten von Marcos Van, dem wir brav hinterherfuhren. Es tat uns schon ein bisschen leid, dass er unseretwegen nur so langsam vorankam, und deswegen beschwerte sich auch niemand, als er die Fahrzeit absichtlich um dreißig Minuten verlängerte, weil er uns unbedingt noch etwas zeigen musste. Er rief extra auf Bettys Handy an und bat sie, den Lautsprecher anzustellen, damit auch wir anderen seine Durchsage hören konnten.

»Ladys! Direkt vor euch, im Moment noch verdeckt von diesem coolen Van, befindet sich die Ponte Vasco da Gama. Die ist mehr als siebzehn Kilometer lang und somit eine der längsten Brücken der Welt und – haltet euch fest – die längste Europas. Zumindest bis jetzt, wer weiß, was noch kommen mag. Wer sagen kann, nach wem die Brücke benannt ist, bekommt die Cola, die seit drei Tagen in meinem Handschuhfach liegt.«

»Ich weiß es! Ich!« Lucy warf sich aufgeregt über die Vordersitze Richtung Armaturenbrett, auf dem Bettys Handy mit Marcos Stimme drin lag, und schnipste mit ihrem Finger, als wäre sie wieder in der Schule.

»Das war nur ein Scherz«, hörten wir Marco sagen, und Lucy ließ enttäuscht den Arm sinken.

»Ich hätt's aber gewusst.«

»Glaub ich dir.« Ich tätschelte ihr aufmunternd die Schulter. »Aber sei doch froh, dass du keine warme Cola trinken musst.«

»Hm«, machte Lucy. Sie war nicht überzeugt.

»Auf alle Fälle«, verkündete Marcos Stimme, »wäre es eine Schande, dieses beeindruckende Bauwerk zu verpassen. Das hier ist der beste Weg nach Lissabon, meine Damen, also lehnt euch zurück und genießt die Fahrt. Ach so, der Spaß kostet ein bisschen was, die Mautstation kommt gleich …« Betty und ich stöhnten gleichzeitig wegen der außerplanmäßigen Extrakosten. Die Maut- und Fischbratstrafgebühren in Frankreich hatten ein unschönes Loch in unsere Reisekasse gefressen. »Aber keine Bange!«, fuhr Marco fort, der uns laut und deutlich gehört hatte, »Ich lad euch ein. Sobald wir in der Stadt sind, verrechne ich den Betrag mit Portwein.«

Betty nickte zufrieden. »Klingt fair.«

»Portwein?« Meine Mundwinkel wanderten unwillkürlich nach unten. Da war ich endlich aus Tante Doris' Dunstkreis raus und dem ständigen Likörchenzwang entkommen und dann das. Portwein. »Ich nehm lieber die Cola.«

»Von wegen!«, schaltete Lucy sich ein. »Die gehört wenn dann mir!«

»Hör gar nicht hin, Schnuppi.« Betty lenkte mit der linken Hand und zog mit der rechten ihren Geldbeutel aus der Ritze neben ihrem Sitz, während sie weiter ins Telefon sprach. »In Portugal trinkt man Portwein, und damit hat's sich. Klare Sache.«

»Du sagst es«, antwortete Marcos Stimme. »Over and out.«

»Over and out, jawoll.« Betty schaltete das Handy aus und grinste mich an.

»In Bologne-sur-Mer isst man Spaghetti Bolo. In Portugal trinkt man Portwein.« Ich schüttelte matt den Kopf. »Du machst es dir wirklich leicht.«

»Genauso sollte das Leben sein, Schätzelein. Leicht.«

Eine weitere Stunde später hatten wir in Lissabon Bus und Van unter einer Schnellstraße neben dem Zoo geparkt. Ich konnte mir den ironisch gemeinten Kommentar nicht verkneifen, dass wir hier bestimmt herrlich schlafen würden. Aber Betty erinnerte mich, Schätzelein, daran, dass man nach genügend Gläsern Portwein überall gut schlafen könne.

»Na, dann müssen wir uns ja zumindest um deine Nachtruhe keine Sorgen machen.«

Der Boden unter meinen Füßen vibrierte ein wenig. Eine Nebenwirkung der stundenlangen Fahrt vermutlich, vielleicht lag es aber auch an der Schnellstraße, über die im Sekundentakt Autos und Lastwagen rumpelten. Ich hoffte stark, dass ich die Ohrstöpsel, die sich irgendwo in dem Durcheinander meiner Reisetasche befinden mussten, später würde lokalisieren können.

Lucy warf einen besorgten Blick auf die Uhr. »Schon nach neun. Bekommen wir jetzt überhaupt noch etwas zu essen?«

»Wieso sollten wir nicht?«

»Weil es spät ist?«

»Im Gegenteil. Das ist die perfekte Essenszeit im Süden.« Marco legte ihr einen Arm um die Schulter und zog sie mit sich, dem Stadtzentrum entgegen.

»Neun Uhr abends?!«

»Du meine Güte, Lucinda! Wir sind hier nicht in Remscheid. Die Provinz und ihre Regeln können uns nichts mehr anhaben. Das hier ist anders. Das ist Lissabon!« Betty schlug die Bustür zu, schloss ab und atmete tief die abgasgeschwängerte Luft ein. »Ich liebe es!«

Betty liebte auch die engen Gassen der Altstadt. Betty liebte die Sardinen, die ihr brutzelnd und in Öl schwimmend in dem Restaurant serviert wurden, das wir, getrieben von übermächtigem Hunger und ohne viel darüber nachzudenken, für unser Abendessen ausgesucht hatten. Die dreisprachige Speisekarte schrie »Touristenfalle«, aber Betty liebte es, genau zu wissen, was sie bestellte. Sie liebte auch den jungen portugiesischen Kellner. Und den Portwein, den sie und Marco tranken, liebte sie so sehr, dass ihr das Wort lieben irgendwann nicht mehr groß genug war und sie es verdoppeln musste. »Ich liebeliebe diesen Portwein.«

Ich fragte mich, ob sie nicht vielleicht etwas zu viel von den Abgasen unter der Schnellstraße eingeatmet hatte, oder während der Fahrt in dem stickigen Bus vielleicht ihr Gehirn überhitzt war.

»Ich liebe Urlaub!«

»Wer tut das nicht?«

Lucy tippte Betty an die Schulter und zeigte neben sich auf den Boden. »Guck mal, eine Katze!« Nicht dass das eine Sichtung der besonderen Art gewesen wäre. In der schmalen Gasse, in der unser Esstisch dicht an der Hauswand des

Restaurants stand, wimmelte es nur so von Streunern. Zwei Hunde warteten ein paar Meter weiter in der Dunkelheit auf eine Gelegenheit, sich heruntergefallene Essensreste einzuverleiben, und die Katzen, dünn und struppig, strichen an den Wänden entlang und um Tischbeine herum, mit derselben Mission. Eine von ihnen saß direkt neben unserem Tisch und ließ sich von Lucy ihr räudiges, getigertes Fell streicheln, während sie an den Fingern der anderen Hand schnupperte, die Lucy ihr hinhielt wie eine Visitenkarte.

Marco intervenierte mit fast väterlicher Strenge. »Lucy! Net anfassen!«

Lucy sah ihn kurz verdutzt an, ließ sich aber nicht beirren und kraulte die Katze weiter hinter den Ohren, was diese dazu animierte, ihren Kopf an Lucys Handgelenk zu reiben. »Die ist aber ganz lieb, Marco, die beißt nicht.« Lucy war anscheinend überzeugt, solche Einschätzungen nach fünf Sekunden machen zu können. Aber für sie hatte ja auch ein Tag gereicht, um zu glauben, dass Karol *der eine* für sie war.

»Ich sag ja auch gar nicht, dass die *Katze* dich beißt, aber auf der Katz …«

»Zu den Hunden geh ich nicht«, versprach Lucy, die offensichtlich nur mit halbem Ohr zugehört hatte, »vor Hunden hab ich nämlich Angst. Der Hund da auf dem Bauernhof am Strand, vor dem hatte ich auch richtig Angst. Das kannst du dir gar nicht vorstellen. Oder Willi, der Hund von meinen Eltern … wenn ich nach Hause komm, müssen sie ihn immer wegsperren. Der ist echt gefährlich.« Während sie sprach, wanderten ihre Finger durch das räudige Katzenfell.

»Ich geb's auf.« Marco schüttelte matt den Kopf. »Einer kapiert's nie.«

»Noch 'n Gläschen Port?«, fragte Betty und war schon dabei, den Kellner herbeizuwinken.

»Nicht für mich.« Ich kratzte die letzten Reste meiner Mahlzeit auf dem Teller zusammen und schob mir den ganzen Haufen in den Mund.

»Schätzelein, du begehst einen großen Fehler …«

»… denn in Portugal trinkt man Portwein«, beendete ich mit vollem Mund ihren Satz.

»Ganz genau. Und er ist einfach köstlich.« Sie leckte sich demonstrativ über die Lippen, zeigte auf die leeren Gläser und hielt zwei Finger hoch, als der Kellner kam. »Dois, por favor.«

Ich hob erstaunt die Augenbrauen. »Portugiesisch, Bettina?«

»Ich hau dir gleich eine rein.« Sie bedachte mich mit einem bösen Blick und nickte zu den zwei älteren Herren hinüber, die vor der Bar auf der anderen Seite der Gasse saßen, also etwa einen halben Meter von uns entfernt. »Hab ich bei denen aufgeschnappt.«

»Nicht schlecht.« Ich verzog anerkennend den Mund, dann übernahm ein herzhaftes Gähnen. »Tut mir leid, Leute, aber ich muss zurück zum Bus. Sonst schlaf ich hier noch ein.« Ich durchsuchte meine Tasche nach meinem Portemonnaie, aber Marco hob eine Hand, um mich zu stoppen.

»Lass mal, ihr seid eingeladen. Hab ich doch versprochen.«

Ich sah ihn verdutzt an und wartete, dass er das Angebot zurücknahm, was er aber nicht tat und bedankte mich schließlich überrascht. Betty und Lucy schlossen sich mir an, was dazu führte, dass Marco vor Verlegenheit rot anlief.

»Macht da jetzt nicht so ein großes Ding draus. Ihr seid die besten Reisebegleiter, die ich seit Langem hatte.«

Ein kollektives »Awwww!« ertönte an unserem Tisch, und weil ich direkt neben Marco saß, umarmte ich ihn fest und fühlte die weiche, warme Haut unter seinem T-Shirt und hatte plötzlich diesen Männergeruch in der Nase. Ein Geruch wie aus einer lange vergangenen Zeit. *Richard,* schoss es mir durch den Kopf. Ein warmes Gefühl bewegte sich in meinem Bauch. Ich ließ Marco los und machte somit die Bahn frei für Betty, die ihm über den Tisch gebeugt einen feuchten Portweinkuss mitten auf den Mund gab. Wie er darauf reagierte, nahm ich nicht mehr wahr, ich war zu abgelenkt. Ich dachte an Richard. Überraschend gute Gedanken.

Während Marco und Betty noch gemeinsam die Altstadt von Lissabon unsicher machen wollten, hatten Lucy und ich uns, taumelnd vor Müdigkeit und Übersättigung, zurück zum Bus geschleppt. Die Lissabonner Nacht war kaum kühler, als es der Tag auf der Autobahn gewesen war, und ich fühlte mich verschwitzt und schmutzig und wünschte mir von ganzem Herzen eine ausgiebige, kalte Dusche. Oder einfach ein schnelles Bad im Meer. Stattdessen putzten wir uns mit warmem Wasser aus dem Trinkwasserkanister unter der Schnellstraße die Zähne, legten uns ohne Decke und alle viere von uns gestreckt auf die Matratze im Bus und waren ganz froh, dass Betty nicht da war und wir so viel Platz für uns hatten. Es war fast zu heiß zum Atmen.

Umso mehr wunderte ich mich darüber, wie schnell Lucy eingeschlafen war, was ich an den gleichmäßigen, lang gezogenen Atemzügen und dem niedlichen Schmatzgeräusch erkannte, das sie in den ersten Minuten ihrer Nachtruhe gern machte. *Faszinierend,* dachte ich, *dass fünf Nächte genügen, damit ich Lucys Einschlafroutine genauso gut kenne wie Richards.*

Einschlafen. Das wäre schön gewesen, aber ganz egal wie müde ich eben gerade noch gewesen war, daran war nicht zu denken. Ich wälzte mich von einer Seite auf die andere in meinem verzweifelten Bemühen, eine effektive Schlafposition zu finden, aber ich blieb hellwach, als hätte ich einen Eimer Koffein zu mir genommen. Über meinem Kopf, über dem Dach des Busses und links und rechts von dem Mittelstreifen, auf dem wir standen, rauschten die Autos in einer unregelmäßigen Regelmäßigkeit vorbei. Das Geräusch machte mich wahnsinnig.

Leise fluchend und vorsichtig, um Lucy nicht zu wecken, bewegte ich mich von der Matratze hinunter und wühlte im Dunkeln in meiner Tasche herum auf der Suche nach den Ohrstöpseln, die ganz sicher da irgendwo sein mussten, die ich aber nicht fand. Nach ein paar Minuten gab ich auf, setzte mich auf den Matratzenrand und überlegte, was ich tun sollte, jetzt, da ich das mit dem Schlafen ohnehin vergessen konnte. Richard. Tagelang hatte ich kaum an ihn gedacht, und wenn, dann nicht unbedingt positiv, in den letzten Stunden aber hatte er sich immer wieder in meinen Kopf geschlichen. Und in meinen Bauch. Ich spürte plötzlich das unbedingte Verlangen, mit ihm zu sprechen. Ich nahm mein Handy von dem Regal über der Matratze, schlüpfte in das nächste Paar Flip-Flops, das ich finden konnte, merkte, dass es Lucys waren, zwei Nummern zu klein für meine Füße, beschloss, dass das egal war, und öffnete die Tür. Autolärm schlug mir entgegen.

»Daphne? Es ist gleich Mitternacht. Ist was passiert?«

»Nein, ich kann nur nicht schlafen …«

»Ich schon.«

»Tut mir leid. Hab ich dich geweckt?« Ich wusste, wie Richard klang, wenn man ihn aus dem Schlaf riss. So wie jetzt. Insofern war meine Frage ziemlich überflüssig, ich stellte sie aber trotzdem, süß und anschmiegsam. Wie eine Katze, die sich ihren Platz auf dem Schoß erschmust, genau so fühlte ich mich.

Nachdem ich die letzten Tage damit verbracht hatte, Richard nicht zu vermissen, war ich auf einmal übermannt von einer unerbittlichen Sehnsucht. Ich wollte mich neben ihn in unser Bett legen, damit er mich fest in den Arm nehmen und mir einen Kuss auf den Nacken geben konnte, wie er es immer tat. Ich konnte ihn förmlich riechen. Meine Fingerspitzen meldeten eine Art Phantom-Berührung. Es war so intensiv, dass es seltsam war, und wenn in meinem Kopf Platz dafür gewesen wäre, hätte ich mich vielleicht darüber gewundert und mich gefragt, was diese 180-Grad-Wendung in meinem Gefühlszentrum veranlasst hatte. Aber so, wie es war, war alles, was ich tun konnte, schnurren.

»Ich hab noch nicht so lang geschlafen, ist nicht so schlimm.« Richard gähnte lang gezogen am anderen Ende der Leitung. »Was ist das denn für ein Krach? Stehst du an der Autobahn?«

»Wir parken unter einer sechsspurigen Schnellstraße. Neben einer vierspurigen Hauptstraße. In Lissabon.«

»Dann ist es ja kein Wunder, dass du nicht schlafen kannst.«

»Ja. Das und …«, in meinem Bauch kribbelte es, »ich hab dich vermisst, glaube ich.« Schmetterlinge! Wer hätte damit heute noch gerechnet?

Richard atmete entspannt ein und aus. »Ach, Kleines. Du fehlst mir auch.«

Fast hätte ich gequietscht vor Glück, beließ es aber bei einem Lächeln. »Ich liebe dich.«

»Und ich liebe dich.«

Mehr brauchte ich nicht. Das Gleichgewicht war wiederhergestellt. Ich verstand gar nicht, was in der letzten Woche mit mir los gewesen war. Was genau war mein Problem gewesen? Es war doch alles in Ordnung, sogar mehr als in Ordnung. Geradezu wunderbar war es. Ich war im Urlaub, zu Hause wartete der Mann, den ich liebte, der mich auch liebte … es war genau so, wie Betty gesagt hatte. »Okay, ich lass dich dann mal weiterschlafen«, sagte ich, »du musst morgen bestimmt früh aufstehen. Ist doch Montag oder?« Hätte ich *bloß* nicht gefragt.

»Ja, ist es«, antwortete Richard. Hätte er *bloß* wenigstens kurz über das nachgedacht, was er als Nächstes sagte. »Aber ich kann ja ausschlafen.«

»Wie? Ausschlafen?« Ich schnurrte nicht mehr.

»Ähm«, machte er, und ich hörte förmlich, wie ihm sein Fehler bewusst wurde, wie er angestrengt nach einer Erklärung suchte, die mich nicht böse machen würde. Es gab sie nicht. Er seufzte. »Ich hab mir freigenommen.«

»Morgen?«

»Die nächsten zwei Wochen.«

Ich schnappte nach Luft. Nichts war mehr weich und anschmiegsam. Keine Spur mehr von Schmetterlingen, stattdessen ein Haus aus Glas, kalt und scharfkantig, in das jemand einen Stein geworfen hatte. Ich hörte das Klirren, die Splitter flogen, und ich merkte die Stiche in der Magengegend, als die Scherben sich in mich bohrten. »Du hast dir zwei Wochen freigenommen? Ausgerechnet jetzt? Ausgerechnet dann, wenn ich selbst im Urlaub bin?« Meine Stimme überschlug sich vor Empörung mit jedem Fragezeichen. Zumindest in meinem Kopf war sie lauter als die Schnellstraße.

Richard versuchte, sich zu erklären. »Das ist alles ziemlich scheiße gelaufen, ich weiß. Aber plötzlich hat es gut gepasst, weil wir die meisten Projekte abgeschlossen haben, und nachdem die letzten Wochen so viel zu tun war …«

»Du konntest dir nicht *einen einzigen* Tag freinehmen, bevor ich weggefahren bin!«

»Ja eben, weil so viel zu tun war.«

»Aber jetzt plötzlich geht es?!«

»Daphne, hörst du mir eigentlich zu?«

Berechtigte Frage, und: Nein, ich hörte nicht zu. Ich war wütend. Rasend wütend. Taub vor Wut. »Seit zwei Jahren versprichst du mir, dass wir zusammen Urlaub machen. Und nie bekommst du frei. Nie. Und wenn ich *einmal* beschließe, mit meinen Freundinnen wegzufahren, statt in Hamburg zu hocken und meine freie Zeit damit zu verbringen, darauf zu warten, dass du endlich fertig bist mit deinem Musikscheiß, *dann* klappt es plötzlich mit deinem Urlaub. Denkst du, ich bin bescheuert?«

»Du legst dir das jetzt irgendwie zurecht, damit du auf mich sauer sein kannst.«

»Ja, Richard, genau, weil es mir so viel *Spaß* macht, sauer auf dich zu sein. Das ist auch der Grund, warum ich überhaupt noch mit dir zusammen bin. Weil ich mich so unendlich gern über dich aufrege.«

Er war still, anders still als bei den Telefonaten der letzten Tage. Als wir uns einfach nichts zu sagen hatten. Diese

Stille war voller Dinge, die gesagt werden wollten, Entschuldigungen und Anschuldigungen auf beiden Seiten. Aber wir waren wohl beide überrollt von der Entwicklung dieses Gesprächs und der Wucht des Ungesagten. Eine kleine Glashausscherbe piekte mich in die Niere und gab mir die Energie für ein letztes Wort. »Arschloch«, sagte ich. Und dann legte ich auf.

Ich weinte noch ein bisschen unter der Schnellstraße. Als ich endlich wieder müde war und meine Nase verstopft, strich ich mir die Haare aus dem verschwitzten Gesicht und stieg in den Bus. Im Licht der Straßenlaterne, das orange durch das Fenster fiel, lag Lucy auf der Matratze und kratzte sich im Schlaf, verbissen und ohne Aussicht auf ein schnelles Ende.

15
Der Teil mit dem Ende der Fahrt

DAPHNES MIXTAPE
Astrud Gilberto – Take It Easy My Brother Charlie

Das kleine Mädchen hatte große dunkle Augen, lange schwarze Locken und trug an den Füßen giftgrüne Plastiksandalen. Auf dem langen T-Shirt, das es als Kleid trug, war ein riesiger knallgelber Tweety mit einer rosafarbenen Schleife auf dem mutierten Riesenschädel. Das Mädchen war vier oder fünf Jahre alt und trat gelangweilt von einem Fuß auf den anderen, drehte sich um sich selbst und kaute gedankenverloren auf dem Zeigefinger seiner rechten Hand. Was Kinder eben taten, die nichts mit sich anzufangen wussten. Die Mutter des Mädchens unterhielt sich seit einer gefühlten Stunde mit einer mutmaßlichen Bekannten, die sie auf der Straße vor dem Waschsalon getroffen hatte, in dem Betty, Lucy und ich auf Bänken saßen und schwitzend darauf warteten, dass unser Waschgang beendet wurde.

Aus irgendeinem Grund hatte es das Mädchen auf mich abgesehen. Sie schaute immer wieder durch die Eingangstür, winkte mir schüchtern zu und versteckte sich kichernd hinter der Tür, wenn ich zu ihr hinübersah und müde zurückwinkte. Ich hatte keine Lust, mich mit dem Kind zu beschäftigen. Ich war zu gefangen in meinen Gedanken an Richard und unser nächtliches Telefonat. Ich konnte mich nicht entscheiden, was ich schlimmer fand: die Tatsache, dass er seinen Urlaub offensichtlich lieber ohne mich verbrachte, oder die Situation, die unser Streit heraufbeschworen hatte. Ich hier, er dort, das letzte Wort »Arschloch« und die Unmöglichkeit einzuschätzen, was das mit uns gemacht hatte. War jetzt Schluss? Wollte ich das?

Ich zwang mich zu erkunden, wie es mir mit dem Gedanken ging, und ja, der Verlauf des Telefonats, unser Streit, die Enttäuschung über das, was Richard getan hatte, das alles tat weh. Wenn ich mir jetzt aber vorstellte, dass er sich von mir trennen wollte, weil ich ihn Arschloch genannt hatte, und weil er ja auch kein Idiot war und genauso wie ich gemerkt haben musste, dass es in letzter Zeit nicht mehr schön mit uns war ... wenn ich mir das vorstellte, war ich seltsamerweise nicht am Boden zerstört wie sonst immer, sondern erleichtert. Als dürfte ich nach einem langen Arbeitstag endlich nach Hause gehen. Gut möglich, dass ich unter einer Art Schock stand und dass ich, sobald dieser vorbei und es zwischen mir und Richard wirklich aus war, so schlimm leiden würde wie noch nie zuvor. Betty sagte, ich hätte vor ihm noch nie eine echte Beziehung gehabt. Bedeutete das dann nicht auch, dass ich keine Vorstellung davon hatte, wie sich eine echte Trennung anfühlte?

Ich war in meinem ganzen Leben noch nie in einem Waschsalon gewesen und stellte fest, dass das ein Fehler gewesen war. Waschsalons waren der perfekte Ort, um mal gründlich und ohne viel Ablenkung über Dinge nachzudenken.

Wir hatten Stunden gebraucht, um diesen einen zu finden. In Lissabon, so schien es, hatte sich das Geschäftskonzept noch nicht wirklich durchgesetzt, was daran liegen konnte, dass die Leute hier einfach keine Waschsalons brauchten. *Wir* wären ja auch prima ohne ausgekommen. Wenn Lucy nicht diese verdammte Katze gestreichelt hätte.

Betreten und mit rot geränderten Augen saß sie still am äußersten Ende der Wartebank, zwei freie Plätze zwischen ihr und Betty, starrte auf den gefliesten Fußboden und kratzte sich unablässig im Bereich ihrer Taille an der Stelle, an der wir heute Morgen die Bissstellen gefunden hatten. Vier an der Zahl. Der Floh hatte ganze Arbeit geleistet. Als klar wurde, was genau Lucy da gebissen hatte, war sie ausgerastet. Sie hatte geschrien und geweint und sich vor sich selbst geekelt. Marco, der an einer schnellen Lösung interessiert war, schon allein damit Lucy aufhörte zu heulen, hatte zunächst einmal versucht, die um sich greifende Panik in den Griff zu bekommen, indem er erklärte, dass der Floh eigentlich viel lieber Katzen biss und bestimmt schon wieder von Lucy heruntergehüpft war. Das beruhigte die ehemalige Flohwirtin allerdings kein Stück, also stellte er kurzerhand einen Schlachtplan zur Bekämpfung des Befalls auf: Der Bus sollte ausgesaugt und alle Textilien gewaschen werden.

Und so saßen wir Mädchen jetzt hier vor der surrenden, rumpelnden Industriewaschmaschine und sahen unserem Bettzeug beim Schwimmen zu, während Marco mit dem gelben VW-Bus zur nächsten Tankstelle gefahren war, um mit einem extrastarken Staubsauger den Innenraum von den kleinen Parasiten zu befreien. Jeden Winkel würde er säubern, das hatte er versprochen, als er uns beim Waschsalon abgesetzt hatte.

»Tja, Leude«, sagte Betty, die die Wartezeit damit überbrückte, Zigaretten auf Vorrat zu drehen. »Schade eigentlich.

Wir hätten heute auch schön ein bisschen Sightseeing in Lissabon machen können.« Sie sah Lucy an und dann mich und zuckte mit den Schultern. »Aber hätte, hätte, hätte, nä?«

»Ich hätte Richard einfach nicht anrufen sollen.«

»Wie gesagt: Hätte, hätte, hä…«

»Ich weiß gar nicht, was plötzlich in mich gefahren ist. Ich war total … rollig.« Ein besseres Wort fiel mir nicht ein.

Aber Betty verstand. »Klarer Fall von Hormonüberfall, Schätzelein. Du hast Marco umarmt und den Männerschweiß aufgesogen«, sie atmete zur Demonstration tief durch die Nase ein, als wäre Männerschweiß ihre liebste Duftnuance, was theoretisch tatsächlich der Fall sein konnte, »und dann haben deine Geruchssensoren an dein Hirn gefunkt: ›Achtung, Mann!‹ oder ›Was ist eigentlich mit Sex?‹ oder so. Und dann ging's ab.«

»Ja.« Ich nickte bitter. »Scheiße.«

»Dann hast du Richard angerufen, und das war doch total richtig, Schätzelein, ihr hattet doch ein nettes Gespräch.«

»Na ja, zumindest bis er mir erzählt hat, dass er jetzt freigeno…«

»Ja, genau, und das könntest du mir jetzt vielleicht noch mal genauer erklären, also worüber du dich eigentlich so aufregst. Dann macht Richard eben einen kleinen Urlaub ohne dich, ist doch okay. Er hat seinen Spaß, wir haben unseren Spaß …«

»Spaß?«, fragte ich und betrachtete die rumpelnde Waschmaschine.

»Okay, die meiste Zeit haben wir unseren Spaß. Wenn wir nicht gerade Flöhe im Bus haben.«

Lucy wimmerte und zog ihre Knie unters Kinn.

Betty seufzte. »Du wirst sehen, in zwei Wochen werden alle ihren Spaß gehabt haben, und dann treffen wir uns in Hamburg wieder und erzählen uns gegenseitig von unseren Abenteuern. Ist doch super.«

Ich wünschte, ich hätte das so sehen können wie Betty. Konnte ich aber nicht. Ich fühlte mich von Richard verarscht. Verraten. Ungeliebt. Ich machte »pff«, kratzte mich am Hinterkopf und fragte mich, ob ich auch Flöhe hatte. Eine kleine Welle des Ekels sorgte dafür, dass ich mich unwillkürlich schütteln musste.

»Ach, Schätzelein.« Betty platzierte eine fertig gedrehte Zigarette in ihren Tabakbeutel und legte mir einen Arm um die Schulter. »Jetzt mal Butter bei die Fische: erst die Sexfalle, jetzt diese Urlaubsangelegenheit ... Du machst immer eine Riesensache aus nichts. Und wenn das dein Beziehungsstil sein soll, dann machst du's nicht mehr lang, dann geht dir die Puste aus, bevor du ›Ja, ich will‹ sagen kannst, das kann ich dir versprechen.«

»Aber ich muss doch den Mund aufmachen, wenn mich etwas stört.«

»Wenn dir danach ist? Ja klar. Regel Nummer eins, jeder soll immer machen, was er will. Aber bevor du den Mund aufmachst, kannst du dich ja auch einfach mal so aus Bock fragen, was eigentlich schlimmer ist: das, was dich stört, oder das, was kommt, nachdem du den Mund aufgemacht hast. Du hättest gestern auch einfach sagen können: ›Ja, cool, genieß deine freie Zeit. Hau rein!‹ Dann machst du eben ein anderes Mal mit Richard Urlaub. Das musst du ja sowieso, oder? Denn jetzt bist du mit uns hier, und er hängt zu Hause cool ab, so isses nun mal. Und daran hat das ganze Drama gestern rein gar nix geändert.«

»Dafür hat man Freunde!«, unterbrach ich sie bestürzt, »damit man sich noch dümmer vorkommt als ohnehin schon.«

»Du bist nicht dumm, Schätzelein. Du bist einfach ein Mensch mit sehr konkreten Vorstellungen. Und du wirst immer nervöser, je mehr die Realität von dem abweicht, was du dir vorgestellt hast.«

»Quatsch ...«, begann ich.

»Kein Quatsch. Ich glaub, der Satz, den ich in den letzten Tagen am häufigsten von die gehört habe, war: ›So hab ich mir das nicht vorgestellt.‹ Wir wissen beide, dass du dir bloß selbst das Leben schwermachst, weil alles immer so sein soll, wie du glaubst, dass es am besten ist. Du kannst einfach nicht lockerlassen. Ich versuch schon seit Jahren, das aus dir rauszukriegen, aber du bist wie ein Rottweiler, der sich in einen Kinderarm verbissen hat.« Sie schüttelte betrübt den Kopf.

Schmollend zog jetzt auch ich wie Lucy meine Knie unters Kinn, und als das kleine Mädchen mir von der Eingangstür aus zuwinkte, winkte ich nicht zurück. »Warum denkst du eigentlich immer, dass du alles besser weißt als ich?«

»Weiß ich ja vielleicht gar nicht.« Betty nahm den Arm von meiner Schulter. »Aber ich hab weniger Stress mit dem Leben als du, das immerhin weiß ich. Ich erwarte eben nicht so viel von anderen Leuten. Ich sorg selbst dafür, dass es mir gut geht und mach das nicht von anderen abhängig so wie du. Ich versuch, die Dinge ganz entspannt auf mich zukommen zu lassen und mir eben nicht zu viel vorzustellen. Und wenn dann mal etwas nicht so ist, wie ich mir das ausnahmsweise vorgestellt habe, bricht für mich nicht die Welt zusammen. Aber du ... Du wirst immer gleich sauer.«

Sie hielt mir eine ihrer selbst gedrehten Zigaretten unter die Nase. »Rauchen?«

Vielleicht taten wir Lissabon unrecht, ganz bestimmt sogar, aber wir hatten genug von der heißen Stadt, dem Flohzirkus und den lauten Straßen. Wir wollten so schnell wie möglich wieder Meer sehen und frische Luft atmen. Also hieß es, nachdem Marco uns drei beim Waschsalon aufgegabelt hatte, adeus, Lisboa!

Es war trotz allem ein schöner Tag. Die Sonne schien und brachte Autos, Bäume und Häuser zum Strahlen, die Menschen auf den Straßen sahen entspannt und zufrieden aus, und der Bus war von Flöhen und dem Dreck unzähliger Reisen befreit, die er mit Sky in all den Jahren unternommen hatte. Er duftete sogar. Nach Weichspüler. Durch die offenen Fenster wehte eine sanfte Brise, und auch wenn es in den letzten zwölf Stunden einige unerfreuliche Vorkommnisse gegeben hatte, lag etwas undefinierbar Vielversprechendes in der Luft. Es konnte alles sein. Vielleicht sogar bloß ganz simple Vorfreude auf den Strand und das Meer und den wunderschönen Sonnenuntergang in Sagres, von dem uns Marco erzählt hatte. Immer der A2 nach, gen Süden, bis es nicht mehr weiterging. Dann noch eine kurze Strecke Richtung Westen, ausnahmsweise, und dann sollten wir ihn erreicht haben: den südwestlichsten Punkt des europäischen Festlandes, der in Anbetracht unserer schwammigen Reiseroute so etwas wie ein Ziel war, denn weiter südwärts würden wir an dieser Stelle nicht kommen. Es sei denn, Skys Bus entpuppte sich als Amphibienfahrzeug.

Jesus verabschiedete uns mit offenen Armen, als wir über die Ponte 25 de Abril fuhren. Nicht der Kfz-Jesus vom Berg der Wunder (wo der sich aufhielt, wusste nur er selbst und Gott vielleicht), sondern die große Statue, die auf der anderen Seite der Bucht, gegenüber dem Stadtzentrum, steingrau und weiß in den blauen, wolkenlosen Himmel ragte, und von dort über alles zu wachen schien.

»Ist das Jesus?«, fragte Lucy von der Rückbank.

Betty zog an ihrer Zigarette und duckte sich ein bisschen, um die Statue vollständig durch die Windschutzscheibe sehen zu können. »Jep. Jesus. Ganz richtig, Lucinda.«

»Aber ich dachte, wir kommen aus Lissabon.«

»Kommen wir ja auch.«

»Nee.« Lucy schüttelte den Kopf und kratzte sich nebenbei am Bauch. »Also wenn *das* Jesus ist, dann kommen wir gerade aus Rio. Weiß doch jedes Kind.«

Betty blies grinsend Rauch aus dem Fenster. »Cool. Dann kann ich hinter Rio ja einen Haken machen.«

Ich steckte ihre Kassette in das Tapedeck und drückte auf Play.

Etwa vier Stunden sollte die Fahrt bis Sagres laut Marco dauern, die miese Spitzengeschwindigkeit unseres Busses mit eingerechnet.

Wir hätten es besser wissen müssen.

Es gab Gründe dafür, warum das Wort Zeitplan in diesem Urlaub verboten war. Nicht nur, weil Betty damit ein Problem hatte, sondern weil es einfach sinnlos war. Bisher war jedes Mal, wenn wir auf dieser Reise so etwas wie einen Plan gemacht hatten, etwas Unvorhergesehenes passiert. Manchmal auch etwas Katastrophales. Ganz sicher passierte nicht das, was wir uns vorgestellt hatten.

Vier Stunden bis Sagres? Nicht mit uns.

Etwa dreieinhalb Stunden nachdem wir Lissabon verlassen hatten, passierte das Unvermeidliche. Es traf uns, trotz allem, unvorbereitet und schlich sich an wie ein hinterhältiges Raubtier. Betty war die Erste, die es bemerkte.

Eben gerade hatte sie noch vergnügt ein Lied auf Lucys Tape mitgesungen – das eine von Lady Gaga über diesen spanischen Typen –, als sie plötzlich mitten im schönsten »Ale-ale-jandro« verstummte und stirnrunzelnd die Anzeigen auf dem Armaturenbrett studierte. Dem folgte ein verwirrter Blick nach unten, auf ihren Fuß, der das Gaspedal kräftig nach unten trat.

Ich spürte, dass der Bus trotzdem an Geschwindigkeit verlor. Sogar mir war klar, dass das nicht richtig sein konnte, und das obwohl ich ansonsten nichts über die Technik oder die Bedienung von Kraftfahrzeugen wusste.

»Stimmt was nicht?«, fragte ich besorgt.

»Weiß nicht«, murmelte Betty und lenkte den ausrollenden Bus rechts an den Straßenrand. Kaum standen wir, begann der Bus zu blinken oder vielmehr, die Anzeigenlämpchen, alles blinkte wie verrückt, dann begann das Piepen. Ein hoher, schlimmer Ton, der an sich schon scheußlich war, aber dadurch noch scheußlicher wurde, dass wir nicht wussten, wie wir ihn abstellen konnten. Oder woher er überhaupt kam. Der uns deutlich machte: Hier ist etwas kaputt. Wirklich kaputt.

»Was ist das?«, schrie Lucy von hinten, sprang fast gleichzeitig von der Bank, riss die Schiebetür auf und rannte ins Freie. »Explodiert der Bus?!«, kam ihre panische Stimme vom Standstreifen.

War das wirklich möglich? »Explodiert der Bus?«, wiederholte ich flüsternd die Frage und sah Betty mit schreckgeweiteten Augen an, eine Hand an der Beifahrertür, bereit zur Flucht. »Kann er das? Einfach so explodieren?«

Betty machte Anstalten, den Motor erneut zu starten. Sie hatte die Hand bereits am Zündschlüssel, überlegte es sich im letzten Moment aber anders. »Aussteigen«, sagte sie, öffnete ihre eigene Tür und griff nach ihrem Handy. »Ich ruf Marco an.«

Aber das war nicht nötig. Kaum war ich von meinem Sitz gerutscht, sah ich ihn schon auf uns zurennen. Offenbar war ihm aufgefallen, dass wir ihm nicht mehr folgten. Sein Wagen stand ein paar Hundert Meter entfernt ebenfalls am Straßenrand. Die Hitze flimmerte über dem Asphalt, Autos brausten an uns vorbei, und Marco schwitzte in der Nachmittagshitze – auf Höhe seiner Achselhöhlen hatten sich dunkle Flecken gebildet, gut sichtbar, obwohl er sein schwarzes Iron-Maiden-T-Shirt trug. *Männerschweiß,* dachte ich unwillkürlich, *dem komme ich besser nicht zu nahe.*

»Was ist denn passiert?«, erkundigte er sich atemlos, noch im Laufen.

Betty zog die Schultern hoch. »Keine Ahnung. Plötzlich ging nichts mehr, und dann war Komplett-Alarm …« Sie wischte sich über die Stirn. »Keine Ahnung«, sagte sie noch einmal.

Marco hängte sich durch die geöffnete Fahrertür in den Bus und betrachtete das Blinklichtfeuerwerk auf dem Armaturenbrett. »Hattet ihr alles nachgefüllt? Öl? Wasser?«

Betty kam näher. »Da war laut Anzeige auf jeden Fall genug drin … Und das musst du doch auch gesehen haben, als du vorgestern den Bus repariert hast.«

»O mein Gott!«, rief in diesem Moment Lucy. Obwohl es mehr ein Kreischen als ein Rufen war. »Es brennt!« Und während wir anderen uns erst einmal orientieren und herausfinden mussten, wo genau es brannte und was überhaupt, war Lucy schon dabei, hektisch ihren pinkfarbenen Koffer aus dem dem Untergang geweihten Fahrzeug zu zerren. Er war nicht verschlossen, und T-Shirts, Unterhosen und Sonnencremetuben fielen heraus und verteilten sich auf der staubigen Straße. Aber das war das kleinere Übel, verglichen mit der absoluten Auslöschung all ihres mitgebrachten Hab und Guts im Flammenmeer, zu der es unweigerlich wenige Augenblicke später kommen musste – davon schien zumindest Lucy überzeugt zu sein. Und vielleicht lag sie damit ja gar nicht so falsch, denn in der Tat schwebte in dichter werdenden Fahnen Rauch aus dem Inneren des Busses in den portugiesischen Himmel.

Ein ermattetes »Scheiße« war alles, was mir dazu noch einfiel. Das war dann wohl das Ende der Reise.

Marco und Betty rannten von der Vorder- zur Rückseite des Busses, öffneten todesmutig die Heckklappe und die Klappe zum Motorraum und fanden sich sofort in einer dichten Wolke aus Qualm wieder. Lucy entfuhr ein erneuter Schrei. Ich wünschte, sie könnte sich ein bisschen zusammenreißen. Nicht alles noch schlimmer machen mit ihrer Hysterie. Nur einmal. Jetzt wäre zum Beispiel ein guter Augenblick dafür gewesen.

Nachdem die Sicht auf den Motor sich etwas verbessert hatte, warf Marco einen Blick darauf und nickte, als er seine Vermutung bestätigt sah. »Hab ich's mir doch gedacht. Zu wenig Kühlwasser.« Er warf Betty einen Blick von der Seite zu, der zwei Dinge ausdrückte. Erstens: Der fährt erst mal nicht mehr. Und zweitens: So einen Anfängerfehler hätte ich dir niemals zugetraut.

Betty verstand. »Aber laut Anzeige war alles in Ordnung!«, wehrte sie sich aufgebracht. »Ich hab wirklich drauf geachtet!«

Das entsprach der Wahrheit. Betty hatte in der Tat äußerst penibel auf die Kühlwasseranzeige geachtet, aber geholfen hatte das trotzdem nicht, denn die Anzeige log. Das stellte sich eine Stunde später heraus, als der Bus von einem alten, braun gebrannten Mechaniker begutachtet wurde, dessen Werkstatt, zu der uns Marco abgeschleppt hatte, im Randgebiet von Lagos lag, einer kleinen Stadt an der Algarve. Zu der Werkstatt gehörten ein niedriges, kastenförmiges Betongebäude, das Büro und Lager zugleich war, und ein sandiger Hof, von einer Mauer umgeben, auf dem Autos parkten, die nie wieder fahren würden und nur noch als Ersatzteillager dienten. Ich schluckte bei dem Anblick und fragte mich, ob Skys Bus dasselbe Schicksal ereilen würde. Lucy saß etwas abseits auf einem Stapel alter Reifen in der Sonne und kratzte unglücklich an ihren Flohbissen.

»Lucy! Nicht kratzen!«, rief ich ihr zu. »Davon wird es nur schlimmer!«

Sie sah mich traurig an, sagte »Okay« und kratzte weiter.

Wir anderen standen neben dem Bus, ein gebührender Abstand zwischen uns und dem faltigen, hageren Fachmann, der den Schaden untersuchte und mürrisch portugiesische Wörter murmelte, von denen wir selbstverständlich mal wieder kein einziges verstanden.

Ohne Ana wären wir aufgeschmissen gewesen.

Ana war die Tochter des Mechanikers. Sie war etwas jünger als wir und so ungefähr das hübscheste Mädchen, dass ich je gesehen hatte. Sie hatte lange, dicke Haare, ein schmales Gesicht mit goldenem Teint, der ihre grünen Augen zum Strahlen brachte. Außerdem war sie zwar kleiner als ich, hatte aber diese perfekten, schlanken, langen Beine, für die ich sie reflexmäßig gern gehasst hätte, weil sie meine eigenen wie Stummel erschienen ließen. Aber ich konnte sie nicht hassen, denn sie war wirklich reizend und sprach außerdem, wenn auch nur gebrochen, Deutsch – »Wir haben Tante und Onkel in Hamburg« – und rettete uns damit in dieser Situation den Arsch.

»Das Thermometer im Wassertank ist verrutscht. Also war weniger Kühlwasser drin als angezeigt«, fasste Marco ihre etwas krude Erklärung der aktuellen Lage zusammen.

Betty war erleichtert. »Also war es wirklich nicht meine Schuld. Hab ich doch gesagt.«

»Da hast du recht.«

»Gut.« Betty nickte zufrieden. »Danke.«

»Und jetzt?«, fragte ich Marco.

Er zuckte mit den Schultern und ließ Ana antworten.

»Motor su heiß und dann …« Sie machte ein Geräusch wie eine kleine Explosion. Wir schauten betreten den Bus an, als könnte das die ganze Katastrophe ungeschehen machen. Konnte es natürlich nicht. Währenddessen wechselte Ana ein paar Worte mit ihrem Vater, dessen Gesichtsausdruck nichts Gutes verheißen ließ. Als die Unterhaltung beendet war, spuckte er auf den Boden und wischte sich seine ölverschmierten Hände an einem nicht weniger ölverschmierten Tuch ab.

»Vielleicht kann man heil machen, vielleicht nicht«, erklärte seine Tochter, und ich hatte nicht das Gefühl, nach diesem Fazit in irgendeiner Weise beruhigter oder auch nur ein bisschen schlauer zu sein als vorher.

»Und wenn nicht?«, fragte ich, ohne viel Hoffnung. Ich rechnete mit dem Schlimmsten. *Autofriedhof,* schoss es mir durch den Kopf. Der gelbe Bus würde hierbleiben und ausgeweidet werden, wie ein verendetes Tier in der Steppe. Umkreist von Geiern.

»Neue Motor.« Sie rieb Daumen und Zeigefinger der rechten Hand aneinander und sagte in einem Tonfall, der deutlich machte, wie bedauerlich sie das alles fand: »Leider sehr teuer.«

»Auch das noch!« Ich sank auf den harten Boden und blieb im Staub sitzen. Das passte alles ganz und gar nicht zu meinem vielversprechenden Gefühl vom Morgen. Betty tätschelte mir den Kopf.

Der Mechaniker wischte sich die Hände an einem verdreckten Tuch ab, ließ einen kleinen Redeschwall auf seine Tochter regnen und nickte dann in unsere Richtung, damit sie übersetzte. »Mein Vater erst sehen, ob er kann … repa-rar?« Sie sah Marco fragend an.

»Reparieren«, antwortete er hilfsbereit.

»Einfach, não?« Ana lächelte schüchtern. Es war ihr deutlich anzumerken, dass es ihr unangenehm war, dass ihr Deutsch so holprig war. Völlig zu Unrecht, ich wünschte, ich spräche nur halb so gut Portugiesisch. Oder Spanisch. Oder auch Französisch. Es war erschreckend, wie wenig von der Sprache nach drei Jahren Frontalunterricht in meinem Gehirn hängen geblieben war … »Reparieren dauern funf oder seis«, Ana hielt sechs Finger hoch, »Tage. Wenn nicht, dann …«, Schulterzucken, »Motor nicht hier, nicht in Portugal. Nur in Alemanha.«

Ich schirmte meine Augen gegen die Sonne ab und sah zu Marco hoch. »Und dann tragen wir den Bus zurück nach Hamburg, oder wie?«

»Na? Haste Bock?« Marco grinste, aber es sah nicht fröhlich aus.

»Und dann is noch eine Sache mit …« Ana suchte nach dem richtigen Wort, fand es aber nicht und nahm stattdessen Marcos und meine Hand und führte uns zur Fahrerkabine, wo sie auf das zerstörte Handschuhfach zeigte. »Totalmente quebrado, leider, das ist nicht su retten …«

Ich räusperte mich peinlich berührt. »Tja, also, das ist eine andere Sache … Hat jetzt auch nicht wirklich oberste Priorität.«

»Also nicht reparieren?«

Ich zuckte mit den Schultern.

»Ich glaube«, sagte Marco, »jetzt musst du mal langsam den Typen anrufen, dem das Ding gehört.«

»Sky …«

»Daphne!«

»Richtig. Ich bin es.«

»Ich hab gerade an dich gedacht.«

»Ach, wirklich. Wie nett.«

»Keine Ursache, Daphne. Schön, von dir zu hören. Genießt ihr euren Urlaub?«

Ich dachte eigentlich, der wütende Unterton in meiner Stimme würde deutlich machen, dass ich mit Sky ein fettes Hühnchen zu rupfen hatte. Aber er war eben einfach nicht so der Typ, der die Dinge automatisch negativ interpretierte. Eher war es andersrum der Fall.

Ich musste also deutlicher werden. »Nein, Sky, wir genießen den Urlaub nicht.«

»Nicht? Dann muss das an dir liegen, Daphne. Ich hab doch gesagt: Lass die Vierzigjährige mal zu Hause. Mach dich locker. Leb geschmeidig …«

»Ich hab's wirklich versucht, aber …«

»Ganz, ganz sicher?«

»Ganz, ganz sicher. Es ist nur leider etwas dazwischengekommen … Sky, wenn ich jetzt das Wort Kühlwassertankthermometer sage, fällt dir dazu etwas ein?«

Die Antwort kam wie aus der Pistole geschossen. »Allerdings. Das ist verrutscht. Muss man drauf achten. Also, lieber immer ein bisschen früher Wasser nachfüllen, als das angezeigt wird. Gut, dass du es ansprichst.«

Ich saß auf einem umgedrehten Eimer im schmalen Schatten der Werkstattmauer und schlug mir wiederholt mit der flachen Hand gegen die Stirn. Damit kompensierte ich, dass ich nicht tun konnte, wonach mir eigentlich der Sinn stand: nämlich Sky wiederholt mit der geballten Faust auf die Nase zu boxen. Irgendwie schaffte ich es, so ruhig wie möglich, zu fragen: »Warum hast du uns das nicht vorher gesagt?«

»Vor was?«

»Bevor wir abgefahren sind?« Ich versuchte, die Wut herunterzuschlucken. Aber sie suchte sich ihren Weg, und schließlich sprang ich von meinem Eimer auf und schrie ins Telefon: »*Bevor* wir mit deinem kaputten Bus einmal quer durch Europa gefahren und auf einer Landstraße in Portugal liegen geblieben sind? *Bevor* uns diese Schrottkiste fast um die Ohren geflogen wäre und ein Schaden entstanden ist, für dessen Reparatur wir jetzt Tausende von Euro zahlen müssen, die wir nicht haben?!«

»Oh, ihr seid in Portugal? Klasse!«

Ich starrte das Handy in meiner Hand einige Sekunden ungläubig und noch immer wutschnaubend an, schüttelte fassungslos den Kopf und platzierte es wieder an meinem Ohr. »Sky!?«

»Wieso, ist doch cool«, sagte er, entspannt und vergnügt, als hätte ich lediglich seinen Regenschirm verlegt. »Macht euch ein paar schöne Tage in Portugal … Wo genau seid ihr denn da?«

»Lagos«, antwortete ich tonlos.

»Hm, na ja. Ein bisschen touristisch, aber ganz nett. Kann man auch seinen Spaß haben.«

»Kannst du mir bitte mal erklären, wie wir hier Spaß haben sollen, wenn wir am Rande des Ruins stehen, weil du vergessen hast, uns mitzuteilen, dass dein Bus kaputt ist?«

Am anderen Ende der Leitung zog Sky an einer Zigarette oder, wahrscheinlicher, einem Joint, atmete langsam aus und sagte mit gepresster Stimme, als würde er ein Husten unterdrücken: »Meine Güte, wie kann man nur so scheiße drauf sein, wenn man quasi mit einem Fuß im Atlantik steht?«

Ich wollte ja nicht nerven, aber ich hatte das Gefühl, Sky hatte mich noch immer nicht verstanden. »Weil wir hier ein echtes Problem haben.«

»Ist doch ganz einfach. Ich schick dir das Geld, und dann lässt du den Bus reparieren. Gehört ja schließlich mir, das Ding.«

Ganz einfach also. Ich war ein bisschen perplex, weil die ganze Situation in Skys Welt, der Welt des reichen Erben eines Schwammimperiums, gar keine Katastrophe war, nicht einmal eine Bodenwelle, einfach nur ein veränderter Umstand. Aber auch, wenn das Problem mit den Reparaturkosten jetzt aus der Welt war, gab es noch ein zweites. »Es dauert mindestens sechs Tage, den Bus zu reparieren, Sky. Und vielleicht braucht er einen neuen Motor, dann muss er nach Deutschland abtransportiert werden. Ich muss in zehn Tagen zu Hause sein, das klappt nie …«

Sky seufzte. »Wenn das alles zu lang dauert, ruf mich an, dann kauf ich dir ein Flugticket nach Hamburg. War's das, Daphne? Sonst noch was? Oder willst du dir jetzt endlich diesen Stock aus dem Arsch ziehen und einfach wieder Urlaub machen?«

16
Der Teil mit den alten Bekannten

DAPHNES MIXTAPE
Gene – Haunted By You

Das historische Zentrum von Lagos bestand aus niedlichen, dreistöckigen Häuschen mit pastellfarbenen Fassaden. Es gab Palmen, es gab Bars, Restaurants und Eiscafés, und es gab Geschäfte, die Flip-Flops, Schnorchel und Souvenirs verkauften. Wovon es aber am allermeisten zu geben schien, waren Touristen. Sie trugen Shorts, Tank-Tops, Sandalen und Baseballcaps. Das war ihre geschlechterübergreifende Uniform. Sie waren überall, auf jeder Bank, in jedem Laden, an jeder Ecke – wohin man sah. Als würden sie auf einer Farm irgendwo in der Gegend gezüchtet werden.

Lucy fühlte sich auf einen Schlag wie zu Hause. Auf ihrem runden Gesicht machte sich ein Lächeln breit, und sie setzte ihr eigenes rosafarbenes Baseballcap auf, als wollte sie sichergehen, dass die Herde sie auch erkannte.

»Ich weiß ja nicht, wie es euch geht«, sagte Betty, die schon mehrere argwöhnische Blicke geerntet hatte, als wären wir wieder in Remscheid, »aber ich brauche sofort so ein ›I heart Portugal‹-T-Shirt. Und eine passende Mütze. Beides. Dringend. Jetzt.«

Ana lachte. Sie ging neben Marco ein paar Schritte vor uns als Führerin durch die verwinkelten Gassen von Lagos, in denen wir sonst nie das kleine Hotel ihrer Großcousine Patricia gefunden hätten, in dem zufällig noch ein Zimmer frei gewesen war. »Aber nur eins. Leider alle anderen voll sonst – Saison«, hatte Ana mit ihrem typischen, bedauernden Gesicht erklärt.

»Macht nix«, verkündete Betty. »Ich bleib eh im Bus. Es gibt keinen schöneren Ort.«

Lucy sah das anders. Sie freute sich wie ein kleines Kind auf ein echtes Bett und eine echte Dusche und vier Wände und eine Tür. »Ich hoffe, es gibt auch einen Fernseher!«

»Aber du verstehst doch gar kein Portugiesisch«, gab ich zu bedenken.

Sie sah mich nur verständnislos an. »Häh? Ja und?«

Es war zwar noch Platz im Hotelbett, aber ich hatte mich trotzdem dagegen entschieden, zu Lucy zu ziehen. Und auch die Angebote von Marco und Ana, in seinem Camper oder auf der Gästecouch im Haus ihrer Eltern zu schlafen, hatte ich ausgeschlagen. Es waren definitiv verlockende Optionen, auf jeden Fall versprachen sie mehr Komfort als Skys gelber Schrott auf Rädern. Aber diesem Schrott jetzt den Rücken zu kehren, hätte das Ende von Bettys und meinem gemeinsamen Abenteuer bedeutet. Drei Wochen im Bus, zusammen. Das war schließlich der Plan gewesen. Und solange der Bus zwar nicht fuhr, aber bewohnbar war, wollte ich diesen Plan durchziehen, denn einen verfrühten Auszug aus Bequemlichkeit würde ich hinterher bestimmt bereuen. In einem normalen Zimmer konnte ich schließlich in allen anderen Nächten im Jahr schlafen.

Ein bisschen neidisch wurde ich allerdings schon, als wir in Patricias Hotel ankamen. Lucys kleines Reich für die kommenden Tage war zwar einfach eingerichtet, aber sauber und gemütlich, mit hellblauen Wänden, daran Blumenmotive, und an den Fenstern zarte Spitzenvorhänge. Durch das geöffnete Fenster drangen Lachen, Geschirrklappern und eine Unterhaltung auf Portugiesisch herein. Während wir anderen eine kleine Warteschlange vor dem Badezimmer bildeten, um nach und nach eine ausgiebige Dusche zu nehmen und uns den Reisedreck vom Körper zu waschen, packte Lucy ihren Koffer aus, summte zufrieden ein Lied und schaltete den Fernseher ein, der in einer Ecke des Zimmers stand. Je mehr Kanäle sie ausprobierte, desto mehr verfinsterte sich ihre Miene, während sie langsam verstand, worauf ich mit meinem Hinweis auf ihre mangelnden Portugiesisch-Kenntnisse hinausgewollt hatte. »Da versteh ich ja kein Wort«, sagte sie enttäuscht und schob die Unterlippe vor.

Marco lehnte lässig an der Wand neben dem Badezimmer. Gentleman, der er war, hatte er uns Damen beim Duschen natürlich den Vortritt gelassen. »Du hattest doch nicht etwa vor, hier zu sitzen und fernzusehen, wenn da draußen die Sonne und das Meer auf dich warten.«

Lucy drehte sich zu ihm um und zuckte mit den Schultern. »Ich hab seit Ewigkeiten nicht mehr ferngesehen. Mir fehlt das. So entspann ich eben einfach am besten.«

Im Hintergrund plätscherte portugiesischer Singsang aus den Lautsprechern des alten Fernsehers und gewann Anas Aufmerksamkeit. Sie reckte erst nur den Kopf, um zu sehen, was auf dem Bildschirm vor sich ging, doch es dauerte nicht lange, da hatte die Sendung sie so sehr in ihren Bann gezogen, dass sie sich neben Lucy auf das Bett setzte und konzentriert den Geschehnissen im Fernsehen folgte.

»Ana?!« Marco war sichtlich baff. Drinnen sitzen und fernsehen, wenn das Wetter gut war? Frevel! Wie schon am vorherigen Abend in Lissabon, als Lucy die verflohte Katze gestreichelt hatte, wirkte er wie ein gestresster Familienvater. Vielleicht war unsere Gesellschaft für ihn doch nicht so gut, wie er gedacht hatte.

»Então o que? Ich habe jeden Tag Sonne und Strand.« Ana sah ihn nicht einmal an, während sie mit ihm redete, um bloß nichts zu verpassen. Sanft legte sie Lucy eine Hand aufs Bein, neigte sich zu ihr hin und flüsterte schnell, als würde sie ihr ein Geheimnis anvertrauen: »Das is ›Remédio Santo‹, beste Telenovela, allerbeste. Ich gucke jeden Tag, wenn ich kann, seit Anfang an.« Ihre Augen klebten förmlich an dem winzigen Bildschirm.

Lucy nickte interessiert. »Und worum geht es?«

»Liebe … ähm … Verrat, Betrug … sabe?«

Lucy nickte wieder. Langsamer, als wollte sie ihr Gehirn nicht bei der Arbeit stören. »Ah … okay, verstehe. Ich weiß zwar nicht, was ›sabe ist‹, aber der Rest ist in Deutschland auch so.«

Betty kam aus dem Bad, bekleidet mit einem mintgrünen Frottéhandtuch mit Blumenmuster. »Was ist in Deutschland auch so?«

»Liebe, Verrat … das Übliche«, ich zuckte mit den Schultern. »Darf ich jetzt?«

Sie machte einen Schritt zur Seite und eine einladende Geste Richtung Badezimmertür »Hereinspaziert, Schätzelein. Aber du musst das hier nehmen, im Bad war nur eins.« Sie reichte mir ganz selbstverständlich das Handtuch. Lucy kreischte, Marco hielt sich brav die Hand vor die Augen, und ich seufzte genervt, weil das Handtuch klatschnass war und somit natürlich jegliche Trockenfunktion eingebüßt hatte. Ana bekam von all dem nichts mit. Im Fernsehen gab eine Frau einem Mann eine schallende Ohrfeige. »Bastardo!«

Ich war davon überzeugt, dass er es nicht anders verdient hatte.

Die weitere Abendplanung gestaltete sich etwas schwierig, weil die Bedürfnisse der Mitglieder unserer Reisegruppe sehr unterschiedlich waren. Marco und Betty zum Beispiel brauchten dringend ein bis zwei oder drei Gläschen Port, um sich von den Strapazen dieses aufregenden Tages zu erholen. Lucy und Ana hingegen hatten ihre Form der Entspannung bereits gefunden. Sie hieß »Remédio Santo«. Ich hatte weder Lust auf Fernsehen noch darauf, mich schon am Spätnachmittag in einer Bar zu betrinken – zumal mit Portwein. Also verabredeten wir eine Uhrzeit und einen Treffpunkt, an dem wir später alle wieder vereint sein würden, und trennten uns für die nächsten Stunden.

Ich spazierte ziellos durch die Straßen von Lagos, mit dem Vorsatz, unser Zuhause für die nächsten Tage besser kennenzulernen, und stellte fest, dass wir es mit dem Ort unserer Autopanne deutlich schlechter hätten treffen können – aber sicherlich auch besser. Das Zentrum von Lagos war hübsch, leider aber auch ein wenig überlaufen. Und wenn man die Altstadt verließ, um den Touristen aus dem Weg zu gehen, fand man sich zwar in einer ruhigeren, aber bei Weitem nicht so attraktiven Gegend wieder. Die Stadt war hier sehr viel weniger malerisch, und das Urlaubsfeeling nahm merklich ab.

Ich wusste nicht genau, ob es an den grauen Häusern oder der plötzlichen Einsamkeit lag, dass ich mich plötzlich unsagbar niedergeschlagen fühlte. Wobei Letzteres wohl eher nicht der Grund für meine Schwermut war, denn ich war froh, allein zu sein. So gern ich meine Reisebegleiter auch hatte, jetzt gerade kam mir die plötzliche Ruhe äußerst gelegen. Auch wenn ich traurig war, *gerade* deswegen: Es handelte sich dabei einfach um diese Art von Traurigkeit, die man lieber mit sich selbst ausmachte. Die Frage war: Woher kam sie?

Vielleicht lag es am Adrenalin in meinem Blut, das seit dem Motorschaden vor einigen Stunden in erhöhter Konzentration durch meinen Körper gerauscht war – und jetzt langsam wieder abnahm und mich nicht mehr von allem ablenkte, was mich bedrückte. Von Richard in erster Linie. Ana, das Hotel, die ganze Hektik des Nachmittags, nicht einmal als ich mit Sky telefoniert hatte, waren unsere Probleme mir in den Sinn gekommen. Aber jetzt, allein in einer der schmuckloseren Seitenstraßen von Lagos, konnte ich mich nicht mehr gegen die Gedanken wehren, die mit aller Macht zurück in mein Bewusstsein drängten. Ich erinnerte mich an die Schwere der Situation, weil ich plötzlich förmlich spüren konnte, wie sie an meinem Herzen zog. Immer nach unten. Ich ließ den Kopf hängen. Allein spazieren gehen. Was für eine Schnapsidee.

Ich hätte Richard anrufen können, um zu versuchen, diesen neuesten Streit aus der Welt zu schaffen, aber ich tat es nicht. Ich sagte mir, dass das sowieso zwecklos gewesen wäre, als würde man ein Pflaster über eine Wunde kleben, die eigentlich genäht werden musste. Außerdem ging es ja längst nicht mehr nur um diesen Streit oder den davor, oder einen der unzähligen anderen Kämpfe, die wir in den letzten Monaten ausgetragen hatten. Es ging um die grundsätzliche Frage, ob unsere Beziehung überhaupt noch eine Chance hatte, oder ob wir eigentlich schon viel zu lange versuchten, eine Vase zu kleben, die aber so viele Risse hatte, dass sie nie wieder schön werden konnte.

Ich kannte die Antwort nicht und stellte mir deswegen immer wieder dieselben Fragen: Was bedeutete es, dass ich nicht wusste, ob ich mit Richard zusammenbleiben wollte? Sollte man mit jemandem zusammen sein, wenn man nicht zu hundert Prozent wusste, dass man das wollte? Musste man sich trennen, wenn man sich nicht mehr zu hundert Prozent sicher war? Meine Gedanken waren wie bockige Rodeopferde. Ich bekam sie nicht unter Kontrolle, und irgendwann verlor ich den Halt, fiel. Und lag im Dreck.

Perfekt, dachte ich. Da stand ich nun in Lagos an der Algarve, sollte eigentlich meinen Jahresurlaub genießen, und stattdessen war ich so erschöpft und traurig wie seit Jahren nicht mehr. Wegen eines Mannes, der gar nicht da war. Wie machten die das eigentlich immer? Männer – mussten nicht einmal anwesend sein, um einem alles zu versauen. Ich war derartig verwirrt und aufgewühlt, ich hätte nicht einmal sagen können, warum genau ich jetzt hier stand und schluchzte wie ein kleines Kind, das seine Mutti im Kaufhaus verloren hat.

So ging das nicht. Ich wischte mir über die Nase und die Augen – bloß weg mit den Tränen, wenn man denen einmal freie Bahn gewährte, waren sie nicht mehr zu stoppen, und man sah wenig später aus wie eine Schildkröte – und ging, den Blick auf den Boden gerichtet, einfach weiter, ohne auf den Weg zu achten. Ich marschierte einfach drauflos. Und plötzlich befand ich mich wieder mitten im touristischen Epizentrum von Lagos. Die Gehwegplatten in meinem eingeschränkten Sichtfeld wurden heller, die Sandalen wurden zahlreicher, dort lag eine Eiswaffel in einer geschmolzenen Eispfütze, hier ein Touristeninformationsblatt der Igreja do Santo António. Die Dinge, die man fand, wenn man seinen Blick auf den Boden gerichtet hielt. Und manchmal fand man auch Nützliches. Geld zum Beispiel.

Glück im Unglück, dachte ich, als ich die Euro-Münze entdeckte, die in der Abendsonne funkelte. Und obwohl ich eigentlich zu betrübt war, um mich um solch profane Dingen wie Kleingeld zu kümmern, bückte ich mich, um die Münze aufzuheben. Aber ich konnte nicht. Sie klebte am Boden fest.

Während mein Gehirn sich erst noch mühsam die Information erarbeiten musste, dass ich gerade auf einen dummen, alten Streich hereingefallen war, merkte ich, wie mein Gesicht vor Scham bereits hochrot anlief. Und dann hörte ich auch schon jemanden lachen.

Ich hob den Kopf und sah einen ziemlich großen, ziemlich behaarten Mann, der vor einem Café stand und sich köstlich über mich und mein blödes Gesicht amüsierte. Weil das alles für ihn anscheinend so unglaublich witzig war, schlug er sich, während er lachte, wiederholt auf die Oberschenkel und zeigte dabei sogar auf mich. Und das war irgendwie zu viel – zu allem Überfluss auch noch ausgelacht zu werden. Meine Tränendrüsen warfen die eben erst stillgelegte Produktion wieder an, und um das Elend komplett zu machen, floss mir ein kleines Rinnsal Rotz aus der Nase. Ich wischte ihn nicht weg, jetzt war eh alles egal.

Als der gemeine Mann das sah, erstarb das Lachen auf seinem Gesicht. Er kam eilig auf mich zugelaufen und tätschelte mir unbeholfen die Schulter, aber das half jetzt auch nicht. Er hatte Kräfte in Gang gesetzt, die so einfach nicht mehr aufzuhalten waren. Das hatte er nun davon. Während ich weiter schluchzte, nahm ich verschwommen wahr, wie aus dem Café in seinem Rücken ein zweiter Mann kam: klein, mit Schnauzbart und Halbglatze. An irgendwen erinnerte er mich, an den Vater aus den »Vater und Sohn«-Cartoons, das war es. Dachte ich zumindest, bis mir eine Sekunde später klar wurde, dass ich in der falschen Ecke meines Gedächtnisses gekramt hatte und die Wahrheit viel naheliegender war.

»Das ist aber großer Zufall!«, rief der höfliche Türke und hob überrascht die Hände. »Du hier? In Portugal? Mit Tränen?«

Es war seltsam, meinem Gemüsehändler im Ferienoutfit gegenüberzusitzen. Zu Hause trug er immer langärmlige Hemden, Cordhosen und darüber eine grüne Schürze. Die hatte er jetzt natürlich nicht dabei, die Cordhose war durch beigefarbene Herrenshorts ersetzt worden, die seine bleichen Beine in all ihrer Pracht zur Schau stellten. Seine Füße steckten in braunen Sandalen, und um dem Ganzen die Krone aufzusetzen, trug er ein Hawaiihemd. Ja, wirklich. In den Farben Rot, Orange und Gelb, mit ein bisschen Grün dazwischen, Palmenblätter und Papageien, der Klassiker. Er rührte in seinem Espresso, und ich ertappte mich dabei, dass ich ihn unverwandt anstarrte, komplett verwirrt von der Tatsache, dass der höfliche Türke auch an einem anderen Ort als seinem kleinen Laden in Hamburg existierte und auch mal etwas anderes machte, als Feldsalat abzuwiegen. Urlaub zum Beispiel. Wer hätte das gedacht?

Der Mann, der mich zuvor ausgelacht hatte, kam aus dem Café und stellte mir ein Glas Orangensaft vor die Nase, sprach auf Türkisch mit dem Gemüsehändler und nickte mir entschuldigend zu.

»Meinem Bruder tut das leid mit dem Witz. Und dass er gelacht hat. Deswegen schenkt er dir diesen Saft.« Der höfliche Türke machte eine pathetische Geste, als handelte es sich bei dem Inhalt meines Glases nicht um Orangensaft sondern um flüssiges Gold.

Da ich kein Türkisch sprach und nicht wusste, ob der Cafébesitzer Deutsch verstand, nickte ich ihm zum Dank zu. Er nickte zurück. Ich nickte wieder. Und dann er. Ich fragte mich, ob das niemals enden würde, aber da verschwand er auch schon wieder in seinem Café. »*Das* ist Ihr Bruder?«, fragte ich und konnte ein gewisses Erstaunen nicht verbergen.

Der höfliche Türke wusste, worauf ich anspielte. »Jaaa«, antwortete er gedehnt und winkte ab. »Junger Bruder. Er und seine Familie haben dieses Café hier in Lagos, und ich und meine Familie kommen einmal in Jahr zu Besuch und machen Urlaub.« Er machte eine Pause und sah mich durchdringend an. »Ich weiß, was du denkst.«

»Ach ja?«, fragte ich und nahm einen Schluck von meinem Saft. Er war frisch gepresst und köstlich.

»Ja«, sagte der höfliche Türke. »Aber zu deine Information: *Er* hat Haare, *ich* Nase fürs Geschäft.« Er tippte sich an die selbige, um seine Aussage zu unterstreichen. »*Ich* würde nie einen Witz machen auf Kosten von Kunden. Schlechte

Witz auch noch. Schlechte Witz – schlecht für Geschäft. Aber *er*«, ein Nicken in Richtung der Tür, »er hat keine Ahnung. Er hat Haare, statt Hirn.«

»Tja«, sagte ich. In der Tat waren außer dem Tisch, an dem wir saßen, alle anderen frei. Ich vermutete aber, dass das eher an der Tageszeit als an der festgeklebten Münze lag. Abends um sieben wollten die Touristen eben keinen Kaffee mehr trinken, sondern lieber ein Schnitzel essen. Mit Pommes.

Der Gemüsehändler trank schlürfend aus seiner winzigen Espressotasse und sah mich über den Rand hinweg forschend an. »Aber du hast nicht geweint, weil mein Bruder schlechte Witz gemacht hat, oder?«

»Nein.« Ich war ja nicht mehr vier Jahre alt. Ich betrachtete den Türken in der Sommerfrische und beschloss, dass es länger dauern würde, mir eine plausible Ausrede für meinen Zusammenbruch zu überlegen, als einfach die Wahrheit zu sagen, kurz und kompakt. »Ich habe Probleme mit meinem Freund. Ich weiß auch nicht ... Ich glaube, wir trennen uns bald.« Ich wischte einen Krümel vom Tisch und murmelte, mehr zu mir selbst als dass es für seine Ohren bestimmt war: »Wenn das nicht schon längst passiert ist.«

Der Gemüsehändler ließ die Mundwinkel hängen. »Das ist sehr traurig.«

»Ja.«

»Und warum ist das?«

»Na ja, Trennungen sind immer traurig ...«

»Nein«, er schüttelte den Kopf. »Warum trennen?«

Ich wünschte, ich hätte einen konkreten Grund gehabt. Er hat mich betrogen, zum Beispiel. Nicht dass ich mir das wünschte, aber das verstand wenigstens jeder. Leider hatte ich jedoch keinen konkreten Grund. Ich hatte nur ein diffuses Gefühl. Ich hatte nichts als Zweifel. Ich wusste nicht, ob Richard überhaupt der Richtige für mich war. Ob er vielleicht nicht nur nicht der Richtige war, sondern, schlimmer noch, sogar der absolut Falsche. »Es ist alles nicht so, wie ich mir das vorgestellt habe«, sagte ich schließlich, und fühlte mich schrecklich. Oberflächlich und verwöhnt. Und zu allem Überfluss hatte ich jetzt auch noch Bettys vorwurfsvolle Stimme im Kopf, die seufzte: *Ach, Schätzelein. Jetzt hast du's schon wieder gesagt.*

Der höfliche Türke allerdings nickte bedächtig. »Verstehe.«

»Wirklich?« Ich sah ihn erstaunt an. Er *verstand* mich? Ich konnte mich nicht daran erinnern, dass das schon jemals vorgekommen war. Dass mich *irgendjemand* jemals verstanden hätte.

»Ja«, bekräftigte er, »ich verstehe. Aber was ist mit Liebe?«

»Liebe?«

»Liebe.« Der höfliche Türke lehnte sich auf seinem Stuhl zurück und ließ den Blick über den Touristenstrom gleiten, der in der Abendsonne an uns vorbeizog, alle auf der Suche nach Futter. »Als ich zum ersten Mal meine Frau sah, war es wie ein Blitz. Ich wusste: Ich will für immer mit ihr sein. Ich konnte alles sehen vor mein innere Auge: Sie wartet auf mich nach lange Tag, sie säugt meine Kinder ...« Ich blinzelte angestrengt, um dieses Bild nicht in meinem Kopf zustande kommen zu lassen. »... sie ist an meine Seite immer und hilft. Das war Liebe, sofort. Und als sie mir sagt: Ich liebe dich auch ... Ahhh!« Er verdrehte verzückt die Augen gen Himmel. »Glück! Aber dann«, er sah mich ernst an, »ich gemerkt: Sie hat nicht immer meine Meinung, sie sagt

›Nein‹ öfter als ›Ja‹. Sie hilft nicht immer, sondern guckt Serie im Fernsehen. ›Sturm der Liebe‹, kennst du?«

»Ich hab davon gehört«, antwortete ich. Offenbar war heute der Tag der Telenovela.

Er nickte und fuhr fort: »Wenigstens hat sie die Kinder gesäugt.«

»Prima«, sagte ich und versuchte, an etwas anderes zu denken.

»Warum ich dir das erzähle?« Ja, das fragte ich mich in der Tat. Vor allem der Teil mit dem Säugen erschloss sich mir noch nicht ganz. »Ich dir sage: Ich war enttäuscht. Ich fragte: Warum habe ich diese Frau? Sie bringt mich um den Verstand! Alles, was ich geträumt habe, nichts ist so gekommen. Aber dann habe ich gemerkt ...«, er hob den Zeigefinger, denn jetzt kam die Moral der Geschichte, »egal! Es ist Liebe. Auch wenn alles ist anders, als ich es geplant hab. Auch wenn sie an Samstag, wenn Laden voll ist, unbedingt zu Haarentfernung gehen muss und ich allein die ganze Arbeit habe. Ich liebe sie. Und so bleibt es.«

»Das ist gut.« Richard ging mit dem Thema Haarentfernung jedenfalls nicht so locker um, wie ich ja erst kürzlich hatte herausfinden dürfen.

Der höfliche Türke war aber noch nicht fertig. Er beugte sich verschwörerisch zu mir vor. Es war Zeit für das große Finale. »Es ist ganz einfach: Du musst immer den *Menschen* lieben, nicht die Idee von eine Beziehung mit diesem Menschen. Denn sonst, wenn Dinge anders kommen, als du gedacht hast, und schlecht werden oder schwierig, denkst du: Es ist alles ein großer Fehler. Aber wenn du mit dem Menschen bist, den du liebst, dann sagst du: Es ist alles schlecht und schwierig auch. Aber ich bin zusammen mit richtiger Person. Und deswegen stell ich dir die Frage: Was ist mit Liebe?«

»Ich hab keine Ahnung.«

»Du weißt doch sonst immer alles!«

Marco hob abwehrend die Hände. »Falsch. Ich rede bloß immer nur dann, wenn ich was weiß. So entsteht der Eindruck.«

»Pff.« Betty stützte unbefriedigt ihr Kinn in ihrer rechten Hand ab und sah mich fragend an.

»Ich weiß es auch nicht, Betty.«

»Schätzeleins, das kann doch nicht sein! Der 25. April ist hier eine ganz große Sache, davon muss einer von euch Schlaufüchsen doch irgendwann mal etwas gehört haben.«

Sie hatte schon recht. Erst die Brücke in Lissabon, jetzt der Name der Straße (Rua de 25 Abril) in der die Bar lag, vor der wir saßen und die letzten Sonnenstrahlen des Tages genossen, egal wo man hinsah, der 25. April war schon da. Aber ich war nicht nur sprachlich äußerst schlecht auf diese Reise vorbereitet gewesen, auch was die Landeskunde betraf, war mein Wissen beschämend. Über Portugal wusste ich eigentlich nur, dass man hier Portwein trank, und das auch nur, weil Betty mich immer wieder darauf hinwies und es mir gern demonstrierte: Ihr Glas war schon wieder leer. Auf der anderen Seite hatte ich, wenn man es genau nahm, überhaupt keine Chance gehabt, mich vorzubereiten. Schließlich hatte Betty sich vehement dagegen gewehrt, sich auf ein Reiseziel festzulegen. »Also, wenn ich vor der Abfahrt gewusst hätte, dass wir hier landen würden, hätte ich ein paar Reiseführer gekauft und mich informiert.«

»Hättest du nicht.«

»Dank deiner Geheimniskrämerei werden wir das jetzt nie erfahren.«

»Vielleicht, Schätzelein. Aber eigentlich brauch ich dich und deine Reiseführer gar nicht.« Sie lehnte sich in ihrem Stuhl zurück und grinste triumphierend. »Ich frag einfach Ana, wenn sie kommt.«

»Apropos, wo bleiben die eigentlich?« Marco suchte mit seinem Blick die Straße ab, als würden Lucy und Ana sich hinter der nächsten Ecke verbergen und nur auf sein Stichwort warten, um jetzt plötzlich in der Menschenmenge aufzutauchen. Taten sie aber nicht. Die Bardichte hier war hoch, und je später der Abend, desto mehr Menschen fanden sich ein. Das Publikum war ein bisschen anders als tagsüber. Weniger Gesundheitssandalen und Bauchtaschen, dafür mehr Backpacker und Surfer. Als ich mir deren von der Sonne ausgebleichte und vom Salzwasser verfilzte Haare ansah und die wunderbar braun gebrannte Haut, fragte ich mich, wie es sein konnte, dass ich selbst mich bereits seit zehn Tagen im Urlaub befand und nicht einmal im Ansatz so etwas wie einen Teint entwickelt hatte. Zu wenig Zeit am Strand, das musste es sein. Wobei in Bettys Fall ein Tag in der Sonne auf dem Berg der Wunder genügt hatte, um ihr Gesicht ganz golden aussehen zu lassen. Es war nicht fair.

Plötzlich unsicher, zog ich meine Strickjacke aus dem Beutel und legte sie über meine viel zu weißen Beine.

»Ist dir kalt?«, fragte Marco, der eigentlich viel zu aufmerksam war für einen Mann. Ein ganz rares Exemplar. Ich hätte wirklich gern gewusst, warum Betty ihm keine Chance geben wollte. Abgesehen von seinem Heavy-Metal-Teddybär-Look, der nicht wirklich attraktiv war, stimmte alles. Die Welt war einfach zu sehr auf Äußerlichkeiten bedacht. Wenn Marco nur etwas weniger so ausgesehen hätte wie, na ja … Marco … Ich hätte mir keine Frau vorstellen können, die ihm nicht auf der Stelle verfallen wäre. Betty. Und ich auch. Wobei ich natürlich schon an Richard vergeben war. Eigentlich. Aber wer wusste das schon so genau? Ich bestimmt nicht. Ich hatte Kopfschmerzen.

»Nein, mir ist nicht kalt«, sagte ich und stand vom Tisch auf, bevor das Gedankenkarussell wieder volle Fahrt aufnehmen konnte. »Ich hol mir was zu trinken. Sonst noch jemand?«

»Port«, antworteten Marco und Betty gleichzeitig.

Lächelnd legte ich den Kopf schief. »Ihr beiden seid wirklich das perfekte Paar.« Ich ignorierte ihre verständnislosen Blicke, griff nach meinem Portemonnaie und spazierte in die Bar.

Drinnen hielt sich außer der Bedienung kein Mensch auf. Alle Gäste saßen draußen, und es war auch ziemlich offensichtlich, warum. Die Luft stand in dem relativ kleinen Raum, obwohl ein klappernder Ventilator an der Decke sein Bestes tat, um die Hitze zumindest ein bisschen in Bewegung zu bringen – leider vergeblich. Die dürre, kleine Frau hinter dem Tresen war etwa um die vierzig und damit beschäftigt, Gläser zu polieren. Und zwar so schnell und so aggressiv, dass ich befürchtete, jeden Moment werde eines in ihrer Hand unter dem Druck zerbrechen. Allein der Gedanke an so eine Szene in Verbindung mit der unerträglichen Temperatur in der Bar verursachte bei mir einen kleineren Schweißausbruch. Mein Tanktop klebte mir am Rücken fest, und ich versuchte, es so unauffällig wie möglich von meiner Haut abzuziehen, während ich mich am Tresen positionierte. Und wartete. Und zusah, wie die Frau polierte. Und zuhörte, wie im Radio irgendein äußerst stressiger Party-Techno-Track lief. Der hektische Rhythmus, das gehetzte Tempo, der schrille Gesang, ich schwitzte gleich noch ein wenig mehr. Ich wurde eine ganze Weile ignoriert, aber das machte nichts, denn ich war sowieso damit beschäftigt, mich daran zu erinnern, wie man sich noch gleich auf Portugiesisch begrüßte. Anstatt einfach »Hi!« zu sagen, was ja meistens international funktionierte. Aber die Hitze lähmte mein Gehirn.

Die Frau polierte, und das letzte Glas quietschte. Nachdem sie es zur Seite gestellt hatte, sah sie mich endlich direkt an. Ihr Gesicht war faltig und sonnenbankbraun. Ihre Mundwinkel zeigten nach unten, es war deutlich, dass sie irgendwie nicht so gut drauf war. *Würde mir nicht anders gehen, wenn ich den ganzen Tag in dieser Hitze verbringen müsste,* dachte ich, und beschloss, ihr die miese Laune nicht übel zu nehmen.

Ein harsches »E?« kam aus ihrem Mund.

Ich versuchte ein gewinnendes Lächeln (aber das war ja schon bei dem französischen Polizisten im Nichts verpufft), reckte mich über den Tresen und zeigte auf zwei Portweingläser. »Dois, por favor.« Daran erinnerte ich mich noch aus Lissabon.

Die Reaktion darauf waren noch etwas tiefer hängende Mundwinkel und ein genervtes »Dois dos quais?«

Klar, sie brauchte eine präzisere Bestellung. Also sagte ich: »Port.«

»Porto. Dois, certo?«

Ich nickte vorsichtshalber und hoffte das Beste, während der Portwein eingeschenkt und die Gläser auf den Tresen gestellt wurden. Dann nannte die Frau einen Preis, verfrüht natürlich, weil ich für mich selbst noch gar nichts bestellt hatte, aber das konnte sie ja nicht wissen. Das Problem war, dass ich auch so einiges nicht wusste. In erster Linie wie ich dieser Frau, die mich mit ihrer schlechten Laune ganz nervös machte, mithilfe meiner nicht vorhandenen Portugiesischkenntnisse erklären sollte, dass ich mit meiner Bestellung noch nicht fertig war. Mit Worten würde ich das nicht schaffen, so viel stand fest. Vielleicht klappte es mit Körpersprache. Ich schüttelte also den Kopf. Außerdem sagte ich, schüchtern und leise: »No.«

Das hätte ich besser nicht getan. Offensichtlich missverstand die Barfrau meine Geste als Weigerung zu zahlen und funkelte mich böse an. »Sem dinheiro não ha bebidas.« Und mit diesen Worten, deren Bedeutung ich allerhöchstens raten konnte, verschwanden die Portweingläser wieder von der Theke. In schierer Verzweiflung öffnete ich mein Portemonnaie und legte einen Zehneuroschein auf den Tresen. Dieser wurde eingesammelt, die Portweingläser wurden zurückgestellt. Und ich hatte noch immer nichts zu trinken.

»Brauchst du Hilfe?« Keine Ahnung, wie lange der Typ, der das fragte, schon hinter mir gestanden und sich über mich amüsiert hatte. Eine erneute Hitzewelle, diesmal aus Scham, durchschoss meinen Körper. Das Tanktop klebte endgültig an meinem Rücken fest. Sehr peinlich, das alles. Ich hatte heute mit Schwitzen und Heulen so viel Flüssigkeit verloren, dass es inzwischen sicherlich medizinisch bedenklich war, und konnte diesen Flüssigkeitsverlust leider nicht ausgleichen, weil ich ironischerweise nicht in der Lage war, in einer Bar voller Getränke ein Getränk zu bestellen. Natürlich brauchte ich Hilfe.

»Ja, bitte. Ich hätte gern …«, begann ich, drehte mich um, und mein Unterkiefer klappte nach unten wie im Comic. Und das ist kein bisschen übertrieben. Irgendwie schaffte ich es aber trotzdem, das Wort auszusprechen, das, groß und blinkend wie eine Reklametafel in der Nacht, meinen Kopf komplett ausfüllte. »… Felix.«

»Das letzte Mal, als wir gesprochen haben, klang das aber ganz anders.« Und während er das sagte, lächelte er. Dieses Lächeln.

17
Der Teil mit der Lektion in Sachen Freundschaft

LUCYS MIXTAPE
Beach Boys – Good Vibrations

Wenige Minuten später stand ich wieder an unserem Tisch, wo sich inzwischen auch Lucy und Ana eingefunden hatten. Die Sonne hingegen hatte sich ein für alle Mal verabschiedet. Ich stellte die zwei Portweingläser und meinen Long Island Iced Tea – denn ich brauchte etwas Starkes – vor Betty ab, räusperte mich und deutete auf den Mann neben mir. »Schaut mal, wen ich zufällig getroffen habe …«

Die Reaktionen fielen sehr unterschiedlich aus. Während Marco und Ana, die nicht wussten, wen sie gerade kennenlernten, freundlich grüßten und Felix ihre Hände hinhielten, blieb Lucy, wie zuvor mir selbst, bei dem Anblick meines Exfreundes der Mund offen stehen. Betty lehnte sich auf ihrem Stuhl zurück, verschränkte die Arme vor der Brust und schenkte ihm einen langen, missbilligenden Blick. »Sieh mal einer an. Der Herr Geistig-Klobig.«

Der Angesprochene nickte höflich. »Betty.«

»Eigentlich heißt er Felix«, klärte ich Ana und Marco auf. Marco nickte verwirrt, Ana sah sehr interessiert aus. Vermutlich spürte sie, dass es sich bei dieser Situation um einen klassischen Telenovela-Moment handelte.

Betty ließ Felix nicht aus den Augen. »Tja, schade, was? Daphne hattest du ja leider schon …«

»Lass das, Betty.« Was sie sagte, erweckte den vollkommen falschen Eindruck. Felix war kein Frauenheld. Zumindest war er das damals nicht gewesen, als ich ihn meinen Freund nennen durfte – drei Monate lang. Andere Frauen waren nicht der Grund für unsere Trennung gewesen. Felix hatte bloß diese Bindungsangst gehabt, das war alles. Er hatte sich nicht *für* mich entscheiden können, *gegen* mich aber auch nicht. Natürlich hatte mich das ziemlich fertig gemacht. So fertig, dass ich mir bei dem Versuch, einen Plüschpanda zu verbrennen, fast eine Rauchvergiftung zugezogen hätte. Es war verständlich, warum Betty so biestig auf ihn reagierte, denn wer so mit ihren Freunden umsprang, war automatisch ihr Feind. Das war ja irgendwie auch ganz niedlich und reizend, aber die Sache mit Felix war jetzt mehr als drei Jahre her. Und außerdem hatte ich *ihn* ja schließlich abserviert, ausgerechnet als er sich gerade überlegt hatte, dass er doch mit mir zusammen sein wollte. Seitdem hatten wir uns nicht wieder gesehen. Es hatte also jeder von uns den anderen verletzt. Damit waren wir quitt. Schwamm drüber.

Selbst wenn Betty anscheinend nicht bereit war, so schnell zu vergeben, für Felix schien die vergangene Zeit lang genug gewesen zu sein, um mir zumindest einen Drink auszugeben. Ein Friedensangebot, eindeutig. Und es war mir peinlich, dass Betty sich ihm gegenüber so ätzend verhielt. Ich warf ihr einen durchdringenden Blick zu, der sie stoppen sollte. Daraufhin zündete sie sich eine Zigarette an, rauchte und schmollte gleichzeitig.

»Und?«, fragte Lucy, die sich inzwischen wieder gefangen hatte und wohl dachte, ein wenig Konversation würde die angespannte Stimmung auflockern. »Machst du auch Urlaub?«

»Ja«, antwortete Felix.

Mehr fiel Lucy nicht ein. Konversation war leider einfach nicht ihre Stärke. Sie warf mir einen hilflosen Blick zu.

»Bist du noch länger in Lagos?«, schaltete ich mich ein und war zu meiner eigenen Überraschung seltsam erfreut, als er sagte: »Noch bis Ende der Woche. Fünf Tage, dann geht's wieder zurück.«

»Wir bleiben jetzt auch erst mal hier«, hörte ich mich sagen, »unser Bus ist kaputt.« Ich nahm wahr, dass Betty mich fassungslos von der Seite anstarrte. Ich nahm auch wahr, dass ich mich auf eine vollkommen unerwartete, ziemlich starke Weise zu Felix hingezogen fühlte, obwohl ich wusste, dass das aus so vielen verschiedenen Gründen falsch, falsch, falsch war, dass ich mich eigentlich selbst hätte ohrfeigen müssen. Vor versammelter Mannschaft. Betty hätte das bestimmt gefallen. Aber was kümmerte mich Betty, als Felix mich anlächelte und sagte: »Das trifft sich doch hervorragend. Dann sehen wir uns hoffentlich wieder.«

Meine Knie gaben ein wenig nach.

»Hast du morgen Abend schon etwas vor?«, fragte er mich.

Ich schüttelte debil lächelnd den Kopf. Ich konnte nicht sprechen. Betty schlürfte provokant an ihrem Portwein.

»Na, das passt doch. Sagen wir, morgen hier? Um zehn? Ich hab vorher noch ein Essen mit der Tauchschule, aber ich würde dich wirklich gern sehen …«

»Ich dich auch«, flüsterte ich. Meine Stimmbänder waren so labberig wie meine Knie.

Betty machte »Ts!«

»Okay, also dann … Ich glaube, ich bin hier nicht erwünscht.« Felix gab mir einen flüchtigen Kuss auf die Wange und winkte noch einmal, als er sich durch die Tischreihen gekämpft und die Straße erreicht hatte. »Bis morgen!«, rief er.

»Ja, bis dann!«, rief ich zurück.

»Ich fass es nicht!« Betty nahm einen großen, letzten Schluck Portwein und stellte das leere Glas mit einem Knall auf der Tischplatte ab. »Schätzelein, haben sie dir in den fünf Minuten, die du da in der Bar warst, das Gehirn durch die Nase rausgezogen, oder was stimmt nicht mit dir?«

Ich wischte mir das debile Grinsen aus dem Gesicht und stemmte wütend meine Hände in die Hüften. »Du bist echt unmöglich, weißt du das? Felix hat dir nichts getan, und du redest mit ihm, als hätte er deine Familie auf dem Gewissen.«

»Hat er auch. Quasi.« Betty zündete sich eine weitere Zigarette an. Sie war so aufgebracht, dass ihre Hände zitterten. Sie zog den Rauch ein und blies ihn mit einem Schnauben wieder aus. »Ich hab echt was Besseres zu tun, als dich schon wieder in Ordnung zu bringen, wenn der Typ zum wievielten Mal mit dir fertig ist? Zum zwölften?«

»Es wäre das vierte Mal, aber …«

»Er ist ein Spacken, und er bleibt ein Spacken. Und du bist auch ein Spacken. Jammerst wegen jeder Kleinigkeit über Richard, und dann kommt der Kerl, der dir innerhalb von wenigen Monaten mehrmals brutal das Herz gebrochen hat, und du wirfst dich ihm an den Hals, als wäre nie etwas passiert.«

»Mädels …«, versuchte Marco zu intervenieren, aber seine Chancen standen schlecht.

»Und wenn schon!«, unterbrach ich ihn. »Das geht dich gar nichts an. Bettina.«

»Das geht mich eine ganze Menge an, Daphne. Ich habe es nämlich satt, deine persönliche Trümmerfrau zu sein. Ich hab keinen Bock mehr, deine Hand zu halten, wenn mal wieder deine Welt zusammenbricht wegen irgendeinem Mann. Und schon gar nicht wegen dem da.« Sie nahm einen letzten Zug von ihrer Zigarette und drückte sie halb geraucht im Aschenbecher aus. »Anstatt endlich aufzuwachen und zu merken, was für ein Glück du mit Richard hast, lässt du jetzt dieses Arschloch wieder in dein Leben? Ist das dein Ernst?!«

»Wir gehen nur was trinken!«

»Genau.« Betty lachte trocken, bevor sie mir tief und durchdringend in die Augen sah und mit ernster Stimme fragte: »Was ist mit Richard?«

Was ist mit Richard? Was ist mit Liebe? Was sollten all diese Fragen? Wieso sollte das irgendjemanden außer mir überhaupt etwas angehen? »Ich weiß es nicht«, presste ich ungehalten zwischen den Zähnen hervor und griff nach meinem Long Island Iced Tea. Die Eiswürfel waren inzwischen vollständig geschmolzen.

Stille legte sich über den Tisch. Betty starrte verbissen irgendwohin, Hauptsache nicht in meine Richtung. Sie tat mir fast ein bisschen leid, aber nur fast, weil ich von ihr mindestens genauso enttäuscht war wie sie von mir. Weil sie mich einfach nicht verstand und es auch nicht probierte. Weil ich wusste, dass ich nicht einmal versuchen musste, ihr zu erklären, wie verloren ich mich fühlte. Denn dann hätte sie, wie immer in solchen Situationen, gesagt, dass ich albern war und alles verkehrt sah. Sie verstand mich einfach nicht. Und das Schlimmste war: Irgendwie verstand sie mich nie.

Ich setzte mich auf den Stuhl ihr gegenüber und trank. Lucy schaute betreten auf den Tisch. Ana war diejenige, die irgendwann das Schweigen brach. »Meu Deus!« Sie seufzte erschöpft, als hätte sie gerade einen Dauerlauf beendet, und schob sich die Haare aus dem Gesicht. »Nicht falsch verstehen bitte, okay? Aber ›Remédio Santo‹ is nix dagegen.«

Damit war dann die Idee, in Skys Bus zu übernachten und den Urlaubs-Spirit so lange wie möglich aufrechtzuerhalten, fürs Erste gestorben. Ich hatte Betty noch nie so sauer erlebt und keine Ahnung, wie lange sie brauchen würde, um sich wieder zu beruhigen. Eine Weile würde es sicher dauern, und ich hatte keine Lust, in dieser vergifteten Atmosphäre zu schlafen. Also nahm ich Marcos Einladung an, die Nacht in seinem Van zu verbringen, der am Straßenrand vor der Werkstattmauer parkte. Eine Mauer Sicherheitsabstand zwischen Betty und mir. War vielleicht besser so.

Ein weiterer Vorteil davon, übergangsweise bei Marco einzuziehen, war, dass er seine Bordbar in Lissabon aufgestockt hatte. Und so saßen wir, jeder einen Drink und eine Zigarette in der Hand, auf den Klappstühlen vor seinem mobilen Zuhause und betrachteten den Nachthimmel. Viel war da nicht los. Die üblichen Sterne, ein Mond, eine überschaubare Menge an Wölkchen. Die Grillen zirpten, eine Anti-Mücken-Kerze flackerte nutzlos im Wind, und durch das Beifahrerfenster drang leise Musik aus der Anlage. Pearl Jam, wenn ich das richtig hörte. Was hatten Jungs nur immer mit Jungs mit Gitarren? Ich dachte an Richard und seine Gitarre. Es löste nichts in mir aus, allerhöchstens wurde ich müde davon. Ich dachte daran, dass ich Felix am nächsten Abend treffen würde. Mein Magen spielte verrückt. Auf eine gute Art und Weise. Aber das durfte ich niemandem erzählen.

»Verzwickte Angelegenheit, gelle?« Das Ende von Marcos Zigarette glimmte vor seinem Gesicht auf.

»Was genau meinst du? Dass wir hier festsitzen? Den Streit mit Betty? Den Streit mit Richard? Dass ich morgen mit meinem Exfreund verabredet bin und mich deswegen alle scheiße finden?«

Ich hörte ihn neben mir im Dunkeln leise lachen. »Es ist schlimmer, als ich dachte. Armes Herzche.«

»Wirklich schlimm ist nur die Situation mit Richard. Weil ich nicht weiß …« Ich hatte keine Lust, das alles noch einmal durchzukauen. Ich tat ja jetzt schon seit vierundzwanzig Stunden kaum etwas anderes. »Ach egal. Jedenfalls baut alles andere doch darauf auf.«

»Der Bus ist kaputt, weil du dich mit 'm Richard gestritten hast?«

»Nein.« Ich seufzte ungeduldig. »Aber wenn zwischen ihm und mir alles okay wäre, hätte Betty sicher kein Problem damit, dass ich Felix treffe.«

Ich konnte es in der Dunkelheit nicht sehen, aber ich wusste, dass Marcos Reaktion auf diesen Satz ein skeptischer Gesichtsausdruck war. Das jedenfalls hätte zu seinem Tonfall gepasst. Der war auch skeptisch. »Meinst du? Ich glaube, die hat ganz allgemein etwas gegen den, egal, ob du nun eigentlich mit dem Richard zusammen bist oder mit der Beyonce oder mit wem auch immer.«

»Beyonce?«

»Ei, die fiel mir gerade so ein.« Marco kehrte schnell zum ursprünglichen Thema zurück. »Und könnte es eventuell sein, dass du gar nicht erst auf die Idee gekommen wärst, dieses Date mit Felix abzumachen …«

»Das ist kein Date. Wie oft soll ich das denn noch sagen?«

»Okay. Kein Date. Aber würd'st du den auch treffen wollen, wenn du ausnahmslos glücklich mit dem Richard wärst? Oder würdest du ihm dann nicht viel lieber dein Glück mit deinem neuen Freund in seiner ganzen Pracht unter die Nase reiben und ihm sagen, dass er sich seinen Drink sonst wohin stecken soll?«

»Marco! Du bist ja eine echte …« Ich suchte nach einem anderen Wort. Fand aber keins. »… bitch.«

»Ich versetz mich nur in deine Lage, Herzche.«

»Oh. Danke auch.« Leider war er sehr gut darin. Vielleicht lag seine Trefferquote nicht bei hundert Prozent, aber ja, natürlich wäre ich zufrieden mit meinem Liebesleben, wäre die Situation in der Bar anders verlaufen. Doch wie Betty immer so schön sagte: hätte, hätte, hätte.

Hier und heute steckte ich beziehungstechnisch bis zu den Schultern in einem Brei aus Zweifeln und Unsicherheit. Und das vielleicht zu Recht, diese Möglichkeit zog interessanterweise niemand in Betracht. Die Zeiten änderten sich schließlich. Was vor einem halben Jahr noch richtig schien, war jetzt vielleicht genau falsch. Und was vor drei Jahren nicht funktioniert hatte, verdiente jetzt eventuell eine neue Chance. Welche Frau, der sich in so einer Situation plötzlich eine derartige Alternative auf dem Silbertablett präsentierte, würde nicht zumindest kurz ins Grübeln kommen? »Es kann doch sein, dass es ein Zeichen ist«, überlegte ich laut.

»Dass du den Felix getroffen hast?«

»Ja, genau. Weißt du, ich dachte immer, der richtige Mann ist der Schlüssel zur perfekten Beziehung. Wenn ich einen finde, der passt, passt der Rest auch. Das ist wie mit Kleidern. Manche sehen super auf dem Bügel aus, stehen dir aber nicht. Andere sind ganz passabel, aber es fehlt das gewisse Etwas. Andere sind eigentlich rundum perfekt, aber du kannst sie dir nicht leisten. Aber wenn du nach langem Suchen endlich das richtige Kleid gefunden hast, bist du immer gut angezogen, da musst du dir keine Sorgen mehr machen. Ich dachte, so wäre das mit mir und Richard.«

Marco klang irgendwie angewidert. »Du vergleichst den Richard mit einem Kleid?!«

»Nein, das ist nur ein Bild. Damit will ich deutlich machen, was ich meine.«

»Indem du mit *mir* über Klamotten redest?«

Guter Einwand. Mit Alternative-Rock-Bands kannte ich mich aber leider nicht gut genug aus, um an ihrem Beispiel meinen Punkt klarzumachen. Also zurück zum Kleid. »Na, jedenfalls ist Richard lange Zeit mein Lieblingskleid. Aber dann passiert etwas. Keine Ahnung. Ich hab zugenommen oder ihn zu heiß gewaschen …« Ich hörte, wie Marco sich im Dunkeln mit der flachen Hand gegen die Stirn klatschte, »und auf einmal passt er mir nicht mehr. Ich fühle mich nicht mehr wohl, wenn ich das Richard-Kleid anziehe. Und dann finde ich plötzlich beim Schrank Ausmisten dieses alte Kleid, das ich eigentlich wegwerfen wollte und total vergessen habe. Ich probiere es spaßeshalber an, und siehe da …«

»Der Felix ist jetzt auch ein Kleid?«

»Ich wusste, du würdest es verstehen.« Ich lehnte mich zufrieden zurück und guckte in die Sterne. Endlich war mir auch selbst klar geworden, was ich fühlte. Ein Hoch auf die Metapher!

»Daphne«, sagte Marco, »Menschen sind keine Textilien.«

Aber das wollte ich nicht hören. Das konnte er dem Mond erzählen. Ich würde am nächsten Tag mein altes Kleid treffen, und niemand konnte mich davon abhalten. Wenn man kurz davor war, im Chaos unterzugehen, war man dankbar für jeden kleinen Lichtblick. Auch wenn alle anderen der Meinung waren, dass es sich bei diesem Lichtblick um die Scheinwerfer eines schnell herannahenden Autos handelte. »Fahren wir morgen an den Strand?«, fragte ich Marco.

Er seufzte zur Antwort – »Na klar.« – und erschlug eine Mücke auf seinem Arm.

Sonnenschein. Wärme. Meeresrauschen. Ansonsten: Stille. Zumindest zwischen Betty und mir herrschte nach wie vor eisiges Schweigen, obwohl Lucy wirklich ihr Bestes tat, um so etwas wie eine Unterhaltung in Gang zu bringen. Da sie dafür aber bekanntermaßen nur wenig Talent besaß, beschränkte sie sich aus Mangel an unverfänglichen Themen auf eine Zusammenfassung der gestrigen Folge von »Remédio Santo«, was jedoch nur stockend voranging, weil Ana sie immer wieder mit einem Schnalzen unterbrach und mit einer überraschenden Strenge in der Stimme verbesserte. »Tudo errado, 'tschuldige, aber das has du falsch verstanden.« Es folgte Anas absolut gegenteilige Version von dem, was Lucy zu sehen geglaubt hatte, und beide warfen mit Namen um sich, die sich zwar hübsch anhörten, mir aber nichts sagten.

»Ana, was hat es eigentlich mit dem 25. April auf sich?«, unterbrach ich das Geschnatter. Betty hatte sich schon vor längerer Zeit ein T-Shirt über die Augen gelegt und schlief vielleicht.

Verwirrt legte Ana den Kopf schief. »Funfundzwansigste Abril? Por quê?«

»Weil hier alles danach benannt ist. Straßen, Brücken …«

»Ach so! Das is Dia da Liberdade, unser Feiertag nacional.«

Ich beobachtete Betty in der Hoffnung, sie würde irgendwie darauf reagieren, dass ich ihre brennende Frage vom Vorabend für sie beantworten ließ. Aber nichts passierte. »Alles klar. Danke«, sagte ich enttäuscht, legte mich wieder flach auf mein Handtuch und ärgerte mich.

»Nix Ursache.« Ana drehte sich wieder zu Lucy um. »Und noch mal: Armando is nich der Sohn von Violante.«

»Doch. Natürlich. Er ist der Sohn von Alvaro, und Alvaro ist der Mann von Violante, also ist Armando auch ihr Sohn.«

»Nein!« Anas Stimme wurde laut vor Ungeduld. »Er is ein bastardo!«

»Das ist ein sehr schlimmes Wort, Ana«, erklärte Lucy in einem tadelnden Tonfall.

»Aber es is so!«

Eine Weile hörte ich dem kleinen Wortgefecht der beiden zu, aber so wenig wie ich von dem verstand, worüber sie redeten, hätte es auch um Cricket gehen können – noch so eine Sache, von der ich keine Ahnung hatte –, und ich langweilte mich bald. Und da ich mich sowieso nicht so gern am Strand in Anas Nähe aufhielt, weil ich beim Vergleich »sie im Bikini – ich im Bikini« so schlecht abschnitt, dass es wehtat, erhob ich mich irgendwann von meinem

Badelaken. »Ich geh eine Runde ins Wasser«, informierte ich die beiden, aber sie hörten mich gar nicht. Sie diskutierten erhitzt, was dieser Armando gesagt oder nicht gesagt hatte, wobei Ana, auch was diese Frage betraf, die Nase eindeutig vorn hatte, weil sie die Serie schon länger verfolgte als Lucy. Und außerdem – und das war vermutlich ausschlaggebend – im Gegensatz zu ihr Portugiesisch sprach.

Das Wasser war angenehm erfrischend. Erst leckte es an meinen Zehen, umspülte dann meine Knöchel, meine Knie, und schließlich stand ich bis zur Hüfte im Meer und sprang mit jeder anrollenden Welle in so gut wie schwerelose Höhen. Ich blinzelte dem Horizont entgegen, hinter dem irgendwo Afrika beginnen musste. Ein ganz neuer Kontinent weiter südwärts, eine Landmasse, die ich noch nie betreten hatte, auf der Millionen Menschen lebten, die Probleme hatten, neben denen der Schlamassel, in dem ich gerade steckte, ein Witz war, Stoff für einen seichten Hollywoodfilm. Oder schlimmer noch, den Sonntagabendfilm im ZDF: Die junge Antiquitätenhändlerin Daphne entflieht ihrem Leben in der Großstadt und lässt ihren Freund Richard, einen ehrgeizigen Talentscout, allein zurück. Weit weg von zu Hause begegnet sie unverhofft ihrer Jugendliebe Felix. Alte Gefühle werden wach, und sie muss sich entscheiden: für ein Leben mit Richard im verregneten Hamburg oder eine Zeit des Glücks mit Felix unter der Sonne Portugals.

Genau genommen fehlte in der Geschichte nur eine alte Großtante namens Mildred, die mir ihr Gut oder Schloss oder Boutique-Hotel auf der südwestlichsten Klippe des europäischen Festlands vermachen wollte. Und das war mal wieder typisch. *Ich* bekam nur das Gefühlwirrwarr.

Und eine Ladung Salzwasser ins Gesicht. Das hatte man davon, wenn man den Wellen nicht zu jeder Zeit seine volle Aufmerksamkeit schenkte. Ich taumelte rückwärts, während ich versuchte, mir das brennende Salzwasser mit meinen vom Salzwasser nassen Händen aus den Augen zu reiben. Es war klar, dass das nicht funktionieren konnte. Parallel dazu fing ich an zu würgen, weil ich aus Versehen einen gefühlten halben Liter von dem Zeug verschluckt hatte. Blind und würgend stolperte ich durchs Wasser. Eben hatte ich noch ein entspanntes Bad im Meer genommen, jetzt dachte ich, ich müsste sterben.

»Richtig, Schätzelein, ist echt zum Kotzen, das alles«, sagte plötzlich eine Stimme neben mir. Ein Arm griff unter meinen, eine Hand schlug mir rhythmisch auf den Rücken.

Ich spuckte Wasser. Die Wellen nahmen auf mich keine Rücksicht. Arschloch-Wellen. Betty führte mich ein bisschen weiter in Richtung rettender Strand und strich mir die nassen, klebrigen Haare aus dem Gesicht.

»Geht's?«, fragte sie.

»Ja. Danke«, antwortete ich keuchend, nachdem ich eine weitere Ladung Wasser ausgespuckt hatte.

»Gut. Dann kann ich es dir ja jetzt sagen.« Sie sah aus wie eine Amazone mit ihrer braun gebrannten Haut, den aufgetürmten Dreads auf ihrem Kopf und den Händen in den Hüften. Sie stand sicher im Wasser, als wäre der Boden aus Beton. Ich hingegen kämpfte mit dem Gleichgewicht, weil der Sand unter meinen Füßen immer wieder weggespült wurde. Warum hasste mich das Meer bloß so?

Und zu allem Überfluss verstand ich außerdem nicht, was Betty meinte. »Hä? Was kannst du mir jetzt sagen?«

»Du bist scheiße, Schätzelein.«

»Oh.« Und dafür hatte sie mich vor dem Ertrinken gerettet?

»Scheiße ist, wer beschissene Dinge tut. Und was du da gerade veranstaltest, ist beschissen, keine Frage. Aber«, sie hob eine Hand um mich davon abzuhalten, etwas zu erwidern, »ich liebe dich. Und es ist beschissen, wenn wir uns streiten. Ich will nicht scheiße sein, deswegen will ich mich nicht mit dir streiten.«

Vielleicht lag es daran, dass ich gerade, etwas überspitzt ausgedrückt, dem Tod entronnen war, aber in diesem Moment war die Logik ihrer Argumentation für mich nicht von der Hand zu weisen. »Ich will mich auch nicht mit dir streiten, Betty.«

»Siehste.«

Für ein paar Minuten standen wir schweigend im seichten Wasser wie zwei Rentner und überließen den Wellen das Reden. Ich kniff meine Augen gegen die Sonne zusammen. »Obwohl streiten irgendwie zu uns gehört. Wir streiten uns ständig.«

»Wir haben eben fast immer unterschiedliche Ansichten.«

»Aber findest du das nicht komisch? Wie sind wir überhaupt Freunde geworden, wenn wir so verschieden sind?«

Betty zuckte mit den Schultern. »Musste wohl so sein.«

Mit dieser Antwort gab ich mich nicht zufrieden. »Aber du verstehst mich nicht, und ich versteh dich nicht, und eigentlich ist das doch das, was eine Freundschaft ausmacht: dass man sich gegenseitig versteht.«

»Sagt wer?«

Das Fernsehen? Oma Mathilde? »Keine Ahnung.«

»Ich glaube, Freundschaften, in denen sich beide immer verstehen, ist was für Anfänger. Und das gilt nicht nur für Freundschaft, Schätzelein, denk mal drüber nach.«

Ich sah sie ratlos an.

Betty rollte ungeduldig mit den Augen. »Sondern auch für Beziehungen. Das hab ich dir schon vor Tagen gesagt, aber du lernst eben nicht besonders schnell, was?«

»Tja, also, ich …«, begann ich.

Aber sie fiel mir ins Wort. »Darum geht es jetzt ja auch gar nicht. Es geht um uns. Und wir lieben uns und wollen Freunde sein, klarer Fall, *obwohl* wir alles immer komplett anders sehen als die andere. Wir sind die Profis.« Sie sagte den letzten Satz voller Stolz und mit einem breiten Grinsen auf dem Gesicht, das sich unweigerlich auf mich übertrug. Wir waren die Profis. Wir waren unerschütterlich. Ich lehnte mich zu ihr hinüber und schlang meine Arme um ihren Hals. Betty tätschelte mir den Kopf. »Du bist so kitschig manchmal. Das ist fast schon widerlich.«

»*Du* bist doch diejenige, die hier die ganze Zeit von Liebe redet.«

»Weil ich sonst immer von Sex rede, Schätzelein, deswegen hat das einen guten Effekt. Oder?«

Ich wollte darauf gerade antworten, als eine besonders wütende Welle mir den Sandboden unter den Füßen wegzog und ich wieder umfiel und Betty dieses Mal mit mir riss. Wasser und Haare überall, verknotete Beine und mindestens drei blaue Flecken. Betty jammerte, weil ich sie teilweise unter mir begraben hatte. Ich rappelte mich auf, so schnell es ging, und hielt ihr eine Hand hin, um sie hochzuziehen. Sie warf mir einen gespielt bösen Blick zu, ließ sich dann aber doch auf die Beine helfen.

»Das hast du jetzt davon«, sagte sie.

»Tut mir leid.« Atemlos, aber trotzdem lachend wischte ich mir den Sand von der Haut.

»Dir wird noch so einiges leidtun.« Betty klang plötzlich ernst, und als ich sie ansah, um mich zu vergewissern, dass sie nur einen Witz machte, erkannte ich, dass dem nicht so war. Ihr Gesicht war frei von jedem Lächeln. »Ich hab keinen Bock, das immer wieder durchzukauen, deswegen sage ich es dir jetzt noch dieses eine letzte Mal: Wenn du Richard mit Felix betrügst, wirst du das bereuen. Früher oder später.«

»Ich habe nicht vor, Richard zu betrügen.«

»Glaub mir, ich weiß sehr gut, was so alles passieren kann, auch wenn man sich vornimmt, dass es nicht passiert. Und als Freundin muss ich dich darauf hinweisen. Das wäre hiermit erledigt. Und noch eine Sache: Ich bin ich.«

Ich wartete, dass sie diese relativ offensichtliche Aussage näher ausführte, aber das tat sie nicht, also hakte ich nach. »Und?«

»Nichts und, das ist es ja eben. Schlimm genug, dass Richard sich deiner Meinung nach bis zum Genickbruch verbiegen muss, damit er in deine Freund-Schablone passt. Aber ich tu das nicht. Ich geb mir keine Mühe, damit ich in deinem Leben die beste Freundin spielen darf. Ich bin ich, und du kannst dich immer auf mich verlassen. Also hör gefälligst auf, mich unter Druck zu setzen mit deinem ständigen Gemaule.« Ich starrte Betty mit offenem Mund an. Sie klatschte in die Hände und knipste ihr Grinsen an. »So! Und ab jetzt gilt wieder die andere Regel.«

»Welche andere Regel?« Mir ging das hier alles zu schnell. Dieses Gespräch war die reinste Achterbahnfahrt.

»Welche andere Regel?«, äffte sie mich nach. »Na, die andere Regel. Die Regel Nummer eins. ›Im Urlaub soll jeder machen, was er will‹, egal was. Das gilt auch für dich. Insofern«, sie machte ein bedauerndes Gesicht, »muss ich dich wohl oder übel machen lassen, was du willst. Auch wenn es beschissen ist.«

Es nervte mich sofort, dass Betty die Sache mit Felix ab jetzt wegen dieser albernen Urlaubsregel unter den Tisch fallen lassen wollte. Natürlich hatte ich genauso wenig Lust, mich deswegen den Rest unserer Reise mit ihr zu streiten, aber es hätte mir geholfen, wenn sie sich etwas mehr Mühe damit gegeben hätte, sich in meine Lage zu versetzen.

Ich sagte aber nichts weiter dazu, zumal uns in diesem Moment Marco vom Strand her entgegenspaziert kam. Er sah erleichtert aus. »Alles wieder gut bei euch? Na, Gott sei Dank.« Er watete die paar Meter durchs Wasser zu uns her und integrierte sich in unsere Rentnerrunde. »Dann ist mein geheimer Versöhnungsplan ja gar nicht mehr nötig.«

»Du hast einen geheimen Versöhnungsplan? Für Betty und mich?« Das fand ich irgendwie rührend.

»Klar. Ich kann diese Missstimmung in der Reisegruppe nicht ertragen. Da dachte ich mir, wenn ihr beiden nicht in der Lage dazu seid, euch zusammenzuraufen, dann rauf *ich* euch eben zusammen.«

Betty legte interessiert den Kopf schief. »Und da hattest du dir *was genau* überlegt?«

»Na ja …« Auf Marcos Gesicht machte sich ein durchtriebenes Grinsen breit, das den Eindruck vermittelte, dass möglicherweise er an diesem ominösen Versöhnungsplan die größte Freude haben würde. »Ich bin heute Morgen in Lagos an einem Plakat für eine Veranstaltung vorbeigekommen, die heute Abend in einer Diskothek am Hafen stattfindet. Perfekt für einen Mädelsabend.« Er setzte beim letzten Wort mit seinen Zeigefingern kleine Anführungsstriche in den knallblauen, portugiesischen Himmel. »Ich hab natürlich sofort Karten für uns alle gekauft. Gemeinsame Erlebnisse schweißen ja schließlich zusammen, gell?«

»Mädelsabend?« Betty betrachtete ihn argwöhnisch. »Ich will gar nicht wissen, was *du* unter einem Mädelsabend verstehst, Schnuppi. Live-Pediküre mit Slayer, oder was?«

»Besser.«

»Die Schauspieler von Remedio Santo kommen für eine Autogrammstunde in die Stadt? Oder … Nein! Bitte sag nicht, dass irgendeine Laienspielgruppe Mamma Mia aufführt.« Ich warf Marco einen flehenden Blick zu. »Ich meine … Lucy wäre begeistert. Aber *ich* kann damit echt nichts anfangen, tut mir leid.«

Marco schüttelte den Kopf. Er war kurz davor loszulachen. »Nein. Aber fast. Nur besser.«

»Ich hab keine Ahnung.«

»Jetzt sag schon!«, drängelte Betty.

»Okay. Haltet euch fest!« Marco legte jeder von uns einen Arm um die Schulter und zog uns an sich heran. Ein kleines Prusten kam ihm über die Lippen, bevor er verschwörerisch flüsterte: »Kennt ihr die Chippendales?«

18
Der Teil mit Boys, Boys, Boys

BETTYS MIXTAPE
Reel Big Fish – I Want Your Girlfriend To Be My Girlfriend

Natürlich waren es nicht die Chippendales, die sich an diesem Abend in Lagos diverse Male die Kleider vom Leib reißen würden, sondern eine billigere Version davon namens Gentle Men. Ein naheliegendes Wortspiel, mit dem die gut gebauten Herren, die uns von den Plakaten am Eingang entgegenblickten, es vielleicht weit bringen würden. Oder eben nicht.

In der klimatisierten Disko: Frauen, überall Frauen. Ein einziger großer Mädelsabend. Und dazwischen Marco. Obwohl er offensichtlich gar kein Mädel war. Als wir uns an den Tisch setzten, der zu unseren Platzkarten gehörte, wurde er von den umsitzenden Damen mit forschenden Blicken bedacht. War dies einer der Gentle Men inkognito? Aber ein Blick auf Marcos wenig trainierte Statur unter dem Guns'N'Roses-T-Shirt beantwortete die Frage von selbst. Die einzige Erklärung für seine Anwesenheit konnte also nur eine verlorene Wette sein.

Doch weit gefehlt. Marco war freiwillig hier: »Ist doch lustig!« Bisher war er aber der Einzige in unserer Gruppe, der das so sah.

Ich hatte noch nie zuvor eine derartige Veranstaltung besucht und hatte es auch noch nie in Betracht gezogen. Ich sah keinen Sinn darin, Männern beim Entkleiden zu Musik zuzusehen. Ich ging lieber ins Kino.

Lucy war anzusehen, dass ihr das, was gleich kommen würde, jetzt schon mehr als unangenehm war. Sie machte sich auf ihrem Stuhl so klein wie möglich und war so nah daran, tatsächlich im Erdboden zu versinken wie wahrscheinlich noch kein anderer Mensch vor ihr.

»Fünfzehn Euro für einen Caipi?« Betty knallte empört die Getränkekarte auf den Tisch. »Fünfzehn?!«

Ana war gar nicht erst erschienen und hatte sich damit rausgeredet, dass ihr Vater sie im Kloster abgeben und nie wieder abholen würde, wenn er erfuhr, dass sie strippenden Männern bei der Arbeit zugeschaut hatte – Portugal war nun einmal ein katholisches Land.

Aber Anas Fehlen fiel nicht negativ ins Gewicht. Es waren genug andere Gäste gekommen, der Saal war voll.

Das Publikum bestand aus Frauen jeden Alters, die weder religiöse noch moralische oder finanzielle Bedenken bei diesem frivolen Vergnügen hatten. Des Weiteren hatten die meisten von ihnen eine Vorliebe für Teleshop-Oberteile mit Glitzerapplikationen gemeinsam, die für sie anscheinend das perfekte Outfit für besondere Anlässe wie diesen darstellten. Einmal übergeworfen, immer glänzend angezogen. Oder so. Es gab auch viele Bauchtaschen zu sehen, körpernahe und solche, die abgeschnallt auf Tischen lagen. Aber nicht jede Frau hatte sich so ins Zeug gelegt. Betty zum Beispiel hatte sich nicht einmal die Mühe gemacht, sich nach dem Tag am Strand umzuziehen, und trug noch immer ihren Bikini unter dem Schlabber-T-Shirt, dazu Flip-Flops und Sand in den Hautfalten. Ich hatte immerhin eines meiner wenigen noch nicht durchgeschwitzten Kleider angezogen, allerdings nicht um für die Gentle Men gut auszusehen, sondern weil ich im Anschluss an diese Veranstaltung schließlich noch einen weiteren Termin hatte. Eine unverfängliche Verabredung, kein Date! Um das ein für alle Mal klarzustellen.

In dem Programmheftchen, das am Eingang verteilt worden war und in dem Marco jetzt schon seit mehreren Minuten aufmerksam blätterte, präsentierten sich die Gentle Men von ihrer besten Seite. Also nackt. Zumindest oben herum.

»Na, Schnuppi? Gefällt dir das?« Nachdem sie zähneknirschend ihren Drink bei einem der Kellner bezahlt hatte, rutschte Betty näher an Marco heran und studierte interessiert die aufgeschlagene Seite.

Auch Lucy warf einen scheuen Blick auf die Bilder, nur um bereits wenige Sekunden später wieder wegzuschauen und verständnislos den Kopf zu schütteln. »Ich mag das nicht. Diese ganzen Muskeln überall. Das ist nicht schön.«

Mit einem lauten Schlürfen zog Betty ihren Drink durch den Strohhalm. »Tja, Lucinda, ich befürchte, dann wirst du hier heute nicht auf deine Kosten kommen. Solche Typen wie Hannes haben die hier nicht im Repertoire.«

Das H-Wort. Ich warf Lucy einen erschrockenen Blick zu und wartete auf die Transformation. In wenigen Augenblicken würde sie wie eine Furie mit geballten Fäusten und hochrotem Kopf aus diesem Saal stapfen.

Doch ich wurde überrascht. Lucy versteifte sich zwar etwas auf ihrem Stuhl, aber ansonsten ließ sie sich nichts anmerken. Zunächst. Bis sie nach Bettys überteuertem Drink griff. »Darf ich?«

»Aber du trinkst doch keinen Al…«

»Ich hab Durst!« Trotzig zog sie mit voller Kraft an dem Strohhalm, bis nur noch das Crushed Ice übrig war. Dann schob sie Betty das leere Glas über den Tisch zu. »Danke.«

»Keine Ursache«, antwortete Betty baff. »Das war mir die fünfzehn Euro wert. Noch einen?«

»Besser nicht«, schaltete ich mich ein.

»Doch!« Lucys Augen funkelten herausfordernd.

»Ich steh auf Sixpacks!« Marco hielt das Programmheft hoch und zeigte auf einen besonders gut trainierten Gentle Man.

Wahrscheinlich wollte er nur das Thema wechseln. Aber diese Wortwahl … Betty und ich starrten ihn gleichzeitig wie auf ein Kommando an. »Du *stehst* auf Sixpacks?«

Marco warf mir einen Blick zu, den ich nur kurz wahrnehmen, aber nicht deuten konnte, bevor es im Saal stockfinster wurde.

Ein kleiner Scheinwerfer wurde angeschmissen und leuchtete den Samtvorhang vor der Bühne an. Eine Stimme dröhnte durch die Lautsprecher und begrüßte mit starkem amerikanischem Akzent die Gäste: »Ladies! Welcome and enjoy the show. Tonight here for your pleasure only: The Gentle Men!«

Eine Woge der Begeisterung und des Kreischens ging durch das Publikum, als der Vorhang sich öffnete und fünf Polizisten offenbarte, die Po wackelnd und ihre Hüften schwingend zu den Klängen von »It's Getting Hot In Here« an ihren Gürteln herumnestelten.

Betty glotzte mit offenem Mund, Lucy rutschte immer tiefer unter die Tischplatte, ich selbst versteckte mich hinter der Getränkekarte. Mein Problem waren nicht die strippenden Männer. Oder die kreischenden Frauen. Oder die schlimmen Klischee-Kostüme. Es war die Tatsache, dass ich bei diesem peinlichen Spektakel anwesend war. Ich murmelte »Hilfe«, aber statt Hilfe kam der Kellner, der Lucy und Betty ihre Drinks brachte. Der Einzige an unserem Tisch, der ganz entspannt dem Geschehen auf der Bühne folgte, als würde er an der Uni einem Vortrag über Plattentektonik lauschen, war Marco. Aber der stand ja auch auf Sixpacks – wie auch immer er das gemeint hatte.

Eine neue Kreischwelle. Die Polizistenhosen wurden in einer synchronen Bewegung von den Körpern gerissen. Jeweils einen Tanga und eine Polizeimütze, mehr hatten die Stripper nicht mehr an. Das Lied neigte sich dem Ende zu, das große Finale nahte. In Sekundenschnelle waren auch die Tangas Geschichte. Und da standen sie nun, in ihrer vollen Pracht: fünf Sixpacks mit Polizeimützen vor ihrem Gemächt.

Das Publikum applaudierte und schrie vor Vergnügen. Manche Frauen pfiffen auf zwei Fingern. Ich sah Betty über den Rand der Getränkekarte hinweg an, meine Lippen formten die Worte: »Oh. Mein. Gott.«

Betty zeigte auf die Bühne, auf ihren eigenen Bauch und drehte beifällig nickend den Daumen nach oben. Noch jemand also, der auf Sixpacks stand.

Ich weiß auch nicht, wie das passieren konnte, aber fünfzehn Minuten und drei Showeinlagen später, in denen die Gentle Men ihre Cowboy-, Matrosen- und Feuerwehrmannkostüme an- und sofort wieder ausgezogen hatten, standen wir. Alle. Betty, Lucy, Marco, ich standen gemeinsam mit den Teleshop-Frauen und klatschten im Takt, eine große, glückliche Familie von Sixpack-Fans. Es war ein bisschen so wie beim Musikantenstadl, nur nackter.

Während die Männer mit den freien Oberkörpern durch das Publikum liefen und mal hier einer Dame einen Kuss auf die Wange gaben, und dann wieder dort mit einer ein Tänzchen wagten, bei dem sich in erster Linie die Körpermitten berührten, hatte ich glühende Wangen und lachte und lachte. Auch dann noch, als ich den heißen, schnellen Kaugummi-Atem eines Gentle Man im Nacken spürte, der mir seine Hand auf die Hüfte legte und sie bewegte, als gehörte sie ihm. Das war eigentlich das Schlimmste, was ich mir vorstellen konnte. Aber in diesem Moment auch das Lustigste. Lucy kreischte so laut, als wäre gerade Robert Pattinson persönlich an unserem Tisch erschienen. Das musste das Remscheid-Gen sein. Sie war völlig aus dem Häuschen.

Das fiel auch dem südländisch aussehenden halb nackten Mann auf, der gerade mit den Fingern durch Marcos Haar gefahren war, um dann erschrocken festzustellen, dass es sich bei dieser Person nicht um eine leicht übergewichtige Frau handelte. Vielleicht wollte er die seltsame Situation deswegen möglichst schnell überbrücken, jedenfalls nahm der Gentle Man Lucy plötzlich an die Hand, zog sie mit sich durch die Menge klatschender Frauen, die es vollkommen neidlos unterstützten, dass eine andere als sie selbst Teil der Show sein sollte, denn Lucy war eine von ihnen, und dass sie auserwählt worden war, machte Hoffnung darauf, selbst die Nächste sein zu dürfen.

Wenige Augenblicke später fand Lucy sich im gleißenden Scheinwerferlicht auf einem Stuhl auf der Bühne wieder. Ihr Gesicht hatte die Farbe von Klatschmohn. Sie hielt sich atemlos die Hände vor den Mund. Die Musik startete, zwei Bauarbeiter betraten von links und rechts die Bühne, gaben ein paar halbherzige Tanzbewegungen zum Besten und positionierten sich neben dem Stuhl, auf dem Lucy saß. Das Publikum tobte, als der eine begann, seine Latzhose abzuschnallen. Leider stand er jetzt direkt vor Lucy, sodass wir ihr Gesicht nicht sehen konnten. Aber wir hörten ihren Schrei, als er sich zu ihr umdrehte, ihre Hände nahm und sie auf seinem Po platzierte.

»Unglaublich«, war alles, was ich sagen konnte.

»Allerdings.« Betty lehnte sich über den Tisch zu mir herüber, damit ich sie besser verstehen konnte, ließ dabei die Bühne und Lucy aber nicht aus den Augen. »Jetzt ist es schon wieder passiert. Schau dir all diese Frauen hier an. Und wen sucht der Kerl sich aus? Lucinda.« Sie klatschte und schüttelte gleichzeitig den Kopf. »Wie macht die Frau das nur?«

Alkohol und Männer, dachte ich. Wenn Betty nur wüsste … Ich fragte mich, wie Lucy sich wohl fühlen würde, wenn das hier vorbei war.

Während der eine Tänzer sie dazu animierte, ihm über seinen gestählten Bauch zu streicheln, war der andere schon wieder fast nackt, bis auf den obligatorischen Tanga und die Kopfbedeckung, die anscheinend immer dazu gehörte. In diesem Fall handelte es sich dabei natürlich um einen Sicherheitshelm. Er löste seinen Kollegen am Stuhl ab, damit dieser in Sachen Ausziehen aufholen konnte, und begann eine Art Lapdance, indem er rubbelnde Bewegungen auf Lucys Oberschenkeln ausführte. Ich begann, mir Sorgen zu machen. Ich konnte nichts von ihrem Gesicht ablesen. Seit sie von unserem Tisch entführt worden war, lag darauf unverändert ein hysterisches Grinsen, das alles bedeuten konnte. Entweder hatte sie gerade die Zeit ihres Lebens, oder sie war kurz davor, in Panik auszubrechen, zu hyperventilieren und tot von ihrem Stuhl zu fallen. Selbstverständlich hoffte ich inständig, dass Ersteres der Fall war.

Zum Abschluss der Showeinlage stellten sich beide Gentle Men mit dem Rücken zum Publikum vor Lucy auf. Sie bewegten noch ein wenig die Hüften hin und her, bis die Musik mit einem großen Knall zu ihrem Ende kam, und auch sie kamen zum Ende. Zum Ende der Show. Indem sie sich gleichzeitig ihrer Unterwäsche entledigten. Auf drei. Und da saßen nun wir anderen an unseren Tischen und sahen zwei durchtrainierte Hintern. Und da vorn saß Lucy und war die Einzige, die die Frontansicht genießen durfte. Wenn Genuss überhaupt das richtige Wort dafür war. Ein letzter Schrei entfuhr ihr, sie schlug sich die Hände vors Gesicht, und einer der Männer, den Helm lässig vor sich her tragend, nahm ihre Hand und führte sie von der Bühne. Der andere trug den Stuhl hinterher. Das Licht ging aus.

Es begann alles mit dem obligatorischen »Und? Was machst du jetzt so?«.

Felix machte nicht viel anderes als vor drei Jahren. Er arbeitete noch immer in derselben Firma. Inzwischen war er allerdings mehrmals befördert worden und verdiente so gut, dass es ihm a) fast peinlich war und er b) eine Eigentumswohnung in Hamburg hatte kaufen können.

»Welche Ecke?«, fragte ich und versuchte mich unbeeindruckt zu zeigen.

»Winterhude.«

»Ach so, deswegen sehen wir uns nie.« Er war mir voraus. Im Gegensatz zu ihm hatte ich nur einen Job. Keine Karriere. Ich trieb mich noch immer in Kneipen und Clubs auf St. Pauli herum und lebte zu einer extrem günstigen Miete in einem Renovierungsobjekt am Hafen, das dem Hippie-Freund meines Freundes gehörte und in dem es noch immer nach Räucherstäbchen und Marihuana roch. Felix hatte sich perfekt eingerichtet, um die nächste Phase seines Lebens in Angriff zu nehmen. Ehe, Kinder, ein bisschen Ruhe reinbringen. Er brauchte nur die richtige Frau, die er in seine hübsche, geschmackvoll eingerichtete Eigentumswohnung setzen und mit der er dann vollkommen sorglos eine Familie gründen konnte. Wenn ich mir das vorstellte, kamen die Bilder, die ich sah, direkt aus einer Werbung für Geflügelwurst. Oder Fruchtjoghurt. Eine schöne, gesunde, glückliche Familie beim sommerlichen Sonntagsfrühstück in einer großen, lichtdurchfluteten Küche. Wenn ich an mein Leben mit Richard dachte, sah ich nur eine fleckige graue Wand. *Das* Symbol dafür, dass es in unserer Beziehung so viele Baustellen gab, dass unklar war, ob wir das Thema Familiengründung überhaupt jemals wieder anreißen würden. Oder ob wir nicht eher unsere Plattensammlungen wieder auseinandersortieren sollten.

»Und du?«

»Ich was?«, fragte ich, und musste mich erst wieder daran erinnern, worum sich das Gespräch eben noch gedreht hatte. Wohnorte. »Ach so … Pauli. In der Nähe vom Hafen.«

»Nicht mehr in Eppendorf?«

»Nein.« Verdammt, ich hatte gewusst, dass ich irgendwann bereuen würde, das Neureichenviertel verlassen zu haben.

In meinem Alter zog man da nicht mehr weg. Schon gar nicht auf den Kiez.

»Allein?«, fragte Felix.

Tja, und das, dachte ich, *ist die Frage, deren Antwort den Fortlauf dieses Gesprächs bestimmen wird.*

Sollte ich Richard leugnen? Mit großer Wahrscheinlichkeit lief es doch ohnehin darauf hinaus, dass wir uns trennen würden, sobald ich wieder zu Hause war. Auf der anderen Seite wäre das natürlich wirklich das Letzte. Eine fette Lüge. Und wozu? Um meinem Exfreund zu gefallen? Das wäre jämmerlich. Außerdem hatte ich ja keine Hintergedanken bei diesem Treffen, es war kein Date, ich wollte nichts anderes, als mich einfach ein bisschen unterhalten. Über alte und neue Zeiten quatschen. Ganz unschuldig. Also raus mit der Wahrheit. »Nein, ich wohn da mit meinem Freund.« Ich beobachtete Felix' Gesicht, wartete auf eine Reaktion. Sein Mundwinkel zuckte. Was hatte das zu bedeuten? Ich ruderte zurück. »Aber es läuft nicht gut im Moment, also, schon seit einer Weile …« Jämmerlich. Absolut jämmerlich. Am liebsten hätte ich mir auf die Zunge gebissen. Wer bitte gab solche Dinge im ersten Gespräch seit Jahren mit dem Exfreund freiwillig zu?

Aber die Antwort war weder hämisch noch schadenfroh. Felix nickte, und das sehr verständnisvoll, und sagte: »Kenn ich. Mit meiner Freundin ist seit zwei Monaten Schluss. Wir wollten eigentlich zusammen hier Urlaub machen. Wir haben damals die Reise gebucht, weil wir dachten, wenn wir mal ein bisschen mehr Zeit füreinander hätten, ganz entspannt, in der Sonne, am Meer …« Er zuckte mit den Schultern.

Ich spürte einen Stich und identifizierte ihn als Eifersucht. Wo die nach all den Jahren herkam, konnte ich mir nicht erklären. Aber sie war da. Alte Besitzansprüche vermutlich. »Wie heißt sie denn?«, fragte ich möglichst neutral.

»Eva.«

Ts! Eva. Die erste Frau. Von wegen.

»Wir waren ein Jahr zusammen, aber es wurde immer holpriger, und wir haben uns einfach nicht mehr vertragen. Einer war immer von dem anderen genervt, und wir kamen gar nicht mehr hinterher mit den Versöhnungen.«

Jetzt war ich an der Reihe, verständnisvoll zu nicken. »Genauso ist es bei mir und Richard auch.«

Felix malte nachdenklich mit dem Finger den Schriftzug auf seinem Bierglas nach. »Manchmal passt es einfach nicht. Egal, wie sehr man es sich wünscht.«

Ich musste schlucken. Aber mein Mund war trocken. Also half ich mit einem großen Schluck Cuba Libre nach. Die Bar, auf deren Terrasse wir saßen, war sehr schick und sehr teuer und bot einen einmaligen Blick auf den Hafen von Lagos. Im Hintergrund lief leise vor sich hin gluckernde House-Musik, und die anderen Gäste waren sehr edel angezogen und saßen auf weißen Lederhockern. Das war eigentlich nicht mein Ambiente. Das war eine andere Welt. Felix' Welt. Wobei nicht ausgeschlossen war, dass ich mich daran gewöhnen könnte.

»Ich bin froh, dass ich dich hier zufällig getroffen habe«, sagte er plötzlich. »Kommt mir ein bisschen vor, als wäre es …«

»Ein Zeichen?«

Felix lächelte sein Lächeln, das ich immer schon gemocht hatte. »Oder Schicksal. Klingt albern, was?«

»Nein!«, beeilte ich mich zu sagen. Ich wusste, wohin das führen würde. Ich ermutigte ihn und war mir dessen zu hundert Prozent bewusst. Ich wollte, dass er weitermachte, auch wenn ich ihm dann folgen musste, dorthin, wo ich nicht sein durfte. »Ich hab auch schon gedacht …« Ich sprach nicht weiter, weil ich eigentlich die ganze Zeit etwas ganz anderes gedacht hatte. Dass ich es gar nicht so weit kommen lassen durfte. Das hatte ich gedacht. Dass ich stark genug war, dieses Treffen gar nicht erst zu einer Gefahr werden zu lassen. Dass das hier alles war, nur KEIN DATE! Aber Denken hatte plötzlich keine Priorität mehr.

Felix sah mir tief in die Augen, so tief, dass es fast schon unangenehm war. »Ich war ein kompletter Vollidiot damals. Keine Ahnung, was mit mir los war, wahrscheinlich war ich noch zu jung und blöd.« Er berührte meine Finger, ganz leicht, wie zufällig, und sah mich mit einem ernsthaften Ausdruck im Gesicht an, der jegliche Zweifel an der Glaubwürdigkeit dessen, was er als Nächstes sagen würde, sofort im Keim erstickte. »Daphne, seit wir uns getrennt haben, frage ich mich ständig, ob es nicht der größte Fehler meines Lebens war, das zuzulassen. Ich habe seitdem keine Frau mehr getroffen, für die ich das empfinden konnte, was ich für dich empfunden habe …«

»Auch nicht für Eva?« Ich versuchte, es wie einen Witz klingen zu lassen, der die Situation auflockern sollte. Redete ich mir ein. Aber sich selbst verarschen ist irgendwie die erbärmlichste Form des Verarschtwerdens.

Felix schüttelte verlegen lächelnd den Kopf. »Nein, auch nicht Eva.«

Ha, Eva, nimm das!

Fast unmerklich krochen seine Finger über meine, den Handrücken hinauf, und er umfasste meine Hand mit seiner. »Und, na ja …«

In meinem Kopf zuckten Blitze, als wäre dort ein kleines, stilles Feuerwerk im Gang. Ich wusste, ich hätte hinterfragen sollen, wie es dann sein konnte, dass er all die Jahre nicht versucht hatte, mit mir in Kontakt zu kommen. Dass es eines seltsamen Zufalls bedurft hatte, damit wir dieses Gespräch führten. Aber ich redete mir lieber ein, dass das eben eine Geschichte war, wie sie das Leben schrieb.

Seine Hand hielt meine fester. »Ich weiß, ich bin spät dran damit, aber ich bin froh, jetzt die Chance zu haben zu sagen: Es tut mir leid.«

»Ich … äh … Danke?« Ich befreite mich von seinem Griff und leerte mein Glas in einem Zug. »Wollen wir spazieren gehen?«, fragte ich.

Er nickte. »Gern.«

Die Nacht war warm und absolut windstill. Wie es sich für eine touristische Kleinstadt im Süden gehörte, waren die Straßen auch jetzt noch voller Leben. Ein wilder Mix aus verschiedenen Musikstilen drang aus den Bars, deren Lichter gelb und gemütlich die Gassen erleuchteten. Betrunkene Menschen redeten durcheinander, lachten, und manche sangen leider auch. Felix und ich gingen ziellos nebeneinander her, und er erzählte von seinem Leben in den letzten drei Jahren, von Reisen, die er unternommen hatte, Menschen, die er kennengelernt hatte, und auch von dieser Eva. Spätestens als er bei diesem Thema angekommen war, schaltete ich ab und folgte meinen eigenen Gedanken.

Ob es nun ein Zeichen war oder Schicksal, ich konnte das Gefühl nicht abschütteln, dass es kein Zufall war, dass ich Felix hier über den Weg gelaufen war. Das alles kam mir vor wie ein Test. Keiner dieser peinlichen Treuetests, die man manchmal in den Boulevardnachrichten im Privatfernsehen sieht, sondern ein Test nur für mich gemacht, um zu prüfen, wie sehr ich mich Richard überhaupt noch verpflichtet fühlte. Mir schoss auch der Gedanke durch den Kopf, dass diese ganze Reise vielleicht einzig und allein diesem Zweck gedient hatte … Aber das ging dann doch ein bisschen zu weit. Oder nicht?

Ich fühlte tief in mich hinein und nahm auch diese mahnende Stimme wahr, die mich zumindest daran erinnerte, dass es so oder so menschlich absolut inakzeptabel war, mit Felix weiterzugehen als bis hier – und das war nicht geografisch gemeint. Ich wusste, dass diese Nacht das Potenzial hatte, auf direktem Weg in eine riesige Katastrophe zu führen, davor hätte mich Betty gar nicht zu warnen brauchen, ich war ja nicht blöd. Aber vielleicht erwartete mich am Ende dieses Weges ja auch gar keine Katastrophe. Und woher sollte ich das wissen, wenn ich nicht nachsah?

Felix nahm meine Hand. Die Berührung kam so unerwartet, dass ich zusammenschrak und fast entsetzt auf den Knoten hinunterblickte, den unsere Finger bildeten.

»Hab ich dich erschreckt?«, fragte er.

Ein bisschen. »Ich war mit den Gedanken woanders.«

»Bei deinem Freund?«

Nicht direkt *bei* ihm. Wenn ich bei Richard gewesen wäre, dann hielte ich jetzt nicht Felix' Hand. Vielleicht war das das Problem. Richard und ich waren schon sehr lange nicht mehr »beieinander« gewesen. Und auch das war wieder nicht geografisch gemeint. Wir hatten uns genau genommen schon an verschiedenen Orten aufgehalten, als wir noch nebeneinander in unserem gemeinsamen Bett in Hamburg geschlafen hatten. Irgendwie war die Nähe nicht mehr da. Und wo keine Nähe war, war viel leerer Raum, in den sich andere Menschen drängeln konnten. Menschen wie Felix. Und auch wenn es falsch war, war es ein schönes Gefühl, wenn die Leere ausgefüllt wurde. Ich schaute auf den Boden und erwiderte nichts.

»Entschuldige«, sagte Felix. »Hätte ich das nicht sagen sollen?«

»Kennst du das, wenn eine Situation so verfahren ist, dass du jegliches Gefühl dafür verlierst, was richtig und was falsch ist?«, fragte ich ihn statt einer Antwort. »Wenn du denkst, dass du unfair zu dir selber sein musst, wenn du fair gegenüber anderen sein willst?«

Ein angestrengtes Stirnrunzeln von Felix ließ mich zuerst vermuten, dass er in diesem Moment abwog, ob es noch Sinn machte, mit mir weiterzugehen, oder ob ich so verkorkst war, dass der Rest der Nacht eher nervige Diskussionen als Spaß zu zweit bereithielt. Vielleicht beschloss er, es einfach drauf ankommen zu lassen, denn seine Züge entspannten sich kurz darauf, und er nickte, ohne mich anzusehen. »Ja. Das kenn ich. So hab ich mich gefühlt, bevor ich mit Eva Schluss gemacht habe. Man steht kurz vorm Wahnsinn und weiß sich nicht mehr zu helfen. Dann macht man diesen Schnitt«, er zog seine Hand waagerecht durch die Luft, »und plötzlich ist alles klar. Wie blauer Himmel nach einem Unwetter.«

»Schnitte tun weh.«

»Aber in manchen Situationen sind sie den Schmerz wert.«

Keine Ahnung, ob er die Wahrheit sagte oder das alles nur eine sehr schlaue Taktik war, sich unter dem Deckmantel des Verständnisses an mich ranzuschmeißen. Aber seine Worte hatten den Effekt, dass ich mich auf einmal nach nichts mehr sehnte, als diesen Schnitt, von dem er sprach, in meinem eigenen Leben vorzunehmen. Damit endlich das Durcheinander in meinem Kopf verschwand, das stetig größer wurde, wie ein Staubball unterm Bett. Damit ich neu anfangen konnte. Wie auch immer. »Und was ist das hier?«, fragte ich und hielt meine und damit auch seine Hand in die Höhe.

»Wir halten uns fest?«

Ich verdrehte die Augen. »Du weißt, dass ich einen Freund habe. Ich darf nicht Händchen haltend mit dir durch die Gegend laufen.«

»Warum denn nicht? Viele Menschen halten Händchen.«

»Aber du bist mein Exfreund! Da ist was zwischen uns …«

»Ja?« Felix grinste mich frech an.

Ertappt. »Jetzt tu nicht so, als wüsstest du nicht, was ich meine!« Ich stampfte leicht mit dem Fuß auf.

Zwei Frauen, Mitte vierzig, wohlgenährt, in bunten, langen Teleshop-Oberteilen kamen uns auf der Straße entgegen und verlangsamten ihren Schritt in neugieriger Erwartung eines Pärchenstreits. Endlich mal was los in Lagos! Aber sie lagen in doppelter Hinsicht falsch. Es gab keinen Streit. Und wir waren kein Pärchen.

»Ich habe einen Freund. Und das, was wir hier machen, ist falsch. Das fühlt sich an wie Betrug.« So war es. Aber während ich das sagte, hielt ich nach wie vor Felix' Hand, was die ganze Situation irgendwie absurd machte.

»Das hier ist deine Vorstellung von Betrug? Händchen halten? Wirklich?«, fragte Felix mich. Es klang amüsiert.

»Und was ist mit deinem Freund? Du sagst, er ist nie für dich da, er enttäuscht dich regelmäßig, ihm sind ständig andere Dinge wichtiger als du …« Verdammt, hatte ich das wirklich erzählt? Das alles? Meinem Exfreund? Wäre meine Hand nicht so eng mit seiner verbunden gewesen, hätte ich in diesem Moment ganz gern mein Gesicht dahinter versteckt. »Ich meine«, fuhr Felix fort, »wenn er zulässt, dass du dich in eurer Beziehung so verlassen fühlst, ist er doch derjenige, der dich zuerst betrogen hat, oder?«

»Ich … äh …« So gesehen …

»Offensichtlich sieht er überhaupt keinen Grund, um dich zu kämpfen. Oder um euch. Und ein deutlicheres Zeichen gibt es ja wohl kaum dafür, dass er gar kein Interesse mehr an dir hat.«

»Das ist jetzt schon irgendwie ein bisschen hart …«

»Und ich sag dir noch was.« Felix glühte förmlich. Seine Hand war ganz heiß, sein Blick hielt meinen fest. »Dein Freund hat sie nicht mehr alle. Wenn du meine Freundin wärst …«

»War ich ja.« Ich wollte cool bleiben, cool klingen, ihn cool ansehen. Aber wann gelang es einem schon mal, cool zu sein, wenn man das unbedingt wollte?

»Ich weiß. Darauf will ich hinaus. Ich hab auch alles falsch gemacht. Und wenn ich jetzt noch eine Chance bekäme …«

»Was?!« Ich sah ihn entgeistert an. Und wünschte gleichzeitig, ich würde mich nicht so unendlich geschmeichelt fühlen, dass ich fast grinsen musste. Meine Mundwinkel zuckten schon.

»Daphne, ich weiß, dass das bescheuert klingt. Wir haben uns seit Jahren nicht gesehen, und jetzt treffen wir uns aus heiterem Himmel im Urlaub. Ich kann mir vorstellen, dass dir das alles seltsam vorkommt und du dir vielleicht nicht sicher bist, ob du mir trauen kannst …«

»Allerdings.« Es konnte nicht so leicht sein. Kaum gab es Probleme mit dem Mann, der der Richtige sein sollte, offenbarte mir das Schicksal (oder der Zufall) die einfachste Lösung einfach so. An der Sache musste ein fetter Haken sein. Ein noch fetterer als der offensichtliche, dass Felix wusste, wie man mir am effektivsten das Herz brach – und es bereits mehrmals getan hatte.

Er sah mich fast ein wenig verzweifelt an. »… aber irgendwie habe ich so ein Gefühl, was dich betrifft. Es fühlt sich einfach richtig an. Ich werde dir beweisen, dass ich es ernst meine. Ich werde mich hier und jetzt auf der Stelle so zum Affen machen, wie es kein Mann tun würde, der nicht zu hundert Prozent ehrliche Absichten hat.«

»Ziehst du dir jetzt einen Hello-Kitty-Schlafanzug an und tanzt den Macarena?«

»Nein.«

»Schade.«

Stattdessen kniete sich Felix in einer vollendeten Heiratsantragspose vor mich hin, was nicht fair war, weil das nicht nur für *ihn* sondern auch für *mich* äußerst peinlich war. Er griff nach meiner linken Hand (die rechte hielt er nach wie vor) sah mir tief und innig in die Augen und sagte: »Daphne, ich habe mich seit gestern Abend so sehr auf unser Treffen heute gefreut wie seit Jahren auf nichts anderes mehr. Als mir das bewusst wurde, habe ich mich nur noch gefragt, wie ich damals so blind sein konnte. Ich meine das absolut ernst: Du bist die Richtige für mich. Ich weiß es! Und ich wäre unendlich glücklich, wenn du es noch einmal mit mir versuchen würdest.«

An dieser Stelle fragte ich mich ernsthaft, ob ich halluzinierte. Dieser Eindruck verstärkte sich noch, als ich plötzlich begeisterte Pfiffe und Klatschen vom Straßenrand her wahrnahm. Ich wandte meinen Kopf und sah den höflichen Türken, seinen Bruder und die komplette Familie vor dem Café stehen. Die Frau des höflichen Türken wischte sich eine kleine Träne der Rührung aus dem Augenwinkel.

Mir wurde schlecht. Felix winkte.

»Also es ist doch Liebe!«, rief der höfliche Türke, während ein kleines Mädchen sich kichernd hinter seinem Bein versteckte. »Bravo!«

Erneuter Applaus brandete auf. Ich schüttelte kaum merklich den Kopf.

»Alles in Ordnung bei dir?«, fragte Felix.

»Sag mal, bist du betrunken?«, zischte ich ihm wütend entgegen.

Die Antwort war lediglich ein befreites Lachen. Der Bruder des höflichen Türken verschwand in seinem Café.

Zu sagen, dass diese Situation mich überforderte, wäre mehr als eine Untertreibung gewesen. Ich wartete darauf, dass ich aufwachte, musste aber einsehen, dass es sich bei diesem absurden Moment wohl bereits um die Realität handelte. Auch wenn das schwer zu glauben war. »Was erwartest du denn jetzt von mir?«, fragte ich Felix verzweifelt.

Seine Stimme ging in dem Tumult unter, der entstand, als der Bruder des höflichen Türken wieder aus seinem Café trat, ein Tablett mit Gläsern mit der einen Hand balancierend, in der anderen eine Flasche, und verkündete, dass es jetzt »Vinho do Porto para todos!« gäbe. Die Familie rief »Juhu!«. Passanten blieben stehen. Zuvor dunkle Fenster wurden hell erleuchtet.

»Was hast du gesagt?«

»Nichts«, erwiderte Felix. »Ich warte einfach ab.« Er entzog mir seine Hand, um sich beim Aufstehen auf dem Boden abzustützen. Aber er erhob sich nicht. Stattdessen tasteten seine Finger die dunkle Straße ab.

»Was ist?«, fragte ich ihn. Hinter uns im Café klirrten die Gläser, der höfliche Türke rief nach mir.

»Ich glaub, ich hab Geld gefunden.« Felix sah grinsend zu mir hoch. »Scheint fast so, als wär heute mein Glückstag.«

19
Der Teil mit dem Morgen danach

LUCYS MIXTAPE
Olivia Newton John & John Travolta – Summer Nights

Aus gutem Grund hatte ich mich bisher dem Konsum von Portwein verweigert. Portwein bestand zu großen Teilen aus Alkohol, was bedeutete, dass die Folgen seines Genusses gleichzusetzen waren mit denen jedes anderen alkoholhaltigen Getränks. Je nach Menge hatte man am Morgen danach entweder einen trockenen Mund oder Kopfschmerzen oder beides, litt unter Schwindel und Übelkeit oder, in ganz extremen Fällen, wachte man neben seinem Exfreund in dessen Hotelbett auf.

»Nein, bitte nicht«, war alles, was ich herausbrachte, als ich meine Augen öffnete und verschwommen wahrnahm, wo ich mich befand. Ich fühlte an mir herunter und stellte fest, dass ich zumindest voll bekleidet war. Und das war ein echter Lichtblick. Daran konnte ich mich festhalten und aufrichten.

Wobei Aufrichten sich als keine gute Idee herausstellte. Als ich den Versuch unternahm, wurde ich mit Übelkeit und Schwindel belohnt. Stufe zwei.

Felix hatte entweder weniger Port getrunken oder war besser im Training als ich. Jedenfalls sah er im Vergleich zu mir zwar auch mitgenommen aus, aber doch vergnügt und ungleich fitter. Sogar mit dem Aufrichten hatte er mehr Erfolg gehabt als ich, zumindest saß er bereits neben mir im Bett. Er war nackt. Ich beschloss, später über das Wie und Warum nachzudenken. Wenn ich wieder denken konnte. Gerade wollte ich nicht einmal darüber nachdenken, wie ich mich fühlte.

»Was für eine Party!« Er wischte sich die verschwitzten Haare aus dem Gesicht und grinste mich an. Ich ertrug es fast nicht. »Man könnte meinen, die hätten unsere Verlobung gefeiert, so wie die mir die ganze Zeit gratuliert haben …«

»Die *haben* unsere Verlobung gefeiert«, unterbrach ich ihn gereizt. Zum Glück befanden wir uns in Lagos. Und nicht in Vegas. Da hätte so ein Abend ganz andere Konsequenzen haben können. Es würde schon genug Schwierigkeiten mit sich bringen, Richard *diesen* Vorfall zu beichten, nicht auszudenken, wie ich ihm einen Ehering an meinem Finger erklärt hätte. Wobei sich die Frage stellte, ob ich ihm von diesem Abend überhaupt erzählen musste? Vielleicht war das gar nicht mehr nötig. Vielleicht interessierte es ihn überhaupt nicht mehr. O Gott, mein Kopf. »Verdammter Portwein.«

Felix schwang sich aus dem Bett und ging ins Bad. Wenig später hörte ich die Dusche plätschern. Ich nickte ein und träumte von einem Karussell. Ich wachte auf. Felix kam aus dem Bad und wuschelte seine Haare mit einem Handtuch trocken. Ich fühlte mich eklig. Ich wollte auch gern duschen. Aber dafür hätte ich aufstehen müssen. Und aufstehen …

Ein Kuss. Felix hatte sich wohlriechend und mit vom Wasser weicher Haut über mich gebeugt und mir einen Kuss gegeben. Einen ernst gemeinten Kuss. Der nicht ausgeführt war, wie ein *erster* Kuss nach drei Jahren Nicht-Küssen erwartungsgemäß ausgeführt wurde – etwas scheu aber doch erregt. Dieser Kuss, den Felix mir gab, beinhaltete eine gewisse Routine. Was eine Frage nahelegte. Nämlich diese: »Haben wir uns gestern geküsst, Felix? Sag mir die Wahrheit!«

Er lächelte verschmitzt und strich mir eine Strähne aus dem Gesicht. »Na klar, was denkst du denn? Wir haben doch Verlobung gefeiert.«

Entgeistert starrte ich ihn an.

»Was ist?«, fragte er.

»Das fragst du mich ehrlich?«

»Ich dachte, du hättest dich entschieden?«

In einer ungelenken Bewegung rollte ich mich aus dem Bett und stand nach einiger Mühe schwankend davor. »Wie soll ich denn bitte in so kurzer Zeit so eine große Entscheidung treffen, Felix?« Alles drehte sich. Das Zimmer, mein Exfreund oder was auch immer, ich, Lagos. »Ich kenn dich erst seit gestern wieder!«

»Vorgestern.«

»Von mir aus. Und ich hab nicht einmal mit Richard Schluss gemacht. Und ich weiß auch gar nicht, ob ich das überhaupt will …« Felix' linke Augenbraue wanderte ein Stück nach oben. Ich hielt mich an einer Kommode fest. Falls ich mich übergeben musste, waren es schätzungsweise fünf schnelle Schritte bis ins Bad. Es war wichtig für mich, das zu wissen. Wenigstens das zu wissen. Ich glitt an dem Möbelstück hinunter auf den Teppich, kauerte mich zusammen und legte den Kopf auf die Knie. »Ich weiß gar nichts mehr!«, jammerte ich.

Ich hörte und spürte, wie Felix näher kam, einen Arm um mich legte und mir einen Kuss aufs Haar pflanzte. Das war so tröstend, dass ich mich nicht einmal weiter daran störte, dass er noch immer nackt war und dass Teile von ihm ganz in meiner Nähe ungehindert in der Gegend herumbaumelten.

Er streichelte meinen Rücken. Davon wurde mir dann doch ein wenig übel.

»Wollen wir einen Tag am Strand verbringen?«, flüsterte er in mein Ohr, und meine Nackenhärchen stellten sich auf. »Nur du und ich? Ich kenn da eine einsame Bucht ...«

»Ich hab keinen Bikini ...«, erzählte ich meinen Knien.

»Ich kauf dir einen.«

»... und mir geht es echt mies.«

»Okay.« Er ließ von mir ab und stand auf um sich endlich, endlich etwas anzuziehen. »Aber heute Abend darf ich dich zum Essen einladen, ja?«

Ich nickte, »okay«, und rappelte mich vom Boden auf.

»Soll ich dich jetzt irgendwohin fahren?«

»Ja. Zur Autowerkstatt.« Ich schloss die Augen, weil ich sowieso nur schwarz sah, und wartete, bis das Gefühl verschwunden war. »Also, irgendwo in die Nähe reicht.« Bettys Blicke zu ertragen, wenn sie Felix und mich zusammen sah, das hätte mir jetzt den Rest gegeben.

Und so setzte mein Exfreund mich etwas später wie gewünscht am Ende einer einsamen Straße am Stadtrand ab (etwa drei Minuten Fußweg entfernt von der Werkstatt von Anas Vater) und erinnerte mich noch einmal an unsere Verabredung für den Abend. Um neun Uhr vor seinem Hotel. Ich nickte zur Bestätigung, ließ mir den zweiten Kuss des Tages verpassen und beschritt meinen Weg der Schande, fünfhundert staubige Meter heißer Asphalt. Ich hatte schrecklichen Durst. Schön, dass die wirklich essenziellen Bedürfnisse manchmal die Macht besitzen, den ganzen anderen Kram für eine Weile aus den Gedanken zu verdrängen.

Betty und Marco hatten die Klappstühle in der Mittagssonne vor dem Bus aufgebaut und sich aus alten Reifen und Brettern aus der Gerümpelsammlung des Werkstatthofs einen provisorischen Tisch gebastelt. Darauf verteilt erkannte ich ein paar Ansichtskarten, einen Kugelschreiber, ein Heftchen Briefmarken und einen Joint. Außerdem zwei Gläser, eine Flasche Cola und eine Flasche Rum. Bei dem Anblick wurde mir sofort wieder übel, aber da musste ich wohl durch. War ja schließlich Urlaub.

Im Schatten unter der Tischplatte erspähte ich den Wasserkanister, der mich sofort magisch anzog. Ohne meine Freunde zu begrüßen, bückte ich mich danach, öffnete den Schraubverschluss und trank mit gierigen, großen Schlucken etwa einen halben Liter ohne abzusetzen.

»Die Klamotten von letzter Nacht? Wirre Haare? Unbändiger Durst? Riecht nach Sexfalle, wenn du mich fragst.«

Ich ignorierte Betty fürs Erste und trank weiter.

»Also, ich riech nichts«, erwiderte Marco. Keine Ahnung, ob das helfen sollte.

Ich setzte den Kanister ab, atmete angestrengt aus und ein und setzte mich auf eine Holzkiste, die zufällig in Reichweite herumstand. »Ich dachte, du wolltest dich aus der Sache raushalten, Betty?«

»Das tu ich auch, Schätzelein. Ab jetzt. Aber ich hab mich schon darauf gefreut, den Spruch loszuwerden, seit wir uns gestern verabschiedet haben.« Sie nahm eine der Postkarten vom Tisch und wedelte sich damit Luft zu.

»Verstehe.«

»Ab jetzt verliere ich kein Wort mehr über dich und den lieben Herrn Geistig-Klobig. Versprochen. Stattdessen werde ich hier sitzen und Postkarten schreiben, so wie das jeder gute Tourist tut.« Sie setzte sich demonstrativ auf und malte mit höchster Konzentration Buchstaben auf die Rückseite einer Karte.

»Wem schreibst du?«, fragte ich. »Mo?«

»Nein. Natürlich nicht«, antwortete sie, ohne von ihrer Schreibarbeit aufzusehen. »Ich schreibe meinem Sohn. Eine für jeden Tag, den wir uns nicht gesehen haben.«

Ich stützte meinen Kopf in meine Hände und fuhr mir erschöpft durchs Haar.

Marco streckte seinen Arm aus und legte mir behutsam eine Hand auf die Schulter. »Alles okay?«

Ich lachte trocken. »Alles bestens. Abgesehen davon, dass Felix mir verraten hat, dass er gern wieder mit mir zusammen wäre und ich nicht weiß, was ich denken soll …« Betty ließ ihren Stift fallen. »Außerdem habe ich einen fetten Kater von unserer spontanen Verlobungsfeier. Aber da muss ich jetzt wohl durch.«

»Verlobungsfeier?!« Marco nahm lieber noch einen schnellen Schluck Rum Cola zu sich, bevor er mehr sagte oder fragte.

»Psycho!« Betty spuckte das Wort förmlich vor sich auf den Tisch. Sie sah angewidert aus. »Voll psycho!«

»Ich oder er?«, fragte ich sie.

»Ja«, antwortete sie streng.

»Weißt du was, Betty?« Ich erhob mich müde von meiner Kiste. »Ich glaube, du hast recht.« Die paar Schritte zu unserem armen, fahrunfähigen Bus bekam ich gerade so hin. Jetzt musste ich bloß noch einsteigen, mich ausziehen und hinlegen. Ich öffnete die Schiebetür, kletterte unter großen Mühen in den Bus und stellte noch eine letzte Frage, bevor ich damit begann, meinen alles andere als berauschenden Rausch auszuschlafen: »Wo steckt Lucy eigentlich schon wieder?«

»Am Strand. Mit Ana und Ramon«, informierte mich Marco.

Aha. So war das also. Ana und … »Ramon?!«

»Einer von diesen Gentle Men. Der Bauarbeiter, weißt du noch?«

»Wie könnte ich den vergessen?«, fragte ich tonlos.

Marco quittierte meinen verdutzten Gesichtsausdruck mit einem Lachen. »Na ja, soweit ich weiß, ist sie Single, also warum nicht?«

»Ramon, also …«, wiederholte ich nachdenklich.

Betty schüttelte mürrisch den Kopf und beschriftete eine weitere Postkarte. »Erst die Polen. Dann der Jesus. Und jetzt ein spanischer Stripper. Was mach ich falsch?«

Ich zuckte mit den Schultern. »Vielleicht merken die Männer einfach, dass du bereits vergeben bist.«

»Ach, Schätzelein, wie oft soll ich dir denn noch erklären, dass Mo und ich nicht diese Art von Beziehung führen?«

»Ich meine nicht Mo.«

Als Betty ihren Kopf hob und mich stirnrunzelnd ansah, erklärte ich ihr mit einem Nicken in Richtung des Postkartenstapels, worauf ich hinauswollte. Und sie verstand und lächelte milde. Ein feiner Moment, das endgültig gute Ende eines Streits. Ich zog die Bustür hinter mir zu, legte mich auf die Matratze und schlief sofort ein. In meinem Kleid. Natürlich.

Wenn ich erwartet hatte, dass das Schlafen weniger anstrengend als das Wachsein sein würde, hatte ich mich geirrt. Es konnte an dem Kater liegen, mit dem ich mich herumschlug, an der Hitze im Bus oder an allem, was mir gerade durch den Kopf ging: Jedenfalls hatte ich wilde, wirre Träume von einem brennenden Haus, aus dem ich Richard retten wollte, im dichten Qualm aber aus Versehen Felix' Hand erwischte, und während ich träumte, dachte ich die ganze Zeit, dass es nur ein Traum war und ich in der Realität dringend etwas gegen meinen Durst tun musste. Ich war kurz davor zu dehydrieren, wachte aber nicht auf. Ich wälzte mich herum, zerwühlte das Laken und die Decken und stieß irgendwann am frühen Abend mit solcher Wucht gegen die Seite des Busses, wo das Bücherregal angebracht war, dass Skys klebriges Hippie-Buch herunter- und mir auf den Kopf fiel. Erschrocken und verschwitzt rieb ich die Stelle an meiner Stirn, an der mich der Buchrücken erwischt hatte, und blieb noch ein wenig liegen, um mich zu sammeln. Es war noch immer derselbe Tag in derselben Stadt, mit dem einzigen Unterschied, dass ich jetzt vermutlich eine Beule am Kopf hatte. Verschlafen griff ich nach dem aufgeschlagenen Buch, das neben mir auf der Matratze lag, und las den ersten Satz, den meine Augen klar erkennen konnten: »Man liebt, wofür man sich müht, und man bemüht sich für das, was man liebt.« Das hatte der oberschlaue Erich Fromm ganz sicher mal auf irgendeinem T-Shirt gelesen. Oder auf einem Kissen, das Oma Mathilde bestickt hatte. Der Spruch klang ganz nach ihr. Nur hatte *sie* sich im Gegensatz zu Herrn Fromm verkniffen, ein Buch mit ihren gesammelten Weisheiten herauszubringen, sondern diese stattdessen lieber ungefragt in der Familie verteilt. Schade, dass sich sowohl meine Mutter als auch ich als beratungsresistent erwiesen hatten. Die arme Frau, es muss sehr frustrierend für sie gewesen sein. Vielleicht hätte sie doch lieber Bücher schreiben sollen.

Von draußen drangen Stimmen in den Bus, ein schönes Gefühl zu wissen, dass man nicht allein war, besonders nach dem Aufwachen. Wenn ich zu Hause in Hamburg wach wurde, sah ich immer zuerst nach links. Da lag Richard. Und immer machte er genau in dem Moment, wenn ich ihn anschaute, die Augen auf. Es war ein bisschen seltsam und irgendwie auch unwahrscheinlich, dass das jedes Mal zufällig passierte. Aber im Grunde war mir egal, was dahintersteckte, das Erste, was ich jeden Tag erblickte, war mein Freund. Und umgekehrt war ich das Erste, was er sah. Es war eine kleine Sache, die mich aber zuverlässig glücklich machte. Nur war ich mir dessen zu selten bewusst.

Ich stellte das Buch zurück ins Regal und lehnte mich über die Bettkante hinunter zu meinem Koffer in der Hoffnung, darin ein frisches Kleidungsstück zu finden, das ich mir anziehen konnte, nachdem ich mir mit einer Dusche aus dem Kanister den Dreck vom Körper gewaschen hatte. Doch bevor ich überhaupt dazu kam, den Textilienbestand zu durchforsten, fiel mein Blick auf mein Handy, das oben auf dem Koffer lag, unbeachtet, seit wir am vorherigen Tag vom Strand zurückgekehrt waren. Ohne große Erwartungen studierte ich das Display und sah: Zwölf verpasste Anrufe. Alle von derselben Person. Richard.

Mein Herz blieb stehen. Es war fast so, als ahnte er etwas. Unwillkürlich sah ich mich im Bus um. Das schlechte Gewissen meldete sich mit aller Kraft. Aber da war auch etwas anderes. Erstens war ich in gewisser Weise beeindruckt, weil unsere Verbindung doch zumindest noch so stark zu sein schien, dass Richard selbst auf diese Entfernung spürte, dass hier unten etwas vor sich ging, das unserer Beziehung den Todesstoß verpassen konnte. Zweitens spürte ich etwas Warmes im Bauch, eine Art Geborgenheit. Es waren nur verpasste Anrufe, aber sie bewiesen, dass Richard zumindest sein Ende des Bandes zwischen uns noch in der Hand hielt. Er bemühte sich. Im Gegensatz zu mir.

Felix' Argumente vom Vorabend waren somit hinfällig. Ich fühlte mich beschissen und zufrieden zugleich.

Das letzte saubere Kleidungsstück aus meinem Koffer (ein gelbes, bodenlanges Strandkleid) in der Hand, öffnete ich die Bustür zum Werkstatthof, über den sich schon langsam die Dämmerung legte. Die lustige Runde am provisorischen Tisch hatte sich um drei Personen erweitert. Lucy und Ana saßen neben Betty und Marco, und neben Lucy hatte ein extrem gut gebauter, südländisch aussehender junger Mann Platz genommen, den ich als Ramon, den Stripper, identifizierte. Bettys Postkarten waren zu einem ordentlichen Stapel zusammengeschoben, der Kugelschreiber lag obenauf.

Lucy war die Erste, die mich bemerkte. »Daphne! Da bist du ja!«, rief sie begeistert, als hätten wir uns seit Wochen nicht mehr gesehen. Sie legte dem Herrn neben sich, dem mit dem Sixpack, eine Hand auf den muskulösen Oberschenkel, streichelte sanft darüber und deutete auf mich: »Ramon? Das ist Daphne.«

Er sah mich an und nickte. Sein freundliches Lächeln offenbarte eine Reihe makellos weißer Zähne. Aber er erwiderte Lucys Berührung nicht. Vielleicht weil es ihm wie Arbeit vorgekommen wäre.

Betty betrachtete mich amüsiert. »Du liebst dieses Kleid wirklich, was, Schätzelein?«

»Ich wollte erst duschen, bevor ich mir etwas Neues anziehe«, erklärte ich.

»Besser ist das.« Betty trank einen Schluck aus ihrem Glas und reichte es mir. Ich probierte vorsichtig – Wasser –, trank es in einem Zug aus und reichte Betty das leere Glas, die es neu füllte und mir wieder in die Hand gab. »Anas Vater war vorhin hier«, erzählte sie währenddessen. »Er muss die Zylinderkopfdichtung und die Pumpe austauschen, dann läuft wieder alles wie geschmiert, sagt er.«

»Aha.« Betty hätte auch über Hedgefonds reden können, davon verstand ich ungefähr genauso viel wie von Kfz-Mechanik. Und für mich war ohnehin nur eine Frage wichtig, die glücklicherweise schnell und unkompliziert zu beantworten sein sollte: »Wie lang soll das dauern?«

»Die Reparatur? Die geht schnell, aber er musste die Teile bestellen, und bis die hier sind, kann es fünf Tage dauern.«

»Fünf Tage?!« Das war zu lange. »So viel Zeit hab ich nicht. In fünf Tagen muss ich ja schon fast wieder im Laden stehen.«

Betty zuckte mit den Schultern. »Sky hat dir doch angeboten, den Rückflug zu bezahlen.«

»Ja, schon …« Aber das wäre dann nichts anderes als die letzte große Sache, die in diesem Urlaub schieflief, der ohnehin schon zu einer haarsträubenden Seifenoper verkommen war. Ein geschenkter Rückflug statt einer gemeinsamen Heimfahrt würde dem Ganzen die Krone aufsetzen. Aber eine Alternative gab es wohl nicht. »Ich geh duschen«, sagte ich resignierend.

»Falls es dich aufheitert«, Lucy schenkte ihrer Eroberung ein Lächeln und mir einen freudestrahlenden Blick, »Ramon hat uns für heute Abend zu einer Open-Air-Tanzveranstaltung am Strand eingeladen, und wir gehen da später alle hin. Das wird ganz lustig.«

»Ich bin leider verabredet …« Ich musste nicht erwähnen, mit wem. Jeder am Tisch wusste Bescheid. Über Bettys Gesicht huschte kaum merklich ein Ausdruck, den ich als genervt interpretierte, eine Sekunde später hatte sie sich aber wie versprochen wieder im Griff. »Vielleicht danach«, vertröstete ich Lucy.

Sie wirkte geknickt. »Okay. Ich schreib dir auf, wo wir sind.«

»Ja, mach das«, sagte ich, schnappte mir einen der Duschwasserkanister, die wir zum Aufwärmen in die pralle Sonne gestellt hatten, und verschwand in einer stillen Ecke des Hofs. Um den Dreck loszuwerden. Und zwar vollständig und ein für alle Mal.

Ich war wild entschlossen. Meine Flip-Flops flappten herausfordernd, als ich schnellen Schrittes die Hafenpromenade von Lagos entlangmarschierte, gegen den Strom von Touristen, der sich aus den umliegenden Hotels in die Bars und Restaurants der Altstadt ergoss. Ich wurde geschubst und vom Weg abgedrängt. Trotzdem gelang es mir immer wieder, Lücken im Menschengefüge zu finden, durch die ich mich schlängeln und so langsam meinem Ziel näher kommen konnte. Felix' Hotel. Es war fünf vor neun.

Mein Magen drehte sich vor Aufregung wieder und wieder um sich selbst. Dabei hatte ich gedacht, dass sich dieses wirre Gefühl endlich legen würde, wenn ich zu einer eindeutigen Entscheidung gekommen war. Und das war ich.

Wenn man alles, was in den letzten Wochen und vor allem Tagen passiert war, in Betracht zog, war die Antwort auf die Frage, was ich tun sollte, mehr als offensichtlich. Was nicht hieß, dass ich nicht mit mir gerungen hätte, oh, das hatte ich. Ich war alle möglichen Szenarios so oft durchgegangen, dass ich die Augen schließen musste, damit das Chaos meinen Kopf nicht explodieren ließ. Was würde passieren, wenn ich mich endgültig von Richard trennte? Wie würde es mit mir und Felix weitergehen? Würde es überhaupt weitergehen oder würde es wieder so enden wie schon zweimal zuvor: mit einem Ende? Unter der provisorischen Kanister-Dusche war mir etwas eingefallen, das Betty in Biarritz zu mir gesagt hatte: Niemand konnte wissen, was die Zukunft bringt. Und so war es ganz egal, wie intensiv ich versuchte, die Konsequenzen und Ereignisse vorauszusagen, die diese oder jene Entscheidung nach sich ziehen würde, es war nicht möglich.

Das Tröstende daran war, dass es darum jetzt auch gar nicht ging, um die Frage, welche Strategie die schlaueste war. Die Frage war nicht, welchen Schritt ich demnächst oder in ein paar Jahren mehr bereuen würde. Die Frage war, was jetzt, genau in diesem Moment, mein Herz zu all dem zu sagen hatte. So kitschig es klang, ich hatte herausfinden müssen, wer dort drin seinen Platz hatte. Oder wie der höfliche Türke so schön gesagt hatte: Was ist mit Liebe? Die Antwort darauf hatte ich jetzt. Und wenn ich dementsprechend handelte, würde ich, egal was später passierte, meine Entscheidung nicht bereuen. Davon war ich überzeugt. In Ansätzen zumindest. Also, ich hoffte, dass es so funktionieren würde. Verdammt … Eine bessere Idee hatte ich eben einfach nicht.

Nur noch ein paar Meter lagen zwischen mir und dem Hoteleingang. Ich bemerkte, dass ich völlig außer Atem war. Dabei hatte ich mich nicht sonderlich beeilt. Es musste an den Ausweichmanövern liegen. Und an der Anspannung in mir, die jetzt nicht nur meinen Magen sondern auch meine Kehle zuzudrücken schien. Eine Entscheidung zu treffen, war eine Sache. Sie auch in die Tat umzusetzen, war manchmal die viel größere Hürde. Ich versuchte gleichmäßig zu atmen und stützte mich an der niedrigen Hafenmauer ab. Ich musste mich irgendwie beruhigen, bevor ich Felix traf …

»Da bist du ja schon!«

Zu spät.

Ich drehte mich um und versuchte, ein fröhliches Gesicht zu machen, während mir das Herz in den Ohren schlug. Winkend kam Felix vom Hotelportal über die Straße auf mich zugelaufen, und ich fragte mich, ob mir genug Zeit blieb, mich schnell noch über die Kaimauer zu übergeben. Wohl eher nicht, also ließ ich es bleiben. Kaum eine Sekunde später stand er vor mir, beugte sich ganz selbstverständlich zu mir herunter, um mir einen Begrüßungskuss zu geben – und stutzte. Er zog seinen Kopf zurück und sah mich fast beleidigt an.

»Was?«, fragte ich.

Er zeigte auf meinen Mund. »Lippenstift.«

Es stimmte. Lippenstift. Roter Lippenstift. Ich hatte ihn schnell noch aufgetragen, bevor ich vom Werkstatthof geeilt war. Betty hatte sich zwar auch dazu jeden Kommentar verkniffen, wenn aber ihre Augen eine Laserstrahl-Funktion gehabt hätten, wäre ich jetzt nicht mehr gewesen als ein verkohltes Loch im Boden. Zu Unrecht. Denn sie hatte ja keine Ahnung, welcher Plan dahintersteckte.

Ich legte lächelnd den Kopf schief und fragte Felix arglos: »Was ist damit?«

»Sag nicht, du hast das vergessen!« Mit einer fahrigen Bewegung strich er sich eine Haarsträhne aus der Stirn und lachte hilflos. »Ich *hasse* Lippenstift, das weißt du doch. Es ist diese Phobie … Ich kann dich nicht küssen, wenn du das schmierige, klebrige Zeug da drauf hast. Daran musst du dich doch erinnern.«

Stimmt. Das tat ich. Und dieser Umstand kam mir äußerst gelegen, denn ich wollte nicht, dass Felix mich küsste. Ich wollte nicht einmal, dass er mich umarmte. Ich wollte diese ganze Sache beenden, bevor Schlimmeres passierte. Ich wollte nach Hause fahren und Richard sehen, ohne ein dreckiges Geheimnis oder ein schlechtes Gewissen im Gepäck. Ich wollte das alles mit ihm klären, auch wenn es Tage oder Wochen dauern würde, egal, er hatte jetzt ja Urlaub. Und wenn am Ende wirklich dabei herauskam, dass wir keine Chance mehr hatten, wollte ich mich für ein paar Monate oder Jahre irgendwo zusammenrollen und meine Wunden lecken. Das wollte ich.

Was ich *nicht* wollte, war, Richard kaltblütig zu hintergehen. Dafür respektierte ich ihn zu sehr. Und dafür war es mir zu wichtig, dass er und meine Freunde (und vor allem ich selbst) mich auch weiterhin respektieren konnten. Ich wollte ihn nicht betrügen. Noch dazu mit meinem Exfreund, dem ich den schlimmsten Liebeskummer meines Lebens verdankte und der inzwischen, wie es schien, komplett durchgeknallt war. Um ehrlich zu sein, hätte es mich nicht überrascht zu erfahren, dass irgendwo in Norddeutschland eine Anstalt unter Hochdruck auf der Suche nach einem entlaufenen Patienten war. Anfang dreißig. Blonde Haare.

Süßes Lächeln. Rufname Felix. Trennungstrauma-induzierter Realitätsverlust, nachdem kurz vor seinem geplanten Pärchenurlaub aus Eva die Ex geworden war. So weit meine Analyse, und der war ich mir mehr als sicher. Auf dem Gebiet der Trennungstraumata war ich schließlich so etwas wie eine Expertin, und das nicht zuletzt dank des Mannes, der jetzt vor mir stand, plötzlich mit der Schulter zuckte und sagte: »Ach, was soll's …«

Was soll's?!, dachte ich, und konnte gerade noch erschrocken Luft holen, bevor Felix seine Lippen auf meine drückte. Seine Zunge suchte sich ihren Weg zu meiner. Es war nicht der schönste Kuss meines Lebens. Und als er vorbei war und sich Felix von mir löste, wurde mir erst bewusst, wie schlimm das, was gerade passiert war, *wirklich* war. Denn während Felix in die Hände klatschte, als hätte er gerade einen Hundert-Meter-Sprint gewonnen, und freudig erklärte, dass seine Phobie jetzt endlich überwunden sei (und das freute mich für ihn, ehrlich), erkannte ich jemanden in der Menschenmenge auf der Promenade. Er stand nur wenige Schritte entfernt und beobachtete uns.

»Daphne …«, war alles, was er sagte. Und es klang so enttäuscht und verletzt, dass ich am liebsten auf der Stelle angefangen hätte zu weinen.

20
Der Teil in flagranti

DAPHNES MIXTAPE
Fourth Of July – Tan Lines

Felix war ungehalten, weil unser Abend zu zweit gestört worden war. »Was ist das denn bitte für ein Clown?«

»Das musst *du* gerade sagen.« Richard hatte recht. Nachdem ich mir den Lippenstift vorsichtshalber ziemlich dick aufgetragen und Felix mich unerwartet ziemlich stürmisch geküsst hatte, war er nun rund um die Lippen dermaßen rot verschmiert, dass er tatsächlich ein bisschen so aussah wie ein Clown. Mir wurde schlagartig bewusst, dass es bei mir mit großer Wahrscheinlichkeit nicht anders war, und ich wischte mir beiläufig mit dem Handrücken über den Mund. Aber eigentlich hatte ich jetzt ganz andere Probleme als das. Größere. »Richard …«, begann ich, wurde aber von Felix unterbrochen.

»Ach, das ist also dein Freund?«

»Und du bist?«

»Richard, das ist Felix. Mein Exfreund.« Den letzten Satz murmelte ich kaum hörbar, weil es mir peinlich war. Peinlicher als mein verschmierter Mund.

Felix hingegen, der sich nach wie vor nicht im Klaren darüber zu sein schien, wie bescheuert er aussah, grinste überheblich. »Tja, du der Freund, ich der Exfreund. Hätte man so jetzt nicht gedacht, oder?«

Richard war nicht der Typ, der sich provozieren ließ, was wirklich für ihn sprach. Und so wie ich ihn kannte, hielt sich sein Interesse an Felix, dem Clown, ohnehin in sehr engen Grenzen. Eigentlich wartete er bloß darauf, dass *ich* ihm die Situation erklärte. Damit er Bescheid wusste und gehen konnte. Er wandte sich von Felix ab und sah mich direkt an. Sein Blick war müde. »Daphne, was soll das?«

Verlegen schaute ich auf meine Füße, aber wenn ich gehofft hatte, dort so etwas wie eine Eingebung zu finden, hatte ich umsonst gehofft. Ich konnte bloß den Kopf gesenkt halten und mich schämen. Gut möglich, dass ich mich, objektiv betrachtet, doch schlechter benommen hatte, als ich mir das zunächst eingestanden hatte. Und dass es nichts anderes als die gerechte Strafe für mein Fehlverhalten war, dass mein Freund so mir nichts, dir nichts in Lagos auftauchte und mich in flagranti erwischte. Dieser Umstand widersprach zwar allen Regeln der Wahrscheinlichkeit, aber ich wäre ja nicht Daphne Weilandt, wenn nicht ausgerechnet *mir* so etwas passieren würde. Was schieflaufen konnte, lief schief bei mir. So war das eben, so war das schon immer gewesen.

Unglücklich hob ich meinen Blick und sprach die fünf schlimmen, verbotenen Worte: »Ich kann es dir erklären.«

Richard war darüber mindestens so entsetzt wie ich selbst. Seine Stimme zitterte ein bisschen vor Wut. »Ach, wirklich? Kannst du das?«

»Bitte glaub mir, Richard … Da war nichts!« Verdammt. Es wurde einfach immer schlimmer und schlimmer und schlimmer.

»Okay. Wunderbar. Da war also nichts.« Er musste sich merklich zusammenreißen. »Ich dachte zwar, ich hätte eben gesehen, wie ihr euch geküsst habt, aber das gehörte dann wohl auch zu dem Nichts, das war. Oder wie? Tut mir leid, aber ich kenn mich damit nicht so gut aus.«

Ach so, ja. Der Kuss. »Na ja, abgesehen davon …«

»Interessant«, schaltete sich Felix ein, und ich hätte ihm in diesem Moment am liebsten einen ordentlichen Tritt verpasst – dahin, wo es wehtat. Stattdessen reichte es aber nur zu einem mahnenden Blick, der ihn jedoch nicht davon abhielt zu reden. Natürlich nicht. Wie hatte ich auch nur im Ansatz darüber nachdenken können, diesen Idioten Richard vorzuziehen? »Da war also nichts, Daphne? Kam mir ganz anders vor. Ich meine … soweit ich weiß, haben wir uns hier heute nicht verabredet, um Schnorcheln zu gehen. Gestern haben wir eine gemeinsame Nacht verbracht – in meinem Hotelbett, falls du dich erinnerst –, und es war klar, dass wir das heute wiederholen wollten, insofern …«

»Ich wollte ganz sicher keine gemeinsame Nacht mit dir wiederholen!«

»In *seinem* Hotelbett?« Richard war laut geworden. Dafür hatte ich volles Verständnis.

»Ich hab da nur geschlafen.«

Felix lachte.

»Von all den Betten in dieser Stadt schläfst du in *seinem* Hotelbett?«

»Das klingt nicht gut, ich weiß, aber …« Ich entschied, dass es das Beste war, die Karten auf den Tisch zu legen und die Wahrheit zu sagen, die ja im Grunde gar nicht so übel war. Sicherlich nicht so übel wie das, was sich Richard selbst ausmalte. »Wir waren zwar zusammen, aber da ist nichts passiert. Nichts Schlimmes.«

»Definiere schlimm.«

»Ich kann mich nicht einmal daran erinnern, ihn geküsst zu haben.«

»Na, Gott sei Dank!« In gespielter Dankbarkeit schlug Richard die Hände zusammen.

»Wirklich, Richard! Ich war betrunken!« Die Ausrede galt für Richard nicht, das wusste ich, also weiter: »Wir haben nur Händchen gehalten!«

»Händchen?«

»Ja, Händchen. Und selbst das bereue ich jetzt schon, das kannst du mir glauben.« Ich rang mit den Tränen. »Aber wir hatten keinen Sex. Das ist die Wahrheit.« Ich drehte mich zu Felix um und sah ihn durchdringend an. »Du bestätigst ihm jetzt sofort, dass wir keinen Sex hatten.«

Aber Felix dachte gar nicht daran. Er lachte nur fies. »Mach's gut, Daphne.« Er steckte die Hände in die Taschen seiner Shorts und schlenderte zum Hotel zurück. Auf halber Strecke drehte er sich noch einmal um. »Wenn du wieder klarkommst, kannst du dich ja mal bei mir melden. Dann wiederholen wir das. Ich würd mich freuen.«

»Du bist noch immer derselbe geistig klobige, gefühlsbehinderte Spacken, der du vor drei Jahren warst!«, rief ich ihm hinterher. In erster Linie, damit ich selbst es hörte und kapierte, wie dumm ich gewesen war.

»Vielen Dank.« Felix machte eine kleine Verbeugung. »Und du bist noch immer genauso leicht zu manipulieren.«

Mir stiegen jetzt doch noch die Tränen in die Augen. »Du hast dich bei mir entschuldigt, du Arsch!«

Felix zuckte mit den Schultern, »das war gestern«, und ging.

»Betty hat recht, du *bist* ein Psycho!«

Während ich mir wutschnaubend über die Augen wischte, bemerkte ich, wie Richard sich neben mir auf die Kaimauer setzte, und hörte, wie er erschöpft ausatmete. Er hatte die Arme auf die Knie gelegt und ließ den Kopf hängen. *Ganze Arbeit, Daphne.*

Unsicher setzte ich mich zu ihm. Ich hätte ihn gern umarmt, aber ich traute mich nicht. »Es tut mir leid«, flüsterte ich.

Er hob den Kopf und sah mich eine Weile schweigend und ernst an, bevor er etwas sagte. »Ich weiß, wir hatten unsere Schwierigkeiten. Ich weiß, du bist sauer auf mich. Und ich kann sogar verstehen, warum. Aber was ich bis eben nicht wusste, ist, dass du solche Sachen machst, Daphne, dass du fähig bist, mich zu betrügen. Das hätte ich nicht von dir gedacht. Das ändert alles zwischen uns.«

»Aber das mit Felix hatte nichts zu bedeuten!« Warum kamen bloß immer nur dieselben plumpen Klischeesätze aus meinem Mund? »Und da war ja nichts. Das kommt noch hinzu.«

»Hör auf, okay? Irgendetwas war, sonst würden wir hier ja nicht sitzen. Egal ob du nur Händchen gehalten oder mit dem Kerl da wilden Sex gehabt hast. Wirklich, vollkommen egal. Wir sitzen trotzdem hier.« Er richtete sich auf, Erschöpfung und Frustration im Blick, und seufzte. »Ich dachte, du freust dich, mich zu sehen. Ich dachte, wir machen uns hier ein paar schöne Tage mit unseren Freunden, so wie du es wolltest. Hannes und ich waren den ganzen Tag unterwegs, zwei Flüge, der Bus aus Faro …« Neben Felix' Hotel befand sich der Busbahnhof von Lagos, das erklärte, warum Richard plötzlich hier auf der Straße gestanden hatte. »Ich hab das alles nur für uns gemacht. Weil ich nicht wollte, dass etwas so Bescheuertes wie eine missglückte Urlaubsplanung der Grund dafür ist, dass wir uns trennen.«

Trennen. Allein das Wort machte, dass es mir kalt den Rücken herunterlief. »Das wäre ja auch gar nicht der Grund gewesen. Ich war bloß so enttäuscht, dass …«

»Ich bin noch nicht fertig«, unterbrach Richard mich. Er schloss die Augen, um sich zu konzentrieren, bevor er sie wieder öffnete und fortfuhr. »Jedenfalls mache ich mir diese Gedanken und gebe mir diese Mühe, nur um hierherzukommen und herauszufinden, dass meine Freundin einen Urlaubsflirt mit ihrem Ex hat, während ich in Hamburg sitze und mir den Kopf zerbreche, wie ich das mit uns wieder geradebiegen kann. Und, falls du's noch nicht gemerkt hast, *das* ist ein Grund um …«

Ich legte ihm erschrocken eine Hand auf den Arm. Der Groschen war spät gefallen, aber hoffentlich noch rechtzeitig. »Du bist mit Hannes hier?«

Er sah mich gleichzeitig verständnislos und zornig an. »Was hat das denn jetzt damit zu tun?!«

Ich ignorierte die Frage. »Wo ist er?«

»Das kann jetzt nicht dein Ernst sein …«

»Doch.« Mir war klar, wie dieser plötzliche Themenwechsel auf Richard wirken musste. So, als wäre mir dieses Gespräch nicht wichtig. So, als versuchte ich, ihm auszuweichen. »Du wirst es verstehen, versprochen«, erklärte ich ihm verzweifelt, denn jetzt ging es darum, einen guten Freund vor sich selbst zu retten, zwei gute Freunde, um genau zu sein. Dieses Beziehungsgespräch ließ sich hinauszögern, ohne dass noch größerer Schaden entstand – Richard und ich hatten ohnehin schon den tiefsten Punkt erreicht.

Das musste Hannes und Lucy nicht auch noch passieren. »Wir sprechen später, okay? Wo ist er? Bitte!«

Richard schüttelte langsam den Kopf und starrte einfach nur vor sich auf den Boden. So lange, dass ich irgendwann befürchtete, er würde jetzt aufstehen und gehen und mir gar nichts sagen, mich hier sitzenlassen und nie wieder ein Wort mit mir reden. Aber irgendwann antwortete er doch. »Als wir hier angekommen sind, hab ich bei Betty angerufen. *Du* gehst ja nicht mehr an dein Handy, weil du offensichtlich nicht gestört werden willst …«

Ich ignorierte diesen Seitenhieb und war schon auf den Beinen. »Und was hat sie gesagt?«

»Sie hat gesagt, dass du in der Stadt bist und dass alle anderen auf dem Weg zu einer Strandparty sind. Also bin ich hiergeblieben, um dich zu suchen. Weil ich dachte, dass wir uns einen romantischen Abend machen könnten.« Er lachte bitter. »Tja. War wohl nix.«

»Und Hannes?!«, drängelte ich zum dritten Mal, aber ich ahnte es schon.

»Bei der Strandparty, nehme ich an.«

»O Gott! Ramon!«

Ich griff nach Richards Hand (er murmelte etwas wie: »Ich will gar nicht wissen, wer das jetzt wieder ist«) und zog ihn von der Mauer hoch. Dann rannte ich los.

Die Strandparty fand nicht direkt am Strand statt, sondern auf einem etwas höher gelegenen Plateau unterhalb eines Parkplatzes, auf dem sich eine zusammengezimmerte Beachbar und eine Surfschule eine Terrasse teilten, die an diesem Abend als Tanzfläche diente. Stühle und Tische waren an den Rand neben die Balustrade geschoben worden, auf der noch Neoprenanzüge der letzten Surfklasse des Tages trockneten. Bunte Lampen sorgten für gedämpftes Licht, und ein aufgekratzter DJ sorgte für die musikalische Untermalung, eine Mischung aus alten und neuen Sommerhits, jetzt gerade »Club Tropicana« von Wham!, ein Klassiker und zufällig auch einer unserer Favourites von Lucys Mixtape. Die Party war überaus gut besucht. Auf der Terrasse war kaum noch genug Platz, um sich zu bewegen, und einige der Gäste hatten sich mit ihren Getränken in den feuchten Sand unterhalb des Plateaus gesetzt, um sich dort im hellen Licht des fast vollen Mondes in Ruhe zu unterhalten. Es war schön hier, und unter anderen Umständen hätte ich mich mit Vergnügen unter die Feiernden gemischt. Aber nicht heute, nicht jetzt. Jetzt war ich auf einer Mission. Ich musste Lucy finden. Oder Hannes. Wobei ich hoffte, dass er, da er nicht ortskundig war, mehr Zeit als wir gebraucht hatte, um die Veranstaltung zu finden.

Diese Hoffnung wurde enttäuscht.

Als wir die sandige Holztreppe vom Parkplatz zu der Terrasse hinunterstiegen, erkannte ich ihn sofort in der Menge: lang, dünn und vor allem blasser als alle anderen. Er stand neben Betty an der Bar, ein volles Glas in der Hand, mit einem suchenden Blick im Gesicht, der darauf schließen ließ, dass auch er Lucy noch nicht gefunden hatte. Das zumindest war ein Lichtblick.

Betty nickte und bewegte sich auf der Stelle im Takt der Musik, zog an ihrem Strohhalm und winkte uns zu, als sie uns am Rand der Tanzfläche erspähte. Ich fühlte eine gewisse Wut in mir aufsteigen, weil sie Richard geradewegs zu Felix und mir geführt hatte. Für jemanden, der Verrat so verurteilte, wie sie es tat, war das eine erschreckend hinterhältige Aktion gewesen. Insofern konnte ich mir nicht verkneifen, ihr im Vorbeigehen ein bedrohliches »Wir sprechen uns später noch!« ins Ohr zu zischen, bevor ich ihren gespielt ahnungslosen Gesichtsausdruck ignorierte und Hannes zur Begrüßung kräftig umarmte. Mir fiel auf, dass es zwischen Richard und mir bisher noch gar keinen Körperkontakt gegeben hatte. Ich warf ihm einen verstohlenen Blick zu. Es war nicht schwer zu erkennen, dass er die ganze Situation zum Kotzen fand. Aber ich hatte ja auch nicht die Zeit meines Lebens.

»Na, so eine Überraschung!«, rief ich, und meine Stimme klang affektiert und viel zu hoch.

Hannes wiegte verlegen den Kopf. »Na ja, ich hab's gerade schon Betty gesagt: Ohne Sky wären wir gar nicht hier. Er hat uns die Flüge geschenkt, gleich nachdem du ihn angerufen und angepöbelt hast – schönen Gruß übrigens. Er wollte das Geld für den Bus nicht einfach schicken, also sind wir quasi die Kuriere. Ich hab's euch mitgebracht …« Er nestelte in seiner Hosentasche herum, zog sein Portemonnaie heraus und öffnete es. Eine beeindruckende Sammlung Hunderteuroscheine kam zum Vorschein.

Ich winkte panisch ab. »Du meine Güte, doch nicht hier!« Hannes verstaute schulterzuckend das kleine Vermögen wieder in seiner Tasche und starrte mich dann forschend an.

»Was?«, fragte ich gehetzt. Ich hatte jetzt keine Zeit für irgendwelchen Quatsch.

Hannes bewegte seinen Finger kreisförmig um seinen Mund. »Du hast da …«

»Oh!«, machte ich.

Betty reichte mir eine Serviette. »Hier, Schätzelein. Draufspucken, abwischen.«

Das tat ich auch. Die Serviette war hart und kratzig. Mit großer Sicherheit war meine Haut jetzt nicht weniger rot als vorher, nur aus anderen Gründen. Während die Zellulose also meine Epidermis aufscheuerte, fragte ich Betty so unverfänglich wie möglich: »Wo ist denn Lucy eigentlich?« Es kam mir so vor, als hätte ich diese Frage seit Beginn unseres Urlaubs täglich etwa zwanzigmal gestellt …

»Wollte zum Klo«, antwortete Betty und nahm mir die Serviette ab. »Aber da ist eine Megaschlange, das dauert Ewigkeiten, bis man da mal dran ist. Ich hab ihr auch gesagt, sie soll einfach in die Büsche gehen, aber seit der Autopanne in den Bergen … Na ja, du kennst ja unsere Lucinda. Und kaum war sie weg, kam auch schon der liebe Hannes«, sie klopfte ihm kumpelhaft auf die Schulter, »und dann hab ich uns erst mal einen Drink gekauft.«

»Ich warte auch auf Lucy«, erklärte Hannes, unnötigerweise, und es war ihm anzusehen, dass er nervös war. Ganz offensichtlich erhoffte er sich viel von diesem Wiedersehen. Und dass er es nicht in der Schlange vor dem Damenklo stattfinden lassen wollte, sprach nicht nur, wie so vieles andere, für ihn, es war auch sein Glück. Wer wusste, was er zu sehen bekam, wenn er Lucy überraschte? Wer wusste, was passieren würde, wenn Ramon ihr beim Warten Gesellschaft leistete und Hannes die beiden erwischte wie zuvor Richard mich und Felix?

»Und wo sind die anderen?«, fragte ich Betty. Ich dachte, sie würde den Hintergrund meiner vagen Fragestellung verstehen.

Tat sie aber nicht. Offensichtlich war sie sich über die Explosivität der Situation absolut nicht im Klaren. »Marco, Ana und Ramon?« Letzterer Name veranlasste mich dazu, erschrocken Luft durch die Zähne zu ziehen. »Tanzen, oder?«

Wir alle wandten wie auf ein Zeichen den Blick zur Tanzfläche, auf der Ana, wunderschön und von einer Traube von Männern umstellt, sich begeistert zur Musik bewegte. Wenige Sidesteps von ihr entfernt trat Marco unbeholfen von einem Bein aufs andere, während Ramon in hartem Kontrast dazu direkt neben ihm gekonnt seinen durchtrainierten Arsch bewegte. Er hatte sein T-Shirt ausgezogen und trug obenrum nichts außer seinem Sixpack. Vielleicht ein bisschen zu viel des Guten, aber kein Problem, solange ich ihn und Lucy auf Abstand halten konnte.

Apropos. »Ich muss los.« Ich ließ meine Freunde an der Bar stehen und marschierte davon, bis mir einfiel, dass ich Ihnen vielleicht eine Erklärung schuldig war. »Zum Klo!«, rief ich ihnen über die Schulter hinweg zu und kämpfte mich mal wieder durch eine Menschenmasse. Inzwischen hatte ich den Dreh glücklicherweise raus.

Betty hatte nicht gelogen. Die Schlange war so lang, dass man meinen konnte, hier wäre eine Gegenveranstaltung zu der Party auf der Terrasse im Gange. Das Geschnatter, Gekreische und Gekicher auf dem Parkplatz vor dem Klohäuschen war ohrenbetäubend. So ungefähr musste es sich in einer Legebatterie anhören. Manchmal war es mir peinlich, eine Frau zu sein.

»Lucy?!« Ich reckte meinen Hals und versuchte, in der Menge eine blonde Frau mit pinkfarbener Kleidung zu erkennen. Das gelang mir schnell. Auf Anhieb fand ich sieben. »Lucy!!!«, rief ich noch einmal, lauter dieses Mal, und hatte somit die ungeteilte Aufmerksamkeit des Hühnerhaufens gewonnen. Einige Frauen drehten sich zu mir um, manche sahen mich neugierig an, andere abschätzig.

Ich lief die Schlange ab, die viel Konfliktpotenzial für die Wartenden bereithielt, weil es sich dabei nicht um eine geordnete Reihe handelte, sondern eher um eine Zusammenrottung von Grüppchen von Frauen mit vollen Blasen. Wenn hier kein Nummernsystem eingeführt worden war, würde es früher oder später zu einem unschönen Vorfall kommen, so viel stand fest.

»Ey! Nicht vordrängeln!« Eine der Frauen, die ungefähr fünf Jahre jünger als ich sein musste, aber mindestens zehn Jahre älter aussah, schlug ihre türkisfarbenen, künstlichen Fingernägel in meinen Unterarm und hielt mich fest. Ihr Blick war erbarmungslos, ähnlich wie der ihrer umstehenden Freundinnen.

Mit spitzen Fingern versuchte ich, ihren Griff zu lockern. Darunter hatte ich rote Striemen auf der Haut. »Ich muss ja gar nicht aufs Klo, ich …«

»Lass mich raten: Du suchst nur eine Freundin?« Ich schrak zusammen, als sie ein knallendes Geräusch mit ihrem Kaugummi erzeugte. »Wir sind doch nicht bescheuert. Stell dich gefälligst hinten an.« Der lange, falsche Nagel ihres Daumens deutete ans Ende der Schlange.

Mit Frauen, die dringend pinkeln müssen, ist nicht zu spaßen. Dessen war ich mir bewusst. *Aber was soll schon passieren,* dachte ich, *wenn ich mich einfach nicht weiter um diese alberne Person kümmere, sondern nach Lucy suche.* Solange ich das Klohäuschen nicht betrat, konnte mir niemand etwas vorwerfen. Wenn man die Situation ganz vernünftig betrachtete.

Unglücklicherweise war Vernunft nicht unbedingt eine Stärke von Miss Naildreams. Als ich mich in die aus ihrer Sicht falsche Richtung bewegte, ließ sie noch ein zweites warnendes »Ey!« verlauten, bevor sie mir mit zwei schnellen Schritten folgte und einen so kräftigen Schubs verpasste, dass ich vornüber in den Sand fiel.

Daraufhin verstummten auch die Gespräche in der Schlange.

Ich drehte mich auf den Rücken und sah diese massive Gestalt über mir stehen. »Falsches Ende«, giftete sie mich an, und verschränkte die Arme vor ihrer enormen Brust.

»Zeig's ihr, Naddi!«, rief eine ihrer Freundinnen.

Naddi grinste. Sie dachte, sie hätte gewonnen. Aber da irrte sie sich.

Obwohl es in mir brodelte, stand ich so ruhig und gelassen wie möglich auf, wischte mir den Sand vom Kleid und ging weiter Richtung Klotür. Sofort hielt sie mich wieder am Arm fest. Ein Raunen ging durch die Menge.

Ich sah ihr fest in die Augen und zwang mich, nicht zu blinzeln, obwohl sie jetzt auch noch angefangen hatte zu kneifen, und das tat wirklich weh. »Lass mich los.«

»Vergiss es«, zischte sie.

In einer schnellen Bewegung entzog ich ihr meinen Arm und schubste sie von mir weg, so wie sie es vorher mit mir getan hatte. Nur fiel sie leider nicht um, so wie ich vorher. Was außerdem ziemlich bedauerlich war: Sie bekam meine Haare zu fassen und zog daran.

Mir entfuhr ein kleiner Schmerzensschrei, den ich am liebsten sofort wieder zurückgenommen hätte. Nur keine Schwäche zeigen. Naddi und ihre Freundinnen lachten. Ich fuchtelte mit den Armen in der Luft herum und versuchte, die Hand zu fassen zu bekommen, die an meinen Haaren zerrte. Da ich so aber nicht weiterkam, konzentrierte ich mich stattdessen auf ihre Beine. Ich ignorierte den Schmerz an meinem Kopf, so gut es ging, holte Schwung und trat ihr mit voller Wucht auf den Fuß, sodass sie den Halt in ihrem Flip-Flop verlor und stolperte. Ich stolperte zwangsläufig hinterher. Naddi fluchte, als sie das Gleichgewicht verlor und im Sand landete. Dabei büßte ich ein Büschel Haare ein. Und das tat nicht nur weh, das gab mir und meiner Selbstbeherrschung außerdem den letzten Rest.

Wutschnaubend stürzte ich mich auf sie, hielt ihre Hände mit den fiesen Krallen fest, mit denen sie versuchte, mich im Gesicht zu kratzen, und kämpfte gegen sie an, schwer atmend und schwitzend, bis die Gegenwehr langsam weniger wurde, endlich zum Erliegen kam und Naddi nur noch wimmern und betteln konnte. Nicht weil ich so stark war, nicht weil ich ihr wehtat. Sondern weil Naddis Blase bis oben hin voll war. Und ich auf ihrem Bauch saß.

»Geh von mir runter!«, heulte sie.

»Nein.« Meine Kopfhaut brannte.

Sie kniff angestrengt die Augen zusammen. »Biiiitteee!«

»Nein!«

»Geht doch mal einer dazwischen!«, rief eine Frau aus der Schlange.

Wütend fuhr ich herum, in die Richtung, aus der die Stimme gekommen war. »Ach! Jetzt plötzlich, oder was?«

»Daphne?! Was machst du denn da?« Ich sah, wie Lucy sich durch die kleine Menschentraube drängelte, die sich um Naddi und mich gebildet hatte wie bei einer Schulhofschlägerei. Sie trug einen kurzen, pinkfarbenen Hosenanzug und hatte Glitzer im Gesicht. Er war überall. *Ein bisschen übertrieben,* dachte ich. Trotzdem war ich froh, sie zu sehen.

»Ich hab dich gesucht«, sagte ich atemlos.

»Ich war auf dem Klo.«

»Ich weiß.« Ich warf Naddi einen hasserfüllten Hab-ich-doch-gesagt-Blick zu. Sie verdrehte schmerzerfüllt die Augen. Das hatte sie jetzt davon.

»Hat ein bisschen länger gedauert.« Lucy zuppelte an ihrem Anzug. »Ich hab den so schlecht wieder anbekommen.« Sie schüttelte abwesend den Kopf, ganz so, als befände sie sich gar nicht in dieser absurden Situation. »Ich hätte doch ein Kleid anziehen sollen. Diese Hosenanzüge sind total unpraktisch.«

Die umstehenden Frauen murmelten zustimmend.

»Tja«, sagte ich.

Lucy schaute nachdenklich an sich herunter. »Ich frag mich echt, wer diese Dinger erfunden hat. Bestimmt keine Frau.«

»Aber Männer mögen die auch nicht«, gab ein Mädchen in Jeansshorts zu bedenken, das neben ihr stand.

»Nicht?!«, fragte Lucy, und als das Mädchen den Kopf schüttelte, rief sie entsetzt: »O nein! Ich hab den extra für Ramon angezogen! Daphne!«

»Ich weiß auch nicht, Lucy. Vielleicht ist er ja nicht so wie die anderen Männer.« Ich fand das alles etwas anstrengend. Das leidige Hosenanzugthema. Die um sich schlagende Naddi unter mir.

Das Mädchen mit den Shorts verschränkte die Arme. »Also, soweit ich weiß, sind alle Männer gleich.«

Lucy schlug die Hände vors Gesicht. »Herrje!«

»Steh endlich von mir auf!« Unter mir wand sich Naddi wie ein überdimensionaler Wurm und wühlte mit ihren Füßen im Sand herum.

Ich warf ihr einen strengen Blick zu. »Wehe, du benimmst dich nicht.« Ich bekam mit der rechten Hand Lucys Arm zu fassen und zog mich an ihr hoch. Im Stehen befühlte ich die Stelle an meinem Kopf, an der mir im Kampf die Haare ausgerissen worden waren. Sie fühlte sich nass an, blutete aber nicht. »Komm, Lucy«, sagte ich und zog meine aufgelöste Freundin mit mir, weg von dem Klohäuschen und der wilden Naddi, hin zum Rand des Parkplatzes, und setzte mich erschöpft auf einen niedrigen Holzzaun. Lucy blieb stehen, auf ihrem Gesicht ein Ausdruck absoluter Hoffnungslosigkeit.

»Daphne, was soll ich denn jetzt machen? Glaubst du, Ramon gefällt, wie ich aussehe?«

»Und wenn schon …«

Sie sah mich entgeistert an. »Was soll das denn heißen? Ist dir etwa egal, ob Ramon mich mag?«

Ich überlegte kurz. Wirklich nur kurz. »Ja.« Lucy schnappte empört nach Luft, aber ich ließ sie nicht zu Wort kommen. »Ja, das ist mir egal, Lucy. Soll ich dir sagen, warum? Weil ich aus dir nicht mehr schlau werde. Du verlässt den Mann, der dich am meisten von allen liebt, erzählst mir diese schreckliche Geschichte aus deiner Vergangenheit und dass du Männern nicht traust und Hannes verlassen musstest, weil du dich in ihm getäuscht hast. Weil er angeblich auch so mies ist wie alle anderen. Na ja, und als Nächstes schmeißt du dich so gut wie jedem Typen an den Hals, den wir treffen. Und das versteh ich einfach nicht, und das kann ich auch nicht ernst nehmen, tut mir leid.«

»Du bist doch bloß sauer, ist doch klar«

»Ähm … Nein? Erzähl mal, Lucy.« Ich stützte das Kinn auf meiner Hand ab und schaute sie betont interessiert an. »Warum bin ich sauer?«

»Weil ich so schnell über Hannes hinweggekommen bin.«

»Aha.« Vielleicht nicht der beste, aber doch immerhin ein passender Moment, um den Grund für meinen Besuch beim Klohäuschen zu erklären. »Apropos …«

»Du hast nämlich geglaubt, ich geh zu ihm zurück«, unterbrach Lucy mich, bevor ich weiterreden konnte. »Du hast gedacht, niemand sonst will eine wie mich. Aber falsch gedacht. Karol wollte mich, deswegen habt ihr ihn in Frankreich ausgesetzt.«

Ich sah sie überrascht an. »Ausgesetzt?«

Lucy nickte erregt, die Arme vor der Brust verschränkt. Sie war voll in Fahrt. »Ja, genau. Ausgesetzt. Damit ich bloß weiter Hannes hinterhertrauere. Aber Pech gehabt, Daphne. Denn dann kam Ramon, und der ist super. Der ist dreimal besser als Hannes. Fünfmal besser. Er hat sogar Bauchmuskeln.«

Ich zuckte mit den Schultern. »Offensichtlich.«

»Und jetzt bist du frustriert, weil dein Plan nicht funktioniert hat.«

»Welcher Plan?«

»Mich mit allen Männern auseinanderzubringen, damit ich am Ende zu Hannes zurückgehe. Weil nämlich *er* derjenige ist, der keine andere abbekommt. So!« Sie stampfte mit dem Fuß im Sand auf und fuchtelte mit ihrem Zeigefinger vor meinem Gesicht herum. »Aber dieses Mal klappt es nicht. Ramon wird nirgendwo ausgesetzt. Und selbst wenn, dann wirst du hinterher schön blöd gucken, das sag ich dir. Die Gentle Men haben nämlich eine Website, da kann ich ihn sofort wiederfinden, gar kein Problem.« Triumphierend stemmte sie die Hände in die Seiten und machte einen Schritt von mir weg. »Ha!«

Das war so ziemlich der größte Quatsch, den ich in meinem Leben je gehört hatte. Am liebsten hätte ich laut losgelacht. Aber dann hätte Lucy gedacht, ich nähme sie nicht ernst, und dann wäre sie wieder wütend davongestapft, das kannten wir ja schon. »Ich versteh das trotzdem alles nicht. Es ist, als wärst du eine andere Person.«

»Vielleicht bin ich das ja.« Fast ein bisschen stolz verschränkte Lucy die Arme vor ihrer Brust. »Ich mach jetzt alles anders. Und dann kann Hannes mal sehen …«

»Also geht es eigentlich doch um ihn.«

»Wie?« Verwirrt ließ sie die Arme sinken. »Nein! Geht es nicht!«

O doch. Jetzt wurde mir alles klar. Lucy zeigte eine ganz normale Post-Trennungs-Trotzreaktion. Sie versuchte, sich von ihrem Schmerz abzulenken und die Angst vorm Alleinsein zu unterdrücken, indem sie eben nicht allein war. Die Männer. Der Alkohol. Dass ich als Expertin das nicht früher erkannt hatte! Ich nickte erleichtert. »Doch, Lucy, darum geht es. Das ist ein ganz bekanntes Muster …«

Sie schüttelte mit Nachdruck den Kopf. »Das hat nichts mit Hannes zu tun!«

»Es hat alles mit Hannes zu tun, Lucy, aber das ist nicht schlimm. Das ist normal. Du liebst ihn noch immer, und das ist gut, weil …«

»Ich kann dich gar nicht hören!«, rief sie und hielt sich die Ohren zu.

Ich stand auf und zog an ihren Händen. »Lucy!« Sie wehrte sich, aber ich zog fester. Nach dem Kampf mit Naddi war ich körperlich in Höchstform. Das musste ich auch sein, denn Lucy war stur und stark. »Du bist doch kein kleines Kind mehr. Stell dich nicht so an!« Schließlich gewann ich den Kampf um ihr Gehör. Um sich nicht einfach so geschlagen zu geben, kniff Lucy einfach die Augen zu.

Ich seufzte. »Okay, dann guck eben nicht hin. Aber ich hab eine ganz tolle Überraschung für dich.«

Neugierig öffnete sie ein Auge. Mit Überraschungen bekam man Lucy immer. »Was für eine denn?«

»Hannes«, sagte ich. »Er ist hier!«

Ich war mir so sicher gewesen. Spätestens als Lucy, wenn auch indirekt, zugegeben hatte, dass Hannes noch immer in ihrem Kopf war, hätte ich den Rest meines Urlaubsbudgets (der, zugegeben, eher mickrig war) darauf verwettet, dass sie sich unendlich über sein Kommen freuen würde. Darauf, dass einer gläubigen Romantikerin wie ihr die Tatsache, dass der Mann, der mehr als drei Jahre ihr Lebensinhalt gewesen war, sich auf diesen weiten Weg gemacht hatte, um sie zurückzugewinnen, Tränen der Rührung in die Augen treiben würde. Gut, dass ich es nicht getan hatte. Dann hätte ich mir jetzt nicht einmal mehr ein Trost-Eis kaufen können.

Denn statt Liebe und Freude auszudrücken, verfärbte Lucys Gesicht sich tiefrot. Das biss sich mit dem Pink ihres Hosenanzugs, aber das in diesem Moment zu erwähnen, wäre unaussprechlich blöd gewesen. Sie atmete schnell und heftig durch die geweiteten Nasenlöcher – wie ein wütender Stier. Immer schneller und heftiger schnaufte sie, bis ich irgendwann, aus Angst, sie werde hyperventilieren und ohnmächtig werden, ihren Arm berührte und sie fragte: »Lucy? Ist alles okay?«

Aber nichts war okay. Gar nichts. »Was fällt ihm ein?!« Ihre Stimme erfüllte den Parkplatz und den Platz vor dem Klohäuschen und hätte sicherlich auch Hannes erreicht, wenn die Tanzmusik nicht so laut gewesen wäre und die Tänzer nicht in diesem Moment aus irgendeinem erfreulichen Grund, den ich wohl nie erfahren würde, begeistert gejohlt hätten. Ich umfasste ihren Arm fester mit meiner Hand, »jetzt beruhig dich doch bitte«, aber sie wand sich aus meinem Griff und starrte mich mit entschlossenem, rasendem Blick an. »Wo ist er?«

Ich hatte plötzlich Angst um Hannes und wollte nicht zu präzise werden. Erst musste Lucy beschwichtigt werden. Die Frage war nur, wie. Nachdem ich den Zusammenstoß mit Naddi gerade so einigermaßen unbeschadet überstanden hatte, wollte ich vermeiden, dass mir jetzt ausgerechnet von Lucy der Kopf abgerissen wurde. Und gleich im Anschluss daran ihrem Exfreund. Machten das Heuschrecken nicht so? »Na … ähm … hier«, antwortete ich zaghaft.

»Wo. Ist. Hier?« Sie klang jetzt ein bisschen wie ein Kampfroboter im Zerstörungsmodus.

Ich zeigte dahin, wo die Party war. »Da drüben?«

»Na warte …«

Schneller als ich es ihr zugetraut hätte, lief Lucy plötzlich los, über den Sand, hin zur Treppe, die zur Terrasse hinunterführte. Ich heftete mich an ihre Fersen, aber ich war nicht so wütend und somit auch nicht so schnell wie sie. Außerdem steckte mir die vergangene Nacht noch in den Knochen. Alles steckte mir in den Knochen, diese ganze verdammte Reise. Ich war ausgelaugt. Fertig. Ich brauchte Urlaub, ganz dringend: die Pausetaste drücken, etwas Abstand gewinnen, mal richtig entspannen und in den Süden fahren … Richtig. Das tat ich ja bereits.

»Lucy! Warte!«

Als ich mich der Menge näherte, wurde die Musik lauter, ebenso das Lachen und Stimmengewirr, das Klirren von Gläsern, Klatschen und Rufen – Partysound in seiner reinsten Form, untermalt vom Rauschen der kräftigen Atlantikwellen, das der Wind vom Strand zur Terrasse trug. Die bunten Lampen leuchteten mit den Sternen um die Wette, ein Wettrennen ganz anderer Art fand unter ihnen statt, wo ich versuchte, mit Lucy Schritt zu halten, die wiederum ihrerseits versuchte, sich auf schnellstem Weg zu Hannes durchzukämpfen, der neben Betty an der Bar stand und nichts Böses ahnte. Richard konnte ich nicht entdecken. Ich überlegte, ob ich Hannes vorwarnen sollte. Soweit ich wusste, war Lucy nicht bewaffnet. Aber in ihrem Zustand konnte sie sicherlich auch mit bloßen Händen großen Schaden anrichten.

Die halbe Strecke hatte sie bereits zurückgelegt, allerdings war es mir dank des intensiven Durchdrängeltrainings an diesem Tag gelungen, sie fast einzuholen. Ich beeilte mich, auch die letzten Meter zwischen uns gutzumachen, als sie plötzlich stehen blieb. Ihr Blick war starr auf die Tanzfläche gerichtet. Ihr Gesichtsausdruck war schwer zu beschreiben. Irgendwie war er leer, aber da waren auch Reste der eben noch so starken Wut, die jedoch langsam verschwanden und etwas anderem Platz machten. Niedergeschmettert. So sah Lucy aus.

Langsam legte sie eine Hand über ihren offen stehenden Mund, und ich musste sie nicht einmal fragen, was sie gesehen hatte, denn ich sah es selbst.

21
Der Teil, in dem einiges zum Ende kommt

DAPHNES MIXTAPE
Martha & The Muffins – Echo Beach

Ich hatte Ramon ziemlich gut eingeschätzt. Und doch vollkommen falsch. Ich hatte vermutet, dass seine Hände eher früher als später einen anderen Körper als Lucys an sich drücken und abtasten würden. So wie jetzt gerade, eine Hand im Nacken, eine am Po, im Rhythmus der Musik, die inzwischen etwas weniger nach Party und etwas mehr nach Einstimmung auf horizontalere Punkte der Abendplanung klang. Ramon rollte gekonnt seine Hüften, woher er das hatte, wussten wir ja. Und er schloss die Augen, während er seine Finger durch langes Haar gleiten ließ und daran roch. Es war alles sehr klischeehaft, und das machte es seltsam schwer zuzusehen, ohne peinlich berührt zu sein. Trotzdem konnte ich meinen Blick nicht abwenden, ebenso wenig Lucy. Wie bei einem Kaleidoskop war mein Kopf ein paarmal so weit, aus den vorhandenen Fakten eine endgültige Form zusammenzubasteln, aber immer wenn ich glaubte, alles in Verbindung gebracht zu haben, fiel das Bild wieder in sich zusammen. Es dauerte ein paar Momente. Ich glich alles ab, was ich wusste, korrigierte die Aspekte, die ich offensichtlich hinzuerfunden hatte, und musste am Ende erkennen, dass alles plötzlich Sinn machte. Und das ich es auch eher hätte sehen können. Aber Dinge ungeprüft für wahr zu halten war eben doch der leichtere Weg.

Als Ramon Marcos Gesicht in seine Hände nahm und ihm einen langen, leidenschaftlichen Kuss verpasste, machte Lucy neben mir ein herzzerreißendes Geräusch, wie ein kleines, pelziges Tier, das gequält wurde. Ich legte meine Hand auf ihre Schulter, aber in dem Augenblick, als meine Finger ihre Haut berührten, drehte sie sich in einem Ruck von mir weg und stürmte los. Dieses Mal machte sie sich nicht einmal die Mühe, sich an den feiernden Menschen vorbeizudrücken. Sie rannte einfach drauflos und riss alles um, was ihr in den Weg kam. In der Schneise der Verwüstung, die sie hinterließ, sprang ich über umgeworfene Stühle und wich Getränkelachen und Glasscherben aus, während ich hörte, wie sie ihr Schluchzen immer weniger unter Kontrolle hatte, wie es zu einem erschütterndem Heulen wurde, irgendwo hinter den Händen vor ihrem Gesicht. Lucy rannte, ein blinder, pinkfarbener Kugelblitz, eine Ein-Frau-Stampede, und bog im letzten Moment auf die Treppe zum Strand ein, allerdings nicht, ohne vorher Hannes' Aufmerksamkeit auf sich zu ziehen.

Er rief ihren Namen, doch sie blieb nicht stehen, sie wurde nicht einmal langsamer. Sie polterte die Holzstufen hinunter, sprang in den Sand und rannte, rannte, rannte. Und Hannes hinterher, mit seinen langen, schlaksigen Beinen, der nichts anderes rief als immer wieder: »Lucy!«

Je weiter sie sich entfernten, desto leiser wurde seine Stimme, und irgendwann verschluckte die Partymusik sie vollständig. Ich kam schwer atmend an der Bar zum Stehen, direkt neben Betty, die ihr eigenes und Hannes' Getränk in der Hand hielt und abwechselnd an beiden Strohhalmen zog.

»Hast du das gewusst?«, keuchte ich und zeigte auf die Tanzfläche, wo Ramon und Marco vergessen zu haben schienen, dass sie nicht allein waren auf dieser Welt. Oder dieser Party. Und da rief auch schon jemand »Get a room!«, aber die beiden machten keine Anstalten, sich ein Zimmer zu suchen. Leidenschaft lässt sich eben einfach nicht aufschieben. »Hast du das gewusst?!«, fragte ich Betty noch einmal, dieses Mal mit mehr Nachdruck.

Sie zuckte mit den Schultern. »Was gibt es denn da zu wissen? Kann doch jeder machen, worauf er Bock hat, oder nicht? Oder was?«

Und das nicht nur im Urlaub, jaja, schon klar. Ganz meine Meinung, Marco und Ramon konnten eng tanzen und herumknutschen mit wem auch immer sie wollten, von mir aus auch gern miteinander. Aber darum ging es nicht. Ich wendete mich kopfschüttelnd Betty zu. »Mann, ich hab versucht, dich mit Marco zu *verkuppeln!* Wenn du gewusst hast, dass er eigentlich auf Jungs steht, warum hast du nichts gesagt?«

Sie grinste. »Ich hab gedacht, du kommst selbst drauf. Außerdem ist das doch eh seine Sache, es dir zu erzählen, oder nicht? Geht mich doch nichts an.«

Erschöpft atmete ich aus. Mir war zum Heulen. »Das ist so peinlich …«

»Ach, Schätzelein, jetzt beruhig dich mal wieder. Ist doch alles tippitoppi. Der Marco hat endlich jemanden zum Knutschen, Hannes und Lucy spielen am Strand Fangen …«

Ich sah sie fassungslos an. Das konnte nicht ihr Ernst sein. »Lucy ist am Ende, Betty!«

»Genau richtig, um sie wieder in Hannes' Arme zu treiben.«

Ein zufriedenes Lächeln huschte über ihr Gesicht, und plötzlich erkannte ich eine Seite an Betty, die mir vorher nie aufgefallen war. Ich war mir nicht sicher, ob sie schon immer da gewesen war. Und ich war mir außerdem nicht sicher, ob sie mir gefiel. Wohl eher nicht. »*Du* steckst hinter all dem.«

»Was meinst du mit stecken?«

»Du hast Lucy mit Absicht nichts von Marco und Ramon gesagt. Obwohl du gemerkt hast, dass sie sich Hoffnungen gemacht hat, und wusstest, dass er gar kein Interesse an ihr hat. Sondern an Marco.«

Betty hob abwehrend die Hände. »Um das mal klarzustellen: Ich wusste nicht, dass Ramon es auf unseren süßen Marco abgesehen hat. Ich wusste nur, dass es umgekehrt so ist. Und dass er nichts von Lucy wollte, war ja ziemlich deutlich zu sehen.« Ich erinnerte mich an den kurzen Moment auf dem Hof der Werkstatt am frühen Abend, als Ramon Lucys Annäherungsversuche komplett ignoriert hatte. Was Betty sagte, stimmte. »Ich dachte ja eigentlich, dass er über sie an Ana herankommen wollte, aber so ist es noch viel besser.« Sie lachte amüsiert und trank einen der beiden Drinks mit einem Schluck aus.

»Du bist fies.«

»Jetzt tu doch nicht so, als hätte ich absichtlich etwas dafür getan, dass es so kommt, wie es gekommen ist. Ich hab einfach nur die Klappe gehalten. Das ist alles.«

»Ja.« Ich nickte gereizt. »Stimmt. Das ist alles. Die Klappe gehalten. So wie du mir auch nichts davon erzählt hast, dass Richard nach Lagos unterwegs ist.« Sie erwiderte nichts. Sie stellte nur das leere Glas hinter sich auf die Bar, wo es sofort weggeräumt wurde. Ich spürte die Wut in mir hochsteigen. »Er hat mich mit Felix auf der Straße erwischt,

Betty. Ist es das, was du wolltest? *Wolltest* du alles kaputt machen?«

Sie fuhr herum, sah aber weder wütend noch gereizt aus, sie lächelte bloß nachsichtig. »Schätzelein, ich kann verstehen, dass du gern jemand anderem die Schuld für die Bredouille geben willst, in der du jetzt steckst. Aber wenn du ganz ehrlich zu dir selbst bist, siehst du sicher ein, dass, wenn überhaupt, nur eine von uns beiden hier etwas kaputt gemacht hat. Und das bist du. Erst verbringst du Wochen damit, dich selbst davon zu überzeugen, dass Richard nicht zu dir passt, und dann fängst du etwas mit deinem komischen geistig klobigen Exfreund an.« Sie hob hilflos die Schultern. »Was hab ich damit zu tun? Ich hab dich ja sogar noch gewarnt, falls du dich erinnerst. Und dann habe ich mich, wie versprochen, aus der Sache rausgehalten.«

Verbissen auf der Suche nach einem Gegenargument knabberte ich an meiner Unterlippe, aber es gab keins. Ich wusste, dass sie recht hatte. Die ganze Misere war zuallererst meine Schuld. Ich hatte gewusst, dass es falsch war, mich auf Felix einzulassen, und ich hatte es trotzdem getan. Wie hatte Marco so schön gesagt? Einer kapiert's eben nie. »Ich hab mich nur mit ihm getroffen, um ihm zu sagen, dass ich ihn nicht mehr sehen will.«

»Okay. Das kannst du ja Richard erzählen, nech?« Sie drehte sich wieder zur Tanzfläche um, schlürfte an ihrem Drink und wippte im Takt.

»Wo ist er denn?«

»Da wo sich alle Dramen heute Abend zutragen. Am Strand.«

Ich überblickte suchend das dunkle Areal unterhalb der Terrasse. Die Felsen hoben sich schwarz gegen den Nachthimmel ab, und vereinzelt konnte ich Gestalten erkennen, die sich im Mondschein über den Sand bewegten. Einer von ihnen war mein Freund. Wenn er noch mein Freund war.

»Weißt du, wie Ana unsere Gruppe inzwischen nennt?«, unterbrach Betty meine Gedanken.

»Nein. Wie denn?«

»Club Remédio Santo. Passt ganz gut, finde ich.«

»Das ist ja schrecklich!«

Mit einem letzten, strammen Zug leerte Betty auch das zweite Glas und drückte es mir in die Hand. »So. Ich geh jetzt tanzen. Vielleicht find ich ja doch noch irgendwo einen heißen Boy. Einen, der Mädchen mag.«

Mit einem Augenzwinkern ließ sie mich stehen und verschwand in der wogenden Menge. Ich sah ihr nach, stellte das Glas auf der Balustrade ab und machte mich auf den Weg zum Meer, um irgendwo in der Dunkelheit meinen Freund zu finden.

Ich fand ihn etwas abseits von den anderen Strandbesuchern, weit vorn am Wasser. Richard lag mit angewinkelten Beinen im Sand, die Arme unter dem Kopf verschränkt, und schaute in den Sternenhimmel. Als ich näher kam, drehte er sich kurz zur Seite, um zu sehen, wer das war, dann nahm er wieder seine Ausgangsposition ein. Der Mond war wohl ein angenehmerer Anblick für ihn als ich.

Vorsichtig setzte ich mich neben ihn, umschlang meine Knie, grub meine Füße in den feuchten Sand und wusste nicht, was ich sagen sollte. Die Wellen glitzerten in der Nacht, als wäre irgendwo vor der Küste ein Frachter mit Feenstaub an Bord havariert. Von weit weg wehten Partymusik und Gelächter zu uns her, aber die Ausgelassenheit und der Spaß am anderen Ende des Strandes hatten nichts mit uns zu tun. Schade eigentlich. Es hätte auch alles anders kommen können.

»Es tut mir alles so leid …«, begann ich, weil das für den Moment das Einzige war, das ich wirklich wusste. Aber dann fielen mir die Dinge ein, die Richard getan hatte, über die ich mich geärgert hatte, und die mir nach und nach das Gefühl gegeben hatten, unsere Beziehung sei für ihn zu etwas Selbstverständlichem geworden. So wie es selbstverständlich war, dass Wasser aus dem Hahn kam, wenn man ihn aufdrehte. Meine Enttäuschung darüber tat mir nicht leid. Sie hatte mich überhaupt erst an den Punkt gebracht, an dem ich mich auf Felix einlassen konnte. Und nur die Dinge, die ab diesem Punkt geschehen waren, bereute ich zutiefst. Um das, *was* mir leid tat, zu präzisieren, und weil Richard keine Anstalten machte, etwas zu sagen, schob ich hinterher: »Das mit Felix, das tut mir leid. Ich wünschte, ich hätte ihn nicht getroffen.«

»Dann hättest du jemand anders getroffen«, murmelte Richard, kaum hörbar. »Das macht doch keinen Unterschied.«

»Es ist ja nicht so, als hätte ich es darauf angelegt.« Ich merkte, wie sich in mir etwas erhärtete, wie sich die altbekannte Frustration in mir breitmachte. Wir würden unsere Probleme niemals lösen, wenn Richard es sich in der Rolle des Opferlamms bequem machte: der arme Richard, der von der bösen Daphne hintergangen worden war. Der arme Richard, dessen Liebe der bösen Daphne nicht reichte, nein, sie wollte außerdem auch noch Aufmerksamkeit. Felix war ein Spacken, das stand gar nicht zur Diskussion. Aber es war etwas Wahres an dem gewesen, was er gesagt hatte: Richard hatte zwar keine andere gehabt, aber er hatte mir das Gefühl gegeben, verlassen zu sein. Er war also nicht unschuldig. So wenig wie ich. »Wir haben beide Mist gebaut.«

Er drehte mir den Kopf zu und sah mich lange einfach nur an. Es lag nicht nur an den schlechten Lichtverhältnissen, dass ich von seinem Gesicht nicht ablesen konnte, was in ihm vorging. Es lag auch daran, dass er es mir nicht zeigen wollte. »Dann sag doch mal, Daphne: Mit wem habe *ich* dich denn betrogen?«

»Mit dir selbst«, sagte ich. Und dann sagte ich nichts mehr und ließ nur noch die Welle der Klarheit über mich waschen, auf die ich so lange gewartet hatte. Sie hatte nichts von der Erleichterung, die ich mir gewünscht hatte.

Richard antwortete lange nicht. Er richtete sich bloß auf und saß schweigend neben mir am Strand. »Was ist mit Lucy und Hannes?«, fragte er irgendwann, aber das war nicht der Moment für einen Themenwechsel und ein Gespräch über die Belange unserer Freunde. Das war in der letzten Zeit zwar unsere Ablenkungsstrategie gewesen, aber damit war jetzt Schluss. Jetzt ging es um uns. Also zuckte ich lediglich mit den Schultern und blieb still. Er atmete aus, und es klang final. »Ich will nicht hierbleiben.«

»Am Strand?«

»In Portugal. Ich flieg morgen wieder zurück.«

Ich nickte. »Ich komm mit.« Diese Entscheidung hatte nichts damit zu tun, dass ich jetzt bei Richard sein wollte. Was ihn betraf, fühlte ich mich im Augenblick in erster Linie taub und müde. Aber der Urlaub war für mich an diesem Abend zu Ende gegangen.

Ich weiß nicht, wie lange wir noch nebeneinander dasaßen und ob es ein gutes Zeichen war, dass wir zusammenblieben, obwohl wir uns nichts zu sagen hatten. Irgendwann wurde uns kalt, und wir standen wortlos auf. Und das war es dann.

Nach einer kurzen Nacht, die ich in Skys Bus verbracht hatte und Richard auf einem Klappstuhl davor, weil er nachdenken musste, wachte ich im Morgengrauen auf und stellte fest, dass Betty nicht von der Party zurückgekommen war. Das überraschte mich nicht. Wahrscheinlich saß sie mit ein paar neuen Freunden am Strand. Oder sie hatte doch noch ihren heißen Boy gefunden. Irgendwie machte mich der Gedanke froh, dass ich diesen Urlaub mit Betty unternommen hatte, die ich jetzt schon seit mehr als zehn Jahren kannte, trotz ihrer durch Max komplett veränderten Lebensumstände und trotz der Verantwortung für ihn, die sie sehr ernst nahm. Diese Betty war wild und frei und abenteuerlustig. Das war beruhigend und irgendwie auch tröstend. Etwas, auf das ich mich verlassen konnte, wenn mir sonst schon alle Felle davonschwammen.

Ich begann, meine Sachen zusammenzusammeln und so sinnvoll wie möglich in dem Koffer zu verstauen. Sollte ich etwas vergessen, würde es mir mit Betty und dem reparierten Bus ein paar Tage später nach Hamburg folgen, weswegen ich beschloss, nicht jeden Winkel abzusuchen, in dem sich vielleicht noch ein Bikini-Oberteil versteckt haben könnte. Dort, wo ich jetzt hinging, brauchte ich sowieso keinen Bikini. Nur starke Nerven.

Ich zog die Schiebetür des Busses ein letztes Mal mit einem Ruck auf und fand mich allein auf dem Hof der Werkstatt. Der Wind scheuchte raschelnd ein paar Blätter über den Boden, abgesehen davon war die Welt still. Richard saß nicht mehr auf dem Stuhl vor dem Bus, und der Himmel war wolkenverhangen. Das erstaunte mich, andererseits musste es natürlich auch in Portugal mal schlechtes Wetter geben. Kein Ort war nur sonnig. Kein Ort, kein Mensch, kein Leben und auch keine Liebe. Ich zog die Tür hinter mir zu, schob den Koffer unter den Bus und überquerte den sandigen Platz, verließ ihn durch die Toreinfahrt und spazierte die Mauer entlang zu Marcos Van. Davor saßen er, Ramon und Richard und tranken Kaffee. Drei Männer, drei Frauen. In einer anderen Welt hätte das die Grundlage für einen Eins-A-Pärchenurlaub bilden können. Aber unsere Geschichte war der beste Beweis dafür, dass das Leben gar nicht daran dachte, sich den Regeln der Mathematik zu unterwerfen. Was für mich keinen Unterschied machte. Da ich ein absoluter Idiot war, wenn es um Zahlen ging, wäre ich ganz sicher auch dann komplett verwirrt vom Leben, wenn man es mit simplen Formeln berechnen könnte. Ich würde genauso versagen wie jetzt.

Marco sah mich zuerst und winkte mir von Weitem zu. Mit der linken Hand. Die rechte ruhte auf Ramons Oberschenkel. Der wiederum hatte einen Arm um die schwer auszumachende Taille unseres langhaarigen Reisebegleiters gelegt. *Ein seltsames Paar,* dachte ich, *aber ein Beleg für eine der wenigen Lebensformeln, die es wirklich und wahrhaftig zu geben schien: Gegensätze zieh'n sich an.* Und ergaben am Ende ein doch überraschend harmonisches Bild.

Ich ging die letzten Schritte auf den Van zu, begrüßte die Jungs mit einem Nicken und einem »Hallo« und stand neben Richard, der auf dem staubigen Boden saß. Ich wusste nicht, was ich mit ihm machen sollte. Wir hatten uns noch immer nicht wirklich berührt. Es hatte keine Umarmung gegeben, kein Streicheln, keinen Kuss. Ich fühlte Marcos Blick auf mir und den Druck, mit einer Geste der Vertrautheit zumindest den Anschein zu erwecken, dass zwischen mir und Richard noch nicht alles vorbei war.

Unbeholfen tätschelte ich seinen Kopf und sagte: »Na?«. Warum tat ich das? Es fühlte sich albern an.

Richard ging es offensichtlich nicht anders. Er sah zu mir hoch mit einem Gesicht, das deutlich ausdrückte, wie fragwürdig und unnötig er meine kleine Demonstration fand. Sehr fragwürdig und unnötig nämlich. Und er hatte ja recht. Eigentlich hatte sie nur noch deutlicher gemacht, dass wir beide komplett hilflos waren.

Das hatte auch Marco gemerkt. Er räusperte sich und klopfte Ramon liebevoll zweimal aufs Bein, bevor er aufstand und sagte: »Schade, dass ihr heute schon abreist. Das wäre bestimmt noch lustig geworden mit uns allen hier in Lagos.« Lustig? Das glaubte er ja wohl selbst nicht. »Seid ihr sicher, dass ihr nicht vielleicht noch ein paar Tage …?«

»Ja«, antworteten Richard und ich gleichzeitig.

Marco warf mir einen resignierten Blick zu. »War ja nur eine Frage.«

»Ich weiß«, sagte ich.

»Ich fahre euch gleich nach Faro zum Flughafen.«

»Danke«, sagte Richard.

»Tja!« Marco klatschte in die Hände. Dann wäre das ja jetzt auch geklärt. »Kaffee?«

Ich schüttelte den Kopf.

»Ja! Hier! Ich!« Betty kam barfuß die Straße entlanggetrottet. Ihre Sandalen hatte sie offensichtlich irgendwo verloren, denn sie trug sie nicht bei sich. Dafür hatte sie einen Kapuzenpullover an, den ich noch nie vorher an ihr gesehen hatte. Rot und mindestens drei Nummern zu groß für ihren schlanken Körper. Sie rief noch einmal entkräftet »Kaffee!«, bevor sie sich in den Staub neben Richard fallen ließ. Ihre Wimperntusche war verlaufen und hatte zwei kleine Halbmonde links und rechts unter ihren Augen gebildet.

»Heißer Boy?«, fragte ich sie.

Zur Antwort hielt sie eine Hand hoch, Daumen und Zeigefinger einen Kreis bildend. »Lucinda muss sich warm anziehen. Ich hole auf!«

Daran, dass er die Stirn runzelte, erkannte ich, dass Richard über die Bedeutung dieser Aussage nachdachte. Um das zu unterbinden, fragte ich schnell: »Hat die einer von euch gestern eigentlich noch gesehen?«

»Meinst du, bevor oder nachdem sie mit Hannes im Schlepptau in der Nacht verschwunden ist?«

»Danach, Betty.«

»Nö.«

»Hannes hat mir eine SMS geschickt.« Richard zog sein Handy aus der Tasche, wie um zu beweisen, dass er über die technischen Möglichkeiten verfügte, SMS zu empfangen. »Er schreibt, dass alles okay ist. Er hat mit Lucy im Hotel übernachtet.«

Betty und Marco ließen gleichzeitig ein vielsagendes »Oooh!« verlauten.

Ich musste entgegen allen unglücklichen Umständen lächeln. »Mir egal, was ihr sagt. Ihr beide passt einfach viel zu gut zueinander. Wie hätte ich da nicht versuchen sollen, euch zu verkuppeln?«

»Mach dir nichts draus.« Marcos große Hand klopfte mir aufmunternd auf die Schulter. »Man kann ja auf unterschiedlichen Ebenen gut zusammenpassen.«

Betty nickte. »Wohl wahr.«

»Aber es gab so viele Anzeichen! Wie du zum Beispiel für Betty diesen Striptease auf dem Berg der Wunder hingelegt hast …«

Marco sah Betty fragend an, und sie rollte mit den Augen, um deutlich zu machen, dass ich komplett übertrieb. »Als du dein T-Shirt ausgezogen hast, meint sie.«

»Ei, mir war halt heiß!«

»Und als du an Bettys Po gesaugt hast?«

»Am Po gesaugt?!« Jetzt war auch Richard aufmerksam geworden. Und Ramon. Der zum Glück kaum etwas von dem verstand, worüber wir redeten. Trotzdem legte Marco ihm beschwichtigend eine Hand auf die Schulter und erklärte an Richard gewandt: »Betty hat sich auf eine Wespe gesetzt …«

»Ich Trottel!«, warf diese ein.

»… und ich hab das Gift rausgesaugt. So macht man das nun mal.«

Richard spitzte anteilnehmend die Lippen.

»Und als du dir dann an der Raststätte in Spanien das Foto von Max angeguckt hast und sagtest, du fändest ihn süß, dachte ich, das ist perfekt, du magst sogar Bettys Kind und …«

»Ja, Max ist niedlich. Aber eigentlich meinte ich Mo.«

»Mo?!«

Ein verlegenes Lächeln machte sich auf Marcos rundem Gesicht breit. »Der ist schon süß.«

»Kann ich nur bestätigen.« Mit einem Seufzer, der vermuten ließ, dass sie auch so etwas wie Sehnsucht in sich trug, streckte Betty alle viere von sich und blieb flach auf dem Rücken liegen. »Und was ist nun mit meinem Kaffee?«, quengelte sie.

»Kommt.« Marco nickte pflichtbewusst und stieg in den Van. »Und danach müssen wir los, wenn ihr euren Flieger nicht verpassen wollt«, rief er über das Klappern von Löffeln, Tassen, Espressokanne und Kaffeedose hinweg.

Ich warf Betty einen verstohlenen Blick zu.

»Flieger?« Sie richtete sich auf und sah mich fragend an.

»Richard und ich reisen ab. Jetzt gleich.« Ich wartete auf ihre Reaktion. Aber es kam keine. »Tut mir leid. Aber … na ja …«

»Kein Ding, Schätzelein. Ist ja schließlich Urlaub. Da kann jeder machen, was er will.« Ihr Blick war aufrichtig. Mehr noch. Sie ersparte mir nicht nur jegliche Vorwürfe, die sich an dieser Stelle anboten. Da war außerdem noch das Versprechen, dass sie für mich da sein würde, egal was als Nächstes kam. »Nützt ja nix«, sagte sie. Und damit war die Sache für sie erledigt.

Die Wolken im Süden rissen auf, und der blaue Himmel, an den wir uns in den letzten Wochen so sehr gewöhnt hatten, kam doch noch zum Vorschein. Ein bisschen so, als wollte er einen letzten Versuch starten, Richard und mich zum Bleiben zu überreden. Aber unser Entschluss stand fest. Was es jetzt zu erledigen galt, konnte nur in Hamburg getan werden. Wir schafften es nicht mehr, uns von Hannes und Lucy zu verabschieden, aber wir würden sie in ein paar Tagen zu Hause wiedersehen und gingen davon aus, dass sie ohnehin zu beschäftigt damit waren, sich zu versöhnen, als dass ihnen überhaupt auffallen würde, dass wir nicht mehr da waren.

Neben uns zog die karge Landschaft am Rand der Autobahn vorbei. Ab und zu zeigte sich auch noch das Meer, aber nur für kurze Momente. Wenn Betty und ich uns entschlossen hätten, einen Urlaub im Robinson Club zu buchen, hätte ich mit großer Sicherheit mehr davon zu sehen bekommen. Mehr Meer, mehr Sonnenbaden, mehr Ruhe, mehr Entspannung. Aber auch mehr Zeit, um mich wegen der Probleme zwischen Richard und mir wahnsinnig zu machen. Und wir hätten ganz bestimmt weniger erlebt. Lucy wäre vielleicht gar nicht mitgekommen, wir hätten ihre Eltern nicht kennengelernt, Karol und Viktor wären uns nicht über den Weg gelaufen. Wir hätten nicht auf einem französischem Parkplatz einen Fisch gegrillt und vor der Gendarmerie fliehen müssen. Wir hätten nicht den Sonnenuntergang an der Dune du Pyla gesehen, ich hätte nicht dieses Gespräch mit Lucy auf einer Mauer in Biarritz geführt, das mir geholfen hatte, sie besser kennenzulernen und zu verstehen als in all den Jahren zuvor. Wir hätten Marco und Ana nicht getroffen, hätten keine neuen Freunde gefunden. Wir hätten den seltsamen Tag auf dem Berg der Wunder nicht erlebt, nicht eine Nacht mit Jesus verbracht und wüssten jetzt nicht, wie ein Lissaboner Waschsalon von innen aussieht und was man gegen Flohbefall und Wespenstiche unternehmen kann. Betty und ich hätten uns vielleicht weniger gestritten, aber auch nicht so oft vertragen und festgestellt, wie stark unsere Freundschaft wirklich war.

Aber, sagte eine Stimme in meinem Kopf, *dir wäre auch nicht Felix über den Weg gelaufen und hätte die Beziehung zwischen dir und Richard noch mehr erschüttert, die Risse noch breiter gemacht.* Vielleicht. Aber es bestand nach wie vor die Möglichkeit, dass auch diese Begegnung in gewisser Weise gut gewesen war. Je länger ich darüber nachdachte, desto überzeugter war ich davon, dass das Treffen mit Felix kein

Fehler, sondern eine Lektion gewesen war. Und sobald ich sie verstand, würde ich die Antwort darauf haben, ob Richard der Richtige für mich war. Oder nicht.

Wie hatte Oma Mathilde immer so schön gesagt? Was uns nicht umbringt, macht uns stark. In diesem Satz steckte mehr Wahres, als man im ersten Moment dachte. Denn wie kompliziert es war, eine Beziehung überhaupt erst mal zu beginnen, das wusste ich nur zu gut. Und ich dachte immer, das wäre der schwierige Teil. Aber ich musste erkennen, dass es im Laufe der Zeit immer härter wurde. Dass man irgendwann auch mal kämpfen musste, einstecken oder austeilen, zurücktreten oder fordern – davon hatte ich keine Ahnung gehabt. Jetzt wusste ich es besser.

Der Van hielt im Bereich für Kurzparker vor dem Flughafen. Wir stiegen alle aus und umarmten einander. Das war also das Ende der Reise. Ich spürte einen Stich des Bedauerns, dann machte sich Traurigkeit in mir breit. Es war trotz allem ein unvergesslicher Urlaub gewesen. Nicht im Entferntesten das, was ich mir vorgestellt hatte, aber zur Hölle mit meinen blöden Vorstellungen. Wahrscheinlich war diese Reise gerade deswegen so besonders, weil wir uns immer wieder in Situationen wiederfanden, die ich mir niemals so vorgestellt hätte.

Wer wusste schon, wann und ob es noch einmal so eine Zeit geben würde?

»Machen wir nächstes Jahr wieder, nä, Schätzelein!«, verkündete Betty und drückte mir einen dicken Kuss auf den Mund.

Damit war diese Sorge also aus der Welt.

Ich zog sie an mich und umarmte sie. »Danke.«

»Schnickschnack. Ich liebe dich«, flüsterte sie.

»Ich dich auch.«

Marco klopfte mir noch ein letztes Mal mit voller Wucht auf den Rücken. »Also dann!«

Mir wurde bewusst, dass ich ihn, im Gegensatz zu den anderen, die mir bald nach Hamburg folgen würden, so schnell nicht wiedersehen würde. »Du wirst mir so fehlen!« Ich warf mich ihm mit meinem ganzen Gewicht an den Hals und drückte ihn, bis er es schaffte, sich aus meiner Umarmung herauszuwinden. »Jetzt mach mal halblang, Mädsche. Ich hab einen Van. Ich bin frei. Ich komm euch im Herbst besuchen. Kein Grund, jetzt zu flennen.«

Ich tat es aber trotzdem.

»Ihr verpasst euren Flug«, erinnerte uns Betty und zuckte gleichgültig mit der Schulter. »Also von mir aus könnt ihr ruhig, aber ihr wollt das ja nicht, von daher …«

Zittrig und komplett überwältigt von meinen Abschiedsemotionen wischte ich mir die Tränen aus dem Gesicht und wollte meinen Koffer vom Boden aufheben, aber Richard war mir schon zuvorgekommen und bereits zwei Schritte weiter auf das Flughafengebäude zugegangen, wo er stehen geblieben war und auf mich wartete. Ich lief ihm hinterher, drehte mich im Laufen noch einmal um, warf den drei winkenden Menschen vor dem braunbeigefarbenen Van eine Reihe von Luftküssen zu und stolperte dabei fast über eine Bordsteinkante, die ich übersehen hatte. Ein überraschter, kleiner Schrei entfuhr mir.

Richard schaffte es gerade noch mit seiner freien Hand, nach meinem Arm zu greifen und einen Sturz zu verhindern. »Du musst besser aufpassen, wohin du gehst«, sagte er sanft, und seine Hand wanderte meinen Arm hinab zu meiner und hielt sie fest. Und während ich noch mit meiner

Verwirrung kämpfte, mich fragte, was das um alles in der Welt zu bedeuten hatte, dass Richard plötzlich mit mir Händchen halten wollte, traten wir durch die Türen des Terminals und wurden eins mit den Touristenmassen. Aber auch dann ließ er mich nicht los. Es war das schönste Händchenhalten seit Monaten.

Unsere vorübergehende Verbindung aus Fingern und Handflächen hielt selbstverständlich nicht ewig. Spätestens beim Security-Check hätten wir uns trennen müssen, aber es passierte schon früher: Richard musste mal. Er ließ mich allein vor einem tristen Flughafenbistro sitzen, in dem es Sandwiches für neun Euro gab. Obwohl in dem Flughafengebäude dieselbe Temperatur herrschte wie draußen vor der Tür, fröstelte ich ein wenig. Vermutlich die Anspannung. Ich spürte Richards Hand noch in meiner. Wie eine Postkarte aus einer besseren Zeit. Wie ein Seufzer, warm und weich. Ich hätte ewig Hand in Hand mit ihm weitergehen können, aber jetzt hatte er mich losgelassen, und ich war seltsam traurig.

»Hier!« Jemand hielt mir ein kleines Paket vor die Nase. Glänzende Alufolie. Ich sah eine haarige Hand, die das Päckchen hielt, mein Blick wanderte einen braun gebrannten Arm hinauf, dann begann der Ärmel eines gestreiften Hemdes, ein steifer Kragen, ein kurzer Hals, Bartstoppeln, Schnauzbart, ein rundes Gesicht. Der höfliche Türke.

»Hallo? Hier!« Er wedelte mit der Alufolie vor meinem Gesicht herum, als müsse er mich aus einer Trance erwecken. Was ja im Grunde auch der Fall war. »Besser als Neun-Euro-Sandwich. Sogar umsonst.«

»Was *machen* Sie hier?«, fragte ich ihn verwirrt und griff nach dem Päckchen.

Nicht weniger verwirrt runzelte er die Stirn. »Ich nehme ein Flugzeug?«

»Aha.«

»Urlaub zu Ende.«

»Ja«, sagte ich und nickte. »Meiner auch.« Ich begann, die Folie aufzureißen. Der starke, würzige Geruch von Knoblauch schlug mir entgegen.

»Fladenbrot und darauf Schafskäse-Knoblauch-Paste, getrocknete Tomaten, eingelegte Zucchini und Knoblaucholiven. Köstlich!« Er rieb sich grinsend den Bauch, bevor er mit einem abfälligen Ausdruck im Gesicht auf den Sandwichladen deutete. »Der da: viel zu teuer. Nicht gehaltvoll.«

»Ich wollte mir eigentlich gar kein Sandwich kaufen …«

»Macht nix. Appetit kommt beim Essen. Meine Frau hat zwölf Stück gemacht. Das ist Kinderportion.« Das Paket war nur ein wenig kleiner als mein Kopf. Der höfliche Türke hob die Schultern. »Was will machen? Sie sorgt gut für uns.«

Ich blickte über seine Schulter und sah seine Frau und die drei Kinder – ein Sohn an der Schwelle zur Pubertät und zwei niedliche kleine Mädchen – auf einer Bank sitzen. Sie alle aßen in stiller Eintracht Fladenbrote mit Knoblauchspezialitäten darauf und sahen gut erholt, zufrieden und glücklich aus. Plötzlich erfüllte mich eine unendliche Sehnsucht. Nach dem, was der höfliche Türke hatte. Und damit waren nicht die türkischen Sandwiches gemeint. Davon hatte ich ja schon eins. Richard tauchte in meinem Sichtfeld auf. Gedankenverloren betrachtete er im Gehen den Boden und strich sich wieder und wieder eine Haarsträhne aus dem Gesicht. Und plötzlich stellte ich die Verbindung her. Auf einmal war die Erkenntnis da. Aus heiterem Himmel kam mir in den Kopf, dass ich, wenn ich Richard ansah, dasselbe Gefühl hatte, das sich in mir breitmachte, wenn ich die Familie des höflichen Türken betrachtete. Geborgenheit oder zumindest ein Versprechen davon. Versprechen sind für Idioten, meldete sich die Stimme in meinem Kopf.

»Halt die Klappe«, antwortete ich.

Der höfliche Türke sah mich erschrocken an »Klappe? Wie?!«

»Ich meinte nicht Sie.«

Was auch immer in den letzten Wochen oder Monaten vorgefallen war, Fakt war, dass Richard mir ein Gefühl gab, das ich so von keinem der anderen kannte, die einmal seinen Platz eingenommen hatten. Er war meine Familie. Und deswegen sagte ich mir: Vergiss die Schmetterlinge. Das hier ist eine Stufe weiter. Das ist unumstößliche Liebe. Dahin musste man erst einmal kommen. Das musste man erst einmal ertragen lernen.

Das musste man erst einmal kapieren.

22
Der Teil zu zweit

BETTYS MIXTAPE
M.I.A. – It Takes A Muscle

Das Geräusch des Schlüssels in der Wohnungstür erzeugte in mir dieses seltsam zwiespältige Gefühl von Vertrautheit und gleichzeitigem Fremdsein. Das hier war mein Zuhause, aber ich war so lange weg gewesen, dass es mir fast so vorkam, als träte ich zum ersten Mal in meinem Leben durch diese Tür. Ich folgte Richard in den Flur und blieb einen Moment stehen, um das Licht zu betrachten, das durch die geöffneten Zimmertüren in den langen Korridor fiel, und mich wieder an die Gerüche und Geräusche zu gewöhnen, die ich normalerweise nicht wahrnahm, weil ich immer von ihnen umgeben war. Während Richard meine Reisetasche ins Schlafzimmer trug, bog ich nach links in die Küche ab, goss mir ein Glas Wasser ein und setzte mich auf die Küchenbank vor dem Fenster. Ich trank einen Schluck, stellte das Glas ab und stutzte.

Richards Schritte brachten die Holzdielen im Flur zum Knarren, als er in der Küchentür erschien und sich mit verschränkten Armen an den Rahmen lehnte.

»Du hast die Wand neu gestrichen«, stellte ich fest.

Das Grau war nicht mehr fleckig. Die Farbe bildete eine gleichmäßige Fläche, die Kanten waren von Richard ausgebessert worden, in der Mitte hing die antike Küchenuhr, die ich aus Schimanskis Laden mitgebracht hatte.

Richard zuckte mit den Schultern. »Ich wollte dir eine Freude machen.«

»Das hast du. Danke.«

Er kam zum Tisch und setzte sich mir gegenüber auf einen Stuhl. »Wir müssen reden, Daphne.«

»Ja.« Ich nickte. »Das müssen wir.«

Doch bevor wir redeten, schwiegen wir. Seltsam, dass man so oft das Gegenteil von dem tat, was nötig war. Das Gegenteil von dem, was man wollte. Immerhin, darüber war ich mir inzwischen klar geworden: Was ich wollte, war Richard. Daran gab es keinen Zweifel mehr. Nicht weil ich inzwischen doch zu der Überzeugung gekommen war, dass er perfekt für mich war und das Prädikat »Der Richtige« verdiente. Das wusste ich nicht, und das würde ich wohl nie wissen, weil ich einfach nicht zu den Menschen gehörte, die sich jemals wirklich sicher waren. Was ich aber wusste, war, dass Richard der Mann war, den ich liebte und dem zuliebe ich beschlossen hatte, dieses dämliche Prädikat abzuschaffen, ganz einfach, um zu sehen, was das Leben mit ihm bringen würde – die guten und die schlechten Dinge. Ich würde diesen blöden Ratschlag vergessen, dass man immer so hohe Erwartungen wie möglich haben sollte. Wir waren schließlich alle bloß Menschen, und Druck machte uns unglücklich. Wer hatte das überhaupt gesagt? Meine Mutter? Die Frau, die sich ein ganzes Hochzeitstortenstockwerk vor der Nase wegklauen ließ? Nicht nur das war ein Beleg dafür, dass es wohl noch lange dauern würde, bis aus ihr eine Oma Mathilde wurde.

Trotz aller neuen Lockerheit war ich allerdings nicht bereit, einfach so weiterzumachen wie bisher. Mich vertrösten zu lassen und gezwungenermaßen nur noch neben Richard her zu leben. So sollte keine Beziehung sein, und das würde mich nie glücklich machen, egal mit wem. Das musste geklärt werden. Jetzt. Mit Richard. Denn meine Versuche der letzten Wochen, unsere Beziehungsprobleme ausschließlich mit mir selbst ausmachen zu wollen, waren nicht bloß zum Scheitern verurteilt gewesen, sie waren eine echte Schnapsidee. Zu einer Beziehung gehörten zwei. Zu ihrer Rettung auch.

Diese Gedanken machte ich mir, und ich nahm mir dafür meine Zeit, so wie Richard sich seine Zeit nahm, um nachzudenken. Vermutlich über ähnliche Dinge. Vermutlich und hoffentlich.

Ich beschloss, beim Einfachsten anzufangen. »Ich hätte dich nie betrogen, Richard.«

»Konjunktiv?«

»Ich hab's ja nicht getan.«

»Na ja. Ist eine Definitionssache, würde ich sagen.«

»Ist immer eine Definitionssache, oder?« Ich überlegte, wo *ich* diesbezüglich die Grenze zog und wieso ich so überzeugt davon war, dass ich im Grunde nichts Falsches getan hatte. »Alles Körperliche, das zwischen Felix und mir passiert ist, war mir unangenehm. Ich wollte es nicht.« Richard sah nicht überzeugt aus. Ich wäre es an seiner Stelle wahrscheinlich auch nicht gewesen. »Du warst nicht dabei. Und selbst wenn du dabei gewesen wärst, wärst du nicht ich gewesen. Du hättest nicht gewusst, was ich gedacht oder gefühlt habe.«

»Und was hast du gedacht und gefühlt?«

Ich seufzte. »Ich will nicht lügen. Als ich Felix wiedertraf, war er so zuvorkommend zu mir, so aufmerksam. Er hat mir gezeigt, dass ich ihm wichtig bin und dass er mich begehrt. Na ja, oder er hat so getan, und ich bin darauf reingefallen … Aber das ist jetzt gar nicht so wichtig. Wichtig ist, dass ich anfing, ihn mit dir zu vergleichen. Und du hast ziemlich schlecht abgeschnitten.«

Richard atmete hörbar aus. »Tja, also das beruhigt mich jetzt eher nicht so …«

»Du warst die ganze Zeit dabei, will ich sagen. In meinem Kopf. Manchmal war ich trotzig, weil ich mich von dir schlecht behandelt gefühlt habe. Dann dachte ich, du verdienst den Schmerz, und ich verdiene etwas Besseres. Aber dann wurde ich auch unsicher, weil ich nicht wusste, ob ich nicht gerade das Beste, was ich je hatte, aufs Spiel setzte. Ich hatte ein schlechtes Gewissen. Und irgendwie auch Angst.«

Es war ihm anzusehen, dass er es schwierig fand, sich meine Erklärung anzuhören. Dass er sich zwar fest vorgenommen hatte, dieses Gespräch auf eine erwachsene Art zu führen, dass das, was er zu hören bekam, ihn aber derartig verletzte, dass er am liebsten wie ein Kind reagiert hätte. Mit Trotz und Beleidigtsein. Er biss sich auf die Unterlippe und betrachtete die Tischplatte. »Ein schlechtes Gewissen?«, sagte er. »Na, wunderbar.«

»Ich habe von allein gemerkt, dass ich Felix nicht will«, fuhr ich fort. »Es klingt bescheuert, aber ich glaube, dass ich diese Dummheit machen musste, um zu erkennen, dass ich uns noch nicht aufgeben will.«

Aus Richards Kehle kam ein sarkastisches Lachen. »Und darüber soll ich jetzt froh sein? Wie würdest du dich fühlen, wenn du herausfinden würdest, dass ich hinter deinem Rücken Händchen haltend mit anderen Frauen durch die Nacht ziehe, mich von ihnen küssen lasse und mit ihnen ein Bett teile?«

»Beschissen.«

»Ja. Genau.« Er hob den Kopf und fuhr sich durch die Haare. »Es ist gut, dass du jetzt restlos von unserer Beziehung überzeugt bist. Und deine Methode mag ja funktionieren. Dann aber ganz sicher nur für dich. *Ich* hab mich noch nie so verraten und verletzt gefühlt wie auf dieser Straße in Lagos. Als ich dich mit diesem Idioten da gesehen habe, dachte ich: *Das war's dann also.* Ich war nicht einmal sauer. Ich hab mich wie Dreck gefühlt, und dabei dachte ich immer, dass man, wenn man jemanden liebt, alles dafür tut, dass sich diese Person eben *nicht* wie Dreck fühlt.«

»Es tut mir leid.«

»Das glaube ich dir sogar. Und ich glaube dir auch, dass das für dich keine große Sache war. Vielleicht war es das ganz objektiv betrachtet sogar wirklich nicht. Aber wie kannst du erwarten, dass ich das einfach so abschüttle? Ich hab dich gesehen, Daphne, ich hab dieses Bild vor Augen. Du bist meine Freundin. Ich liebe dich. Du sagst, du liebst mich auch. Es macht so viel kaputt.«

An dieser Stelle fing ich an zu weinen, obwohl ich das hatte vermeiden wollen. Man hört ja oft und viel davon, dass Frauen in solchen Situationen in Tränen ausbrechen, um sich einen Vorteil zu verschaffen. Ich glaube das nicht. Man muss schon ein äußerst abgebrühtes Miststück sein, um vorsätzlich zu heulen. Ich weinte, weil ich musste. Aus Reue, Verzweiflung. Weil ich mich einfach zu gut in Richard hineinversetzen konnte und weil ich mich davor fürchtete, dass er sich gegen mich entschieden hatte. »Ich will gar nicht weinen. Ignorier das einfach«, schluchzte ich, und rieb mir mit dem Zipfel meiner Strickjacke über die Wangen.

»Wie soll ich das denn bitte ignorieren?« Richard saß angespannt auf dem Küchenstuhl auf der anderen Seite des Tischs und starrte mich an. Seine Hand zuckte. Noch so eine ungeschriebene Regel dieses Gesprächs war, dass wir uns nicht berührten, solange es lief. Das hätte verfälscht, worum es ging. Sachliche Klärung der Situation.

Und ich heulte.

In jeder anderen Disziplin wäre ich für einen solchen Regelverstoß disqualifiziert worden. Aber Beziehungssport war anders.

Eine Armlänge entfernt, neben der Spüle, stand eine Rolle Küchenpapier. Ich griff danach, riss ein Blatt ab und schnäuzte mir die Nase, bevor ich tief Luft holte und weitermachte. »Ich will mich gar nicht rausreden. Was passiert ist, hätte ich unter keinen Umständen zulassen dürfen. Aber so wie ich das sehe, ist eine Beziehung ein lebender Organismus. Wenn er eh schon krank ist, ist er anfälliger für neue Krankheiten.«

»Wie Felix.«

»Felix ist eine verdammt miese Krankheit, ja.«

»Und wieso hatte er es so leicht?«

Mein Blick fiel auf die graue Wand. Wie viele Wochen lang hatte ich Richard damit in den Ohren gelegen, sich die Zeit zu nehmen, mit mir diese Wohnung zu renovieren? Und wann tat er es endlich? Vielleicht genau in dem Augenblick als ich meinen Exfreund in Lagos traf. »Das hab ich dir am Strand schon gesagt: Du hast dich nicht mehr um uns gekümmert.«

»Weil ich einen zeitaufwendigen Job habe. Das weißt du. Ich musste arbeiten.«

»Eine Beziehung ist auch Arbeit.« Oma Mathilde wäre stolz auf mich gewesen.

»Ich weiß.«

»Du kannst nicht erwarten, dass ich einfach immer da bin und darauf warte, dass du dich eines Tages an mich erinnerst.«

»Wir haben diese Wohnung zusammen. Wir sind seit drei Jahren ein Paar …«

»Das sind Umstände. Die muss man mit Leben füllen.«

»… als Joe mich auf der Hochzeit gefragt hat, wann ich dir einen Antrag machen werde, und ich sagte, bald, da habe ich das so gemeint, Daphne. Ich war mir sicher.«

»Ich mir aber nicht.« So etwas wie Schock legte sich über Richards Gesicht. »Obwohl ich dich liebe«, erklärte ich, »aber ich war mir nicht sicher. Ich habe mir angeschaut, wie es zwischen uns läuft, und habe mich gefragt, ob ich das für immer so haben will, und die Antwort war: Nein. Es lag nicht an dir, du bist ein toller Mensch, sondern daran, was wir aus dem, was wir hatten, gemacht haben.«

Draußen sang ein Vogel. Das war das einzige Geräusch in der Küche für einige endlos lange Sekunden.

»Ich hab in diesem Urlaub etwas gelernt. Oder nein«, verbesserte ich mich selbst, »*durch* diesen Urlaub. Ich hab es eigentlich erst am Schluss kapiert. Und zwar: Abgesehen davon, dass wir uns beide mehr bemühen müssen, damit das hier klappt, und abgesehen davon, dass wir es niemals als selbstverständlich betrachten dürfen, weil es nämlich nicht selbstverständlich ist, weißt du? Also, abgesehen davon ist mir klar geworden, dass ich einen blöden Fehler gemacht habe: ›Für immer‹. Ich wollte eine Garantie über ›Für immer‹. Und ich wollte, dass alles so ist und wird, wie ich mir das vorstelle. Das sind zwei komplett bescheuerte Ansprüche, weil sie unmöglich umzusetzen sind. Und selbst wenn es doch möglich wäre, wie langweilig und nervig ist ein Leben, in dem alles schon festgezurrt ist? Ich meine, das Leben sollte doch im besten Fall so geschmeidig wie möglich bleiben, oder nicht?« Ich gab es ungern zu, aber damit hatte Sky leider mal wieder recht gehabt.

Richard nickte. »Geschmeidig klingt gut.«

»Ja, oder?« Ich beobachtete mit Erleichterung, dass er lächeln musste. Ganz leise, kaum sichtbar. »Ich verspreche hiermit, dass ich unsere Beziehung nicht mehr diesem Druck aussetzen werde. Ich beschränke meine Vorstellungen auf ein Minimum. Und ›Für immer‹ ist ab jetzt Geschichte. Ich bin für mehr ›Jetzt‹. Wenn du willst.«

Er ließ das Lächeln verschwinden und sah an mir vorbei aus dem Fenster. »Ich bin mir nicht sicher, ob man eine Beziehung einfach so neu starten kann, Daphne. Nach allem, was vorgefallen ist.«

»Es ist kein Neustart. Es ist eine Systemoptimierung.«

Bingo. Da war es wieder. Das Lächeln. »Das klingt schrecklich romantisch, weißt du das?«

»Sei doch froh, dass ich dich aus deiner Pflicht entlassen habe, dafür zu sorgen, dass wir immer frische Milch im Kühlschrank haben.«

»Was das betrifft, habe ich wohl auf ganzer Linie versagt.« Er tat zumindest so, als wäre er ehrlich zerknirscht.

Ich lachte. »Das war mir eigentlich nie sonderlich wichtig. Aber auf einem gemeinsamen Urlaub bestehe ich nach wie vor.«

Er erhob sich und reichte mir seine Hand. Ich nahm sie und ließ mich von ihm hochziehen. »Ich werde mich darum bemühen. Versprochen.«

»Nur Idioten glauben an Versprechen.« Ich ließ zu, dass er mich an sich zog und legte meine Arme in seinen

Nacken. Ich roch an seinem Hals, was wissenschaftlich betrachtet umgehend eine Wagenladung biochemischer Stoffe in meinem Körper ausschüttete und zur Folge hatte, dass mein Herzschlag an Fahrt aufnahm und es in meinem Bauch kribbelte. Die guten alten Schmetterlinge. Schön, wenn sie von Zeit zu Zeit mal vorbeischauten.

Richards Blick wanderte über mein Gesicht, blieb mal hier hängen und mal dort und schließlich besonders lange auf meinen Lippen. Und was das bedeutete, das wusste ich. Es war Zeit für den Kuss. Der Kuss, der diese ganze Sache besiegeln würde, der einen Schlussstrich ziehen und gleichzeitig ein neuer Anfang sein würde, endlich, das Ende aller Zweifel. Und dafür hatte ich erst dreitausend Kilometer südwärts fahren müssen.

Ich legte den Kopf leicht schräg, schloss meine Augen und wartete darauf, dass seine Lippen meine berührten. Aber nichts passierte. Irritiert öffnete ich eines wieder und sah ihn fragend an. »Was?«

»Daphne … Ich hab noch eine Frage.«

»O Gott, was denn bloß?« Was hatte ich übersehen? Was gab es noch, das diese Versöhnung zunichtemachen konnte? Es war doch eigentlich alles geklärt.

»Sag mal, kann es sein …«, begann er.

»Ja?«

»Hast du zufällig Döner gegessen oder so was?« Er grinste breit, dann lachte er und ich auch. Es ging doch nichts über die Poesie des Alltags.

»So was Ähnliches«, sagte ich, zog ihn an mich und küsste ihn trotzdem. Wir hatten schließlich schon größere Widrigkeiten gemeistert.

Vier Tage später, am Sonntagabend, hielt ein Taxi vor unserer Tür. Es kam vom Flughafen und hatte zwei Fahrgäste an Bord. Lucy, deren Kleid in Neon-Pink ihre braun gebrannte Haut erst recht braun gebrannt aussehen ließ, und Hannes, der trotz seines Kurzurlaubs unter der Sonne Portugals noch immer so blass war, als hätte er zwei Jahre unter einem Stein verbracht.

Die beiden hatten just in dem Moment an der Tür geklingelt, als ich die letzte Kerze auf dem Küchentisch anzündete und Richard die Nudeln abgoss. Während er das Essen auf den Tellern anrichtete und Wein und Wasser einschenkte, zeigte ich unseren Gästen das fertig renovierte Schlafzimmer und die Fortschritte, die wir in den letzten Tagen im Wohnzimmer gemacht hatten. Doch auch wenn die Tapete noch nicht an der dafür vorgesehenen Wand klebte, war das für mich mehr als in Ordnung, denn schließlich genossen Richard und ich unsere letzten Urlaubstage, da arbeitete man nur so viel wie nötig und nur, so lange es Spaß machte. Die übrige Zeit hatten wir mit Ausflügen verbracht. Und im Bett. Die meiste Zeit eigentlich. Jetzt, wo das Sexfallen-Thema vom Tisch war, bot sich das irgendwie an. Und wir hatten geredet, sehr viel sogar. Mehr als in all den Monaten zuvor, so kam es mir jedenfalls vor. Die Systemoptimierung war in vollem Gang, und auch wenn wir vielleicht noch auf einer Welle der Anfangseuphorie schwammen, die ganz natürlich irgendwann an Kraft verlieren würde, war ich guter Hoffnung. Denn das Wichtigste war: Ich spürte, dass ich mich mit dem richtigen Menschen am richtigen Platz befand.

Apropos. »Nehmt Platz!« Mit einer weit ausholenden Armbewegung lud ich die Heimkehrer an den Tisch ein und beobachtete hocherfreut, wie liebevoll Hannes und Lucy miteinander umgingen. Sie saßen nebeneinander auf der Bank, ihre Hand ruhte auf dem Tisch und seine auf ihrer, und es verging keine Minute, in der sie sich nicht verliebt anlächelten. Ja, das war eine sehr zuckrige Angelegenheit, diese ganze Double-Date-Harmonie-Kiste, aber nach der Zeit der zwischenmenschlichen Katastrophen auf dem Weg nach Portugal, wollte ich nichts anderes sehen als Menschen, die zueinander gefunden hatten. Glücksporno, quasi.

Ich drehte eine kleine Portion Spaghetti auf meine Gabel und führte sie zum Mund. »Und? Wie waren die letzten Tage in Lagos? Habt ihr Betty und Marco getroffen?«

»Wir haben gar nicht so viel Zeit mit den anderen verbracht, um ehrlich zu sein.« Hannes schenkte Richard ein vielsagendes Grinsen unter Männern, woraufhin ihn Lucy in die Seite knuffte und ergänzte: »Wir hatten viel zu besprechen.«

»Versteh ich.«

»Außerdem, na ja …«, ihre Miene verdüsterte sich, »ich wollte Ramon aus dem Weg gehen.«

Hannes studierte intensiv die Reste auf seinem Teller. Richard räusperte sich. »Aber der war ja eh nicht mehr so lang in der Stadt«, fuhr Lucy betont heiter fort. »Zwei Tage oder so, dann mussten die weiter.«

»Wer, die?«, fragte Richard.

Lucy sah ihn überrascht an. »Die Gentle Men?«

»Hä?«

»Ach, davon hab ich dir noch gar nicht erzählt«, erklärte ich, verzichtete aber auf eine weitere Ausführung. »Und wie war das für Marco?«, fragte ich stattdessen.

»Oh, der ist mitgefahren. Leider.« Hannes nahm einen Schluck Wein. »Ich mochte ihn. Hatte einen exzellenten Musikgeschmack.« Es war von vorne herein klar gewesen, dass die beiden sich zumindest auf dieser Ebene gut verstehen würden.

Lucy lächelte stolz. »Ich hab ihm zum Abschied das Einhorn-Bild geschenkt. Das mochte er doch so gern.«

»Ich bin mir sicher, da hat er sich sehr gefreut.« Ich räusperte mich und nahm einen Schluck von meinem Wein. »Und Betty?«

Lucy antwortete. »Alles tippitoppi, sagt sie. Wir sollen dich schön grüßen und dir sagen, dass du kein schlechtes Gewissen haben musst, weil du dich einfach so verpisst hast, du … äh …« Sie zögerte einen Moment und senkte schüchtern den Blick zur Tischplatte. »… fette, hässliche Kuh.« Ich musste lachen. Lucy sah sehr schuldbewusst aus. »Tut mir leid, ich sollte dir das genau so sagen«, beteuerte sie.

»Schon gut, ich hab das, glaube ich, richtig verstanden.«

»Dann ist ja gut. Na ja, das Ersatzteil ist auch schon früher gekommen als gedacht«, fuhr sie erleichtert fort. »Der Vater von Ana war gerade dabei, den Bus zu reparieren, als wir Betty gestern bei der Werkstatt abgeholt haben. Wir wollten den Abend alle zusammen in Lagos verbringen, noch mal was trinken gehen und so. Tja, und rate mal, wen wir da getroffen haben.«

Ich ging im Kopf all die Menschen durch, die wir kannten und die sich möglicherweise in Lagos aufhalten konnten. »Ich hoffe, nicht Felix.«

»Nee, den nicht. Gott sei Dank.«

Ja, Gott sei Dank.

»Aber fast so schlimm«, schaltete sich Hannes ein, und langsam hatte ich so eine Ahnung.

»Na, sag schon.«

Lucy war fast ein bisschen peinlich berührt. »Karol und Viktor.«

»Huch!«

»Ich kam gerade vom Klo, und da standen die beiden an der Bar. Ich bin voll erschrocken und wusste nicht, ob ich jetzt was sagen soll oder weglaufen oder so. Und bevor ich mich entscheiden konnte, hatte Karol mich schon gesehen und kam zu mir. Und dann hat er versucht, mich zu küssen.« Sie versteckte ihr Gesicht hinter einer Hand.

»Einfach so?«

»Na ja, erst hat er mich gefragt, warum wir einfach weggefahren sind und dass sie unseren Bus noch gesehen hatten, als sie gerade auf dem Weg zu uns waren, aber da waren wir schon fast raus aus Biarritz. Ich glaube, das war gelogen, ich hab die gar nicht gesehen.« *Ich schon,* dachte ich. Aber ich sagte nichts. »Dann hab ich gesagt, dass mir das leidtut und dass ich jetzt aber gehen muss. Und plötzlich hält Karol mich fest und will mich küssen. Ich hab gesagt, er soll mich loslassen, hat er aber nicht.«

Hannes nickte. »Ich hab es von draußen gesehen und bin sofort hin, um Lucy zu helfen. Wäre aber gar nicht nötig gewesen, nicht wahr, Mäuschen?«

»Nee, war es nicht.« Lucy lächelte stolz. »Ich hab ihm einfach einen Tritt in die Eier verpasst.« Bei dem Gedanken daran musste sie kichern.

Richard verzog das Gesicht. »Autsch. Leichte Überreaktion?«

»Nein, nein«, sagte ich schnell und legte ihm eine Hand auf die Schulter. »Es ist gut, wenn man sich wehrt. Alles richtig gemacht, Lucy.« In Anbetracht der Ereignisse in ihrer Vergangenheit, die sie zu der gemacht hatten, die sie war, konnte dieses Erlebnis für sie nur gut sein. Überhaupt schien unsere Reise mit dem Bus auch in Lucy einiges verändert zu haben. Natürlich war sie noch immer unsere gute alte Lucy, naiv und ein bisschen zu romantisch, mit einem äußerst grenzwertigen Pink-Fimmel, aber irgendwie hatte sie an diesem Abend, als sie mir an unserem Küchentisch gegenübersaß, etwas Neues an sich. Man konnte es erwachsen nennen. Oder reif. Sie war selbstbewusster, irgendwie furchtlos. Zum ersten Mal, wenn auch nur in einigen kurzen Augenblicken, kam es mir vor, als wäre sie mehr Frau als Mädchen.

Hannes drückte ihre Hand, bevor er sich aufrichtete und räusperte. »Tja, und da gibt es noch etwas anderes, das wir euch gern erzählen wollen.« Richard und ich warfen uns einen Blick zu. Wenn es schon so anfing, gab es eigentlich nur zwei Möglichkeiten, worauf die Ansprache hinauslaufen würde. Hochzeit oder Kinder. »Nun, also Lucy und ich sind jetzt wieder offiziell ein Paar. Das habt ihr sicherlich schon gemerkt.« Verlegenes Kichern auf der Tischseite der Gäste. »Wir hatten unsere Probleme, das wisst ihr ja auch, und wir haben sie bestimmt nicht auf die leichte Schulter genommen, auf keinen Fall. Wir haben alles besprochen und abgewogen, und sind schließlich zu dem Schluss gekommen, dass diese Trennung uns beiden sehr wehgetan hat und dass wir einfach zusammengehören. Lucy verzeiht mir, und ich verzeihe ihr. Vergeben und vergessen. Und aus diesem Grund freue ich mich, euch heute sagen zu können …« Hannes machte eine kleinere Pause, um die Spannung zu steigern, die eigentlich nicht wirklich groß war, denn, wie gesagt, was sollte schon kommen? Hochzeit oder Kinder. Wäre beides prima, aber der Überraschungseffekt geht nach so einem Einstieg nun einmal gegen null. Hätte ich etwas Derartiges zu verkünden – ich würde es anders angehen.

»Raus mit der Sprache.« Auch Richard fand die dramatische Pause eher unnötig.

»Okay, na gut. Also, wir haben beschlossen: Ich ziehe zurück in unsere gemeinsame Wohnung. Das heißt, ihr habt euer Sofa wieder für euch.«

Sowohl Richard als auch ich starrten Lucy und Hannes mit offenen Mündern an.

»Äh … Das ist …«

»… toll. Echt!«, führte ich Richards Satz für ihn zu Ende. »Obwohl ich sagen muss, dass wir davon jetzt irgendwie ausgegangen waren. Also, nachdem wir ja wussten, dass ihr euch wieder vertragen habt. Versteh das nicht falsch, Hannes, wenn du einen Platz zum Schlafen brauchst, kannst du immer … Ich meine, ich hoffe, es ist nicht mehr nötig, aber wenn …« Ich unterbrach mein Gestammel und nippte an meinem Weinglas. Welch eine ernüchternde Antiklimax!

Ich war gerade dabei, mich damit abzufinden, als Lucy mit einem Ruck ihr Wasserglas in die Höhe hob, sodass die Hälfte des Inhalts auf den Tisch schwappte, und kreischte: »Und wir werden heiraten!«

Hannes zog sie an sich und gab ihr einen dicken Kuss, während Richard und ich schon wieder sprachlos waren, aber nur kurz. Dann applaudierten wir, gratulierten, füllten die Gläser nach (sogar Lucy ließ sich zu einer kleinen Schorle überreden), stießen auf das glückliche Paar an und verbrachten den Rest des gemeinsamen Abends damit, uns alles von Hannes' romantischem Antrag am Strand erzählen zu lassen und über die großen und kleinen Hochzeitspläne zu reden.

»Ich will eine vierstöckige Torte. Mindestens. Mit rosa Zuckerguss«, verkündete Lucy mit glühenden Wangen.

»Lädst du Betty und Max auch ein?«, fragte ich und legte zur Antwort auf ihr irritiertes »Ja, klar. Warum?« lediglich den Kopf schief. »Du wirst schon sehen ... Aber ich kenn da eine gute Konditorei, die ich dir empfehlen kann.« Schließlich schuldete ich denen noch etwas.

Hannes und Lucy verließen uns irgendwann nach Mitternacht, und wenig später fielen Richard und ich erschöpft und ein wenig angetrunken ins Bett. Der Mond schien in das Schlafzimmer, der Wind raschelte in den Bäumen vor dem geöffneten Fenster. Ich ließ mir die Neuigkeiten des Abends noch einmal durch den Kopf gehen, und plötzlich meldete sich in meinem beschwipsten Kopf eine kleine Erinnerung, der ich bisher gar nicht viel Bedeutung beigemessen hatte. Jetzt ließ sie mich nicht mehr los. Irgendwann drehte ich mich im Dunkeln zu Richard um, der bereits die Augen geschlossen hatte und zu gleichmäßig atmete, um noch hellwach zu sein.

»Du? Richard?«, flüsterte ich.

Er öffnete mühevoll ein Auge und murmelte etwas, das keinen Sinn ergab.

Ich stupste ihn in die Seite. »Bitte. Ich muss dich was fragen.«

»Was denn?« Er seufzte verschlafen und rubbelte sich mit der Hand über das Gesicht.

»Erinnerst du dich noch an die Hochzeit von meiner Mutter?«

»Wie könnte ich die jemals vergessen?«, gähnte er.

»Und was Joe dich gefragt hat? Und was du gesagt hast?«

Er sah mich forschend an. »Worauf willst du hinaus?«

»Hast du mir da eigentlich indirekt einen Heiratsantrag gemacht?«

»Indirekt, ja.« Es schien ihn zu amüsieren, dass ich so lange gebraucht hatte, um das zu verstehen. »Könnte man so sagen.«

»Ich hab darauf nie reagiert.«

»Nee. Hast du nicht.«

»Soll ich darauf jetzt irgendwie reagieren?«

»Bloß nicht!« Er griff nach meiner Hand und drückte sie schläfrig. »Wenn ich dir einen echten, direkten Antrag mache, Daphne Weiland, dann merkst du es sofort, darauf kannst du dich verlassen.«

Ich musste lachen. »Okay. Gut. Ich freu mich drauf.«

»Und ich hoffe stark, wenn es so weit ist, bist du bereit, eine Ausnahme zu machen, was das damit verbundenen ›Für immer‹ betrifft.«

»Ich denk darüber nach«, sagte ich, und gab »dem Richtigen« einen Kuss.

EPILOG

Die Rückkehr des Club Remédio Santo

DAPHNES MIXTAPE
Supertramp – Take The Long Way Home

Und damit hatte sich dann der Kreis geschlossen. Die Geschichte begann mit einer Hochzeit, und sie endete mit einer Hochzeit. Fast. Lucy und Hannes wollten sich mit ihrem Gang zum Traualtar ein bisschen Zeit lassen, allein schon deswegen, weil Lucy so exquisite Wünsche für ihren großen Tag hatte, dass erst einmal Geld angespart werden musste, damit wenigstens ein Drittel davon erfüllt werden konnte. Aber sie tröstete sich damit, dass sie sich auf diese Weise noch eine Weile als seine Verlobte vorstellen konnte, ein Status, den man ja auch nicht allzu lang innehat – wenn man das mal auf die Gesamtlebenszeit rechnet.

Der Spätsommer wehrte sich mit aller Kraft gegen seinen schlechten Ruf und bescherte uns noch einige unerwartet sonnige Tage mit Temperaturen um die fünfundzwanzig Grad, und ja, für Hamburger Verhältnisse war das exorbitant gut. Keiner hatte damit gerechnet, und so waren Richard und ich auch nur geringfügig motiviert, als wir am Wochenende nach der großen Verlobungsverkündung in unserem Wohnzimmer den Kleister anrührten, um endlich diese Tapeten an die Wand zu bringen. Der letzte Schritt zur Vervollkommnung unseres Zuhauses. Wobei ich im

Geheimen bereits mit dem Gedanken spielte, die graue Wand in der Küche durch eine grüne zu ersetzen, aber darüber hatte ich noch nicht mit Richard gesprochen und wollte es auch nicht tun, bis das Wohnzimmer fertig war.

Ich öffnete das Fenster zur Straße, damit wir das gute Wetter zumindest theoretisch genießen konnten, und begann seufzend damit, die Bahnen abzumessen. Im Hafen ertönte ein Schiffshorn. »Wenn wir schnell machen, können wir vielleicht noch den Nachmittag am Elbstrand verbringen. Oder so.«

Richard sah nicht so aus, als hätte er große Hoffnung, dass es dazu kommen würde. »Hast du schon einmal tapeziert?«

»Nee, ich hab immer nur gestrichen.«

»Tja, und ich kenn mich damit auch nicht aus. Schnell können wir also vergessen, befürchte ich.«

»Sag doch so was nicht!« Ich holte gerade Luft, um zu einer kleinen Ansprache anzusetzen, mit der ich ihn und mich selbst vom Gegenteil überzeugen wollte, als mein Handy klingelte. Am anderen Ende der Leitung: meine Mutter. Es kostete mich etwas Überwindung, ranzugehen, denn ich hatte seit unserem Telefonat vor Lucys Wohnung nicht wieder mit ihr gesprochen. Mein schlechtes Gewissen wog schwer.

»Kind, wann kommst du denn endlich von deiner Reise wieder?«

Und schwerer. »Ich bin schon seit über einer Woche wieder hier«, antwortete ich zerknirscht. Teilweise war ich wirklich zu sehr abgelenkt gewesen, um an meine Mutter zu denken und daran, mich bei ihr zu melden. Ein anderer, nicht unwichtiger Grund dafür, dass ich sie bisher nicht angerufen hatte, war jedoch, dass ich noch immer nicht wusste, wie ich mich bezüglich des Torten-Gates verhalten sollte. Es ist schwer, mit einer Lüge zu leben. Vor allem, wenn man sie der eigenen Mutter aufgetischt hat. Mütter waren so unheimlich zielsicher, wenn es darum ging, ihren Kindern auf die Schliche zu kommen. Ich empfand es einfach als zu gefährlich, ihr gegenüberzutreten.

»Seit über einer Woche?« Meine Mutter schnaufte empört. Im Hintergrund hörte ich etwas, das wie eine Durchsage klang. »Also, ich weiß ja nicht, was ich davon halten soll, meine Liebe. Das finde ich schon sehr enttäuschend. Und Joe auch.«

»Sag ihm, es tut mir leid. Ich komm euch nächste Woche mal besuchen, dann können wir ja …«

»Nächste Woche sind wir nicht da«, unterbrach sie mich. »Wir sind den ganzen Monat nicht da.«

»Aha, und wo seid ihr dann?«

Sie lachte ein etwas überkandideltes Lachen, in dem aber auch Freude mitschwang, also war es nicht so schlimm. »Na, wo sollen wir denn sein, Kind? Ich stehe gerade mit Joe am Flughafen, wir fliegen nach Amerika.«

»Oh, das ist aber toll.«

»Das ist es allerdings.«

In der Tat. »Seid ihr schon durch den Security Check?«

»Ja, wir sind schon durch den Security Check, Daphne, was soll denn diese seltsame Frage?«

Also dann, eine bessere Gelegenheit würde sich nicht mehr bieten. »Ich muss dir etwas sagen.«

»Du bist schwanger?!«, schrie meine Mutter aufgeregt.

»Äh … nein.«

»Dann heiratest du?! Das ist ja wunderbar. Joe?« Ihre Stimme entfernte sich ein wenig. »Joe, Daphne will wedding!!!«

»Great!«, kommentierte Joe im Hintergrund.

»Wie ich höre, ist dein Englisch besser geworden …«

»Ach Kind, ich freu mich ja so! Wann ist es denn so weit?«

Ich seufzte. »Mutter, es tut mir leid, dich zu enttäuschen, aber ich bin nicht schwanger und auch nicht verlobt. Und Achtung, es kommt noch schlimmer: *Ich* habe das vierte Stockwerk deiner Hochzeitstorte gestohlen. Es war ein Unfall, und ich bedaure es sehr. Aber ich habe mich bisher nicht getraut, es dir zu sagen, weil ich davon überzeugt war, du würdest deswegen ausrasten.«

Meine Mutter sagte nichts. Bevor sich das änderte, hörte ich noch, dass die Passagiere De Beer und Nieuwman dringend zum Infodesk kommen sollten und dass der Flieger nach Moskau Verspätung haben würde. Dann brachen in Fuhlsbüttel im Terminal eins alle Dämme. Meine Mutter war wütend. Ihre Wut war episch. Ich hörte ihr so lange zu, wie ich es ertrug, sagte manchmal »Mutter« und »Es tut mir wirklich leid«, und einmal sagte ich auch »Es war doch nur eine Torte, und die Hochzeit war auch so wirklich schön«, aber das hatte einen komplett anderen Effekt, als ich es mir erhofft hatte. Es half auch nicht, dass Joe sie immer wieder beruhigend »honey« oder »darling« nannte, meine Mutter war erst fertig, als sie fertig war. Aber als sie fertig war, war sie ganz ruhig.

»Ich werde keine andere Entschuldigung akzeptieren als ein Enkelkind. Innerhalb der nächsten zwei Jahre.«

»Guten Flug, Mutter«, sagte ich und legte auf.

Richard rührte in dem Kleistereimer. »Und? Wie hat sie's aufgenommen.«

Ich zuckte mit den Schultern. »Erstaunlich gut. Ich hätte nicht gedacht, dass sie es so locker nimmt.« Trotzdem zündete ich mir zur Entspannung erst einmal eine Zigarette an und setzte mich aufs Fensterbrett. Und wäre vor Schreck fast die drei Stockwerke auf die Straße gefallen, als unter mir ein phänomenales Hupkonzert losging. Mit rasendem Herzen brachte ich wieder festen Boden unter meine Füße und hängte mich aus dem Fenster, um zu sehen, was da unten los war. Ich sah einen gelben VW-Bus und einen braunbeigefarbenen Van.

»Komm schnell!«, rief ich Richard zu und winkte ihn ans Fenster.

Unten öffnete sich die Fahrertür, und Betty stieg aus, den typischen Turm aus Dreads auf dem Kopf, ein ausgewaschenes Tanktop am Leib und Flip-Flops an den Füßen. »Schätzelein! Was zur Hölle machst du da drin? Heute ist einer von vier sonnigen Tagen im Jahr in Hamburg, komm sofort raus!«

Die Schiebetür des Busses öffnete sich, und Lucy und Hannes stiegen aus, gefolgt von Sky. Marco kletterte aus seinem Van, und alle fünf gemeinsam winkten und brüllten, dass wir herunterkommen sollten.

»Aber wir tapezieren doch gerade …«, rief ich zurück.

Marco ließ seinen Daumen nach unten zeigen, und die anderen buhten uns aus.

»Wir haben echt tolle Freunde«, sagte ich sarkastisch zu Richard.

»Die besten. Wahrscheinlich.« Er formte mit den Händen einen Trichter um seinen Mund und rief nach unten: »Was habt ihr denn zu bieten?«

»Tja, also im Süden ist nix mehr zu holen, da kommen wir gerade her.« Betty klopfte den Bus liebevoll auf die Schnauze. »Und da hab ich mir gedacht, wir könnten jetzt einfach mal aus Bock checken, was im Norden so geht, und Max und Mo an der See besuchen.«

Richard sah mich an. »Ich finde, das klingt viel besser als Renovieren.«

Hin- und hergerissen trat ich von einem Fuß auf den anderen. Mein Herz sagte Ja, mein Kopf sagte: *Aber die Tapeten!*

»Daphne.« Richard nahm mein Gesicht in die Hände und küsste mich. »Immer schön geschmeidig bleiben, okay?«

Und da Lebensmotto ja nun einmal Lebensmotto war, seufzte ich »na gut« und war sofort froh darüber. »Ich pack nur schnell ein paar Sachen ein«, rief ich und hörte, als ich den Raum seinem Renovierungschaos überließ, wie Richard dem Pulk vor unserer Haustür verkündete: »Wir sind unterwegs!«

Auf der Straße wurde diese Neuigkeit mit freudigem Johlen begrüßt.

Und dann ging es wieder los. Bettys Mixtape im Kassettendeck, Proviant in der Kühlbox, die Straßenkarte in meinem Schoß. Nur die Zweifel, die ließen wir dieses Mal hinter uns. Denn es war ja schließlich Urlaub. Jetzt aber wirklich.

Die Mixtapes

DAPHNE: *Supertramp – Take The Long Way Home*
Martha & The Muffins – Echo Beach
Maximo Park – The Coast Is Always Changing
The Cardigans – Rise & Shine
Belle & Sebastian – Ease Your Feet In The Sea
Astrud Gilberto – Take It Easy My Brother Charlie
The Cure – Mint Car
Gene – Haunted By You
Electric Guest – This Head I Hold
Generationals – When They Fight They Fight
Fourth Of July – Tan Lines
Clor – Love + Pain
Mungo's HIFI – Divorce … L'italienne
International Pony – Leaving Home
Doves – There Goes The Fear Again

BETTY: *Sublime – Santeria*
Kings of Leon – Red Morning Light
Blind Melon – No Rain
Seeed – Psychedelic Kingdom
M.I.A. – It Takes A Muscle

The Specials – You're Wondering Now
Reel Big Fish – I Want Your Girlfriend
Lag Wagon – Bombs away
The Aggrolites – Reggae Hit L.A.
Bob Marley – Jammin'
The Clash – Police & Thieves
Madness – In The Middle Of The Night
Violent Femmes – Gone Daddy Gone
Supergrass – Alright
Althea & Donna – Uptown Top Ranking

LUCY: *Madonna – Holiday*
Wham! – Club Tropicana
Spice Girls – Spice Up Your Life
Dean Martin – That's Amore
Robbie & Kylie – Kids
Belinda Carlisle – La Luna
The Magic Time Travelers – Like Ice In The Sunshine
Olivia Newton John & John Travolta – Summer Nights
Gipsy Kings – Baila Me
Lady Gaga – Alejandro
Howard Carpendale – Ti Amo
The Beach Boys – Good Vibrations
Los Del Rio – Macarena
Take That – Pray

Als Playlists zu finden unter www.heyne.de/katarina-fischer

Zum Schluss

Die Route, auf der Daphne, Betty und Lucy in den Süden fahren, habe ich in großen Teilen vor ein paar Jahren selbst bereist, einige der beschriebenen Orte habe ich jedoch noch nicht mit eigenen Augen sehen dürfen. Weil sie aber für die Handlung der Geschichte wichtig waren, habe ich sie trotzdem eingebaut, und, damit alles seine Richtigkeit hat, mit intensiver Recherche versucht, ihnen trotzdem gerecht zu werden. Allerdings gilt in diesem Fall natürlich ganz besonders: Man muss es wohl selbst erlebt haben.
Deswegen bitte ich um Entschuldigung für eventuelle Fehler und Ungenauigkeiten und gelobe, in Zukunft mehr zu reisen. Ganz wichtig ist mir auch noch an dieser Stelle zu erwähnen, dass ich die Atmosphäre in Lagos absichtlich überspitzt dargestellt habe. Das Städtchen ist sehr hübsch, gar nicht so überlaufen und auf jeden Fall einen Besuch wert.

Wenn man immer allein in seiner Wohnung sitzt und schreibt, wird einem umso bewusster, wie schön es ist, Menschen um sich zu haben. Ich habe das große Glück, von besonders wunderbaren Menschen umgeben zu sein, die an dieser Stelle noch einmal erwähnt werden sollen:

Jon, mein Bruderherz, danke, dass ich dir immer wieder aus diesem Buch vorlesen durfte, für deine vielen guten Ideen und dass du der beste kleine Bruder bist, den man sich wünschen kann und ein ganz feiner Mensch. Und wenn wir schon bei der Familie sind: Danke, Papa, fürs Papa-Sein.

Einen großen Dank auch an Michael, Freund, Agent und Beruhigungsmittel. An Susann Rehlein, die mal wieder ganze Arbeit mit dem Feinlektorat geleistet hat. Und an Adrian, der meinen kleinen Laptop gerade noch rechtzeitig zum Abgabetermin wieder zum Laufen gebracht hat.

Nicht weniger wichtig waren für die Fertigstellung dieses Buchs Svenja, Jenny, Tinna und Annika, die Sprachexpertinnen, die dafür gesorgt haben, dass ich mich mit meinem kläglichen Französisch, Spanisch, Portugiesisch und Hessisch nicht blamiere. Sollte sich doch der eine oder andere Fehler eingeschlichen haben, muss ich mich vertippt haben. Diese schönen, schlauen Frauen trifft mit Sicherheit keine Schuld. Ihr seid wunderbar.

Ebenso wie du, liebste Petrrra, nicht nur weil du in den letzten Monaten so eine wichtige Freundin und Weißwein-Partnerin für mich geworden bist. Es ist eine echte Bereicherung, dich zu kennen.

Und auch, wenn ich dir bereits dieses Buch gewidmet habe: Maike, eigentlich müsstest du ja wissen, was du mir bedeutest und wie sehr ich dich liebe, aber weil man es nicht oft genug sagen kann: Irgendetwas habe ich verdammt richtig gemacht, als du meine Freundin geworden bist, und am liebsten würde ich den Rest meines Lebens mit dir verbringen.

Und das gilt auch für dich, Benni Bock. Dich hab ich im Herzen, selbst wenn du nicht da bist. Weil ich dich liebe. Deine Dame.